吴正格 著

GUANGXUCHAODE
SIYANGYUCHU

光绪朝的司羊御厨

北京燕山出版社
BEIJING YANSHAN PRESS

图书在版编目（CIP）数据

光绪朝的司羊御厨 / 吴正格著． — 北京：北京燕山出版社，2015.12
ISBN 978-7-5402-4061-5

Ⅰ．①光… Ⅱ．①吴… Ⅲ．①长篇小说－中国－当代 Ⅳ．① I247.5

中国版本图书馆CIP数据核字（2016）第 138980 号

光绪朝的司羊御厨
GUANGXU CHAO DE SI YANG YUCHU

作　　者	吴正格
项目策划 项目负责	李满意
责任编辑	海　涵　王梦楠
营销编辑	涂苏婷
责任校对	袁大威
责任质检	杜　睿　方育德
封面设计	鼎设计
版式设计	颜森设计
社　　址	北京市西城区陶然亭路 53 号（100054）
网　　址	http://www.bjyspress.com/
微　　博	http://weibo.com/u/2526206071
微　　信	yanshanreading
电　　话	01065240430；01063581036
印　　刷	三河市灵山红旗印刷厂
开　　本	710mm×1000mm　1/16
字　　数	260 千字
印　　张	16.5
版　　次	2016 年 11 月第 1 版
印　　次	2016 年 11 月第 1 次印刷
定　　价	48.00 元
出版发行	北京燕山出版社　BEIJING YANSHAN PRESS

版权所有　盗版必究

导读

本小说写的是光绪朝时，清宫光禄寺中发生的故事。光禄寺，看字听音，乍觉像个寺庙，其实不是，它是自北齐开始在皇宫里设立的官署名称。当初，寺设光禄卿，掌职宫殿门户，兼掌皇室的膳事帐幕，等于宫中的门卫头儿和御内的食俎管家。唐以后，光禄寺成了专掌朝廷宴事的机构，承供以皇帝名义举办的各类国宴，光禄卿也就成了专职膳官，官爵不大不小，贯为从三品。从此，这个衙门在宫里就算基本定型了，除辽代改名为崇禄寺之外，一直沿袭到清朝时，才有了变动。

因小说题材较为生僻，需做些前期的铺垫，得从顺治元年那时的光禄寺说起。又因本小说是从清朝国宴——全羊席这个饮食现象中发现的故事，便套用全羊的体位划分了篇章。这倒不是故意炫巧，而是故事的情节与全羊的体位不量而符。另外需要说明的是，本小说是以学术研究成果为依据，但更体现的是小说的特征，即大的历史背景是实，具体细节有时是虚构的。这样交代一下，有益读者阅读。先不说这个故事是否离奇特异，读者如果碰上了它，并有兴趣，还有暇晷，就请随意翻翻。

主要人物表

（以出场先后为序）

毓　　福——光禄寺管理事务大臣，宗室干支，江北各地巡抚选荐本埠庖杰进宫应试光禄寺珍馐署司羊膳房庖掌职位的主试，居官秉正，能体恤、助济于人。

慈　　禧——时年五十二岁，代光绪帝训政第十二年，奢食成性，极重俎事，擅弄权柄，形似公明，实则昏聩。

丁宝桢——字稚璜，山东巡抚，后擢升四川总督，出名的食家，曾自题单条"稚璜辨味"，以"易牙第二"自诩。

罗云甫——丁宝桢的抚衙名庖，同治十二年五月初，经丁宝桢举荐，竞选为光禄寺珍馐署司羊膳房庖掌，勤勉驯谨，俎技高超，光绪十二年七月十五日染疾而殂。

那景庆——光禄寺珍馐署署正，从三品膳官，为官正直，善识庖杰，礼贤属下。

维　　康——内务府御茶膳房总管太监，居位正四品，慈禧的宠宦，善用心机，狡猾乖戾，关键时刻推人下井。

郑聘之——咸丰甲寅年进士，厌政从商，"北辕楼酒家"掌柜，小说女主角罗小翠的干爷，饱读经书，为人开通，操业精明。

郑文谦——郑聘之之子，"北辕楼酒家"少掌柜，罗小翠的干爹，深谙经营之道，待人仗义大度。

罗传耀——罗云甫之子，罗小翠之父，罗家菜传人，"北辕楼酒家"主灶，性情平朴，掌职务实。

罗小翠——罗传耀独女，花容月貌，江湖性情，罗家菜传人，人称罗厨娘，小说男主角徐仁虎的师傅，后嫁徐仁虎为妻。

徐仁虎——旗家子弟，英姿飒爽，一表人才，知书达礼，机敏好胜。经进宫竞试，接替了罗云甫之职，后受慈禧赏识，奉调内廷御茶膳房，被赐予六品尚膳蓝翎侍卫。

格棚额——徐仁虎之父,满洲骁骑参领后代,家境殷实,后在吉林乌拉开设"北辕楼酒家"
（分号），因得罗小翠之助,使徐仁虎进入厨门。

黑刺桐——罗小翠的女助厨,粗野泼辣,擅脔割。

白芙蓉——罗小翠的女助厨,身纤性细,擅鼎俎。

吴大澂——时任吉林督办,为官公道,徐仁虎进官应试的官方举荐人。

关恩荣——光禄寺少卿,出身官商世家,学识丰富,通晓宫规、御宴。

房　二——醇王府家厨,后拜徐仁虎为师,京油子做派,二杆子性格,但心地尚善。

奕　䜣——醇亲王,道光帝七子,光绪帝生父,仗权乱制,以势谋私,慈禧同党。

奕　䜣——恭亲王,道光帝六子,居功不驯,敢于抗辞执奏,与慈禧不睦。

张费导——光禄寺珍馐署司羊膳房御厨,绰号"张飞刀",擅斫脍,厨行旧习颇重,老匠
人模式。

周海山——光禄寺司羊膳房御厨,绰号"周别扭",擅调鼎,举止猥琐,阴坏缺德。

莺太妃——道光帝遗妃,因感孤独,迷恋食俎,主张恢复"妃子膳房",与众妃嫔聚首竞
肴赛馔,打发寂寞,并与慈禧争抢徐仁虎。

李鸿章——时任直隶总督,洋务派首领,居官老到圆滑,逢事善于化利为己,折过于人。

毕　五——隶属内务府慎刑司专事净身的主家,号称"一刀阎"。

埃纳姆——土耳其使节,商人,后助徐仁虎、罗小翠远迁土耳其。

目录 CONTENTS

[颅颈部]

001 · 第一章　朝宴叙略
011 · 第二章　天厨殂落

[胸腔部]

021 · 第三章　羊结情缘
031 · 第四章　徐府庆寿
036 · 第五章　夕酌真语
043 · 第六章　鼎鼒春秋
056 · 第七章　斫脍绝功
064 · 第八章　燕尔风波

[蹄爪部]

075 · 第九章　南旅异录

[腰肋部]

089 · 第十章　赶考琐话
095 · 第十一章　署堂面试
103 · 第十二章　竞俎逸闻

114 · 第十三章　避讳更名
121 · 第十四章　房二求师
132 · 第十五章　艺压群庖

[臀胯部]

150 · 第十六章　后妃秘事
163 · 第十七章　赐酢廷臣
176 · 第十八章　奕䜣参劾
194 · 第十九章　署正家访
205 · 第二十章　议祭东后
213 · 第二十一章　洋使罢宴
227 · 第二十二章　夜入阉门
234 · 第二十三章　慈禧判案

[尾梢部]

245 · 第二十四章　远迁土国
256 · 终　章

颅颈部

第一章　朝宴叙略

　　李自成的大顺军攻破明宫时，这些被逼反了的农民军挥舞着大刀长矛，浑身兴奋，满怀新奇地到处乱冲，也是要乘机开开眼界，见识见识崇祯待着的地方是啥般模样。有一伙人就七拐八折，专往殿缝子里钻，以为里面是后宫，结果却冲进了光禄寺的大膳房里，见那些山东御厨们仍在切菜揉面，好像不知道外面发生的事情。一个大顺军的小头目一扬下巴，喝道：喂，给谁做饭呢？庖掌就走过来，操起胶东口音、拖着老腔答：俺们是按时落桌，等着催督所的亮嗓子，让开哪桌就开哪桌。你们这是……刑部的人吧？咋都带着杀人家伙进来了？哎呀，刀上还有血哪！刚砍完犯人的脑袋吧？疯啦你们？都快给我滚犊子，到这儿绕晃啥？！那个小头目嘿嘿一笑，说：你是装犊子吧？爷爷是大顺军！说着，蹿上前去一抬手，刀就举到庖掌的脖侧，瞪睛又道：你再装犊子，先把你脑袋砍下来烀喽！那个庖掌这才感到不对劲儿，忙说：别价，爷，把俺脑袋砍了，烀不出一斤肉，还把俺这一身手艺糟践了。看爷这意思是饿了，那中，俺就拿爷当刑部孙大人侍候了。那个小头目被逗乐了，收起刀说：那就做崇祯吃的，也不枉了我们提着命瘪着肚子，换他一顿御膳……

您说这事儿噱头不？后来，当多尔衮率领八旗兵又进宫时，这些山东老哥仍在光禄寺的大膳房里坚守职掌。是不是两方交兵，不杀厨倌啊，有这样不成文的规定？或是这些御厨艺高胆大，有恃无恐？反正谁进了宫都得朝俺们要饭吃，俺是御厨俺怕谁！

那时，明清交替，宫中的膳食全断了秧子，进宫的留宫的人用膳时乱糟糟地到处抓瞎。亏得这些御厨还笃实实地不走也不惧，这让多尔衮知道后，对他们顿生好感，认为这才叫汉族的汉子。旋想到光禄寺是现成的供膳天堂，当下，军事和政务上的宴事又一日不可缺；再说，如无这些御厨，明宫的国宴也就断了炊火，这完全可为大清国照用嘛。于是，他就命手下的文臣范文程拟了颁告，颁告中写道：明宫光禄寺凡留守恭备宴膳者，均赏银一百两，以励敬谨掌职之为。自颁告下布，受赏人重到光禄寺入册，领取出入腰牌，俸禄依旧。这就等于说，这些山东御厨不仅被正式"返聘"了，还得到了多尔衮的赏识。

当时，李自成在西退前，不仅将宫中帑藏尽载骡车掠走，还放了一把冲天大火，可以想象，那番情形该是怎样混乱而纷杂啊。多尔衮进宫后，尽管忙于修复殿宇，颁赏爵秩，或是发兵追剿李自成，将崇祯尸首厚礼相葬，但首先得解决吃饭问题。这时候，范文程就点拨他，让他仿西周的姬旦（周公），赶制出一套清朝的典章规制，用于长久作治。当多尔衮筹典策制时，范文程又告谏他：为迎驾皇上和两宫太后临幸新都，安置饮食起居，继备筵庆开国，当务之急，要采用明制，弹帖清法，整饬内廷御膳房和外朝光禄寺，速理膳政宴制为要。范文程是个淹通经史的人，曾备受努尔哈赤、皇太极的信重，为清入关立下了汗马功劳，他的话，多尔衮不能不听。那么，咱们就从范文程的这番告谏说起。

范文程所说的内廷和外朝，是按明宫俗定的以保和殿下三台为界划分的。御膳房是指内廷为明皇室专掌膳事的机构，下设司膳侍卫处、司膳太监处和海鲜局、荤局、素局、汤局、点心局，操俎者多为山东人。因明帝喜嗜齐肴鲁馔和胶东海鲜，也好啐山东御厨烹制的清汤和奶汤，重为大补，后来不是有"山东馆的汤，马连良的腔"之谚语吗，那就是来源于明宫御厨的制汤手艺。御膳房设置总管太监以下的各等供差人员二百零六人。据传，这个编制数额还是明成祖朱棣定的呢，寓有帝后享膳求顺之意。御膳房总管太监的爵位高居二品，权柄通天，贯为明帝宠宦。这些情形，自然沿代相续，延衍到崇祯时期。当李自成的大顺军把北京城围得像铁桶时，连崇祯都没了退路，膳房的人更是无处逃躲，都得窝在这里恂恂然听天由命。当崇祯一自缢，李自成跟着就蹽进内廷，过了把皇帝瘾；紧接着，多尔衮又来了。所以，这膳房的灶眼儿一直没断温，膳房的人想散摊子都来不及，只得战战兢兢，侍候过李自成，又提心吊胆地服侍起多尔衮来了。

那日近晌，多尔衮令膳房的临时总管在皇极门（后改太和门）的殿所里摆了宴桌，并传崇祯的上手厨子们尽施俎技，精烹了明宫御膳，就与范文程等人边啐啐边议策，将膳房做了番调整。说是调整，其实原有的体制、编制和规法都没变，只将其更为茶房和膳房。再就是将海鲜局改成包哈局（满语烧烤之意），汤局改成野意膳房，点心局改成饽饽局，这就有了些满族风俗的成分。还有一点改得挺有见地：鉴于明廷有太监成为专横擅权的政弊，御茶膳房就不再直隶于皇室，划归给了新设置的内务府管辖；御茶膳房总管仅授爵以四品为限，永不晋进。这八成是范文程建议的，多尔衮大概没这个头脑。御茶膳房这般一改，就算基本定型了，一直迭朝延续，到了慈禧训政时才有变化。这个御茶膳房因与本小说的故事发展有些关联，需先提及一下，接下来，该说外朝的光禄寺了。

开头儿不是说了，光禄寺是由北齐经唐，再由唐延至于清的吗？这就表明，清廷在沿袭光禄寺之前，这个膳食衙门的机构模式已经发展得很完善，因而，多尔衮就省了脑筋，乐得"临需磨明枪，不快有清光"了。此话怎讲？就是他把明宫光禄寺给整个照搬过来，仍按明制归礼部管辖，那时的编制是这样的：寺设光禄卿，满汉各一人，爵为从三品；少卿三名，爵为正四品，寺下设珍馐署、大官署、良酝署、掌醢署和银库等。署官谓署正，爵均正四品；署正的副手谓署丞，皆定正六品。珍馐署专掌制宴，为光禄寺的供膳中心；大官署掌供豕物，兼承造办桌张及御书处造墨所用的猪油、猪胆等；良酝署掌供五畜，有驯畜的牧储之地，还有酿酒的酒库局；掌醢署掌供醯酱之物，就是负责柴米油盐的地方；银库掌供银资之藏，兼司出纳，并保管祭祀和筵宴所用的金银用具。此外，还有一些附属部门，如催督所、典簿厅、当月处、黄册房等，就不赘述，总之，全都是明宫那一套的沿袭。

多尔衮虽然不费心力地把明宫的光禄寺给利用起来了，可是不久，光禄寺的大膳房却惹出了麻烦。原来，那些被返募的山东御厨到珍馐署供差后，因与盛京旧宫来的满洲御厨们掺和到一块儿，活计就干拧了。山东御厨们有侍候过明帝的骄人资历,俎技精良,哪会将手法粗陋的满洲御厨们放在眼里,常表现出嗤之以鼻的那种情态。满洲御厨们虽然本事差些,却自恃为满洲人,有优越感,还偏要颐指气使地对山东御厨们大呼小使。山东御厨都是手艺棒子,脾气也犟,哪能听喝;满洲御厨也是性情急躁,喝令不动就要动粗,就操起了擀面杖。山东御厨岂肯吃亏,切菜刀就在手下,拿起来一晃,你敢打俺,俺就敢砍你!您瞧,这要真打起来,两边的人就不是送医房的事儿了,耽误了御膳,吃饭家伙没准儿都保不住哩,所以,这事儿就难调理,珍馐署署正也怵头。他能罚谁?罚山东御厨?肯定不能服人;罚满洲御厨?满洲人不没了面子嘛。那咋整?总得有个摆平的办法呀。弄来弄去,连礼部大臣都没了主意,最后只得向多尔衮请禀此事。多尔衮听了,寻思一下说:这么的吧,把珍馐署的大膳房一劈两半儿,一半儿做满席,一半儿做汉席。干脆,让满、汉厨子大分家,省得他们操刀舞杖地总干仗。满厨子只做满席,汉厨子只做汉席,谁也别再乱掺和。该咋的咋的,汉厨子做的菜真不赖,不服行吗?可满厨子做的饽饽也不孬啊,这叫各有所长嘛,对不对?就这么定啦,满席里光许有饽饽,不许有菜;汉席里光许有菜,不许有饽饽。这要严加规范,满、汉分明,不再混淆。这厨子干仗干的,把大清国的宴制给干出来了,这还能就坡下驴,防止满为汉化……多尔衮真就这么说的,不是替他找台阶,翻翻顺治朝的《光禄寺则例》,还真是这么规定的。从此往后,珍馐署就派生出了满席膳房和汉席膳房,两下里做出的宴席,饽不配菜,菜不配饽,满、汉宴席之间壁垒森然。尽管这样,也没人说三道四,谁会因着吃顿宴席去招惹专擅的多尔衮,去触犯宫中"防止汉化"的忌讳呢?因而,宫里的人也就习以为常、见怪不怪了,使这种"单腿宴"现象一直延至康熙亲政的时候。

　　多尔衮死了十七年后,康熙才亲政的。康熙对宴膳的事情看得很重,竟视其为兴政强国的一种标志。这个皇帝颇有伊尹遗风,他是要将宫中的宴膳活动从享飨和酬酢的行为中超脱出来,成为滋补他的王朝政体中各种缺营匮养症状的强壮剂。在这方面,他逐渐觉察出多尔衮留下的偏颇和疏漏,于是就以"国策如和,似做调羹"的眼光审视起光禄寺,酝酿着对光禄寺做一番顺符局势、应政供宴的改革。这个举动是康熙十九年(1680年)开始的。这年入冬,他为此下了一道特谕。谕中说:

太祖建大金时，曾谕满汉人合居一处，同住同耕同食；满汉官员亦要尽礼互待，平等交宴。寔是尔等，同为一帝之属故耳。食重如天，满汉并列，固为治国安邦之大略也，故太祖遗训务当谨遵。朕于今夏初巡视塞北，经意礼待蒙古王公，龙沙张宴，连营敬酒，羽林列队，绥怀一体，满蒙情恰，乐和舞同，气氛热烈之甚，令朕感慨。抵御沙俄入侵之虑，由此皆消也。朕思此举大益于国，故朕之所办大蒙古包宴、外藩宴、蒙古亲藩宴等，均率列光禄寺宴制中，每岁循朕以时，于夏初宴请，兹为定制，以与蒙部增谊之措。喀尔喀、土谢图汗、札萨克图汗、丹金喇嘛、那颜台吉，向朕已示投诚，言每岁各贡白马八匹、白骆驼一匹，以此为信。朕准贡九白。其贡进献后，朕要亲宴使臣，每岁亦由光禄寺承供。而今，清主中原，天下归顺，食天之事，不可小觑，光禄寺亦不可任由满洲独掌。寺负此重任，不啻诸部之职能，即从礼部分出另立，与诸部平阶。并以朕之谕修善宴制，以避偏宕。近来，土耳其及西亚诸国，屡来修好，光禄寺可使满洲全羊席以待之。珍馐署另辟司羊膳房，专司全羊，以供承西域外使、新疆哈萨克部落长、金川回部首领等。钦此。

康熙下谕后，当年岁尾，光禄寺即设"光禄寺管理事务大臣"一人，那是穿着"仙鹤"补服的正一品大员，由康熙亲命宗室干支图克萨尼充任。次官为卿，满洲一人，汉一人，官定从二品；再次为少卿，也是满洲一人，汉一人，官定正三品。各署的署正为满洲人，署丞为汉人，也都水涨船高，晋级一品。唯有珍馐署，因是寺内第一大署，又为供宴重地，故署正官居正三品，与少卿司，署丞为从四品。

其实，光禄寺这番体制改革，除了机构由司晋部，后勤各署仍循例为珍馐署供物供资，都是一摊摊的流水老账，一如既往，没啥可改的，改动大的，只有珍馐署。

改革后的珍馐署，下设侍卫处、承应处、满席膳房、汉席膳房、上中席膳房和司羊膳房六个部门。侍卫处职掌各类御宴进程中的监督检查和保卫，皇上、大臣和外使们的安全第一，饮了毒、食了腐那还了得。承应处职掌宴台前的侍候，寺里人俗呼"抠碗底儿"的。满席膳房承供满席，由满厨职掌。满席分一至六等，均为饽饽席。说白了，饽饽席主要是为死人而设的奠筵。皇上、皇后没了，用一等满席；皇贵妃没了，用二等的；妃以下以此类推。甭看满席是饽饽席，那讲究可大了去了。如一等满席，每桌用面定额是一百二十斤，价银八两，饽饽摆盘的高度为一尺五寸，饽饽与桌边的距离是一尺。二等满席，每桌用面定额是一百斤，价银七两二钱三分一厘，饽饽摆盘的高度为一尺四寸，饽饽与桌边的距离是一尺一寸。三等以下的满席，也都是这类的不等规格。制满席时，验膳官的验检工具是秤和尺子，做的分量不准或摆放失规，当事者都得挨罚，重者以不尊列帝列后问罪。汉席膳房承供汉席，由汉厨职掌。汉席分一至三等，主要用于皇上的文事，比方编纂朝廷实录、会典，或是赏赐文武进士的恩荣宴、会武宴等，都用各等汉席。需要说明的是，这时的满席和汉席仍是"单腿宴"，没做改革，因为这牵涉到宫规寺制，康熙对"防止汉化"这一敏感问题还是持谨慎态度的。再说，满席和汉席都不"单腿"，就没有划分的必要了。可是，一席之中有饽无菜，或有菜无饽，总是不成体统啊，康熙对此也心知肚明，这就设立了上中席膳房。这个膳房，从字面上讲，就是承供上席和中席的。啥叫上席和中席？却有意隐而不明，但从宴谱上细加分辨，便可知这是说不出口的满汉席。就说上席吧，每席规定的肉馔九碗、果实五盘、蒸食七碟、蔬菜四碟、猪羊肉各一方、鱼一尾，用面定额二斤八两，这个用面定额就是做饽饽的，但不便写得直白，只让人心照不宣，又不让人道破玄机。

下面，该说司羊膳房了，这是本小说故事的起端。

司羊膳房始设时，图克萨尼循着康熙的旨意，嘱文办拟其职掌细则的奏表，呈康熙阅。康熙在表头上批道：明日早朝请众臣奏议。第二天早朝上，众臣奏议后的一致意见是：食全羊为满洲固有食俗，大清定鼎北京后已成国俗，全羊席该定为国宴，要体现在朝廷的庆典大筵和皇室的婚寿喜筵之中。康熙允同。这样，康熙就依众臣之意，按着图克萨尼的奏表，授意司羊膳房除了职掌他在特谕中钦定的那些宴类外，又御补两条，一条是朝廷在太和殿庆贺元旦和万寿圣节的宴式定为全羊席，另一条是皇帝和皇室人员的成婚日、公主们下嫁的初定日和成婚日的宴式定为全羊席。当图克萨尼将奏表修改后，再呈康熙阅时，康熙又批道：照办。全羊席既已为国宴，为弘扬大清国食风貌，朕荐厨子额图慧为司羊膳房庖掌，三日内即去尔处。额图慧是康熙的宠厨，为太宗的御厨额图森之子，后随顺治入关，服侍顺治，顺治薨后，继而服侍康熙。康熙嗜羊，额图慧便磨炼成烹羊的能手。图克萨尼见了康熙的回批，仰天自叹道：皇上真是大公无私，为国割爱啊！臣若不将司羊膳房办得顺符圣意，岂不愧颜为官，空拿俸禄！从此，他将司羊膳房视为寺中之重，从而先基为奠，打下个底子，给他的继任者们标树了光禄寺大臣躬亲礼待司羊膳房庖掌的寺习。

那么，司羊膳房在后来承办的全羊席是什么样子的呢？这里仅举一例，如康熙的女儿固伦公主下嫁的初定日的前一日，额驸要在午门外恭进"初定一九礼"，礼物是马八匹、骆驼一头。初定日，额驸进宴九十席，用羊八十一只：保和殿内外设宴六十席，用羊六十三只；内廷设宴三十席，用羊十八只。过一日，皇家也要在保和殿内外设宴三十席，用羊三十三只；皇太后则要在内廷设宴六十席，用羊六十六只。您看，额驸和皇家设宴的用羊数目差不多是对等的，这就是礼仪。这些俱交光禄寺代办，只不过办宴的银子由两家分担罢了。是时，司羊膳房里几十号大小庖厨可都晕菜了，忙得脚打后脑勺，还不能有半点差错。这还仅是一个公主的初定宴，若逢万寿圣节那样的盛大庆典，得，那就忙翻了天，这要没个镇得住人拿得住事儿的，还得是技艺精湛的庖掌，准得出娄子。所以，康熙亲荐额图慧充当司羊膳房的首任庖掌，起点就高，就引人瞩目，也为司羊膳房的庖掌在迭代延续中笼罩上一种特殊的背景。

从此，改革后的光禄寺、珍馐署和司羊膳房，自康熙以降，历朝沿循。要说的是，额图慧年迈解职时，职缺由其子额图勤继任，再后是其孙额图吉……直至同治十二年（1873年）六月初，额图慧的六世孙额图浑病故，迄此，司羊膳房的庖掌之位竟被世袭了一百九十多年！这期间，司羊膳房承供的全羊席，因出自满洲世家御厨之手，其传承性可想而知，虽然有些古意氤氲的韵致，但也仅具俎法粗简的牧猎风格。分析起来，这种宴式的形成，缘于女真人最重祭羊、视羊为祥物的古老风习。在女真人的心目中，羊的祭值和食值比猪为高，故而祭天祭神祭祖，或逢庆典喜寿之事，必以全羊为首用。到了清初，满洲人的食羊之举更多地染上了礼仪色彩，凡贵人享重客，席上唯羊是需，兼篚并进，不设杂肴，尽量而止。清入关后，北云南游，这个旧俗又像水草一样点染了中原各地。一个嗜羊的民族成了统治者，羊也就附顺权势，身价飙升。从此，这个古老习尚便旧值增新，又在康熙的钦定下，竟成了清朝的国俗，全羊席也成了宫中的宴典框范。所以，这二百来年，因宫宴主羊，官府遂趋，民间亦附，时间一长，便递嬗出食羊的浓风厚俗。仔细想来，这种食尚也是蛮不错的。概因满族人与中原汉人同有食羊之嗜，蒙古族、回族亦如是。羊便成了满族、汉族、蒙古族、回族诸族之间饮食习惯上的一种纽带。及至乾隆中叶时，流传民间的全羊席，历经长江以北鼎鼐大省和产羊盛地的庖家们的循进改良，已嬗变成商品宴席，并渗透进了丰富的文化剂量，有了馔名典雅、蕴蓄羊意又不标"羊"字、选料考究、俎技精湛、宴式华贵的诸多特征，这便是袁枚所说的"屠龙之技，家厨难学"的全羊席。从而，割烹全羊的鼎鼐中就沉积一层羊学问，散发出一股羊文化的爨香，浸透岁月时空，悠悠漫延到同治期。

额图浑病故时，因身后无嗣，便断了庖掌的袭位。由谁来接替呢？这就成为光禄寺的一件大事了。时任光禄寺大臣的毓福，为此向训政的慈禧请禀，言司羊膳房的庖掌当初曾有圣祖亲荐，此事也望太后特谕。慈禧摇摇头说：我可没有圣祖那样的司羊厨子，我要的烤羊腿还得你们光禄寺进献呢，你让我荐谁？毓福想想说：依臣之见，可否将盛京旧宫的庖掌索旺调来，估摸着他能接替额图浑。慈禧摆摆手说：得了，时下，朝廷重臣都多为汉人，你也别抱着老祖宗的炒瓢不撒怀啦，我看，司羊膳房也解了满洲人专司全羊的规矩吧。毓福一愣，随即又"嗻"了声说：臣也早已有此意，但不敢妄奏，还是太后圣明。如今，京津鲁豫一带，还有西边的陕甘晋，东边的辽吉黑，市肆酒楼的全羊席，营势如火如荼，皆沿我满洲旧俗而为变通。那就……慈禧说：那就到市面儿上选吧，也甭管是满洲人还是汉人，你就择优纳良。毓福说：寺里得有个诏告吧，还请太后谕定。慈禧说：诏告，什么诏告？你往宫门上贴呀？宫里不成了缺厨子的酒楼了？毓福急忙解释：臣是想说，应试司羊庖掌，关乎朝廷的国宴大事，务宜从各地精挑细选，来宫竞俎，择其最优者而录之，臣才可放心。这样，得有个诏告方式，使各地方明以所需，按规荐庖。慈禧"嗯"了声，又想想说：既然这样，就不妨把事情张大些，你出个应试的条例，我和东太后谕定后，可用光禄寺的名义通禀各地巡抚，让他们举荐本埠的厨子来宫应试，魁名高中的，你不就有了司羊庖掌了吗？毓福兴奋地说：太后圣明。这样，可使巡抚们知以敬谨办理，又能验度他们体察社稷民情的深浅，更能昭示朝廷不分满汉、不拘一格降人才的宏襟阔怀……

这样，毓福领谕后发出牍文，通禀鲁豫陕晋和东三省等地的巡抚、督办及京津的府台，请他们按着光禄寺的应试条例，举荐本埠擅司全羊的庖厨来宫应试。这次应试的结果，山东巡抚丁宝桢的衙厨罗云甫艺压群庖，接替了额图浑的位置。

罗云甫掌职后，勤勉驯谨，俎技又高超，并将满式的全羊席融进汉式的精湛技法，使宴式革新，宴容升华，满汉鼎俎珠联璧合，极大地适应了宫中宴酬的时势，赢得了舆情的一致称道，因而，他深得毓福和珍馐署署正那景庆的赏识。直至光绪十二年七月十五日，因天气奇热，罗云甫年高中暑，在灶台旁突然晕倒，经医未治而殂，享年六十五岁。为此，那景庆掉着眼泪叹道：当今之世，制羊之厨，舍他无二哟！旋将此事禀报了毓福。毓福是罗云甫来宫应试时的主试，对他这些年的厨绩颇有印象，听后也唏嘘惋惜了一阵，然后说道：宫中大小宴事，不可一日无羊。光禄寺是朝廷宴典之所，岂能没有制羊的高厨！那景庆苦愁着脸说：大人说得极是，就请大人从速裁酌，下官好受命施行。毓福撇头喐一声，说：我怎裁酌？还得按老办法，请各地巡抚们荐吧。待会儿我让文办写出奏牍，请太后谕定后就发下去。那景庆说：大人，这次的应试条例可要加上年龄限制。罗老庖掌五十二岁入的宫，似稍大些，精力有所不济，当在四十岁以内为宜，这样，差期延长，有益供膳之务，也免得大人再为此事劳神。毓福嘿嘿两声，说：这一任庖掌来了，我也劳神到头，要告老还乡喽。不过，你这主意不错，符合太后的训意。前些日子，太后嫌内务府的太监年岁大了，就都给了各王府和宗室们使用，将王府、宗室的年轻太监换了过去。我家那两个，现都换成了老太监。可这厨子，如果年龄太小，经验和技艺就不足，似不中用。按你说的那个岁数，倒也适当，就写到条例里去吧。另外，罗云甫的后事，你要办得妥帖。他来光禄寺司俎有绩，人很不错，给我们撑了不少面子，令人追怀。我拨你二百两银子，抚恤他的家人，连同讣文，一并让邮差部遣人送去。这罗云甫嘛，生在世厨之家，应该不能断后。你可用寺里名义，再写封帖文给罗家，并附去应试条例。罗家若有合适的传人，可径来应试，不必经抚举荐。那景庆点首道：大人明鉴。下官听罗老庖掌说过，他确有子嗣仍操厨业，已从济南迁往盛京了，在留宫附近四平街的北辕楼主灶。

　　次日近晌，毓福拿着文办拟好的奏牍，到内廷东暖阁请见慈禧。毓福这一奏请，就引发了罗云甫的继任者的传奇故事。这个传奇故事，在清末民初的京城中颇有流传。民国三年，北京琉璃厂华翰斋的店主钱殿臣曾从经手所贩的书籍中，辑录一本《燕尘杂拾》，于民国四年秋由梅园精舍刊行出版，书中有位名卢梦茵的写了首《光禄寺宴俎记录》的诗，题道：

汉娘①传徂旗家郎②,徂变媒姻美事扬;
琴瑟和调弹寺内③,步尘膳祖④竟庖掌;
岂料旗郎官六品⑤,奉司羊宴谬八方⑥;
西后⑦聩聩惩戒过,含冤鸾凤迁土邦⑧。

诗中的注释是:①指罗小翠,罗云甫之子罗传耀的独女,罗家菜传人。②指徐仁虎,先拜罗小翠为师,继为罗小翠之夫,后进官应试,在罗小翠的助厨下,成为罗云甫的继任者。③指光禄寺。④指罗云甫。⑤指徐仁虎被慈禧封赏为六品御外膳官(蓝翎侍卫)。⑥指八国洋使。⑦指慈禧。⑧指土耳其。

这首诗等于揭示了本小说的经脉,勾勒了阅读的轮廓,只是,其中的事情已被岁月风尘湮没,今人几乎不知。

咱们借诗补遗,就讲讲徐仁虎和罗小翠。

第二章　天厨殂落

毓福拿着他的奏牍，到内廷请见慈禧时，是光绪十二年七月中旬的某一天。那时，东太后慈安已死五年多，光绪刚满十五岁，离他亲政还差三年，离"戊戌变法"发生时间还差十二年。慈禧代光绪训政已有十二个年头了，这是说，那时宫里还无慈禧党和光绪党之分，明争暗斗的政争局面尚未形成。不过，光绪已渐谙朝事，想到自己钻了同治死后无嗣的空子，拣个皇帝来当，不免窃喜暗庆。慈禧呢，没抱成亲孙子，肯定有憾情怅绪。这都不去细述，这是借这个由子，把故事拉入正题。

光绪十二年的北京，天气热得发了狂。这日，太阳未到中天，即像满洲人盛祭肉的大铜盘子快要熔化，内廷遂如下了火，还一点风都没有。似云非云、似雾非雾的空气低低地浮在上空，殿脊的瓦檐上，干巴巴地反射着白光。殿廊旁的柳树都病了似的，叶子在枝上打着卷儿，枝条一动不动，无精打采地低垂着，处处干燥，处处烫手，使人憋闷难耐。但养心殿的东暖阁里却很阴凉，厚厚的大青砖把肆虐的暑气挡在了外头，树中知了的噪声也几乎传不到这里。阁中，御茶膳房的总管太监维康正为慈禧续添一盅冰碗儿，适时地说：禀报老佛爷，毓福大人来了，等候求见。

慈禧一边揭开绿龙白竹碗的金盖儿，一边说：让他进来吧。你去加盅冰碗儿，给他也凉快凉快。

维康"嚒"了声，忙使人端来冰碗儿。

慈禧凉丝丝地喝着，见毓福进来向她请过安，便说：你坐下吧，先喝盅冰碗儿。你也赶巧了，李中堂喝了刚走，你就接着来喝。

谢太后，毓福说着坐下了，端盅喝了一口，顿时精神一振，抬起眼睛又说：喂呀呵，立马落汗。

慈禧笑着放下盖盅说：不赖吧。昨个儿，我让醇亲王派他的厨子房二，来素局传传消暑的手艺。这冰碗儿用的是什刹海荷塘里的鲜莲、菱藕，水是西郊玉泉山的，再配上蜜饯榅桲，红是红，白是白的，看着就凉快。还有鸡头米呢，也不是二苍子，刚刚壮粒儿，真嫩。毓福哇，你这管吃的大臣，日后也得学着随季问肴，应时待宴，光禄寺那边的宴事得照量着更进。

嗻，毓福欠身应答，臣记着太后的训导。

这两天，你那边献来的烤羊腿可大不如前了，慈禧说，我气着呢，正要找你问问，可还顾着稚璜的面子。不然，真该罚罚那个罗云甫！

毓福忙说：太后，罗云甫前日突然染病而死，只好使别的厨子顶替他，怎么的也差一层，臣深感不安，乞望太后见谅。

哟，人死啦，可惜了的，慈禧说，我说烤羊腿变味了呢。啧啧，司羊庖掌没了，这可是个事儿，你打算怎么办哪？

毓福答道：臣正为此事而来，已拟了奏牍。说着，起身将奏牍呈于慈禧。

慈禧接过奏牍，一眼没看就放到案上，说：你人都来了，就当面说说吧。

毓福说：依臣之意，还得像上次太后谕定的，请各地巡抚们荐厨，来寺里应试，望太后从速赐谕。

慈禧想想说：上次应试罗云甫，是哪年啦？

毓福答：是同治十二年九月初。

慈禧叹道：真快，一晃都十三年了，那次会试效果如何？

效果甚好。若无那次会试，怎能试来罗云甫。

慈禧"嗯"了声说：那行吧。唉，近来西域诸国的使臣已定了来京期限，金川那边的局势也复杂，我要召见那些西域职官来宫议事，还有年班蒙古王公，他们要循例进献贡物，都赶到入秋了。没了罗云甫，也得有张云甫、李云甫啊。你赶紧依牍行事吧，回头我让外奏事处送谕。

毓福"嗻"着，起身拜退，走出几步，又转身说道：太后，您看那烤羊腿……

大热天的，吃着腻歪，慈禧把长长指甲的手一摆，等你有了张云甫、李云甫的，再献吧。

毓福领过慈禧的谕示，即给江北大吏们发出荐厨的文牍和应试条例，会试日期定在九月三日。这个举措的原始记载在某些光禄寺底档里还能依稀辨出，但可能被清宫史家们忽略或遗忘了，本小说正是依据这则毫不引人注目的记载才得以将故事的情节展开。

单说七月二十四日，过了晌午头，当光禄寺的讣文、那景庆写的帖文，还有应试条例，连同抚恤银子，由邮差部的信使一并传递到盛京的北辕楼酒家时，罗传耀接过讣文一看，两手就抖动起来，一股哀气蹿出胸膛，在嘴巴里憋着，憋得下唇哆哆嗦嗦，遂觉眼前天昏地暗。走到账事房里，将门一关，突然"嗷"了一声，随就号啕不已。此番悲恸一时难以控制，得由着他伤心掉泪一阵子，乘机也便插叙一下他的身世。

罗传耀的祖籍是山东曹州府，按着罗家厨规，他须年满十二周岁才能随父学艺。道光二十九年夏季，他离十二周岁还差三天，就从曹州来到济南。时在北辕楼酒家主灶的罗云甫见了儿子，掐指一算，随就拍了他一个耳刮子，笑骂道：小兔崽子挺闯火候啊，嫩几天也熟了。行，去把头给我剃剃，明天就摆弄尾墩吧。自此，他少小缘膳，子承父业，跟着罗云甫亲刳近馔。

罗家这一支世代负鼎，祖上在乾嘉二朝时曾为山东的三任巡抚当过衙膳房的主膳人。有了这等厨政，社会舆情中渐有了"罗家菜"的称谓。罗家菜中，尤重制羊制猪之技，这既有当地物产和食俗的成因，也有清廷的鼎筵全羊和食肉之风浸漫齐鲁的作用。就说全羊席吧，这种宴式经罗传耀祖上几代人的传承和改良，最初以满汉俎技交融和满汉合食的形式在济南官场上风行，到了嘉庆末年，罗云甫的父亲罗世俊因未袭抚衙厨职，就将祖传的全羊席引进到他掌勺的民间酒楼，始具了商品化的特征。及至罗云甫时，全羊席已被他炒得享誉齐鲁，罗家菜的牌号噪及东、西平原。罗传耀入厨后，春秋胼胝，深自砥砺，再加上他有门风的遗传，世袭的血脉，操俎就有灵性。一晃过去十五年，到他二十七岁时，其俎技与他父亲已不分青蓝了。这一年，他娶了老家城东街一个小染房店主的女儿周氏为妻，两年后得一女罗小翠。

当时，北辕楼酒家可算执济南饮食业牛耳，名声和生意在本埠无有比肩者。酒家掌柜的郑聘之是个异奇之人，他是咸丰甲寅年进士，及第后入过翰林院庶常馆教习了两年，后被放到河南沁阳县做县太爷。但不知从什么时候，因为什么就远离了官场，打消了图仕的愿望，弃政还乡，回到原籍济南经商。北辕楼酒家开得誉隆财旺，一是得益于郑聘之的进士资望和智商，二是得益于罗云甫的名气和俎技。开通而精明的郑聘之乘着买卖大红大紫，就不拘一格地与罗云甫结为莫逆之交，让罗云甫不仅吃大劳金，酒家还有他的股份，这买卖等于两家合营的。同治四年，丁宝桢任山东巡抚后，常到这里礼酢宴酬，他与郑聘之因是同朝进士，文科类聚，宴传知音，两人便有了交情。郑聘之虽然厌弃官场，但因做买卖，又少不了官吏们的捧场，这是他接近丁宝桢的心理原因。丁宝桢也是很重哜啐之事的，竟与易牙相比，曾自题"稚璜辨味"，悬于衙署后堂，有名的国菜"宫保鸡丁"，据传是源于他的食俎行为。为了宴酢的求变革新，他的抚衙膳房里常是名庖更迭。这样，他到北辕楼酒家赴宴的时间一长，这里的优肴佳馔就给他留下津津不尽的回味，这就注意到了罗云甫，动起了将其聘到抚衙掌俎的念头，后在一次酒宴中，就给陪酒的郑聘之过了话。郑聘之为此颇伤脑筋，但又不能得罪丁宝桢，旋想罗传耀早已出师，完全能顶替罗云甫了，便试着与罗云甫协议此事。罗云甫哪能让郑聘之为难，他早想让儿子独掌灶头，吃上大劳金，也算尽了为父的责任。再说，罗家先世有负鼎抚衙之誉，柴薪丰厚不说，也是光耀门庭之事。而且，郑聘之又说他在北辕楼酒家的股份不变，由罗传耀继承，这更使他心满意足。这就乘机离开，高高兴兴到丁宝桢那里供差去了。

  罗传耀接了他爹的职掌，郑聘之也随就让出半臂之位，扶助自己的儿子郑文谦锻炼着去当掌柜的。他的打算是让郑文谦与罗传耀多在生意中接触、磨合，培养休戚与共的亲睦情谊，将这份兴旺的产业延续和拓展下去。郑文谦自少受家境熏陶，熟谙诗书，后在济南府的乡试中列过副榜，被委任到章丘县的县署里做了主簿。既然为父的淡泊官场，让他重商求富，他也就别无选择，由此辞掉了这个下吏之职，一心朴实地随着老父钻研起经营之道。他这人头脑灵活，善于逢场应酬，话不漏滴，很是当掌柜的材料。自他当了少掌柜的，便使出一些招法，比方定例给客席增菜，收银时又打折，大小零头一概不算。有时他陪客饮酒，陪得兴起，干脆免账，说他请客，谢仪老主顾们的捧场。他还有个长处，坠琴和弦子弹得都好，不仅能伴奏，还能唱戏，特别是模仿京剧和吕剧中的名角名段，堪称一绝，主顾们每来聚餐，他常要唱上两段，使得店客之间融乐情洽。这种经营特征造就了郑文谦性情上的特别之处，一是对亲朋或主顾的热心肠，讲究诚信，二是处世仗义大方。这样的性情用在生意上，自会有舍一获十之效；用在交谊上，他就不负郑聘之的期望，与罗传耀过往积情，以至情同手足。

罗云甫到丁宝桢那里是同治六年五月初，至同治十二年四月二十五日赴京的。离开的原因是同治十二年四月二十日，丁宝桢接到朝廷调令，命他明年孟春赴川，出任川督。但没过几天，即六月底，又接到光禄寺通禀他荐厨的文牍及应试条例，牍中有"奉西太后谕"的明示，这两桩事情在丁宝桢心中就交织出七分惊喜、三分报恩的情结。七分惊喜的是，他曾杀过慈禧的宠信大太监安德海，不但未受掣嫌，反而荣升，不免大出所料。当时，安德海以"御外"之由，到江南采办，途经山东时，被他诛杀后暴尸三日，泉城的庶民都看清了这是个没有不典之物的真太监。这样一来，就将慈禧与安德海有暧昧之情的谣言不攻自破，等于为慈禧澄清了贞德。其实呢，这恐怕是慈禧事先安排好的蓄谋行为，不然，当时丁宝桢"飞章入奏"，怎会速得慈禧的"毋庸讯问，就地正法"之谕呢？似因慈禧不便在宫中除掉安德海而洗刷自己的清白，亦不忍直接下手，所以，慈禧感谢丁宝桢的心照不宣之举，因而，当川督出缺，丁宝桢便被擢补为川督。当然，这位名宦的廉正与刚直，也是被慈禧看好的一面，期望他去整饬被吴棠搞糟了的巴蜀吏治。三分报恩的是，当他接到光禄寺的牍文，请他荐厨到宫中应试时，就想到当年康熙帝南巡时，念及江苏巡抚宋荦的政绩，便在赐宴江南各地督抚时宣布：颁赐宋荦之食要与总督相同。并解释说，宋荦老臣年高，与众巡抚不同。传朕旨谕，将朕食豆腐之法传于宋荦的厨子，为宋荦后半生享用。宋荦当然受宠若惊，为报答康熙的恩赐，后来就将抚衙的高厨张东官举荐给康熙。张东官入宫后，成为康熙的宠厨。丁宝桢认为自己比宋荦幸运多了，宋荦只是在饮膳规格上享受到总督待遇，而自己却实实在在得到了总督之职，这是要报恩的。这除了在日后的川督之职上报效朝廷，以不辜负太后的恩泽，起码，也先得学学宋荦那样，将抚衙的高厨罗云甫举荐宫中，为太后和朝廷的宴事所用。因为他清楚罗云甫也是庖中俊杰，应该成为同治朝的张东官。正因如此，这个关节就很重要，没有这个关节，也就没了本小说的故事缘由。

罗云甫被选为司羊膳房的庖掌后，很让丁宝桢的脸上飞金，于是，"稚璜辨味"又衍生为"稚璜识庖"，使他在朝廷和官场中被津津乐道。

可是，这期间郑聘之这边却遇到了麻烦。因为丁宝桢入川之前，要将在任时未曾完竣之事趋紧落实，以固政绩。其中，山东机械局的创建是他要重点督办的，这个洋务项目正巧规划到北辕楼酒家的那一带地区。就是说，北辕楼酒家很快得要拆迁。郑聘之闻风后，自然焦虑不安，就找到丁宝桢，企望免遭拆迁。丁宝桢是洋务运动的干将，哪能为此而阻碍他的洋务部署呢，于是就对郑聘之理论一番洋务强国、国重业轻的道理。又说北辕楼酒家的买卖兴隆，拆迁后损失较大，答应给郑聘之重建两个北辕楼酒家的补偿，并劝郑聘之随他入川，在督署中做个幕僚，或候任出缺的知府。至于罗传耀呢，可到督衙中掌厨。这似乎是番不错的安排，但郑聘之听后，却有商被官欺、中被洋压之感。可在这位准总督面前，又不敢强词发泄，还得口言谢仪，领情关照，并申明自己早已退仕、再不复蹈的态度，婉然谢绝了丁宝桢的好意。

这样，郑聘之几经考虑，认定盛京乃为清朝的留都，又是东北第一大邑，物产繁庶，人烟浩穰，且食俗与鲁相似，该是餐饮业发展的好去处。于是横心一下，含泪关了店面，处置了店内的财物，领取了丁宝桢的补偿，在光绪元年的春节一过，便举家北迁。罗传耀也将罗小翠从曹州接来，随同前往。郑家先在盛京内城宫墙北的御府巷子里买了幢豪宅，与罗家父女同住；又在繁华的四平街鼓楼旁选购一处坐北朝南的阔大店址，改造装修成北辕楼酒家，择了吉日一开，竟比在济南时的生意还红火。

那时，罗小翠年仅九岁。她天生丽质，形态妙美。小额头小杏眼儿张溢着聪颖和任性，纤巧的四肢具有天然的灵动魅力，发出的语声如细泉的水流声。她总扎着两根儿向上弯翘的羊角辫儿，常穿一件月白杭纺挖襟敞袖的小夹衫，下配牙白色的小罗裙，蹦蹦跳跳、喜动不闲，活活脱脱似一枝水灵灵的小马蹄莲。这样的小女孩的美是无法形容的，只能说谁见了谁喜欢。她利利整整地打扮成个小大人儿，倒不是整日扑在厨务上的罗传耀暇余能及，而是郑文谦之妻郑陶氏的精心侍管。郑文谦两口子膝下无嗣，便将罗小翠当成了女儿，疼爱得不得了。罗小翠也就干爹、干娘的亲亲地叫。

郑聘之因年纪渐迈，平日去北辕楼酒家也是晚及早归，回宅后以研究金石和古文字自娱，后有《古玉稽考》《解字古籀补》等籍问世，翰墨之余，又颇有含饴弄孙之兴。罗小翠常猫着小腰蔫悄悄地溜进他的书房里，拿小媚眼儿斜瞟着他捧卷痴读，就哧溜一下钻进他的两腿之间，一骨碌扭过小身板儿，背对着他，伸长了小脖子，撒娇地说：爷爷，我要风来啦，我不要雨。风是郑聘之冲她的后脖颈吹一口气，雨是轻轻嘬一下。她说完了就痒痒筋样的哧哧地笑，等待那一口吹来的风。郑聘之乐呵呵地搁下书卷，俯身抓起她的两只小手说：你这个小翠翠，又当小羊来啦是不是？这回爷爷不给你风，也不给你雨了，你都认识一千多个字啦，往后，爷爷教你读书写字喽，好不好哇？罗小翠高兴地说：好哇。那——爷爷是翠翠的老师，翠翠还没给爷爷磕头呢。说着就往外挣脱，要磕头。郑聘之搂着她不放，把山羊胡子放到她的后脖颈上扫了几下，痒得罗小翠咧着小嘴咯咯直笑，然后就说：那我亲亲爷爷吧，就顶磕头了。说着就扭过身，噘起小嘴儿，冲着郑聘之俯下的老脸，吧嗒一下亲了一口……

　　罗小翠年满十二岁时，即循着家规跟随罗传耀学徂。到了二十岁，不仅学尽家传绝技，还出落得风华月貌，人称罗厨娘。当宫中邮差部的信使将罗云甫之死的讣文传递给罗传耀时，她和徐仁虎都在吉林乌拉呢。

　　现在得回过来讲罗传耀了。当时，他拿着讣文走进账事房时，脸相上的变化被柜台里的郑文谦看在眼里，便猜度出有什么事情发生了。这就吩咐人侍候邮差的酒菜，又问明了送来的件物，忙将坐在餐堂角落处独自饮酒的郑聘之请过来，两人一同进了账事房，里面的罗传耀正在痛哭。这时，堂倌端进来一个白色箱匣，里面装着抚恤银子，匣盖上有光禄寺带"奠"字的封条。郑聘之从罗传耀手中拿过讣文，神色凄惶地阅过，又递给郑文谦看。然后两人都默不作声，任凭罗传耀哭了一阵，郑聘之才劝他节哀。不过，他劝过后，也止不住哽咽起来，颤着老腔道：云甫老弟呀，你此生庖绩辉煌，令人感慨之至啊！怎么……怎么就走到老哥的前面啦！悲哉，悲哉！罗家的丧事就是我郑家的丧事。文谦呐，你安排着，明日起，北辕楼歇业三日，为云甫老弟行隆奠之礼！

　　郑文谦抹泪应着。

　　当日晚上，郑宅的厅堂正中悬挂起罗云甫的遗像，灵桌上供着香炉蜡扦儿，烟气缭绕。罗传耀和郑文谦穿着帽、衫俱全的孝服，郑聘之只戴孝帽。郑陶氏用白布包鞋，以示亲近。其他人等，皆着半孝丧服。请来的阴阳先生择了吉方，将罗云甫的寿衣按穿着样式摆到逍遥床上。郑聘之朝着罗云甫的遗像鞠了三躬，悲叹一声道：云甫老弟，虽值暑夏，我却为你备了锦缎棉衣，好让你在阴间能过冬啊！说完，啜泣不止。就这样，俗传三日，又择了殓时，罗云甫的寿衣被装进玻璃镶金的高杠棺罩内,在僧道的倒头经声中,那衣冠内裹着的遥远灵魂也就象征性地上了望乡台。出殡那日,许多北辕楼酒家的老主顾都为郑家的殡仪所动,送葬车轿竟有二三百乘。殡毕,又在北辕楼酒家摆了数十桌白事之宴,宴尾的白焖豆腐,竟以白扒鱼翅替之,十分靡费。

其实,这是郑家的有意栽柳,旨在昭显北辕楼酒家的厨脉通天,与御膳同体,等于做了一场轰轰烈烈的广告,为日后的营生之厦铺垫了一层更高的基石。郑家父子的慷慨在悲戚意识中潜藏着高明,促使罗家菜有了更为广泛的社会效应。

忙完了丧殓,郑聘之这才拿着那景庆的帖文和应试条例,与罗传耀、郑文谦商议此事。仨人重阅帖文,感到吊慰之意写得婉恻泫然,告明逝者的遗体已妥善安葬,又诚望罗家后裔来光禄寺应试,继承先世的业绩,为朝廷效力、光宗耀祖云云,并附有从东华门进宫的准试专函,上面钤盖着光禄寺的印章。

郑文谦拿过应试条例又细看了,就对罗传耀说:这条例里已写明,应试者的年龄要在四十岁以内。传耀兄已四十又五,怕是去不得了。

郑聘之附会道:是啊,传耀若真一去,北辕楼的生意可要大跌。想当年,稚璜荐了云甫入宫后,出任川督,我生怕他再把传耀劫走。那是个见了庖杰死盯不放的家伙,所以携传耀逃到盛京,也有避难这层意思。哈哈哈,这下好啦,也是天意使然,传耀离不开我们了。

郑文谦说:父亲,话虽这样讲,但光禄寺可是朝廷重地,又有专意的帖文诚邀,还赉了抚恤银子,这面子给得不小,也情意难却呀。我们如无回音,没个交代,怕是不妥。

郑聘之点头道:是啊。要不这样,传耀啊,老夫先代你给那署正写封回函吧,对朝廷的关照表示谢忱,以酬礼情之仪。至于应试之事,既然传耀逾龄,就不宜提及了。唉,要是翠翠是个男家就好了。

罗传耀说:那就有劳聘之大人代为复函。说实话,你们对我恩重如山,我就是符了应试的年纪,也不会去的,总能想个法子搪塞。但话说回来,罗家在光禄寺的厨位就这么断啦?我心不甘哪!羊圈修到田埂埂,羊毛贴不到猪身上,所以就想,是不是让仁虎去应试?他也得算罗家菜的传人。

郑文谦"咦"了声说:这主意好!若不去光禄寺应试,显得传耀没了家传。

再说，北辕楼的厨艺更不能与宫中御膳断脉，这可是我们生意上的韬略。

说得对，郑聘之双掌一合说，这样，也免得光禄寺那边以为罗家不想为朝廷效力。不过，仁虎这一去，总不能撇下翠翠呀，这两个孩子现在都生死不分了，拆开不得。传耀，我看哪，先把他俩的婚事定下吧。

郑文谦说：凡事皆有利弊。仁虎一走，小翠哪会不随着。吉林乌拉的北辕楼分号也要生意大跌的，岂止大跌，弄不好得关门儿。说完，拿眼望着罗传耀。

罗传耀会意，便说：我也这么想。要不这样，我去吉林乌拉一趟，按着聘之大人的意思，给小翠做主，先让她与仁虎完婚。另外，小翠总是夸仁虎的厨艺了得，这我倒信，但究竟如何，我还得找找他的破绽，再传授给他一些应试经验。这边的厨务已很稳扎，我离开也放心。

郑文谦说：传耀兄，我是说，仁虎这一走，小翠还真得跟着。她是仁虎的师傅，对仁虎的应试能有个关照，兴许还能帮上忙。可是，吉林乌拉那边，可就没人撑着啦。

那就我去撑着呗，罗传耀说，都是一家人的事情，哪能不管。我想，待仁虎的应试有了结果，那边的厨事我也能磨合好了，再回盛京不迟。

郑聘之摇头叹道：这盘棋下的，简直重新布招了。哎呀，还有一事，他俩去京，人地生疏，还得有个安身之处。文谦呐，你不是要去京城购置漆木桌椅和海味干货吗，顺便替他俩寻处住宅。

郑文谦说：这事情我想过了，就在正阳门外一带买处住宅。那里是商区，我常去那里，日后也省得住客栈了。我还琢磨着，京城里得有一处落脚之处，万一仁虎应试不成，就顺便在正阳门那一带再开一处北辕楼，京城人可都认山东菜。

罗传耀动情地说：你们对小翠和仁虎的事情，想得比我还周到，还尽心，真使我感恩不尽。

郑聘之捋须笑道：传耀啊，你这可见外了。罗郑两家，只有同舟共济，才能事业有成。仁虎若能接替云甫老弟的职掌，可是关乎北辕楼的声誉和生意的大事，关系罗郑两家共同的利益。这叫人财融共，天结佳缘，怎能说谁向谁谢恩呢。

罗传耀说：好好，那就不说啥了。既然这样，事不宜迟。我算了一下，离仁虎去光禄寺应试的日期还不到四十天了，我是否明日就动身?

郑聘之说：去吧，就这么定了。文谦哪，翠翠和仁虎的婚事，想着备份厚礼，让传耀走时带去。

翌日一早，郑聘之父子设过饯行宴，又备了自家用的蓝障呢后档车，送罗传耀上路。罗传耀携一位弟子，乘车扬尘北去。

胸腔部

盛京和吉林乌拉之间有御路相通,车辇走起来挺方便,但路程较远,罗传耀得需三四天的光景才能抵达。现在,他正心事重重,目光沉滞,神情还有些低落,就不去打扰他了,让他自顾着清静清静。乘此空隙,就有足够的时间讲讲徐仁虎和罗小翠。

第三章 羊结情缘

徐仁虎姓徐吉氏,是吉林乌拉正白旗满洲人,婴时一落草,因其泣喤喤,全家人就一阵欢噪。他爷爷头一个进室采生,在他的小胯股当中扒拉一下,说:哦呵,是个长小羊角的!他的阿玛叫格棚额,听后喜得眉眼大开,赶紧将一弓三箭挂到户外门扉左侧的楔子上。旗人家生男挂弓箭,生女挂红绸,这是俗成的规矩。格棚额挂完了弓箭,又把三支箭杆正了正,让箭头指向前方,回头踅进后屋,随他阿玛盘腿坐到蔓字炕上,爷儿俩就合计这婴儿的名字。

阿玛,给这猴崽子起个名吧。

嗯。我看这猴崽子虎势，有股子威猛气，哭声也响得蝎虎。起个汉名吧，叫徐仁虎咋样？仁虎嘛，就是仁义之虎。

哎呀，这恐怕……

噉！你这个大猴崽子，咋比我还木头？道光爷早就取消了对汉人的封禁，你还恐怕个屁！连船厂将军续弦，还选个汉女哩。别忘了，咱们老祖宗原就是中原汉人。

嘛、嘛，就按阿玛说的定下吧。

…………

这徐氏的原籍也确是中州。《徐吉氏宗谱》记，女真人在盛京建都后，徐氏的祖宗始迁会宁府东境的宜罕，年深日久，便融合到女真之中。清初，徐氏的先祖从军带兵，屡建战绩。后来，在康熙年间又因抗击沙俄收复疆土有功，被擢补为驻防参领，是正三品武职。此后，这个爵位沿代承袭，到了徐仁虎的爷爷这里，虽已早成虚职，但也不失为族门中的荣耀。徐氏家境殷富，徐仁虎六七岁时，就享有专馆延师课读。到了十六七岁时，已初通四书五经，亦擅用笔帖。徐氏属骁骑军籍，他爷爷这时闲赋在家，见徐仁虎已熟文谙墨，又英姿飒爽，丰骨不凡，且为人机敏，喜欢得不得了，就想让他立身发迹，这就在城南翠花胡同开了山货庄，经销参菇菌耳、松子蜂蜜之类的本地特产，钱银账目的事情，都交给徐仁虎掌管。不想福灾难料，不到两年，他爷爷就染病谢世，格棚额继承了山货庄的产业。格棚额经商循轨，老实本分，这就缺了商家的油滑，不到一年的光景，山货庄就货不抵债了，于是赔着本儿兑出了这桩买卖。可他心却不死，又筹计着要在通天街开办酒楼。

那日夕食后，格棚额踅进后屋，唤过徐仁虎坐到蔓字炕上，爷儿俩就合计着这酒楼如何开法。

阿玛，酒楼经营啥呀？这得先定了。

嗯。我看这吉林乌拉的旗人聚堆，旗人自古亲羊，有个大事小情，都摆巴全羊席，酒楼就鼓捣羊吧。

咱这场的山货也是特产，鼓捣山货也行。

噉！你这个小猴崽子，咋比我还木头？咱们就是鼓捣山货鼓捣赔了，还鼓捣个屁山货？不捣鼓！

嚷、嚷，就按阿玛说的定下吧。

听说没，咱这场最近出了桩稀罕事儿。不知从哪儿冒出个罗厨娘，是个汉人，还带着两个婢厨，住到通天街的天益顺客栈了。这小娘们儿挺噱头，不去酒楼挨那份儿扒半夜、起五更的劳累，也不学门活派的厨子去包揽婚席祭宴，散仙似的单等着富人家的外会礼聘，专鼓捣羊。还别说，有卖奇的就有买趣的。前两天，佐领巴大爷给他猴崽子定亲，就聘她做的全羊席。嚷，听说满堂叫绝！几条街都传开了。那天我犯胃病，随了礼没去喝喜酒，可惜没见真章儿。我琢磨着，能不能把这个罗厨娘请到咱们开的酒楼来，当个主灶师傅？她不就想赚大钱吗，咱们满足她，有利大家分嘛，她能不来？

听说了，这事儿好生奇怪，哪有女人跑到外面耍炒瓢的？拿着厨刀闯江湖是哪门子套路？阿玛，这得瞜瞜她的底细，然后再说。

那倒是。这么的吧，过几天，是你额娘的寿日，聘她过来照楞照楞，就做全羊席，瞄瞄她的虚实，也当验菜了。

············

翌日辰正刚过，徐仁虎穿戴整齐，拿着聘帖，就到天益顺客栈去找罗小翠了。吉林乌拉这地方挺各路，是被松花江和北山框夹在中间，好像伸不开腿脚，只能屈形就势，城垣就很不规则，城形像个琵琶，城内街道东西长，南北短，又高高低低的起伏不平，胡同又迂回相连，曲折狭窄。徐仁虎要经过南大街、北大街、粮米行几条繁华路面，才能到通天街。时值元宵节将至，春寒料峭，朝暾之色被黄灿灿的阳光驱散。丝房、饭馆、酱园、当铺、钟表店、杂货铺、花纸店等各式商号都显得明晰起来；府衙的查街队一行足有十二三人，他们扛着令牌，带着绳子、刑杖，摇摇摆摆，鸭步鹅行，每到商号门前，都要上下左右查看一番。徐仁虎长腿大步，甩过了查街队老远，忽听身后一阵嘈杂，他扭头一看，见四五个查街队的人扭打一个戴暖帽、穿马褂的东家，一人一边打一边嚷：你过节不挂花灯还有理了，还嘴不啷叽骂人，嘿！打你个老驹子！

天益顺客栈是一座木体雕花的三层楼，一楼是统铺大炕，二楼是普通客间，三楼是高档套房，罗小翠客居三楼。徐仁虎进了店门，向店房说明来意，就登上楼梯。走到中截时，忽听"吱溜溜"的一阵响声，把他吓了一跳，循声往下一看，原来是通铺大炕上只有一面大被子，正被店主用滑轮吊到天棚上。那一遛儿睡觉的爷们儿霍的一下子都支棱起来，发出一阵惊呼。一个光着屁股、手捂着不典之物的人嚷道：干啥呀这是！叫咱爷们儿好看哪？店主说：行啦，你看办事的都来啦，还呼噜呢，该干啥干啥去吧。徐仁虎就掩嘴偷笑，抬步上了三楼。他按店房的交代，轻轻敲门，敲了七八遍，屋内才传出似猫叫的声音：谁呀？徐仁虎说：请罗厨娘操办喜事的。里面说：这么早哇，等着吧。徐仁虎听了心想：咋这动静？喵喵的，还架势不小。就出了客栈，到左近食铺要了碗杏仁粥和两块淋浆糕、一小碟芋瓜头咸菜吃将起来。吃毕，又回去敲门，仍敲了七八遍，屋内的猫声也仍是上述的应答。徐仁虎这回来气了：懒猫，你喵喵地抓挠人哪，不请你行不！想罢返身下楼，噔噔噔地走下几阶楼梯，忽又停住了，心想不行，这样回去咋向阿玛交代？后天就是额娘寿日，耽误不得；再说，还要请罗厨娘当主灶师傅呢，更是大事。这罗厨娘是猫是狗，我还必得见识一下再说。想到这儿又提脚上楼，耐着性子再度敲门，又敲了七八遍，屋里照样那般应答。徐仁虎气得眉峰直竖，又无可奈何地晃晃脑袋，心想：我也再不敲门了，就在楼下守着，不信你就不出来走动，不出来吃饭？你若出来再借端推托，我也明打明凿，好向阿玛禀报，怪不得我。这样想着就下到一楼，见店主正用烟匙从烟壶中舀出鼻烟，沾到大拇指上，将鼻子凑上去，晃着脑袋一吸，然后皱起脸皮，张着嘴，翕动老半天，才打了响响的两个喷嚏。这才躬身向前行了问安礼，说道：大爷，这罗厨娘好难请呀。店主这时已忙完店务，闲着没事儿，见徐仁虎身穿锦缎蓝袍，外套琵琶襟坎肩，脚穿双鼻皮条绒鞋，知是富家子弟，便客气地答道：罗厨娘的事你有所不知，来来来，坐下我告诉你。

我听那应声，喵喵的像猫叫，她能做全羊席？徐仁虎余气未消地坐下说。

哈哈哈……店主笑着摆摆手道，你说的那不是罗厨娘。她有两个助手，也都是娘们儿，长得一黑一白，名字叫啥不知道。黑的膀大腰粗，性情野泼，说话像噹锣，听说身手也厉害，两三个爷们儿都打不过她，是罗厨娘的保镖，专做宰羊清脏、劈砍搬抬的粗拉活儿，外号叫黑刺桐。那个长得白的单眉细眼儿，小腰条没我的大腿根儿粗，两只手臂像蛇样柔软，可心灵手巧，专做上手细活儿，切配上灶，样样都精，外号叫白芙蓉，她说话软声小调的。你说像猫叫的八成是白芙蓉，不是罗厨娘。罗厨娘说话像莺声，好听着呢。她有她的规矩，像这样色艺双全的女人，讲究伸抻，哪会一聘就去？你得耐着性子，不然岂肯轻易见你，认为你对她不恭，不是真心请她。

哦呵，徐仁虎听罢抽了口气，说，我这赶上敲武当山门啦，有意思。那好，我就再去敲，非要会会这位罗大侠，说着站起来要上楼。

不必敲门了，我来啦，那声音纯清圆润。罗小翠像踩着云彩，轻盈盈地飘然而至。她头戴貂鼠皮帽，身披朱红色锦缎氅衣，胯有开歧，双挽广袖，胸上露着淡粉缀珠衫衣的弧边。她长得面如鹅蛋，杏眼桃唇，肤如凝脂，那容貌和神色在美艳和娇俏之间。

店主急忙离座，为徐仁虎介绍说：这位，就是少爷要请的罗厨娘。

徐仁虎也站起来，见她色颇姝丽，气质娴雅，约有二十出头，与自己年龄相仿，心中暗自惊诧。想到刚才的调侃话是被她听到了，就弄得口将言而嗫嚅。

罗小翠卖艺为生，因是女流，免不了有些自慎自亢的坏习气，让这位少爷见怪了。说着，纤手抱拳，给徐仁虎轻施一礼。

徐仁虎窘笑着还礼说：哪里哪里，请别客气。这位女子的美丽和高雅，好像把他的忿气和怨意都消解了。

店主世故，便说起圆场话：这位少爷可是真心来请，不然咋能等到这时辰？好事多磨嘛，哈哈哈，你二位快上楼谈谈吧。说着，展手往楼梯处示意。

徐仁虎随着罗小翠踏着楼梯，心里就寻思：这哪像个厨娘啊，倒像是缙绅大户中的闺秀。年纪轻轻，她有啥本事摆这么大谱哇？我得不见兔子不放鹰，聘帖可不能着急给她。

说这话时，两人已进堂屋。这是一组套房，外屋住着黑刺桐和白芙蓉，里屋住着罗小翠。堂屋是会客之处，屋内户牖上扇，外糊高丽纸，内卷嫩粉色的帷幔，光线很充沛。壁上挂着画屏条幅，面墙有供灵神位，内有神箭、神刀和努尔哈赤的画像。太师桌椅幽幽闪光，地砖洁净无尘，显得清雅安适。一股闺房香气隐隐地挥发着，让人感觉这里是女人居住的地方。

罗小翠请徐仁虎落座后，询问了他的姓名，寒暄几句，就折进里屋。黑刺桐和白芙蓉走过来，一个斟茶，一个添燃火盆，然后朝徐仁虎浅笑点首，默然退去。这时，罗小翠从里屋复出，又是一番样子：绾髻如意头，身套紫红金花衫袄，彩缎藻饰，衬着那白中泛红的脸庞，丰容盛鬋，媚仪多姿，显得楚楚动人。

俟罗小翠坐了，徐仁虎就说："罗师傅说话字正腔圆，府上可是两京那边的？"

还字正腔圆哪，听不出我的侉味？罗小翠咯咯笑着说，我九岁以前在山东，九岁以后到盛京，在那儿长大。八成受了两京口音之染，平常也留意矫正，便吐出这南腔北调来，少爷果真听不出我的侉味？说着又咯咯地笑。

徐仁虎说：罗师傅上次为佐领巴大爷做的全羊席，听说人人称道，敢问你这是师从何家？唔，这门手艺，你这是……你这么年轻就……

罗小翠见他躲躲闪闪地发问，知是聘家有疑惑。心想自己来吉林乌拉刚有月余，聘家尚不了解。如不讲明自己，聘家便不托底。这就给徐仁虎续了茶，陈述起自己的身世。她自然先要提到她的爷爷罗云甫，说他在宫里光禄寺为皇上和朝廷主掌全羊席。接着又说了她的父亲罗传耀如何在盛京的北辕楼酒家主灶，使盛京人知味停车，闻香下马。她这样说等于亮出底牌，会加重这场生意的谈判筹码。

徐仁虎听了愕讶不已，感到这女子的来历很是特别，对她就有了家世厨传的那种心觉，疑惑也就消释了许多。可他仍感迷惑的是：这女子年轻雍华，为何带着黑白二女，来这里住起了高轩华屋，还超迈脱俗地专等着富贵人家来礼聘司羊？他的心里能不透着蹊跷吗？想到这里，就忍不住插了罗小翠的话空，问：罗师傅，恕我直言，你身怀家传绝技，定是不缺吃少穿，干吗不留在盛京那样的大地方，却屈就到这塞外小邑？这……唉，这话是不该问了。

罗小翠听得明白，轻轻叹口气说："既然少爷问到这儿了，也无所谓该不该的。就是少爷不问，下面也该说说我了。少爷毕竟聘的是我，我若不能让少爷知情，便是我的失礼。

徐仁虎听她说得认真，就张睁着新奇的眼睛屏息静听。

罗小翠说：我原籍山东曹州，但从小命苦，六岁丧母。当时，家父远在济南的北辕楼酒家主灶，叔父就将我接到他家抚养。叔父是曹州有名的"面人罗"，持此艺谋生，我便跟着他学捏面塑，成了他染料揉胚的小帮手。少爷，您大概不知，面塑这玩意儿，唐代时就在我们曹州流行，后来与戏剧结合，能塑造各类舞台人物，到了明末清初时，已形成一种专门的行业，所以，我们曹州的女孩，受风俗的熏染，多有能捏面塑的能手。我八岁时，面塑已捏得不错了，叔父常常带我帮他看摊儿。我一边看摊儿，一边捏孙悟空、猪八戒，还有牛魔王、铁扇公主啥的。行人见我人小手灵，都围过来捧场，看哪个捏得顺眼，还就买去。那时啊，我还替叔父赚了不少钱呢，咯咯咯……

徐仁虎惊异地说：罗师傅是说，拿做饽饽的白面，能捏成孙猴子、猪八戒？

罗小翠笑着答：那种面不行，是用小粉，就是将小麦粉洗去筋，经沉淀后所得的淀粉。这种粉沉实细白，塑人塑兽，脸皱或毛茸都能捏得出来。说到这儿，她就唤来白芙蓉，对她说：我那儿不还有几套面塑吗，你把白娘娘和许仙的那套拿来。

当白芙蓉将那套面塑摆到桌前，但见玻璃筐内，白娘娘鬓鬓高绾，一身白裙，似妖似仙，眼溢精气；许仙方帽青衫，木木讷讷，一脸委顿的神态。这不仅是两个生动的人物，而且传达着一个深刻而悲怆的故事。看得徐仁虎目瞪口呆，老半天才蹦出几句话：太好啦！人说读万卷书，下笔有神；罗师傅是童子功，下手有仙啊，佩服佩服！

少爷过奖了，罗小翠说，要是少爷看得顺眼，就送给少爷了。

徐仁虎忙道：我岂敢无缘受赠，白领罗师傅的功夫！这……这很值钱吧？我付钱是了。

罗小翠白了徐仁虎一眼，道：我可不是摆摊卖面人儿的，付钱不卖！

徐仁虎不是死轴子，便说：那好，我受赠了。这可是珍宝，我得精心收藏，谢啦谢啦。罗师傅，你才讲到八岁，请接着说，我这洗耳恭听呢。

罗小翠就接着说，我九岁那年，家父与郑聘之、郑文谦父子去盛京开办北辕楼酒家，我就离开曹州，随同前往。郑家是书香世家，官商门第，家境殷富，与我们罗家是世交。我认郑文谦为干爹，郑聘之我得叫爷爷了。爷爷那时精力不济，把北辕楼交给我干爹经营，老人家做了甩手掌柜的，沉迷于金石古文的研究，并以教我读书写字为乐。稍长，又指点我熟读诗文书经。我还受干爹影响，爱弹唱学戏，但我忘不了我是罗家后代，立志要像祖父、父亲那样当个名庖，这八成与遗传有关吧？家父知道了就说我是胡说八道，哪有女子当厨的？我就不服，说五代梵正，宋朝的宋五嫂，还有乾隆朝的萧美人，不都是女名庖吗？她们能做，我为何做不得？家父就奇怪，说你个女孩子，咋知道这些？我说是郑爷爷讲给我的，家父就不言语了。我猜想家父那时是寻思膝下无子，唯有我这独女，罗家的厨艺不传我传谁呢？于是想了想就对我说：那得按家规行事，满了十二岁再说，爹就是十二岁才学的厨。这样，我到了十二岁时，就开始了半厨半读的生活。每日辰时到午时读书习文，过了申时到戌时，就到北辕楼随父学俎。我是掌柜的干女儿，又是主灶师傅的独生女,膳房的人哪敢让我做下手活儿?我就专挑精细活练艺。一晃八年,天天如此。我想我是染了厨门的气血,那手艺活儿一点就透,起手一做便通;加上家父的精心传教,我也勤奋,所以姐功就学得很扎实。

罗小翠这时顿了一下,斯文地呷口茶,又继续说道:至于我为何来吉林乌拉,说来不怕少爷见笑。少爷对我有所不知,我从小任性,不是那种俗守闺房的女人,因我读了不少书,对书中那些侠士豪杰、能人巧匠很是敬仰,他们闯荡江湖,游历四方,真的是人生快事,他们的传奇故事使我产生了强烈的向往。记得我十八岁那年,干爹到京都采办酒家厅堂里所用的装饰古玩,并从琉璃厂购得一套宋人的笔记小说,回来后送给我看,并说:小翠呀,这里边有部《江行杂录》,是记载宋朝厨娘的。你也是厨娘,你看看你这个厨娘与书里的厨娘有什么区别。当时干爹别无他意,只是拿我这个小孩子逗趣而已。可我读了《江行杂录》,却留下了抹不去的印象。心想来日学姐有成,我应该像宋朝的厨娘那样,端起雍贵的架子,由几个婢厨拥持着,凭着色艺双绝闯荡世界,单等着富贵人家慕名来聘,这样才有笑傲江湖的浪漫,才符合我的心愿。少爷,你看我这人是不是挺各路?

不不,不是各路,徐仁虎眼中溢出钦慕的神色说,是不曲学阿世,特立独行。所以,罗师傅就带着黑刺桐和白芙蓉,到我们这儿来当清朝的厨娘了。

罗小翠侧头睨一眼徐仁虎,说:也不这么简单。后来,要不是发生一次意外事件,亲长们也不会让我跑到这里随心所欲。当时,一个盛京护军统领的儿子,自恃有势有财,天天到北辕楼吃宴,还专点我烧菜。点我烧菜那倒没啥,还让我陪酒弹唱。为了生意,这我也忍了。可他后来越发放肆无礼,竟当众欲行不轨。我气急之下,掴了他两个耳刮子。因他酒喝多了,身晃不稳,被我掴得栽倒了,脑袋磕到桌角上,磕得满脸淌血。这下可好,他就借酒闹事,把席面也掀翻了,扬言绝不肯放过我。事后,干爹就和家父商量,说让小翠外出避避吧。家父愁着说,避避也好,可避到哪儿去呀?干爹说,就让小翠依着宋人之俗,暂到吉林乌拉做个应聘厨娘吧,专做全羊席,因为那一带食羊之风最甚,逢有宴客之举,富家必设全羊席。你们罗家的全羊席都做到宫廷里去了,可谓名冠全国,到那里也是大有用场的,这样,也是对你的厨传有个延展。再说,那里较为闭塞,民风也淳朴。不指望小翠去那里赚钱盈利,借此是让她闯荡闯荡,受受锻炼,待这边事情平息,再让她回来,一应开销,行物用器,我去筹备。家父就犹豫,说,一个女孩去那里举目无亲，又人生地不熟的，哪能让人放心呐。干爹说，不能让她一个人去呀，可选两个能操厨务的女孩随她同往，既是助手，又是陪伴。家父无奈，又怕我在盛京出事，只好同意了。选来的两个女孩就是黑刺桐和白芙蓉，绰号还是我给起的呢，这有点江湖味道吧。嗳，少爷，你别光听我信口唠叨，喝茶呀。

好好，徐仁虎应着，就端起茶盅喝茶。

罗小翠又说：不是对少爷夸口，我们罗家擅制全羊席、全猪席，人称"双绝"。这双绝手艺，我是家传。我来吉林乌拉虽然不久，但对此地的食羊情形也有体察。恕我直言，食全羊虽为满洲旧俗，也有特色，但稍原始，似为粗糙。所以我上次为巴大爷做的全羊席，就没去入乡随俗，而是用我们罗家的制法，因而让人觉得口目一新。少爷不是说在场者人人称道吗？我想原因就在于此。

徐仁虎听到这儿，心中唏嘘不已，他对眼前这位女子由好奇就转为欣慕。她那真情的陈述使他心动胸热，她那爽快的言语又不能不令他信服，直觉告诉他，这女子可以被聘。这就站起身来，朝罗小翠恭恭敬敬鞠了一躬，然后取出聘帖，双手递上说：罗师傅，听你一说，我都明白了。初次相见，恕我多问，还望谅解。后日为我额娘做寿，请你操办寿宴。聘金循例，不做计较。

罗小翠仍坐在那里说：还有一事，也得与少爷讲明。小女初来贵地，不便直径，望少爷遣轿来接，庶成礼宜。

徐仁虎虽未料到以轿迎接之事，但想到是为额娘做寿，既已诚聘了人家，就该对她以礼相待。名庖持重嘛，又是女辈，遣轿就遣轿吧，给个面子，于是就爽快地答应了。

罗小翠这才站起身来，接过聘帖，看着那帖上的墨字潇洒俊逸，文辞精当，心下一惊，想这武地旗户人家中，竟有人写出这等妙品，不禁就问：这是少爷手笔？

弟子不才，罗师傅笑纳了。徐仁虎谦谦答道。

罗小翠连连点头，又拿眼重新打量了徐仁虎一下。她不得不承认，眼前这位男子的形貌气韵，让她看得很是舒服，这使她的心偷偷跳动了一下。不知怎的就想起了解释，就说：少爷在早晨敲过几次门，白芙蓉本要去开，被我阻止了。因这些天又为佐领巴大爷，还有恰会恒丝房的黄老板操办宴事，很是疲劳，正要歇缓两天，少爷又来敲门，但又不便回绝，我就让白芙蓉拿话搪塞。本想你久敲无果，一走了事，没想到你还在客堂等着，看来咱们有缘分。我信缘分，这事情就定下吧，你额娘的寿宴就包在我身上。说完又向徐仁虎询问了办宴桌数,商议好了供宴细则,并开了物料单目,如此这般,嘱徐仁虎抓紧准备。

徐仁虎走后,黑刺桐和白芙蓉才从外屋里走进来,两人拾掇茶盅几面,调拨火盆儿。黑刺桐笑咧咧地说:这小子挺棒,咱们师傅与他谈得也投缘。师傅,你要合意,我把这小子捆过来,给你当郎君。

去!总有你要贫嘴,看我把你的嘴巴剜下来。罗小翠娇嗔着,上前举手就打……

第四章 徐府庆寿

第二日天交五鼓，黑刺桐和白芙蓉就来到徐府，一直忙到日夕，将落桌之事初备停当。开宴那天巳初，罗小翠才从客栈门前乘起暖轿，后随一车，车上载着司俎家伙，由徐仁虎骑马引路，迤逦而来。这一干人马轿车穿街走巷时，竟让一些不明真相的街坊们误议一场。

哟，骑马的不是徐参领家的少爷吗？没听着婚讯呀，咋弄台轿子抬个媳妇回家了？

不对呀，瞧徐少爷那打扮，没穿婚衣不说，也没个陪亲的，又没鼓乐队跟着吹奏哇。

那这是干啥呀？

人家愿意干啥干啥呗，你嚼这个舌头干啥？倒倒趣儿！

那时，此地富人家要办事情，请的厨人哪有女的。厨人被请，也就是事先认个门儿，再去就是拎着刀勺家伙迈腿而来。罗小翠坐着轿子摆谱儿，又有徐仁虎在前面领路，可不叫街坊议论咋的。

徐仁虎的额娘——格大奶奶对这事情就想不通。那天徐仁虎回来一说，她就不高兴了，端起大烟袋吧嗒吧嗒抽了两口，嘴一撇说：我这老寿人还没捞着坐轿呢，她倒先坐了，真稀罕！看这架门儿像是给她做寿，哪是给我做寿！这汉女不是没缠足吗，让她拿大脚片子自个儿走来！徐仁虎就急了，说：额娘，我都答应人家了，咋能变卦呢？咱这场离天益顺有三里地，她还有些掌灶的家伙什要带来，反正得用个车去拉，就不差轿子了，啊？格棚额在旁说：虎子说得对，咱旗人讲诚信，说过的就办，秃卢翻张的那成啥玩意儿了，要紧的是要睒睒这汉女咋鼓捣全羊席。

她能鼓捣好，咱们开的酒楼可要指望她赚钱。孩儿他额娘，你就别计较轿子不轿子啦。说不准儿咱们看妥了她，把她给虎子娶过来，就当是让她先练练咋坐轿子，哈哈哈。格大奶奶眼皮一翻说：哎哟哟，可拔了我了，咱家可没地方供个小祖宗。徐仁虎脸就红了，急闹着说：你们瞎嘞嘞啥呀，都是没影儿的事儿！我得赶紧到庆典房订轿子去。格棚额笑骂着说：这小猴崽子，一提这事儿就急歪，可咋整？

自从罗小翠在城内几家大户中操办全羊席，消息渐传得半城人都知道了，在徐府周围，那些不知道的经知道的一过话也都知道了。人们抱着好奇心，都想见识见识罗厨娘。旗人家有个习俗，凡办喜事，相识不相识的进来都是客。当然，不相识的客人也都有伸抻，不会与那些已被宴请的客人抢着喝酒吃肉。徐家是有社会资望的，所以今天来的客人特别的多。此时，徐府的厅堂里早已宾朋满座，连院棚里都排了宴桌，没捞着座位的只好在院边拥挤着。格棚额忙忙颠颠地直门儿向这些人道歉，说地方太小，委屈大家了。人堆里就有人说：格大爷，你忙你的，咱站着捧场也行，咋在乎吃顿酒肉呢。格棚额就朝那人抱拳躬身，连说谢啦。

这时，徐仁虎一行的人马车轿已停到宅门口，只见轿帘儿一掀，走出来一个佳人，那仪表神态，衣着打扮，都艳彩照人。她款款下轿，袅袅婷婷，按着徐仁虎的指点，走进门内，先向站在厅堂门口的格大奶奶躬身祝寿，又向在旁的格棚额施礼请安，然后到厅堂里向宾客们弯腰致意，再踅回院内，走到院外，对在场的客人曲尽礼节，这就把人们都给看呆了。

今个儿是格大奶奶寿日，罗小翠回到格大奶奶身旁说，小女备薄礼一件，谨表心意，只是请格大奶奶、格大爷稍候。说完，指使黑刺桐、白芙蓉搬来椅几，摆在厅堂外门侧，几上又摆了几粒药丸似的五彩澄面，还有一个蓝漆缀花座底、内垫朱红绉绸的玻璃小方匣，匣内摆着一分两爿、没有核肉的核桃空壳儿。只见罗小翠坐到椅上，两只纤手拿起那几粒五彩澄面搓来搓去，并用骨簪在上面点点压压，左戳右抹。俄顷，便捏成一对福翁寿母，都身不及寸长，那发眉鼻嘴、袍纹裙皱，却精细入微，尤其眼神竟洋洋溢泰，灵动传神。然后分别装进两爿空核桃壳中，在匣中摆好了，就站起身来，双手托匣走上前去说：小女不才，呈上寿礼一件，望格大奶奶、格大爷笑纳。说完，就站到两人身旁，不矜不伐，样子极有规矩。

格大奶奶接过一看，惊得连连咂嘴，遂对格棚额说：你看咱俩，成孙悟空了，都变到核桃里去了。在旁的人也都围观争睹，啧啧夸赞。

这时，黑刺桐正与车夫将车上的箱箧都搬过来，当众掀开。那些锅勺铲铫、盂钵盆罐，皆是白金所制，亮煜煜的，耀人眼目，看得众人目瞪口呆。

让开、让开！别耽误了我们的宴事！黑刺桐一声大嗓，把围观的人吓了一跳。她说完这话，拾掇起这些司俎家伙，将铲铫盂罐等小物件分放到耳锅和两把大勺里，然后将耳锅往头上一顶，双手平端着两把大勺，风风火火走进膳房。众人瞅着这个野泼泼的假小子，惊得面面相觑。

就在黑刺桐、白芙蓉在膳房里洗涤炊具、调火布料时，罗小翠已在内室换上厨装。只见她头罩帽顶，一身榴红锦缎，衣袖挽起，还用根金链子吊在肩头，人们求奇心切，蜂拥般挤进膳房，围睹罗小翠制菜。可罗小翠却坐到高椅上，交盘着那双穿着红鞋的小脚，指挥黑刺桐、白芙蓉切码拼配，上浆挂糊，水焯油炸。待两人将一应开席细节筹做到位，她才从容离座，不慌不忙来到灶前。黑刺桐见膳房里的人挤得水泄不通，就急眼了：都出去、出去，还让我们干活不！啊？白芙蓉怕她再嚷出粗话，折了这办寿的气氛，连忙补充道：各位老爷、大爷、少爷呀，都请归坐啦，我们要开席上菜呢，你们在这儿碍事哟，这油烟水汽的，会脏了你们一身的，是不是噢？那声音虽然喵喵的，但挺艮。

在旁的徐仁虎这时也收了神儿，扬眉掬笑着附和道：那就请众爷到前厅就座吧，先让她们忙活。众人这才陆续散去。

以往，满族富户人家举办寿宴，虽是必设全羊席，其实就是清水烀全羊。烀羊时，将羊分档解体，烀后按头、胸、肋、臀、腿等部位分置大木盘中，蘸以酱料佐食。因肉中带骨，需用手撕扯着吃，这便有了一个很有意思的俗谓，曰"手扒羊肉"。这种宴式甫看原始，可那羊烀得喷香，抓起一块羊小腿或羊排，拿着露出的骨节，蘸上酱料，乘着热乎劲咝呀哈呀地撕啃着，撕啃得满嘴流油，胡楂儿上都是肉渣子，再轮着喝大碗的烧酒，我的天，那可真解馋、真快活！好像吃全羊就得这么个吃法。故而，这里的人从金代起就这么吃，就没变动过。他们没想到老徐家竟然聘起几个汉人娘们儿司俎，认为这是打个秀色可餐的噱头，以吊起他们的胃口。此时，他们都坐在那里，只顾窃窃私语着罗小翠的丽姿艳容，算计着那些白金炊具能值多少银子，打趣着黑刺桐的粗野和白芙蓉的逗哏儿，单等着膳房里甩出来盛羊肉的大木盘子，准备开吃开喝。

随着膳房里一阵火光刀影、水响油声，罗小翠正翻动白金锅勺，菜便更迭而出。每上一菜，黑刺桐就亮出嗓子告诉传菜的菜名儿：脑后摘金瓜！好嘞，脑后摘金瓜来啦！朝天一炷香！好嘞，朝天一炷香来啦！诸葛访将！好嘞，诸葛访将来啦！封侯挂印！好嘞，孙猴偷印来啦！黑刺桐嘎嘎笑着说：去你的，啥孙猴偷印？还孙猴偷桃呢！好嘞，孙猴偷桃来啦！这就引起前厅里一片哄笑声。

及至款款羊馔上席，自是熘爆兼容，烧焖并蓄，馨香脆美，济楚细腻，难以尽其形容。食者举箸无例外，相顾称好。格大奶奶、格大爷见状，脸上飞金，心里甚是如意。

格棚额粗中有细，乘着罗小翠操宴完毕、前来敬酒之际，便对她说：我这位寿奶奶，爱吃羊肉提褶包子，馅里得有葱味又不见葱，你看——

罗小翠知是考她，莞尔一笑，答道：好哇，请稍候。于是踅回膳房，嘱白芙蓉制了一笼寿桃包子，蒸后端了上来，包子果然有葱味而不见葱，格棚额遂问其故。罗小翠又是莞尔一笑，应道：说穿了不稀奇。包子上屉时，每个捏口处插进一根葱节，包子蒸好，再将葱节抽出，包子便有了葱味而不见葱了。格棚额和他旁边的人听了，哈哈皆笑。

格大奶奶不高兴了，瞅空子抓起格棚额的袖头，把他扯到内房，关了门说：你这死大爷，吃葱不吃葱的，拿我耍什么戏法儿！格棚额赔笑说：咱们开酒楼不是要请她主灶吗？我这是考考她的应变能力，心里好有个数嘛。格大奶奶一撇嘴说：你做梦哪？这可是少有的奇女。你看那模样，那打扮，那礼道，那手艺，啧啧啧，你就是船厂将军，怕是拿八抬大轿也请不来呢。格棚额说：这又八抬大轿了，前天，人家罗厨娘坐了四抬小轿来，还碰了你这老醋坛子了呢。格大奶奶说：我不没瞅着人、没看到她的手艺嘛。这汉女我喜欢，又会来事儿。这么大的宴场，瞧她慢头小尾的，摆弄得人人乐呵，多好呀，虎子要能有这么个媳妇，她摆谱我也认了。格棚额说：先别媳妇不媳妇啦，得先请她在酒楼主灶。我合计了，要想把她请来，得豁出些利益。酒楼开张后，盈利有她一半儿，再高酬厚待她，还怕她不来？格大奶奶锥了他一眼，说：你倒开通，不过也行，做买卖得细水长流，越贪越亏，越大方还能赚钱，这你还没教训？要是这样，这事儿还挂个图头。先不说这些了，给罗厨娘的犒赏备好了吗？格棚额说：早备好了，绢帛银子，都是按成例备的。我嘱虎子送罗厨娘她们走时带着，顺便到施胖子的豫州酒楼里酬谢一桌，不能让人家空着肚子回去。这也是尽了礼聘，也好伺机让虎子探问罗厨娘愿不愿意到咱们开的酒楼里主灶。格大奶奶点头道：那敢情好。说着又抓起格棚额的袖头，两人回到厅堂。

膳房里的席肴已制尽，黑刺桐、白芙蓉拾掇着炊具家伙。一个徐府的佣人欲拾起扔在地上的几只羊头骨，黑刺桐就笑嚷到：哎哎哎，别在狗嘴里夺食呀。弄得那个佣人一脸窘色，拾也不是，不拾也不是。

这时，罗小翠已向徐仁虎要了件宽袖蟒袍穿到身上，俨然一副旗家贵女的样子。她单等着格大奶奶和格棚额到场了，便说：今个儿为格大奶奶祝寿，小女新学得《蟒式空齐曲》，给诸位贵宾高朋献丑了。说罢，就笑盈盈走到厅堂中间，左袖一抬扬到额前，右袖一甩返到身后。就这么一扬一甩的，那身姿就盘旋扭摆起来，其态婉变柔媚，并唱道：空齐不拉真利得，徐府办寿高宾多；真的不拉利空乔，大奶活到一百一……

徐仁虎看得兴奋，听得顺耳，也操着男蟒式与罗小翠对舞。罗小翠每唱一句，厅堂里的人们就扯嗓齐喊：空——齐！格大奶奶、格棚额见状，相视而乐……

第五章　夕酌真语

徐仁虎送罗小翠三人回到天益顺客栈时，日已偏西。他付过聘酬，并执意要到豫州酒楼宴请她们。罗小翠推辞不过，便说：那就有劳徐少爷先去定了房间，我们梳洗一下，随后就来。徐仁虎应诺着下楼去了，骑马来到了豫州酒楼。

这酒楼离天益顺客栈不远，是双层格局，门两侧挂着四组绸布红幌，每组两个幌，上下吊着，幌穗在风中轻轻摇曳。堂倌刘二眼尖，见徐仁虎下马拴柱，赶忙出门迎接：哎呀哎呀，徐少爷来啦。几位？四位。好好，楼上单间雅座请！徐仁虎进了门说：你们东家呢？刘二把嘴附到徐仁虎的耳旁说：施胖子去妓馆干活儿去啦。徐仁虎一笑，说：待会儿，我有三位女客来，你要悉心招待，菜也要做得精细。刘二答：没的说，您是老主顾，哪回敢怠慢呢。两人说着攀梯上楼，徐仁虎择了雅间坐定。刘二一边斟茶一边唠叨：徐少爷，小的这些日子背气，先是遭个翻天印，几个王八犊子带来只死蟑螂，吃饱喝足，就把死蟑螂放到菜碗里，说这馆子里拿污虫当配料，不付账不说，还得赔偿他们，您说，这不是讹人嘛！徐仁虎听了就笑。刘二又说：接着，又来个押物的。一个领催带几个兵丁，吃喝完了请他结账。您猜那个领催怎么着？把腰刀"嗖"的一下抽出来，往柜台前一摔说：老爷我今天没带银子，把刀押在这块儿，过几天来取！我和东家吓得直哆嗦，哪敢算账啊，就赔着小心送走他们几个才算了事儿。徐仁虎说：这是违反军纪的。刘二说：小的也懂这个理儿，可为了顿饭钱，谁去惹这个麻烦。最背气的，是昨天，一群酒蒙子同来吃喝，吃喝完了只留下一个儿，其余的都溜了。小的就请那个留下的结账，他说：忘带银子了，派一人同我去拿吧。东家就叫我跟他去了。您猜又怎么着？我跟他走到背旮旯儿，那伙人突然蹿出来，冲我拳打脚踢，还一边嚷：

爷赏你几脚银子，够不够哇？我说够了够了。亏我护着脸，脸没被打伤，身上被踢得青一块紫一块的，好在有衣服遮着。若是脸上被打成青面兽，得，半个月吃不上劳金，今儿个也没缘侍候徐少爷了。

两人正说着，罗小翠仨人由另个堂倌引上楼来，四人礼让就座。罗小翠问：点菜了？徐仁虎说：师傅不来，我哪敢胡意乱点。罗小翠笑着说：挺会说话。我们几个忙了大半天，油腻沁身，不想吃肉，随意来些清淡的就成。于是斟酌一番，点齐了酒菜，由刘二下楼叫堂去了。

徐仁虎让着三人喝茶，又看着罗小翠说：我受双亲之嘱，在此恭陪师傅和两位师姐吃好、喝好。我额娘的寿宴可办得神了，人人交口称赞。汉姐汉馔真了不得，在下钦佩不已，并代表徐家，向你们深表谢忱。说着，竟站起身来鞠躬施礼，样子极是诚恳。

罗小翠经过徐仁虎的登门求请和操办徐府的寿宴，感到这家人质朴淳实，待人也宽厚，尤觉徐仁虎具有北方男子的那种雄性气韵，且识书通文，又生得玉润珠圆，一表人才，特别是他礼酬交往时的成熟，于诚挚中透着的那股善辞逢迎的气劲儿，都在她的心底里熨帖地交合着，这对于一个心高气傲的美丽女子来说，是很大的满足。此时，她见徐仁虎木讷的样子，心颇舒畅，也不去谦言回礼，只把那双杏眼笑成了两弯钩月，伸出羊脂玉般的纤手，不断向下抓挠着，说：坐呀，坐呀。

对徐仁虎来说，罗小翠的奇特身世和卓妙姐艺，还有她那美艳和娇俏之间交糅的那种女性魅力，那股脱尘超俗的侠气，都对他构成很强的磁力。他佩服她、敬慕她，因而他的神色、言行和举止中就自然而然地带有一种不加掩饰的真情。这对于感官敏锐的女人来说，罗小翠是觉察到了。

黑刺桐见罗小翠没说什么，就朝徐仁虎发话了：别说谢不谢的啊，要谢，还得谢你这顿饭。可这顿饭要是你阿玛、额娘在场，我们受拘束，倒怕是吃不好了。你和我们可都是一茬人，既然有缘在这儿聚聚，就该随便些啊。你不是称我师傅为师傅，称我俩为师姐吗？那好，今个儿喝酒吃菜，我们师姐俩就不把你当少爷看了，把你当师弟看，行不？

行啊，行。

罗小翠听了，若出于主、雇之间的礼节，本应追究黑刺桐的这番话，但她不想这样，心中默认了似的。她也愿意在这种场合下随便些，哪怕放肆一点，以便与徐仁虎拉近距离。一种女性心理上的某种需求，悄悄充溢在她的体内。

黑刺桐见罗小翠含笑不语，胆子越发大了，就说：那我可不见外了。有个事儿我搞不懂，听说你们旗人都是扁脑勺儿，可你梳着辫子，后脑勺儿被头发遮着，看不出扁圆。别的男人我不能摸，你是师弟，只好摸摸你的了，也好让黑师姐明白一下，这种说法是否为真？说罢起身站到徐仁虎身后，伸手要摸。

徐仁虎脸一红，急忙躲闪，讷讷地说：你……你这成……

黑刺桐说：黑师姐摸摸师弟的后脑勺儿，还啥成不成的，你老老实实待着，让我摸摸。

罗小翠被逗得掩嘴一笑，随即说：不得无礼呀，你坐回去！

黑刺桐一吐舌头，笑嘻嘻坐下了。

白芙蓉接茬儿道：黑仔呀，这你就不懂啦。旗人家的小孩满月后，孩子他娘总让他仰颏儿在悠车里躺着，让他看着挂绳上拴着的铃铛和玩具，逗着他玩儿。小孩的枕头里装的是高粱和小米儿，叫"睡头"。时间长了，小孩的后脑勺儿就枕成扁的啦。旗人以此为美，你寻思是缺点哪。师弟呀，我说得对不对呀？

白师姐说得对，徐仁虎说，黑师姐，你也别摸了，我就是扁脑勺儿。

黑刺桐说：这么说，师弟算是十全十美的人啦？说完拿眼斜睨罗小翠。

罗小翠就知黑刺桐又想要贫嘴，刚要喷止，适见刘二用木盘子端来一尾被网罩着的活鲤鱼，那鱼在网罩里刺刺棱棱地翻身打挺儿。这刘二是河南人，河南的酒楼饭庄的堂倌称不相识的客人，俗以"您老"呼之。细咂摸这种呼法也有道眼，因饭口时辰顾客满堂，啥人都有，让刘二对每个顾客都做具体称呼，就有困难，一旦忙活起来称呼错了还惹麻烦。就说他要误称罗小翠为娘子，罗小翠肯定不悦，那不自找挨骂嘛。所以，刘二就来个一刀齐，甭管老爷子还是三孙子，小媳妇还是大丫头，全称"您老"，这就没错儿。不过，这称呼称得贫了嘴，也要闹出笑话。这不，刘二正向主宾座位上的罗小翠询问，这鲤鱼如何吃法，那话一说出，便缀成"软熘，您老"？罗小翠摇头。"糟熘，您老？"罗小翠还是摇头。"糖醋，您老？"罗小翠首肯。刘二便将鱼从网罩里拎出当场攒死，又说一句"活杀，您老"？但这话说得快，中间没了逗号，使人听了就是"活杀您老"，这回罗小翠说话了：你是把我活杀了当鱼烧哇？！不是流三不跑堂！几人听罢大笑，刘二也涎着脸儿嘻嘻地捡了鱼去了。

俄顷,肴馔一道道上来。罗小翠三人因久染厨俗,皆会吃酒。酒过三巡,徐仁虎觉得应该投石问路了,就插个话缝说道:咱家要办个酒楼,主营全羊席,兼营山东风味哩。这"山东风味"是他有意加的,意在趋附罗小翠的厨路。

那好哇,罗小翠说,办酒楼,风味定向挺重要。此地俗兴食全羊,这个宴式要是酒楼接了,就省得在家里劳费人力了,银两也不少花,得抓住人们的这个心理,你抓得还真准。

师傅褒奖啦,徐仁虎乐着说,可是,我不懂何为山东风味。听老辈人讲古,说宫中的御厨都是山东人。我们祖宗进关后,将山东御厨都留用了。光禄寺做的汉席,是由山东御厨主灶。师傅的爷爷不也在光禄寺吗,也是山东御厨。所以我想,这山东风味好生了得。远的不说,这城内粮米街的南口开了一家山东扁食馆,嚄,那买卖才火哪。店主张德奋,原是北迁移民,听说也是师傅府上那边的,靠卖扁食起家,如今扩房纳妾,富得流油。

罗小翠说:你说的扁食,仅是山东小吃。家父做活儿的北辕楼,是盛京首屈一指的大馆子,经营山东大菜。一个春秋的盈利,就可再建一座北辕楼,那才真是富得流油呢。不是我酒后失言,徐少爷听了也别不高兴,山东的食俎可比你们满洲的食俎讲究多了。而且,山东和东北这地方近连,食俗也多有相通。所以,你说到这儿,我也想了,若是北辕楼在吉林乌拉开处分号,再增营全羊席,那生意准错不了。

徐仁虎一听,这不是不谋而合吗?于是乘机说道:师傅这主意真是不错呢,那咱家就开北辕楼分号,只是……这主灶师傅难请呢。说完就拿眼偷睃罗小翠。

话到此处,引得罗小翠也有了想法。按她的条件和郑家的资助,在吉林乌拉开一处北辕楼分号是不成问题的,但她想到自己是女人,开酒楼多有不便,而且,此城又是满洲世袭领地,初来乍到的,根基、背景也不具,这样,徐仁虎这番话对她就有诱惑性,也明白这话里有着分寸,是在试探她的态度,使她心里有了几分考虑。觉得能与这样的人家合作,是强优联手,可以互补所缺,不仅挺如愿,也是商机。她虽是这样想着,却笑着说:你这话是套子啊,是不是要往我的头上套哇?

白芙蓉听了,知徐仁虎想要谈事情,就给黑刺桐使个眼色,然后说道:师傅喂,我俩肚儿圆啦，想先回去生火盆儿，给你灌水鳖暖被窝儿。师弟，也谢你的情分哩。你得陪着师傅吃好喝好哟，还要护送师傅回去呢。

黑刺桐跟着说：对对对，师傅要不被陪好、送好，黑师姐可要拿你是问。

徐仁虎笑咧咧应付着，送两人到门外，回身上楼，进了雅间，把门一关，竟扑通一声给罗小翠跪下了。

罗小翠大惊，忙上前欲扶起，又感不便，急得搓着手说：你这是做什么？快起快起呀！

徐仁虎仍跪着说：我受双亲之嘱，请师傅在咱家开的酒楼主灶。酒楼的一应投资，由我徐家承担。师傅和两位师姐现在住店的开销，将由我徐家支付。酒楼开张后，师傅也是股东，一半盈利归师傅所有，恳乞师傅应允为盼。

罗小翠听罢，微微点首，遂说：你双亲嘱你请我，是让你跪着来请的吗？

那倒不是，是我本人诚心，崇仰师傅。

真的是你本人诚心？

是的。

那好，我领情了，你快请起。

师傅不允，我便不起。

要我应予，有个条件。

师傅请讲。

你若跪着，我便不讲。

徐仁虎只得起身，站在那里说：请师傅快讲。

你一口一个师傅的称我，我何时成了你的师傅？你这样称我，是出于礼节呢，还是出于真心？

是出于真心。

怎么个真心？

我想好了，既然开了酒楼，我就该不失良机，跟着师傅入厨学艺，方才我跪着，就有求师之意。如无这层心思，单是求聘师傅，可不必施此大礼。

罗小翠听了，心中被强烈触动，这就想到，自古家艺传男不传女。罗家后裔无男，唯有她这独生女。家父能把家艺传给自己，足见亲情胜于艺爱，这使她深感恩泽，但传女不能传男终是憾事。她这样一想，就珍惜起家艺的续传来了，觉得除非自己终身不嫁，家艺尚能保留，但那可就窝臼到自己身上了，后果便是随着自己的肉身，一起死到棺材里，这条路子是走不通的。若使家艺能有可靠的传续，只有嫁人。想到这里，她那心思就悄悄有了几分羞怯的希冀，就往徐仁虎这边寻思了。但这只是她的内心活动，换到语言表达，却罩上了脸严心肃的神气：你既要随我学艺，得正式确立师徒关系；师徒可如父子啊，这个条件你答应吗？

徐仁虎大喜过望，则说：师傅手艺绝伦，令弟子五体投地，这不是条件，是弟子的美缘和福分。

罗小翠听了，忍不住又扑哧一笑，说：我还没当娘呢，就这么收个平龄平辈的男儿徒，算怎么回事儿？

徐仁虎怔了一下，就说：圣人云，能者为师，并无年长为师之说。师傅即便年轻，弟子也以尊父之心相待。

罗小翠说：那倒不必，你若那样，我反而不自在了，不过，拜师收徒的仪式不能免。可我又是女人，这仪式怎么办好呢？这样吧，咱们君子以言行为信，我这儿坐着，你要行三叩之礼，有个诚心诚意的表示，我也聊得欣慰。

徐仁虎这就一脸庄肃，整整衣襟，然后跪到地上，给罗小翠恭恭敬敬地磕了三个响头。

罗小翠听着砰砰的磕头声，眼中霎时潮润。她脸色凝重地唤起徐仁虎，见他额头变青，遂就淌出两串泪珠，情不自禁地取出手帕，递过去说：赶快揉揉脑门子，礼数到了就是了。哪有你这样磕头的？这要把脑袋磕坏了，我可不收个呆子。

徐仁虎抬头一瞥，触到一道深情的目光，心中陡然发热，就侧过头去，眼间湿湿的，好一阵子没说话，只是上牙咬着下唇，用力地点点头……

徐仁虎这一磕头，使他的人生有了重大转折。按他的身世，这样去拜罗小翠为师而步入厨门就很特别。吉林乌拉这地方，自古习武成俗，久积从军之风，学正文试乃开发尚逊，对读书科考就趋向淡然。徐仁虎本是文举的苗子，可他爷爷开了山货庄，就把他搬了道岔儿，认为这账钱进出的事情，还是自家人掌管为妥。因而，徐仁虎的文墨功夫就缺了文统，都用在了写帖记簿上。山货庄如若兴旺，他就成个账房小先生了。就是开酒楼未遇着罗小翠，也只能当他的少东家，也无意去务了这门割烹的行当。是罗小翠的人艺双绝，凝如磁场，吸摄了他的心志，把他吸纳了。罗小翠呢，偏又为避恶来到吉林乌拉，因制全羊席偏又招来个徐仁虎。

俗话说，这叫两只羊吃上了碰头草。何况，两人都已过及笄与及冠年龄，渴求如意异情也是自然的事情，于是，一个羊为媒的爱情弧圈就这样画开了。

当这两人出了豫州酒楼时，西天那轮铜盘似的夕日，古色幽幽地担在远山的脊背上，昏黄的余晖返照着通天街的楼屋、车马、行人、砖地，都镀上了一层金子般的光泽……

第六章　鼎鼐春秋

徐仁虎兴冲冲骑马回家后，见了双亲，将罗小翠的应允和他拜师的事情说了。格棚额一听，就"喂呀嗬"一声，乐呵呵地拍着徐仁虎的肩头说：好哇！开酒楼嘛，人家罗厨娘可是矻轮老手。虎子呀，你可得好生学着，笃意待她。我呢，不是做买卖的材料，也不去掺和。日后酒楼开张，顶多和你额娘去解解馋，我只管拨了银两，你们两个思谋着办吧，要多听罗厨娘的。不过，钱也得省着点花。

坐在炕沿的格大奶奶听了却顾虑重重的，她把大烟袋吧嗒两口，右腿一抬歪，烟袋锅子就甩过去在鞋底子上磕巴两下，遂说：孩他阿玛，你光顾乐，没寻思寻思虎子日后可成厨子了，多难听！咱们是从武做官的人家，祖上都是领兵打仗的，哪有切猪炒鱼的！这不背了门风吗？

错了啊，格棚额说，你这是认死理儿。祖训上讲，旗人不许做买卖，咱们早就背了门风。既然走到这步了，就图个好营生。罗厨娘可是摇钱树，这汉女要咱们转运啦。人家要把家传的手艺传给虎子，那是高看了咱们徐家，可别分不出好孬。再说，开了酒楼，虎子也是东家呀，又是东家又是手艺，别人羡慕还羡慕不过来呢。这不明摆着，罗厨娘都成了咱们徐家的半个人啦，我能不乐？你不是说，罗厨娘给虎子当媳妇摆谱，你也认了吗？照这么下去，我看有门儿。嘿嘿，光我乐呀，你不也该乐乐吗。

阿玛，你瞎说啥呢？徐仁虎扛不住捎搭，脸涨得通红。

但这一席话，却把格大奶奶说得啥嗑都没有了……

打这以后，徐仁虎天天去天益顺客栈，与罗小翠坐在堂屋里缱绻相处，筹办着酒楼的事情。这期间，凡来聘请操办喜事的，都被白芙蓉受命以婉言谢绝。

罗小翠禀性好强，任情率性，办酒楼的亲长们都在盛京，她在这儿就是天了。所以，一应筹办事宜，她就我行我素，说咋办就咋办。事情都是该着，都是依附方圆，乃可成就。这要碰上个心小多疑的格棚额，将投资的银子搂得紧紧的，左右不放心，每每过来盘问，动辄发号施令，得，准逆了罗小翠的性情，没准拧几下劲儿就得告吹。好在格棚额待人宽厚大度，从来不去过问。徐仁虎呢，自知是门外汉，又有学徒的依赖心理，因而言听计从，都仰仗罗小翠做主。这样的合作情形，反倒将罗小翠逼上梁山，这是顺了她的性情气劲儿。何况，这酒楼开张后还有她的一半利益跟着，她哪能不事事精酌、处处尽心呢。

按着罗小翠的主意，店址选在了豫州酒楼的左撇儿。她认为做买卖忌讳孤单，同业不怕聚堆，这样可以互衬互利。这处店址原是恰会恒丝房在吉林乌拉的一个分号，店东黄星照因要把买卖向两京发展，就将这个分号撤了，楼面出兑。罗小翠觉得这座三层的砖木结构，外有朱漆栏廊，内室厅房的布局又很适合酒楼的经营，省了大动干戈的基建改造，这就与黄星照洽谈购兑之事。黄老板与徐家有交情，又聘过罗小翠操办喜事，人情面子上都有过儿，因而这事情就办得挺顺溜。

选定了店址，罗小翠这才给盛京的亲长们捎信，禀报了此事，得到准允，郑聘之还亲自手书了"北辕楼"三个字寄来，以供制作店匾之用。

筹办酒楼最是繁琐，诸如修葺膳房、购置炊餐器具、前厅装潢、采办原料调料、拟定食单、招募店员，还有质价核算、业务训导、经营方式等，这都略去不赘。单说次年孟春，一座北辕楼分号便赫赫然然在通天街上修成了，但见琉璃瓦檐，朱红层栏，檀木漆壁，玻璃长窗；门前那四组红幌，是用雨过天晴蝉翼纱制就，十分精致。左右门侧，白底绿字的店联中写道：水陆林山关东货，烧烤羹汤满汉肴。门前戳着一块漆饰花沿的启事板，上面是徐仁虎的潇洒俊逸的笔迹：

敬启者：

吾国巾帼司俎，自古成俗。西晋李络秀，北魏卢氏，唐时膳祖，五代梵正，南宋刘娘子、宋五嫂、余媚娘，明代华亭朱氏，大清乾隆朝萧美人……皆为巾帼庖杰矣，灿若繁星，光耀日月。敝酒楼为使本城乡亲父老饱饫口福，特聘当今御厨传人罗厨娘主理厨政，承制全羊席，兼制齐肴鲁馔。孔圣人云：食不厌精，脍不厌细；又云：割不正不食，不得其酱不食。诚哉斯言！敝酒楼虽不敢自居超群，亦可割正、得酱。凡不厌精细之食家，盍乎兴来，恭候莅临。只因城宏店微，无由一一恭告，谨奉牍以闻。此启。

光绪八年四月初八日

启事的落款虽然写着"四月初八日"，但在四月初一日就已张贴出去，以图街人相睹为传。这时，也正是办婚宴和庆典的季节，因而，这些天里来订定亲宴的，出于新奇而邀知己聚餐的，还有那些欲聘罗小翠操办全羊席而不达的主家，以及徐家的亲朋好友要来撑场的，便纷纷差人来预约宴餐日期。

在罗小翠的策划下，四月初七日是北辕楼分号的开业宣传日。这天辰初刚过，一支颇具规模的队伍就从酒楼门前出发了。最前面的是鼓乐队，二十个唢呐手鼓腮齐吹，四面大鼓由十六个人擂得山响。随后跟着的是从妓馆请来的表演队，一个个花枝招展，搔首弄姿，唱着生意歌。然后是杂技队，八只大狮子翩翩对舞，一群技人直翻跟头。队尾处，是十二个壮汉抬着个大木架，木架上端横着两根并排的长杆儿，从杆儿顶上披下丈余宽的白绸布至架底，白绸布上用蓝、红二色写着十七个满、汉大字：北辕楼酒家御膳传人罗厨娘专制全羊席。这支宣传广告队伍由东往西，沿着城内主要街道行走。观者如堵，致使车马拥塞。查街办事房的人全部出动，随着队伍维持秩序，都忙得汗流浃背，怨声不绝于口。傍晚，罗小翠在膳房试火，设宴两桌以款待查街队，那怨声才转为笑声。查街队长酒酣耳热，对着陪酒的徐仁虎说：徐少爷，真……真有你的。日后，你这门……门前可要车马水龙了。放心，老哥我……我帮着照应就是了。到时，让罗厨娘给咱来个左插花、右插花，尝……尝尝鲜。啊？嘻嘻嘻……

那边厢，跳槽到北辕楼的刘二正在召集众堂倌做开业前的业务训导。他见徐仁虎送走了查街队，折回来听他训话，就来了精神，咳了咳嗓子说道：这不，徐少爷在这儿，徐少爷不要你们屙金屙银，只要你们随机应变，遇什么人说什么话，见什么菩萨打什么卦。咱们要学刘凤仙，和气生财做高官。刘凤仙你们知道不？那是咱堂倌的祖宗。乾隆爷东巡盛京那阵子，有一次带个亲侍微服私访，游累了感到腹中饥饿，就到一家酒楼进膳。酒足饭饱后，起身就走，店主追上去要结账。乾隆爷哪带过钱呐，镚子没有，店主就缠着不依。这时，一个叫刘凤仙的堂倌见乾隆爷衣着阔绰，举止不凡，不是等闲之辈，便说：东家，您看这位老爷哪像赖账的人，请他走吧，账算我的。乾隆爷回京后仍记着此事，不久就传下谕来，竟将他调进宫中的光禄寺，做了珍馐署的署丞，专管宴事的前台应承。自那以后，咱们才叫堂倌……

徐仁虎见刘二直舔嘴唇，说得满嘴唾液沫子，心下暗笑，就往膳房里走。

膳房里新招来二十多名年轻女子，都是罗小翠亲自挑选的，个个俊模俊样，干活都麻溜利索。她们来自小户人家，有在家务厨的经历，这些人家都是闻知了罗小翠的人艺双绝，是赚大钱的主，很是仰慕。又听说膳房里不要男人做活，便更放心，就都乐意将女儿送到这里学艺，以求有个出头之日，将来被富家雇聘；如果机缘好了，兴许捞个富家翁的身边人做做。几日来，这些女子由黑刺桐、白芙蓉领着，将膳房拾掇得整洁干净。这当儿，她们正都洗菜切肉，剥葱刮鱼鳞，为明日开业大吉的宴请落桌。

在膳房一隅，立一座高八尺、有十六阶梯的漆木高台，台上摆着茶具、扇子，还有瓜子儿。这是徐仁虎特意为罗小翠设计的，是请罗小翠坐到高台上，可俯览膳房全貌，监视各个工种的操作情况，也可歇息，避免油腻水珠玷污衣裳。此时，罗小翠正坐在高台上，指挥众女子排宴。她见徐仁虎进了膳房，就说：徐仁虎，你过来。俟徐仁虎走到台下，她又说：筹备酒楼的事儿，到今个儿算是基本就绪。明个儿开业大吉，一周之内都没有空闲。过一周后，待营生都调理妥了，你除了管管账项，要摆脱琐事，专心随我学艺。你按我这话去抓紧处置杂七杂八的事情，别拖泥带水，我可要准时授课。

嚯、嚯，徐仁虎应道，只怕师傅到时候辛苦。

那是自然啦，罗小翠说，我得管着营生上的事情，又要主灶，还得尽心教你，能不辛苦吗？这要与你讲明啊，我将罗家菜传授给你，使你一生受益。将来，你得给我养老。说完，咯咯就笑。

徐仁虎知她撒娇，就顺从着说：师徒如父子，弟子孝敬父亲，是天经地义。

罗小翠用鼻子"哼"了一声，说：我成你爹啦？我俩年纪相仿，拿你当儿子算咋回事儿？

那……那可咋整？徐仁虎装着打憷。

罗小翠想想说：那也不能便宜你，你得付我学费。你说说，每年要付我多少学姐的银子？

师傅开个价呗，要多少付多少。

你倒挺敞亮，罗小翠扑哧一笑说，这样吧，你先欠着我的，过了四个年头后，你若学不好，那可是你的遗憾，但我得讨要这笔辛苦费；若学好了，我不但分文不取，还要重赏你。

徐仁虎麻溜儿说：那我头拱地也得学好，师傅放心，到时候，师傅可别舍不得赏我。

罗小翠不觉脸一红，哼一声说：你一点不傻，更奸……

及至北辕楼分号开业那天，通天街上的人流陡然大增，热闹场面赛过北山的药王庙会。徐仁虎、罗小翠都穿着盛装，取了吉时指使堂倌挂了郑聘之手书而制的店匾，又忙着应酬宴请之宾，并接受贺物，赏着乞儿。店门前一时鼓乐齐鸣，唢呐喧天，响彻方圆数里。八串长达丈余的鞭炮被刘二一一点燃，硝烟大漫，震耳欲聋。围观者皆欲争睹罗小翠，其中被踩丢鞋子的，小孩被挤得哭爹喊娘的，互相碰撞而发生口角的，乱乱纷纷，亏得查街队的人极卖力气，才勉强维持住了秩序……

单讲一周后，徐仁虎备了文房四宝和记簿，早早去了酒楼的账房里等着。罗小翠来时，交给他两部手抄本，并说：这可是我家的两部宝贝，一部是我祖父整理的《罗家菜秘籍》，一部是家父和我整理的《全羊席食谱》，都是你必须精读熟背的。

徐仁虎接过这两部珍本，两眼直勾勾地盯着，他深深感到，这是没有保留的信赖，是没有掺假的情意。此时，罗家几代人的心血都捧在他的手里，让他胸中发热，心潮翻涌，遂动情地说：师傅这样待我，真是刻骨铭心。俗话道，羊有跪乳之恩。我必终生相报。

罗小翠听了，眼中一潮，说：先不说这些了。开课之前，我给你定个学规。你得每日卯正，准时听我授讲；辰初练刀功，辰正练勺功，至巳初；营业时，我会随时言传身教；歇业后，还得补练一个时辰。必须天天如此，四年间要雷打不动，这得非常辛苦，你做得到吗？

做得到，徐仁虎脖一梗，说，师傅如此情重，我怎能有负厚望。

嗯。罗小翠欣慰地说，你呀，得有种心境，有股子气劲儿。得像咱们开酒楼做买卖那样，斤斤计较每一天；还得像裁缝，将你这四年的学徒时辰剪裁得裹裀适体。这样，你就能学出来。好啦，上课了啊。今天是首课，咱们从实际着手，先从羊说起，你要用心听记。

更夫轻轻敲门，送进一壶糊米茶。徐仁虎接过，为罗小翠斟了一盏。

罗小翠开始说：厨人制羊，首先要亲近羊，感悟制羊的业义，才能有心技神艺之基。我刚学厨时，不食羊肉，总觉得腥膻。干爹就开导我，为我讲个古人食羊的掌故。说东晋时有位姓罗名友者，得知老友桓温要为儿子烹羊饯行，就适时叩门求见，桓温就礼让罗友同餐，罗友竟毫不客气地大啖一饱。餐后，桓温便问罗友有何事要见？罗友抹抹嘴说：既已食过羊羹，就不必再坐了，说罢作揖告辞，桓温哈哈大笑。我听后就问干爹：羊羹果真那么好吃吗？干爹说：不但好吃，还味美异常呢，干爹可不骗你。待会儿吃饭，让你父亲做一碗尝尝。家父听我要吃羊羹，很是惊奇，就精心做了。因有罗友的食诱，又有干爹的劝导，加上家父的烹技，那羊羹在我嘴里就产生了鲜香利口的功效，一下子改变了我的进食忌讳，你说怪不怪？自那以后，我便亲近羊肉了，所以学成了全羊席。你呢，是旗人，旗人食羊成俗，这一点要比我强。你自有鼎烹于羊的心理素质，不吃羊肉满身膻呢。我先问问你，羊身上有多少骨骼？

师傅这可考不住我，徐仁虎答，有头骨、胸骨、肋骨、臀骨、腿骨和尾骨，尾骨是软骨。

这小孩子都能回答，罗小翠正经道，若为司羊厨人，你这答法就不及格。应答为：羊有两块琵琶骨，两块胸椎骨，两条前臀骨，两根后腿骨，两块胯骨，两条中骨髓，合称十二支节。另有六根脊椎骨，二十六根肋骨，以及羊头骨、羊尾软骨组成。除了胸椎骨和羊头骨外，其余都连为一体。听清了吧？不精知羊的骨骼分布和骨架特征，剔羊时就不得要领。待会儿你到膳房练功，我会教你剔羊之法。

徐仁虎一伸舌头，做个自愧的表情，就用羊毫笔记着。

罗小翠等他记毕，又说：我要教你的全羊席，可不是拿来一只羊，卸了分档，烀烀煮煮，凑得一席就成了，哪那么简单。在你学制之前，需将罗家全羊席的四种特征给你讲讲，使你先有个认识，有个概念。我慢点说，你用心听记——

其一，是菜名儿。通览全羊席食谱，你看不到一个"羊"字。进席程序是从羊头起，至羊尾止。举几个例子。比方用羊眼制菜吧，称"明开夜合"，明，指白天，白天羊的眼睛睁着，夜里合目而眠；用羊舌尖制菜，称"迎草香"，因为羊得先用舌尖触草而食，故喻其美；用羊嗓上膛那块后半截的脆骨制菜，称"千层梯"，因为羊嗓上膛的脆骨密呈齿状，如梯形；用羊鼻梁骨两侧的肉制菜，称"望峰坡"，因为羊鼻子突凸如"峰"，"峰"下的肉当然是"坡"了；用羊下巴两边的肉制菜，称"饮涧台"，因为羊饮水以口入，其两颊好比是"涧台"……

其二呢，是选料。你别以为有了只羊，啥料都全了，那哪成啊。比方制"明开夜合"吧，一盘菜需要四十只羊眼，这从二十只羊的眼窝中去抠。一只羊耳朵，分耳尖、耳段、耳根三部分，因为质地不同，要分部制菜，不宜混用。就说羊耳根吧，就那么指甲大小，烹熟了还要紧缩，只有榆钱大了。你想想，那得用多少羊耳根才能撑起一盘菜来？羊鼻子也是分鼻梁、鼻坡、鼻头三部分，用羊鼻头制菜，鼻孔要完整无缺，羊鼻子平时翕动不息，肉是活肉，制出的菜柔韧无比，没有三十只羊，这菜便制不出来。上次你额娘做寿，我都没用这些原料，一是靡费，二是加工太细致，我们人手又紧，怕是鼓捣不出来，这得向你道歉。

别别，师傅可别这样说，那不是替我们省银子了吗？徐仁虎只顾应话，拿羊毫笔的手不禁一提，笔尖往怀里一带又往上一甩，这是随他应话不自然地做出的手势，哪想羊毫上蘸着的墨汁就在自己的脸上甩了一行墨点。罗小翠见状，先是扑哧一笑，遂取出手帕替他擦脸，边擦边说：这要甩到眼睛里就糟了。你挺稳啊，怎么在我面前显得忙儿慌张的？徐仁虎老实实地由着罗小翠擦脸，手帕的脂香撩起他心中一股温馨的感觉。他听了罗小翠的话，不自然地笑着说：你是师傅，我这心里对师傅总是……罗小翠说：这亏了是墨呀，要是刀和油，我说这说那的，你就忙慌，那不把手脸伤了吗？徐仁虎说：往后我稳当些，再不忙慌了。罗小翠说：就是嘛，你可是东家呀，别对我唯唯诺诺的，让人看着有失身份，我也不喜欢这样。咱俩办酒楼，你学徒，听我的行。平时交往说话，不必死死板板、拘拘谨谨的，尽可随便些，我不介意的，总不能让师徒关系把咱俩隔着框着了。罗小翠这话带着某种暗示，使徐仁虎听了就有些非分的想法。请留意，两人这段交流的过节挺重要，爱情之芽因为有了暗示和受悟，才得以悄悄地萌发。

现在，罗小翠该讲到"其三"了。她说：其三呢，是当灶的技法。全羊席里可说是每菜一法，变化多端。比方羊头顶吧，称"麒麟顶"，因其皮坚肉韧，制法宜扣；羊耳根下的明堂骨肉，称"开秦仓"，质地较为柔软，制法宜炸；羊脑袋瓜子后顶上的那块肉，称"金冠"，肉稍老些，制法宜扒；羊脑称"云头"，细细嫩嫩的，用烩法合适；羊喉骨的上半段，称"天花板"，又脆又嫩，制法宜炝；羊心、羊肺之间相连的脆骨肉，称"玉环锁"，也很脆嫩，再配些椒笋，用炒法就很得当；羊蹄子称"青云登山"，又叫"支杖"，都是皮筋，卤起来就好吃……

其四，就是菜肴口味了，口味的鼎中之变更是精妙微纤。全羊席中，可说是每菜一口。比方"梯子口"吧，那口味进到嘴里，就像上楼梯，先辣，后咸，再甜。味感有层次，这是辣椒、粉盐和蔗糖的投放比例不同，经过热处理而产生的复合效果。又如"三致口"，是甜、酸、咸这三味要投放对等，不分主次，而是三味相应地混同。再如"甜酸口"，有大甜酸、中甜酸、小甜酸之分；反过来说，又有大酸甜、中酸甜、小酸甜之别，这都是调味的学问，还有……

师傅，你别往下讲了，徐仁虎说，我听得五迷三道，头都晕了，搞不清哩。赶明儿我画个羊的身体结构图，师傅帮我标上部位名称和质地特征，再注明适用的司俎法和成菜的口味，我便记得清了。

罗小翠也觉着说深了，使他消化不了。听了他这话，情不自禁地伸出左手的食指在他的脑门儿上点了一下，说：你还挺灵窍的，抽空画吧，我都给你标上。

徐仁虎就感到罗小翠的手指虽然纤巧轻柔，点过来有股快意，但却透着相当的功力，这功力又不经意，是随便使出的。他就嘿嘿笑着说：师傅的手好重，这脑门子让你戳得生疼。

胡诌八咧，罗小翠笑嗔道：我只轻轻一点，你就疼了；我若用力，怕是要戳个窟窿呢。

师傅可别吓我，你又不是练二指禅的，咋有这般手力？

你不信吧？罗小翠抿嘴斜眼地想了想说，那——咱俩掰个拐。

掰拐？徐仁虎说，我是男人，和师傅掰啥拐呀？把师傅掰赢了又算啥能耐，我可不敢。

罗小翠就不让了，伸出左臂，用肘支着桌子，那小手就伸开挠了挠的：来呀。

师傅真要掰？

谁与你戏言，你若掰赢了我，我是你徒弟！

徐仁虎听了不是味儿，噘着嘴说：瞧师傅说的，这拐是高低不能掰了，师傅别跟徒弟较劲呀。

你到底掰不掰？罗小翠脸酸了。

徐仁虎见那杏眼眶眦，就软了，麻溜儿坐正了，伸出左手握紧了那小手，心里感到一阵温柔。

不过，我先声言，罗小翠说，你若让着我可不成。

徐仁虎心想：你这么认真，我不让着你，把你掰赢了，你哪有面子。

罗小翠觉察出徐仁虎的脸色有点虚伪，立马瞪目说：你若让着我，我还不教你了！

徐仁虎就慌了，忐忑地说：行行行，我尽力掰就是了。

好，罗小翠这才运起劲儿说：一、二、三，开始，你使劲儿吧。

徐仁虎就铆足力气，这时他才感到，那温柔的小手已变得异常坚挺，发力沉稳而强劲，心中不觉一惊。

你以为你是男人，是不是？使劲儿呀！

徐仁虎就被激着了，再次发力，可那小手却劲气内敛，稳稳不动。他的额头上已沁出了汗珠，手力有点不支了。

嘿！罗小翠就一发力，徐仁虎那手就软塌塌地倒了下来，他抽回了手，用另支手揉搓着，也不吱声儿，又羞又愧又服气，那眼睛就睖睁着，朝着罗小翠发呆。

罗小翠一见，哧哧笑着说：你知道什么原因吗？因为一般人的右手较左手有力，我却左手较右手有力，我从厨八年，一直用左手握勺烧菜，左腕子的劲功是练出来的。你左手无功，又是弱力之手，自然掰不过我。所以，我让你每日辰正到巳初练勺功，不只是要掌握翻勺的技巧，也能增强腕力，这是厨人的功底。好啦，该随我到膳房练功了。

昨天晚上，罗小翠就嘱黑刺桐将徐仁虎要练功的炊具和物料都安排好了：两爿剥皮羊放在"冰箱"中，切案擦得干干净净，剔刀、切刀都磨得锋快铿亮，带手布也板板正正地叠在那里；灶口上放着一把炒勺，勺中盛着半勺子细沙，是供徐仁虎练习翻勺、模拟烧菜用的。两人来到膳房，罗小翠指使徐仁虎将两爿剥皮羊从"冰箱"中拿到切案上，说：这羊爿子在"冰箱"里搁了一宿，拔手呢，不便剔剥。咱们先练勺功，使羊缓温一下再剔。说着走到灶前，见徐仁虎跟过来在旁站了，她就在那把勺的右侧端正身位，双腿微开，伸出左手，掌心朝下，倒握勺柄，然后又说：常言道，戏人有戏相，厨人有厨相。你要看清了我的身姿和手握勺柄的角度，今后临灶，一定要养成这个习惯。说完，握勺柄的手轻轻一提，勺便蹭着后灶的口沿往后一带，沙子在勺里就折翻了四分之一过来；再一提手，沙子折翻了一半儿。罗小翠这就讲道：这是常用的小翻勺，你先从这里练起。除了小翻勺外，还有大翻勺、前翻勺、后翻勺、左翻勺、右翻勺、悬翻勺、顺翻勺、扬翻勺、拖翻勺、转勺、拌勺等二十多种翻勺法。外行人不知，以为用点力气就能翻勺的，其实不然，做什么菜，翻什么勺，都有定律。需翻四下，就不翻五下，也不能三下。而且，在同一时刻里，我让它翻两下，就是两下；让它翻四下，就是四下，这是根据菜肴所要求的火候和成熟速度决定的。我让它翻四分之一、二分之一，或是全翻过来，全凭腕力的调使。勺中的菜料，从哪个角度翻起，翻的速度快慢，要翻到什么程度，也是凭腕力的控制。

徐仁虎听着，直点头。

你来翻翻吧，罗小翠撤到一边说。

徐仁虎就站过来，学着罗小翠的样子翻起勺来，一提手，沙子在勺中抖动一下，没翻；又一用力，沙子翻出勺来，溅了一手。

罗小翠说：你看看，这要是菜，手要烫出泡呢。再翻！

徐仁虎就哗啦哗啦地翻勺，由于左手用力，右膀子不由自主地抬了起来。啪的一声，罗小翠出手将他的右膀子拍了下来，说：双肩放平！

徐仁虎继续翻勺，因不会控制左手腕力，腿就跟着用劲，双腿不仅叉开了，还前屈起来。

你腿用什么劲！罗小翠说着，上去就是一脚：直溜儿站着！

徐仁虎又翻勺，翻着翻着，后脊梁又挨了一巴掌。怎么罗锅八翘的，罗小翠说，身板挺直！

于是，徐仁虎的翻勺姿势就渐得矫正。可是，罗小翠的两巴掌和一脚，又把徐仁虎的翻勺力气都赶到脸上去了。他一边翻勺，随着用力，额处和腮帮子的肌肉就一动一动的，挤得那眼睛也走了形，嘴巴也歪斜着的。罗小翠见状，被逗得直笑，伸出手就要扇徐仁虎的耳刮子。徐仁虎见那手往他脸上使过来了，忙扔下勺，闪到一边说：我这都纠正过来了，师傅为何还要打我？

罗小翠笑得更厉害了，举着小手追上去说：我非打你不可，打完了再告诉你。

徐仁虎没辙，把脖子一梗，说：那师傅就打吧。师傅手劲大，可轻着点呀。说完，蹙着额眉鼻嘴，挤紧了眼睛，等着挨打。

罗小翠一见，弯着腰差点笑岔了气儿，笑够了才说：行啦，看你挺老实的，这一巴掌免了，翻勺要注意面部表情呢。你那是啥样子啊，像犯了心脏病似的。别说翻沙子，就是在旺火热油跟前，脸上也不能有变化，要保持面部端正。我刚学徒那会儿，也挨过家父的一脚三巴掌，今个儿就传给你，只是没舍得打你脸。翻勺就先练到这儿，来，咱们剔羊去。

两人来到切案前，罗小翠操起剔刀，用拇指在刀刃横刮了两下，试试刀锋，说：你要看清我下刀的部位，记住剔羊的先后过程，尤其要领会我的腕力运作和刀尖的游刃，这是顶要紧的。说完，便剔剜剥切起来。这时，徐仁虎只感到那双纤手像两个白脂玉卵，在一堆红玛瑙当中滚来滚去。刀刃分离骨肉的清脆之声如同玉卵和玛瑙的轻轻撞击。每当玉卵一滚，便迸出一块玛瑙来。罗小翠每剔出一块肉，就道出那块肉的名称。徐仁虎张睁着眼睛看着，一一记在心里。

罗小翠剔完了一爿羊，轮到徐仁虎学剔另一爿了，不说过吗，他出身骁骑军籍之家，尚能识武，平日也常耍几招刀术。那种刀和剔刀虽然操法不同，似乎也有些刺割上的连应。另外，旗人食肉惯用腰间挂着的佩刀自割自食，割食白肉很有技巧，善割者一刀片下去，片的白肉如掌大，如纸薄，五花三层，肥瘦兼有；割肉不得法者，则被诮为屯老二。徐仁虎为了不当屯老二，每当食肉时，便用心学着割片。时间久了，自然成了善割者。因而，当他接过罗小翠用过的剔刀，就觉得比翻勺要轻松些。他学着罗小翠的剔羊路数，也就将羊剔了出来。

罗小翠见了，摇头指着剔出的两堆骨头说：你看，我剔完的骨白无肉，你剔的骨上都是肉茬儿，像狼啃的似的。再看看剔出的肉，我剔出的肉无刀痕，块块完整光滑；你剔的缺裆少臀，破牙乱齿，而且，剔的速度太慢。《诗经》上不是说吗，"谁谓尔无羊，三百维群"。我本想让你剔羊三百，看来，你还有点门道，那就减去十只，就剔二百九十只吧。

这样，罗小翠的一堂课，一掰拐，还有她的翻勺和剔羊，就把徐仁虎心口上的茅塞启开了，他被牵领到一方精深的司俎天地里。他这人，自少逞强好胜。他学经书诗文时，从没挨过学师的掌板；后来，他爷爷让他在山货庄管账，一本《九章详注比类算法大全》，被他看得滚瓜烂熟，"九九归法"也被他在算盘里拨拉得酣畅淋漓。如今学厨，就又使上了这股性子。二十岁的青年，浑身有使不完的劲儿，何况，又有罗小翠的一腔心意贴着。打这以后，他就如拉紧的满弓，迸射出的学姐之矢，冲力特别迅疾，好像一直前指，从来不落靶的。

  后来，罗小翠又教他敲勺。敲勺也谓叫勺，就是菜做好了，用手勺敲击勺帮子，示意堂倌赶紧端菜。这敲勺很有讲究，得要敲得顺耳，敲得动听，并要敲出花点来，轻重缓急，抑扬顿挫，使人听得有韵致。罗小翠教他的是两拍敲勺法，敲法是：嗒嗒——嗒嗒——嗒嗒嗒嗒嗒嗒。有人说了，敲勺谁不会，就像打鼓一样，只要将鼓槌敲到鼓面上，就能出响动，敲几下响几下，可那是敲鼓吗？老鼓手敲龙鼓，能敲得排山倒海，龙腾虎啸。敲勺也是同理，非敲得老练灵动，才能显豁出当厨者的妙腕和勺上的技巧。那勺声敲响后，不仅是让堂倌及时端菜，也得让食客爆出一片喝彩声，使客堂的进膳气氛热烈而活跃。当时，徐仁虎听了罗小翠的敲勺，便领悟其意。于是，他就利用学艺的间暇，上心地苦练起来，您猜怎么着？两把新大勺愣是都让他敲出了窟窿！敲勺的手法哪会不被他练成？他不仅熟谙了二拍、三拍、四拍的敲勺法，还创新出一种新方式，即花点跟着花点，二拍跟着四拍，四拍又回连三拍，拍节之间，敲得嘟噜连着嘟噜，变化多端，他谓之敲龙勺。因为这勺分勺底、勺心、勺帮、勺沿，位置不同，薄厚不一，敲起来响动就不一样，哪个拍节选哪个勺位，哪串花点用何股腕力，都让他琢磨透了。以至有一回，船厂将军铭安来吃全羊席，本来吃得就高兴，又听到徐仁虎的敲龙勺，博得了满堂喝彩声，他就显个分量，拿出三十两银子，赏给敲勺的人，说：凭这敲勺，那菜炒得还能赖。罗小翠见状，笑脸就绽开了。她不仅是冲着银子进账去笑，更是在笑徐仁虎的俎技长进了。那笑意是真挚的，毫无强颜和掩饰；那是一种内心的舒展，流露在她那美艳和娇俏的容貌间。那笑意聚展到最动人处，恰被徐仁虎瞥见了，这使他心旌大动。以至事后好多年，他都忘不掉那清澈、自然、会心的笑意。他明白，那笑意是他用心力和劳动换来的。

  按着厨行的惯常规矩，初入厨门的人得从刷碗、打杂干起，再缘个机会捞个尾墩。墩上的师傅是有排次的，头墩是主墩，然后是二墩，二墩是头墩的助手；二墩后面是三墩、四墩地排下去，末位的就叫尾墩。这是说，学厨的人得练着熬着，才能一墩墩地往前移升。墩上的活计学好了，才有资格晋到尾灶。灶上也是分头灶、二灶、三灶、四灶……末位的就叫尾灶。尾灶一般是煮汤、炒饭，连个毛菜都很难捞得上炒，尾灶要熬到头灶，那可难多啦，甭说手把儿得到位，没个十几年二十年的工夫也休想。徐仁虎学厨可没这些条框碍着，他是财东，买卖都是他家的，谁能给他下尺寸？

他又是罗小翠心中一片希望的田野，就盼着能长出好庄稼呢，所以，徐仁虎实际上成了老爷徒弟。这是说，他一入厨，就站到了上手师傅的位置上，专拣上手活、精细活去练功。俟他有了些根基后，又一步登天，直接蹿到罗小翠那个头灶的位置上去。这时候，罗小翠也不在高台上坐着了，整日扑在头灶上教导徐仁虎烧菜。那情景常是这样：罗小翠先烧着菜，让徐仁虎在旁边看着，看明白了，就操家伙照量，罗小翠在旁边指点。徐仁虎是初生牛犊不怕虎，甭管燕窝鱼翅、熊掌飞龙，还是全羊席全猪席，啥都敢整，大不了炒砸锅了，换了原料重做，山珍海味的真让他糟践不少。就这样，有罗小翠悉心的示范、指点，加上他十分投入，人又精灵，还早早晚晚地加时练技，这就比常人学厨的时间大为缩短。他学一个月，比别人学一年的还强。那些绝活绝技，罗小翠从不外传的，想学的人怕是一辈子都难以求解，徐仁虎却能在个把时辰就掌握了要领。以至后来，罗小翠偶然去处理店务，徐仁虎缺了拐棍照样走道。时间一长，他不仅能熟割精烹，连全羊席也让他操制得与罗小翠伯仲难辨、不分轩轾了。

第七章　斫脍绝功

现在，罗传耀的乘辇已越过尼什哈总站，正驶入吉林乌拉的东莱门外，沿着松花江南岸朝着通天街迅速挺进。这样去形容罗传耀的急行，倒不是故意制造紧张气氛，只因徐仁虎去光禄寺的应试日期已经有限。按着罗传耀的想法，他能早到一天，徐仁虎便可多了一天的演练，应试时就多了一分把握，所以，用行军的势态去形容这辆乘辇的疾奔，能表达出罗传耀此时的迫切心情。

估计罗传耀的乘辇还需半个时辰才能抵达北辕楼，这期间正好能讲上徐仁虎偷练绝技的故事。

徐仁虎与那些只会烧菜的厨人不同，他有读书的底子，平日里因熟读了罗小翠交给他的那两部秘本，渐就触类旁通。后来就给驻防两京的族亲捎信，请他们代为搜寻历代的食书，这样，他就陆续有了《膳夫录》《易牙遗意》《云林堂饮食制度集》《食宪鸿秘》《醒园录》《随园食单》《调鼎集》等。由于务了厨道，这些书就读得如同身临其境，亲切而入迷。一次，他在账房里算完了昨日的进出账项，因时辰尚早，就抽暇读了一阵唐人段成式写的《酉阳杂俎》。当读到"进士段硕常识南孝廉者，善斫脍。縠薄丝缕，轻可吹起，操刀响捷，若合节奏。因会客炫技"这段文字时，就感慨着掩卷思忖：这个段进士认识的南孝廉能有如此刀功，可谓文武双全了。我虽非孝廉，也算读书人，倘若读书不及他，斫脍再不及他，那不羞煞愧煞！南孝廉能将所切之鱼片用嘴吹起来，足见那鱼片切得比轻纱还薄。我若学他，倒也不算很难，但也仅是切头发丝般的功夫，还算不得惊人的绝技，得寻个招法超过他，才显得我徐仁虎有卓然而立的志向，于是，他就跟自己较起真来。几经琢磨，就觉得切丝于墩，乃是常厨之为，这套活路，已被南孝廉封顶了，再在墩上琢磨切啥，已无新意。所以，他就不往墩上想了，而是想着用啥东西能代替墩子使用。想来想去，终于心窍一开，眼睛一亮。他想，假如用人背当墩子用，在人背上切肉丝，那可就惊世骇俗了。这个大胆的设想一经冒出，竟使他情绪亢奋。可是旋而又想，若在人背上切肉丝，谁又肯让他当墩子使唤呢？何况，北辕楼的膳房里还都是女辈，哪个女的愿意撅着个腚再扒出光背去等着垫刀儿？想到这儿，就感到自己犯了荒唐，就摇摆头自笑。正这么想着，忽听黑刺桐一声大嗓：师弟在里面吗？俟他应声后，这个假小子就带着股风地踅了进来，对他说：奉师傅之命，来取几两银子，到北大街的白家铁铺买几把大勺。徐仁虎听了，扑哧就笑了。心想：大勺已被我敲破两把，是该添补些备用了。这就开了金库，取出银子，说：那玩意儿挺沉的，你咋去咋回？黑刺桐答：腿一迈就去呗。买了大勺，用绳子把勺把儿都拴了，往肩头一搭，提喽蒜挂就回来了。徐仁虎嗳了声说：别把你累着哇，还是骑我的马吧，又快又省力。黑刺桐说：就这点东西，还用搬头大马？不是跟师弟吹，师弟要不介意，我扛起师弟去白家铁铺走个来回，大气都不带喘的，师弟信不信？徐仁虎忙着说：信信信。心想可不能跟她抬杠，一抬杠，她还真能把我扛起来。可这时候，他却心中一动，咦，还别说，这家伙腰粗背宽，又野泼胆壮，倒是经得住羞吓的主儿，若拿她当菜墩子使唤，还真是块材料。这个念头一闪，他的荒唐就跑到天边去了，心中又浮起在人背上切肉丝的意念，于是就自顾着乐了。黑刺桐哪知道他在乐啥，就说：咋的，你笑么嗤地以为我扛不动你是不是？走走走，咱们到外面试试！说着就伸手扯他。徐仁虎急忙一躲，说：黑师姐可别闹啊，这要叫师傅知道了，咱俩都得挨骂。黑刺桐一把没扯着他，另只手又跟了过来，这下扯住了他的衣袖子，说：你信不信我能扛动你？徐仁虎告饶道：我都说信信信了，还让我咋的？黑刺桐这才松手，嘻嘻着说：这还差不多，那我走啦。说完拿了银子，一阵风似的出去了。

　　徐仁虎瞅着屋窗前闪过去的黑刺桐，这就又想：目标虽然有了，但也不能直接拿她开刀啊。这得先做模拟练习，直练到有了十二分的把握，才可动用她的腰板儿。他还想到，练这种玄险之技，还要背着罗小翠，若要让她知道，怕也练不成了。当他把这些考虑都理过后，就利用罗小翠嘱他歇业后要用一个时辰练功的机会，开始专心练习这种绝技了。

　　每当入夜，膳房的人都走了后，他就从"冰箱"里取出肥猪的腰肋，以其皮面当墩子,拿着羊肉放在上面来切。这样练了三个多月,从中悟出了三条则律:一是要固定切刀,这能框范刀的重量,便于腕力的控制和锋刃下切的均衡;二是操刀时要调控心气,因为心气的张缩是直接影响腕力的;三是情绪要放松,务必不要去想刀刃下的是人背,只当是墩子,以避免紧张。

接着,他又在自己的大腿上练。练时,他选来几块质地不同的薄布,然后坐着,将薄布铺垫到一只大腿上,薄布上放一块羊肉,就在上面试探着切。这样也练了三个多月,使他又获得三点收效:一是得要选准一种垫布,因为垫布的质地不一,有滑有涩,与肉料的贴合程度及刀刃的承接能力都有差异;二是感受到了人背当墩的相似悟觉,细微体察了人的皮肉表面因承受切肉丝而反映出的弹力特征;三是适应了他在操刀时的心理过渡,为他在人背上切肉丝做了精神准备。当然,这期间他也免不了自割自挨。好在他的刀功已臻精熟,腕劲运用得又有分寸,即使划破了大腿,也伤得不重。一只大腿划破了,就换另一只大腿再练。年轻人的皮肉愈合得快,两条大腿轮换着使唤,就没耽误练功。

当徐仁虎确信有了在人背上切肉丝的把握时,已是两年后的事情了。光绪十二年入夏后的一日亭午,营卖落场,膳房里的人都在歇着。徐仁虎走到高台前,对坐在上面嗑瓜子的罗小翠说:师傅,现下无事,我练就了一门功夫,请你看看行不行?

罗小翠吐出一个瓜子皮儿,笑着问:什么功夫啊?

徐仁虎说:在人背上切羊肉丝。

呀,罗小翠一惊,说,你要在谁的背上切羊肉丝呀?可别虎了巴叽的乱来!

仁虎不敢乱来,只想借用一下黑师姐的后背,以示窗切之技,便于向师傅禀报,请师傅准允。说着,又瞅一眼在旁的黑刺桐,鬼模鬼样地笑了笑。

没等罗小翠表态,黑刺桐就睁大了眼睛说:师弟你说啥?要借用我的后背切羊肉丝?

徐仁虎点点头。

那……那你是不是把个大菜墩子撂到我的后腰上,你在上面用力剁肉丝,看看能不能把我压趴下?这算啥呀。我让师弟拿两个大菜墩子摆一块儿,你使劲切吧,我要是胳臂腿儿支不住,算是小娘养的。

徐仁虎笑着说:黑师姐想哪儿去啦,我是请你露出后背,弯腰平背,双手扶住膝盖；我呢，直接在你背上切羊肉丝。

黑刺桐一听，气惊地说：那还不如把你黑师姐的腰盘子肉剜出来，当羊肉丝切呢。

周围的女厨人们都骤然笑起，那笑声像一扇玻璃窗子从楼上掉下来摔碎了。

这时，罗小翠发话了：仁虎，你这玩笑开得可是过头了，不得无礼！

徐仁虎被那笑声激着了，肃脸道：在师傅面前，我一不开玩笑，二不无礼。还是那句话，请师父准允。

罗小翠一听这要动真格的，就急着说：你这几年虽已练得刀法精熟，大家也有目共睹，可在人背上切羊肉丝，稍不小心，是要伤人的。

徐仁虎说：我已备银锭六十两，若伤着黑师姐，银锭就是她的，足够对她的补偿了。

黑刺桐听了这话就动心了，这些银子等于她半年的柴薪。她这人，平日里干活泼皮，刀划骨扎的常有过，总摆弄刀也就不惧刀了。她这时想：大不了挨一刀，划个口子，那能咋的。只要他伤了我一刀，这羊肉丝便切不成了。他不仅丢了面子，也丢了银子，他的压力该比我大。想到这儿就说：师弟，咱们谁跟谁呀，还提银子干吗？既然事情说到这儿了，黑师姐哪能不捧场。不过得说好哇，我一叫唤，你立马停刀，不能再切了，可别让我像杀猪似的乱嚎。

又是一阵尖脆的笑声。

罗小翠正色道：都别笑呢，这要刀刃贴着肉皮了，是笑着玩的吗？！

众人噤声。

徐仁虎乘机说：那就请黑师姐脱衣服吧，我这儿都准备好了。

慢着，罗小翠肃起脸说，仁虎啊，你当我的面儿练这套把戏，黑仔可要光着身子呢；她若让你伤着，岂止是耍弄她，也是耍弄我！

徐仁虎知道罗小翠仍在犯疑，对自己的练功还蒙在鼓里。想到事已至此，不能再遮着隐着了，不如明说出来，才能给这次演技及时地沟通出个和谐的气氛，于是就将他在往日如何练功的情形说了，听得众人惊愕不已。尤其是罗小翠，已听得眼噙晶泪，心中酸热。徐仁虎的上进精神使她深为震动，对他的那份爱惜和情意就又增进了一层。作为师傅，她不能阻止这次看似戏谑的举动了。她掏出手帕，拭了拭眼角，平定一下心绪，就从高台椅上走了下来，边下来边说：黑仔，方才，仁虎的话你也听见了，就让他切吧。他备的银子，也算有我的一半儿。不管他伤没伤着你，这银子也是给你的压惊费。

黑刺桐也被徐仁虎的那番话打动了，明白了他并非胡来，这就使她的心绪松缓多了，甚至为自己被选为菜墩子而增加几分豪情壮气。于是将罩衣、亵衣都脱了挡住前胸，红脸巴叉地说：你们都别笑啊，谁没光过膀子？你们就当我是要洗澡了。师弟呀，你赶快吧，让我咋的？

徐仁虎说：黑师姐先哈下腰，双手擎住波棱盖儿。唉，背再放平些。好好，就这样。说完，就拿过来已备好的用具和用料。他先将一方块洁布铺到黑刺桐的腰背上，又在上面放了一块精瘦羊肉，接着就操起了刀。

罗小翠见状，感觉当下需要使双方都避忌紧张，这就长舒了口气，先使自己的心绪平定下来，又故意慢悠悠地走上前去，说：仁虎啊，心要放松，要调理好情绪，啥也别想，只当是在菜墩子上切这块肉。然后又摸一下黑刺桐的后腰，说：这厚身板儿还真挺平溜。黑仔，你也要放松，稳住气儿，仁虎是练了功夫的，不会伤着你。

黑刺桐撅在那里，侠肝义胆地说：师傅，我明白啦。你叫师弟操家伙吧，我的脊梁肉就是都变成了肉丝，我要是动弹一下，就不是我娘肚子里掉下来的！

罗小翠笑着说：你这家伙平日里粗粗拉拉的，对我也不注意礼数。这回呀，我在你跟前站着，你等于给我弯腰补礼了。你现在想想，你有哪些事情对我放肆过？其实，罗小翠这话并非在责怪黑刺桐，而是真饵假钓，意在转移她在此时可能产生的紧张情绪。

罗小翠这么一说，心直意实的黑刺桐还真就走心了，她明白罗小翠说她放肆是指的什么。因为在她眼里，罗小翠和徐仁虎是天生的一对，所以，平时总爱借机拿话撮掇他俩。可是罗小翠毕竟是师傅，徐仁虎虽为师弟，却是东家，这就觉得那些撮掇话是没深没浅了，日后也该分个场合有个分寸……她这样想着时，竟没感觉到徐仁虎已在她的后背上轻灵地操作起来。

读君都明白，切肉丝得先用横刀法将肉块横着片成大薄片，再将大薄片一一错开排叠好，然后垂刀切丝。一般厨人用横刀法在片大薄片时，是用左手掌将肉块捺在墩面上，右手执刀贴着墩面从下往上片起。徐仁虎不这样，他是贴着捺肉块的手掌的掌面处片起，从上往下片。片时，那刀一横，往手掌下一甩，就片下来一张大薄片，然后继续这样片下去，片得片片如馄饨皮那般薄。他这种横片法是创了先例，其作用是化解黑刺桐的紧张，让她觉得开刀后很安全。可那刀刃贴着徐仁虎的手掌划拉，就使人看着眼眩，这也算揽险于己，勿施他人了。不过，最后横片的那一刀，可就不可避免地出现了惊险的一刹。那刀刃得在徐仁虎的左掌皮和黑刺桐的后腰皮之间游刃过去，一片两开，两开的大薄肉片还都得像馄饨皮那般。就这么一刀，您想，那得凝着多深的功夫。

然而，更深的功夫还在后头哩。徐仁虎片完了横刀薄片，错叠排列好了，就垂刀切起丝来。每刀下去，刀刃必须顶住黑刺桐的后腰皮，若顶不住，肉丝就切不断，就连刀，拎起来像红挂鞭似的，那还算绝技吗？若将肉丝都切断，刀刃就得切透肉片，切到黑刺桐的后腰皮上后，霎间就得弹回来。所以，他的腕力需要控制得极到恰处。您说，这功夫绝了不？

徐仁虎垂刀切丝时，黑刺桐也不是一点感觉没有，她是感觉到后背上咝儿咝儿的、痒儿痒儿的，像有一条毛毛虫在来回爬动，又像小鸟的嘴在直来竖去地轻啄她的皮肤，使她的神经末梢全部活跃到这里，在这一块儿被刀刃触动的皮肤下面紊乱地窜动着。她屏着气，用心力和肺部的轻匀呼吸去调控着后背上的平稳。她知道，只要稍一动弹，就会使徐仁虎失手，那刀刃就得划拉到她的皮肉里。要说她这人虽是野泼，但心地很正，有股子舍己为人的义气，不然，罗小翠怎能和她对脾气又不挑她的毛病呢。这时候，她如果想要银子，即便故意一动，也显得合情合理。但她不情愿动弹，更不想故意动弹，只希望徐仁虎在她后背上切成一堆天底下最值得夸耀的羊肉丝，她这个"人墩"也会跟着沾光。她正这样想着，猛听一阵呼喊声，把她惊得一哆嗦，马上意识到要坏菜，心里反应是挨刀了。于是就咬紧牙关，紧眉绷脸，沉起脑袋，等着那疼痛的来临。

不过，就在她一惊一哆嗦时，她想挨刀也挨不着了。原来，方才的呼喊声是喝彩声，是在喝彩徐仁虎的演技成功。这时，众人已围将上来，白芙蓉拿双筷子先拨弄肉丝来看，只见根根匀匀溜溜，都像火柴杆儿那般粗细。再看底下的垫布，竟无一处刀痕。白芙蓉揭了那布，手在黑刺桐的后背上摸了一气，当然摸不着伤口。然后拍了一下她的后背，嘻嘻着说：起来呀，没撅够哇？再不起来，我拿羊头在你背上劈啦。

黑刺桐这才定过神来，嘎嘎笑着直起了身。但只觉得一阵头晕，两腿发软，歪歪晃晃差点栽倒。白芙蓉急忙扶住了她，几个人又过来，帮她穿了亵衣和罩衣。

罗小翠见状，眉眼一低，遂对徐仁虎说：你黑师姐帮你演技，也难为她了，连羞带吓的，你要好好谢谢她。

徐仁虎点头称是，又说：银子都由我付，师傅可不要破费啦。

罗小翠说：那怎么行，我已有言在先，岂可失信，就这么定了……

这日是月底，晚上临歇业时，罗小翠嘱黑刺桐、白芙蓉领着厨女们清洁膳房、盘点库存，这就把徐仁虎叫出来，说：你随我来一趟，我有事儿要说。徐仁虎跟着她到了天益顺客栈，进了罗小翠的内室。罗小翠把门一关，就绷着脸说：把裤子脱了，我看看你的腿！徐仁虎哪好意思，嘿嘿笑着说：伤都好了，你别看了。罗小翠说：不行，我非要看！徐仁虎见她动怒，只好乖乖脱了。罗小翠瞅着那两条腿上的两片伤疤，确已痊愈，一方面放心了，另一方面又心头火起，抬手就扇了徐仁虎一个耳刮子，然后坐在那里嘤嘤地哭着说：你背着我干这事儿，眼里还有我吗？这要是把腿割出毛病来，你对得起谁呀你！说完了又哭。徐仁虎慌神了，也顾不及穿裤子，蹲到她的面前，双手扳着她的肩头说：师傅别哭，你别哭啊。这是我的错儿，我不该背着你。可是我……我要事先告诉你，你能让我练吗？这回妥了，我练成了，用不着大腿挨刀了，全都过去了。我这也是为师傅争气呀，就原谅徒弟这一次吧。往后，就是练割脑袋，我也不背着你了。罗小翠破涕为笑，说：要找死啊，你气我是不是？我还得打你！徐仁虎说：打吧，只要师傅消气就行。这时，罗小翠的眼里就柔情起来，不自禁地伸出手去抚摸徐仁虎的脸颊，说：我打疼你了吧，啊？徐仁虎嘿嘿笑着说：打是亲，骂是爱，不打不骂拿脚踹。师傅打过我了，也骂过我了，还拿脚踹过我了，这不都是疼我爱我吗？！罗小翠眼一媚，说：真会说话。说完就盯着徐仁虎的嘴唇，后又瞅住他的眼睛。女人的这种表情，是等待男人的亲爱。徐仁虎哪能不领会，顺情就把她揽到怀里，又提着站了起来，把她拱到床榻上。罗小翠急着说：干吗你？门没锁呢。说着挣脱了徐仁虎的双臂，就去锁门……

光阴荏苒，厨事流逝，弹指间四个年头过去了。到了光绪十二年仲夏，钦差大臣吴大澂自京赴吉，督办防务，协理文治。船厂将军铭安为吴大澂接风洗尘，在北辕楼以全羊席酬之。吴大澂是个文武双全的名宦，他亲尝美味，对全羊席称赞不已,当时即兴,亲书"北辕羊馔,天下第一"八个字,后被制成匾额,悬挂在北辕楼的正堂。从此,北辕楼蜚声松辽;徐仁虎和罗小翠齐名,誉扬白山黑水。

第八章　燕尔风波

罗传耀抵吉时，已是日昃时辰。当他坐到北辕楼厅堂角落中的一张餐桌前，使人唤来罗小翠时，这父女俩因四年多不见，自是有番久别重逢的情形。罗小翠遂又唤来徐仁虎，让他拜见了这位远道而来的准岳父大人。罗传耀打量打量徐仁虎，只是会心地点头笑笑，也没多说什么，就又问问店里的情况，让罗小翠备了便饭。饭后，他嘱徐仁虎带路，说要到徐家的府上去议事。

那夜，罗、徐两家人聚在一起，一番礼酬寒暄后，罗传耀就将光禄寺的报丧和想让徐仁虎进宫应试的事情说了，听得大家悲惊交集，一阵唏叹。罗小翠禁哀不住，早已涕泗涟涟了。

格棚额听后，先是说了"可伤之至，有缺吊奠"那类的话，后就对徐仁虎进宫应试之事全然首肯。然后又说徐家一支，自他祖上虚了世职，总想寻些事情做做，以图门风再兴。可自打山货庄破产后，他就省悟到"旗人不经商"这条祖宗遗训的真确。虽然如此，可还指望仁虎日后有个出路，便执拗办了酒楼。当初就攀着小翠前来主灶，也好沾沾汉人的祥气。果不其然哪，真就如愿以偿了，酒楼开得红红火火，隆盛成名，赚了大钱。仁虎拜了小翠为师，学得一技之长，这是托了你罗家的福庇，也是徐家前世积德了。如今朝廷有了旨意，旗人哪能背违？这也是仁虎的造化。他说到这里，就拉起罗传耀的手，诚挚地摆了几下，又说：兄弟呀，我看小翠和仁虎可是天配良缘呢。如今仁虎已经出师，两人的年纪也都不小了。你又在场，不如择个吉日，让他俩大喜吧，别再扯勒了。来日他俩远走高飞，我们也放心了。今儿着，我就代仁虎向你求亲了。其实，他说这话还留个尾巴，就是这两人常在一起，已有闲话。舌长缠颈，可以圆扁四方呢。

罗传耀听了，心下自喜，他没想到格棚额会这样开通明理，遂说：我来尊府，也正怀此意。仁虎和小翠原是师徒之亲，又缘上通婚之亲，这是亲上加亲，格大爷和我要成亲家翁啦。俟大家乐了一阵后，他又说：仁虎这一走，小翠一定要陪着，这对仁虎的应试必有好处。京都那边，小翠的干爹已去安置他两人的住处了。这边的北辕楼呢，就由我先撑着就是了，我还带个徒弟来，不会耽误营生的。

罗传耀这番话，将大家听得皆大欢喜。丧讯带来的哀情是无可奈何的，现已被乐融融的气氛所代替。现在，满屋子里都被各种不同的笑意堆聚着，在每个人的脸上呈展：格棚额的笑意中有几分自得，罗传耀的笑意是舒坦惬心，徐仁虎的笑意就有些骄矜；罗小翠呢，她的笑意难免带一点拘羞，只有格大奶奶的笑意里隐含着恋子的神情。是啊，儿子已长大成人，就要背井离乡了，做额娘的哪能不牵肠挂肚？

因应试之事紧迫，双方家长都感到婚不宜迟。按汉人风俗，长辈遇丧，起码得守孝周年，至不济也得过了"七七"才能操办喜事。但罗传耀也是个开通人，他觉得没必要让这个古俗束缚了活人的手脚，何况又不是他娶妻，隔了一辈人呢，而且是嫁女过门。再说，徐仁虎是作为罗家的俎技传人，要进宫去承袭罗家在光禄寺的荣耀，先父若泉下有知，也会高兴的。罗传耀这样想着，那些俗规在他心中就淡薄了许多。

徐家这边呢，以为若按满洲的繁琐婚俗操办，必要占据和拖延了徐仁虎的应试准备时间；而且，罗小翠毕竟还有当师傅这一层的原因，得顾及尊师的礼节和汉人的习俗，不可使她勉为其难，愣是循着旗人的规矩当媳妇，所以，格棚额决定，该从简的都从简。

就这样，娶嫁双方都紧了弦地张罗着。徐家将定亲时该做"门户帖"啦，互递醮祭啦，还有下大茶啦什么的都免了。罗小翠也对徐仁虎说：你们徐家用不着筹备一车聘礼送我，咱俩不久就要去京，那不都成了累赘。所以，她只收一枚簪珥做了定情物。

可是，格大奶奶心地窄细，她对格棚额抱怨说：这也从简，那也从简，你就不怕丢了咱们旗家的面子吗？该走规矩也得走规矩。因而，迎亲那日卯时，罗小翠只好循了旗人的婚俗，乘了彩车，蒙了红盖头，往徐家而来。与此同时，徐仁虎也在早一些时辰先拜了祖坟，然后骑了马，带着迎亲车从自家启程，要在中途接来罗小翠的彩车。两方的车子在途中相遇时，车轮子得要并排戛然而止，两辆车上的双辕还要略有相错。这都是专职车夫的停车技巧，这个过节儿叫"插车之礼"。

按着旗人婚俗，罗小翠乘彩车时应该是她哥哥陪着，由她的哥哥将她抱到徐仁虎的迎亲车中去。罗小翠没有哥哥，就自作主张让白芙蓉陪着。这时，白芙蓉就说：师傅哎，迎亲车来了，我得抱你上师弟的车上呢。罗小翠"咯咯"一笑说：就你这风摆柳的小身子，还要抱我？那咱俩还不得一块儿摔到大街上打滚儿？说完就撸下红盖头，手里捏着，径自下车，上了迎亲车，然后朝着骑马的徐仁虎又说：你也上来呀，挤着点坐得下。徐仁虎听了心里就笑：哪有新郎坐彩车的？便在那里摇头。罗小翠就不快了，说：你上不上来？你不上来，我也不坐了啊？徐仁虎就慌了，他知道罗小翠任性，她说不坐就真敢下来。她若下来那成啥了，那不叫满街卖呆的人当笑柄了吗。再说她是师傅，还没听说过有女师傅给男徒弟当新娘的，这就得由着她点，别让她不高兴。想到这儿就下了马，马交给随陪的人牵着，就挤进迎亲车里坐了，随手放下车帘儿，一队车马就倒折回返。

这番情形，可让当街卖呆的看得大惊小怪，一些人议论纷纷，一递一句在道边念秧儿：

嗳，那咋回事儿？咋一头牲口引着迎亲车？新郎呢？这是人娶媳妇还是牲口娶媳妇？

二五眼呐？没看见吗，徐家少爷性急，还没把新娘子接到家里，就钻到迎亲车里弄鬼去了。

这啥玩意儿，新娘子也没人抱，也不蒙红盖头，自个儿就上了迎亲车，老徐家真会破规矩。

新娘子是北辕楼的罗厨娘，她收了徐少爷做徒弟。时间长了，这一男一女的哪能不那个，这是纸里包不住火了，只好认成媳妇娶回家去。

罗厨娘可是把北辕楼给整发了，旁边的豫州酒楼都快被挤对黄铺了。

别管咋说，人家徐少爷有福，这叫财色双收。

那不对呀，罗厨娘是外来的汉女，她给旗人当媳妇，不是满汉通婚了吗？老徐家这是败坏风俗。

豫州酒楼的东家施胖子，从江边遛鸟回来，路经这里，他听了这些话，转了转眼睛，也不搭腔儿，猛一提鸟笼子，晃晃悠悠地就走了。

再说迎亲车里，徐仁虎放下车帘儿，见罗小翠粉腻香浮，艳丽无比，禁不住搂住她那软绵绵的细腰，要与她亲嘴。罗小翠往旁一躲，说：这不行啊，你要吃口红呢。罗小翠调皮地抿着嘴，嘻嘻笑着说：我可告诉你呀，婚后这段日子，可不许你使那个。咱家父亲大老远来，为这婚事不假，主要还是训导你去宫里怎样应试。你若虚脱脱的不成样子，匜呆呆的打不起精神，看我不掌你的嘴巴。徐仁虎听了，就噘起嘴巴不高兴。

说话之间，迎亲车已停至徐府门外，徐仁虎对罗小翠说：你把红盖头蒙上，先坐着不动。说着就掀帘儿下车，早有人将箭弓递给了他。

门口迎亲的众人先是老远地见到那匹马踢踢踏踏地遛过来，上面的新郎官却没了。正疑惑间，行至眼前的迎亲车中却走出来徐仁虎，故而皆惊得面面相觑。

徐仁虎取过箭弓，把它拉满了，朝向迎亲车的车帘处虚射三箭，这叫"驱尽黑煞神"。然后将箭弓递给在旁的人，这才走向前去，掀了车帘儿，将罗小翠引了出来。

这时，鼓乐喧起，鞭炮齐鸣，徐仁虎和罗小翠在主仪的引导下，走到天地桌前，双双向北跪下叩了三首，先拜了天地，又拜了亲长，接着，就是进喜房"坐福"了。喜房本应在室外搭起帐篷充着，喻袭先人在野外栖宿的遗风。只因罗小翠在婚前曾说过：搭了帐篷，过日就拆，那不是瞎折腾吗？直接进屋就得嘞呗。别人拗她不过，只得将喜房布置在室内。喜房的地上铺着红氍毹，上面摆张矮桌，桌上放着一具羊尾骨，连着后腔，旁边还放着一把银酒壶和两个酒盅。两个酒盅之间用根红绳拴着，这是象征着新婚的小两口往后有好日子过。罗小翠被两个女孩引到喜房前，得要跨过门槛上的马鞍和火盆，方得进去。她进去后，一个女孩拿着彩绳连着的两面铜镜，对她照了一下，就担在她的肩头上。她只觉着红盖头前闪了两道白光，然后一条绳子坠着两个重物，就勒在她的脖子根儿上。还没等她摸摸这是两个什么东西，另一个女孩又塞给她两只锡壶，壶里分别装满了银子和粮米，让她半捧着半抱着，这叫"抱宝瓶"。

罗小翠头顶红盖头，肩担铜镜，怀抱着两个沉甸甸的锡壶，站在那里身不能动，膀不能歪，手不能移。忽又听前厅里歌声大作，人们唱起《阿察布密歌》，这婚歌唱得哄哄闹闹，杂腔混调，歌词儿都是满语，她一句也听不懂，心里就起烦。

正烦着，呼啦家伙又进来一帮人，把她七手八脚地架到门外，又拖到高处，有人揭了她的红盖头，让她看天上的日头，这叫"看日头红"。她因被红盖头蒙了一个多时辰，冷不丁没了遮挡，去直视刺眼的日光，脑袋就嗡的一下，眼前金星乱飞，趔趔趄趄地差点栽倒。那帮人也顾不了这些，又连拖带拽地把她架回喜房，仍是让她蒙着红盖头，担了铜镜，抱着锡壶，摆布着她在炕沿边坐着。这可就把她窝屈坏了，因她自少娇宠，出外恃艺，更是坐高势派，摆布惯了别人，今个儿却被别人摆布得溜够，那气儿就来了：这旗人家，婚事咋这等啰唆，让人活受罪呢！

她正气着，忽又听见徐仁虎在门外喊道：留不留宿？这话是按着旗人的婚俗走场的。这个走场是新郎入喜房前，要拿着秤杆儿，在喜房的门外绕圈儿，问房内的新娘"留不留宿"。新娘在一般情况下得答"留宿"，新郎方可入门。新娘要是羞窘，或端端身价，就不应声。新郎就得绕个圈再问，直至新娘应声而允。由于徐仁虎和罗小翠的婚事办得匆忙紧迫，有些婚俗的细节没能向罗小翠交代清楚，或许压根儿就没有想着由谁去告诉她，也许是罗小翠听了却没记到心里，这就弄不准了。反正，罗小翠这时候听到徐仁虎的这句话，岂止是感到别扭，简直是故意气人。还留不留宿？你说留不留宿？这不是废话嘛！就使起性子不应声。徐仁虎再问，她仍不应。一连问了十几回，屋里就是没动静，弄得徐仁虎在门外直门绕圈子，急得满脑瓜子淌汗。在旁的众人见了，有的就笑，有的撇嘴。施胖子也来走过贺喜，他站在人堆里说：这新娘子真够厉害的，也太会调理人了。徐仁虎这就火了，再不管屋内应不应声，就撞门而入，气得在门口直喘粗气。喘了一阵抬眼一看，见罗小翠将红盖头、铜镜、锡壶扔得满炕，银子、粮米撒了一地，正抽抽啼啼哭着。他心里就软了，忙走过去掏出手帕替她擦泪。罗小翠抬手一扒拉，刚想动气，见徐仁虎一脸大汗，又扑哧一声笑了，就将徐仁虎的手帕接过去，说：你在门外卖啥关子？进来就进来呗，你不进来你上哪儿去？还嘈嘈啥留不留宿的？事儿是这么个事儿，你也不能故意让旁人知道呀，这不是耍彪吗！徐仁虎一听，被逗得哈哈大笑，方知她乃汉女，不谙旗人婚俗，笑完了又无可奈何地摇摇头，赶忙去拾掇炕上和地上的东西……

闲言少叙。单说婚典过了三日，这天下晌，格棚额午睡后刚起炕，吉林府督捕司来了几个人，突然把他锁链叮当地押走了。提法使在过堂时对格棚额说：民不举，官不纠。有人告你徐家负有二罪：一是违反了本府规制，犯了满汉通婚的禁忌；二是违反了旗人婚俗，坏了这里的风气。子不知父之过，所以，本府拿你是问。格棚额听了一惊，本想解释，那话刚要出口又咽了回去，他怕再牵连罗家父女，扰乱了徐仁虎进宫应试的事情，于是想想，就包非揽过地说：那好吧，事已至此，却与他人无关，都是我做的主，任凭大人怎样发落吧。提法使说：本官并不想难为你，知你祖上屡建军功，徐氏又是本地的望族大户。你的案子，本官也做不得主，要报呈督办大人亲自审理，只是当下先委屈你了。说完，命人将格棚额押入监房。

这边儿，格棚额一被押走，格大奶奶可是受了惊吓，当时，她扯起烟袋腔大哭小嚎一阵，又抽啼自语：我这几天哪，两个眼皮子就直门跳啊，跳得我七腾八闹的，也不知跳福跳灾。这下糟改了，徐家的婚事惹着了丧门星，把老爷子拽到官府的班房里去了。呜呜呜……二柱子，你还愣着干啥！快骑了马去北辕楼报信儿呀！呜呜呜……

当时，徐仁虎和罗小翠完婚三日后，正逢参领古大爷擢升为满洲正蓝旗副都统，属下为之庆贺，就在这日午正到北辕楼办了两桌全羊席。罗小翠借机让徐仁虎主灶，自己当了助手，将这两桌席做了。也是请罗传耀在旁边看着，评判一下徐仁虎的俎技和手把，挑挑他的毛病。

制席完毕，罗传耀乐呵呵地说：还真不赖。从席面安排、上菜程序、色味形状，到操作速度，都没说的。要我来做，八成到不了这步呢，光是我这老胳臂老手的就不如仁虎快当。

罗小翠娇嗔道：爹，瞧你说的，又不是让你捧场来了，你得严着点。他厨龄不长，又无应试经验，你顺毛驴这么摩挲，到时候他落榜了，头一个脸黑的就是爹。

罗传耀哈哈一笑，说：好就是好，不好的地方我还没说呢。仁虎啊，我听你师太爷说，他进宫应试那阵子，是心绪镇定，不怯场，管你是谁呢，就是慈禧太后在旁看着，我这拿刀拿勺的手也不抖。方才，我见你烧菜时，有些毛愣，得稳住架，千万别慌。

徐仁虎谦笑着说：师爷在旁边看着，我是有点心慌。

罗传耀说：那可不行。光禄寺是朝廷大衙门，大臣高官们坐在那儿审你，八百只眼睛盯着你，比我蝎虎不？你要一慌可就坏菜了，这可一定要改。还有，就是你在应试时，得见机行事，要懂得临场应变的道理。主持大人考你，要沉着应答，语有伦次。你书读得多，有学问，这可比你师太爷强。我算了一下，你到光禄寺应试，刨去路途，只有半个月的期限了，抓点紧。营生上的事情，我和小翠张罗着，你不用去想，就专心下功夫练菜，我和小翠会随时纠正你。

仨人正说着，格大奶奶打发来的家仆二柱子就灰着脸到了，把他们引到隔人处，将格棚额被押到督捕司的事情说了，仨人听罢大惊。罗传耀急着说：你二人快去探试，问了明细，好设法搭救，这儿我盯着。徐仁虎和罗小翠就火燎燎地去了督捕司，送了点银子给监卒，来到监房，见格棚额双手铐着，就都酸酸地哭了。遂问涉讼经过，格棚额将过堂的事情讲了，又说这是犯了小人了。两人听了，更是哽咽不止。罗小翠抹着泪说：要说满汉通婚，违了这里的规矩，都是我的事儿，因是我被嫁人，要押要监，找我好了，怎能连累阿玛？仁虎，你在这儿劝慰阿玛，暂且耐着，我去找督办大人说个明白，让他改判于我。说完就蹬风般去了。格棚额抓着铁栏，急着连呼：回来！回来！但哪里阻止得住，这就又对徐仁虎嚷道：你还傻愣着干啥？快随她去呀！徐仁虎流着泪说：阿玛呀，这喜事咋变成祸事啦？是我当婚，我不孝，苦连你了。你这好生待着，别急别恼，我去去再来看你。说完就去追赶罗小翠。

罗小翠要找的督办大人，就是吴大澂。他刚从松花江一带的边防回到公署，因为这些日子，沙俄新建的海军舰队游弋在东海沿岸衅事，扬言要在松花江航行，如果中国不同意，就要动武。为此，他和铭安将军亲临要塞，编练防军，筹划武备。这时，他正审理着积压的公文和案卷，当他读过光禄寺发来的文牍，就想到北辕楼，想到那一对擅制全羊席的男女厨人，觉得这事情还真有举荐的必要，也显得他对朝廷的急诏有个积极的响应。正这样想着，忽听门外一阵喧嚷。他眉头一蹙，起身推门出去，问那门卫：什么人在吵闹？门卫答：回大人话，有一男一女，非要见大人。我说大人刚从边防回来，还没顾着歇息，就在这儿挡着。那边的罗小翠眼尖，一手拽着徐仁虎，急忙上前扒拉过门卫，就来到吴大澂的眼前跪下，说：北辕楼酒家的制羊厨人罗小翠和徐仁虎拜见督办大人。吴大澂一听，那烦念就消了，哈哈一笑说：巧哉！我正想这事情呢，你们人倒来了。起身吧，随我进来。

两人进了公署，被赐坐、赐茶，但哪敢领受，仍旧站着。吴大澂反剪着手，来回踱着步说：你二人制羊之技，可谓名贯东北，我有亲尝，实不虚传。我在京津两地为官时，曾在光禄寺被赐尝过几次全羊席，感到那菜路子好像与你们的有些相似。

罗小翠说：那阵儿，光禄寺的制羊主厨为罗云甫，是小女的祖父，所以……

噢，吴大澂眼睛一亮，说：我明白了，御厨后世，一脉相承。看来，那次我到北辕楼赴宴，给你们题字，算是题对喽。哎，坐、坐，来的都是客嘛。

两人这才坐了，徐仁虎乘机说：督办大人亲赐的墨宝，一字千金，晚生早已恭制漆匾，高悬中堂，蓬荜生辉了。自那以后，敝店名扬四海，财达三江，这都是托大人的洪福，我们铭恩不尽。

吴大澂听了这话，心里舒服，就开心地笑着说：那是即兴所感，随便写写的，不值一提。与你俩说个正事啊，最近，光禄寺来了文牒，让我举荐司羊庖人呢。我来吉林乌拉虽然不久，但深感此地食风重羊。《黑龙江外集》的书里说："满洲人宴客，旧尚全羊席。"看来，光禄寺也不是无的放矢。嗯——我要问问，你两人是何关系？

回大人话，晚生二人新婚。徐仁虎答。

嘎，好嘛，吴大澂说，你两人的名字，我倒是熟知，不曾想还有这层关系。听说，你徐仁虎还是满洲参领后代，如今又算御厨手艺的传人，难能可贵呀，所以，我有意荐你去光禄寺应试司羊庖掌，继承你们先师的业绩，你看如何？

徐仁虎听了，就话起身，马上伏在地上磕头，说：大人宠赐良机，晚生千恩万谢。只是……只是晚生的阿玛，还在督捕司里下大狱呢。说完，就呜呜大哭。

吴大澂一愣，说：这是怎么回事？

罗小翠麻溜儿起身，也跪下答道：小女是汉人，与旗人徐仁虎刚已完婚，就被人砌词涉诉到吉林府，说是满汉通婚，犯了禁忌，坏了本地的风俗，就将我们阿玛押到督捕司下狱问罪。提法使大人说，这案子已报呈给督办大人了，请督办大人亲自审理。大人，如若论罪，都是小女行事所致，小女愿去受刑。望大人开恩，放了我们阿玛。说着，也扑簌簌掉下泪来。

徐仁虎一听就急了，忙说：大人，万不可听她的。男家娶妻，男为主婚。大人要治罪，理应治给男方，治晚生就是了。

吴大澂看着这对小人儿争着请罪，就捋起胡须笑着，并为这两人的情意所感染，就道：既然案子报到我这里，待我看看再说。这就去翻那一摞卷案。很快翻着了，大致一阅，觉得仅此而已，遂长叹一声，说：你们起身，坐下吧。

两人起身，但不敢坐。

吴大澂唤过书办，对他说：你是本地人，有位格棚额，你该知道吧？

书办答：知道。格棚额属本城徐氏一族，先世抗击沙俄屡建军功，现袭参领爵位。他这人也憨厚实在，很受人尊重的。

吴大澂一听，脸色骤变，拍案而起，自语道：如今沙俄张狂，虎视眈眈，犯我边防，侵我东属，正需我满、汉人等同心合力，共御外敌。可是，仅因为格棚额家娶了汉女，他就被人告到大狱，这岂不让徐氏后代的骁骑军们瞅着寒心！这样下去，如何能鼓动抗俄的士气？

书办附和道：大人说得极是。

吴大澂嘘了口气，又说：想当年，乾隆先帝与先后去曲阜祭孔，并将公主下嫁给孔子的第七十二代孙，这已开了满汉通婚的先例。唉，吉林乌拉这地方民风淳朴，固然是好，就是框陈囿旧，不顾及满、汉和睦的朝廷大策，这是违背了先帝的遗愿。本钦差到此地协理文治，这满、汉人不懿之事也在治理之列。说罢，又坐下，拿起笔来，在格棚额的卷案裁定处写道：

吉林府即速释人。凡尔吉林乌拉，如所事满、汉通婚者，不得妄加查稽捕押。俄寇兵临东海，犯我防地，欲振北迁移民共御之策，故要彻鉴往辙，厘剔互歧、隔阂弊端，以求旗、汉一体。钦差督办吴大澂。

光绪十二年七月三十日

吴大澂写毕，晒了晒墨液，就嘱文办将此卷案速返吉林府。侯文办一走，他才又说：去接了你们阿玛回家吧。你徐仁虎到光禄寺应试的事，也这么定了，我还要给光禄寺拟个荐文。不过，按着会试规定，得先到本署医房验检，我看了验检后，确符条件，再予你写个手信带着。

徐仁虎连声应着，就拉了罗小翠双双伏下，感激涕零地给吴大澂磕了头，辞谢而去。

这样，格棚额在当天傍晚被放了监，徐仁虎的应试，又得到了吴大澂的举荐，可谓逢凶化吉，喜不单至，徐、罗两家自是相庆不已。

是谁告的状？徐、罗两家人不能不画魂儿。后托徐家在督捕司当差的一个远亲打探，原来是施胖子所为。当初，北辕楼选址于豫州酒楼之邻，因买卖兴隆，挤对了施胖子的生意；又因刘二跳槽，把不少主顾也都拉到北辕楼这边来了，施胖子为此哪能不作劲儿，就生了小人之念。但这事情又不能明着找官府核实，虽说吴大澂有了批文，不查满、汉通婚之事，但官府也顾着本地旗人的偏狭情绪，自古满、汉不通婚嘛，这习俗观念不是一时半会儿就能打消的。即使问了官府，官府也会遮掩起来。所以，格棚额认为，既然已相安无事，何必再结仇小人，让人觉得有失君子之风，因而，婚事风波到此平静。

过了双旬，格棚额以徐氏宗族的名义，俗沿满洲人享重客时酬筵全羊之礼，要在北辕楼恭请吴大澂，以报解狱之恩，另层意思，是为徐仁虎提供最后一次演练全羊席的机会。那日，格棚额来到督办公署，谒见了吴大澂，说明了来意，就把聘帖呈了上去。吴大澂接过聘帖，见上面的字写得潇洒俊秀，愕问是格参领的手笔？格棚额答是犬子徐仁虎所书。吴大澂大啧其好，又说格参领客气啦，若纯系酬请，本官领情，但不必随允。只因格参领的爱子要去光禄寺应试，本官即已举荐，自当重视，也好借机详审徐仁虎的俎技，提以见示，那就客随主便吧。

及至徐仁虎为吴大澂制过全羊席，并得获一次官场般的鉴定，他的启程之日也要到了。单说临行那阵子，徐、罗两家因子离女去，自然是一番依依惜别的情形，黑刺桐、白芙蓉也都抹泪相送。亲友、街坊的送行者之间，居然还夹个施胖子在那里装相。这样，光绪十二年八月十日清晨，徐仁虎、罗小翠坐上罗传耀乘来的那辆蓝障呢后档车，携了路上的用资用物，先是徐徐上路，直至回望不见众人挥泪的身影，才嘱车夫提速而驰。两人将去盛京逗留几日，谢恩和拜别郑家父子，而后再赴京城。

蹄爪部

第九章　南旅异录

　　这时候，徐仁虎和罗小翠坐着的乘辇已经驶出十里地，到了吉林乌拉的驿路总站尼什哈。尼什哈是吉城几条驿路的交集处，无论南去盛京还是北去宁古塔，或乘水路到黑龙江入海口的奴儿干都司，都要在这里验检勘合或火牌。官差的证件叫勘合，兵役的证件叫火牌。徐仁虎因拿着光禄寺的行路函件和吴大澂的亲笔手信，官差的由头还算不小，因而受到尼什哈驿站官的殷勤相待，并发给他俩一张特别的勘合，这是行程中畅通无碍的格外优待。

　　这个总驿站傍着一条河，河中盛产细鳞鱼，此鱼长足了也不到半斤，得算小鱼。小鱼说成满语就叫尼什哈，此站由此得名。那时，产细鳞鱼的河流主要有两条，除了这儿外，还有努尔哈赤的老家赫图阿拉城城外的苏子河。甭看这鱼不大，味却特鲜，努尔哈赤生前喜嗜。清入关后，宫里头食循祖制，努尔哈赤的饮食喜好都定成了食规被传承下来，这是满洲人孝祖的一种方式，也有乡味堪思的道理，从而，细鳞鱼也就成了贡物。康熙以后，苏子河的水位渐落，细鳞鱼就产得不多了。到了乾隆时期，进贡细鳞鱼的渠道就改到尼什哈总驿站这里。那时，这鱼得活着进宫，鱼从尼什哈总驿站被装到官车上铁槽里的水中，哐哐当当地直奔紫禁城，鱼在途中早都咽气了，所以，沿途的驿站附近都要由当地的官府修池蓄水，水还得用尼什哈总驿站这里的。这样，官车上的鱼每经一处驿站，便放到池里养个一天两日的。届时，有专职人员给鱼配供标准的膳食，确保它们膘肥体健。俟鱼恢复了精气、活蹦乱跳时，再小心恭捞，请驾鱼大爷们上车，一路如是。至道光时期，因国库空虚，经济危机，道光谕禁地方上劳民伤财，就把贡鱼的路子给堵了。但驿站旁的那些鱼池因涉御忌，也就无人动用，仍都孤荒地放在那里。当徐仁虎办理经过总驿站的手续时，罗小翠就站在这个曩年的鱼池边上观望。那能观望出个啥来？里面无非是长满了萋萋的茂草和芜杂的野花，草中蛇盘蜥窜，花间蜂狂蝶乱，至多是一隅蛮荒的景韵，勾起她一缕思古的幽情。

从尼什哈这儿启程，两人就算上了正路。正路称为御路，是康熙初年修的，至康熙九年尾竣工，当初是要赶在康熙十年时，为迎驾康熙的东巡祭祖而抢筑成的。康熙十五年，吉林乌拉首设了吉林将军府，吉城就与两京之间的官差往来大为增多，沿途的驿站也随之增设或扩建。乾隆至道光期间，清帝们又屡次东巡，往返都要走这条路。这样，有了诸帝的亲自踏勘，光绪朝的这条御路已经发展为京都和关内通往东北各地的要衢，当时，人来车往的全凭这条御路撑着。御路两侧，每隔数百米就立着个站丁，每个站丁还管一群站马和站牛。站丁是御路上的护路交警，站马和站牛是供往来的官车和差役们的驭乘跑疲了，替换休息的。牲口们也得到时候歇着，这就要到站丁那里办个换马换牛的手续，重套重驾，继续赶路。此时正值上晌，再看路面上的车马行人，就像一条湍急的大江奔流不息。朝廷官员北来巡视的，乘着大长辕车，双匹辕马驾辕，双匹骖马引力，前有探兵，后有跟骑，昂扬疾驶。南去的贡使，率引着一溜儿铁箍大车，车上装着蜜匣、松子匣、东珠匣、人参匣、咸鲟鳇鱼篓、貂皮箱子等；贡车后头，紧跟着一队护骑兵。往来的驿使背着传递文袋，乘着快马，一阵阵嗒嗒之声。豪商阔贾的乘辇，则是骈驰翼驱，车上挂着銮铃，驰时当当作响。北迁的汉民，驾着马车，车上载着铁铧、铁锅、衣箱、铺盖；车上凭依处，坐着裹脚女人，怀里抱着婴儿。还有当地小贩们推着独轮车，或是担挑，赶到驿站上售卖果蔬杂品……

徐仁虎和罗小翠的乘辇，是由四匹褐毛骏马驾着蓝色的华舆，辚辚前奔，这也得算路面上一道流动的风景了。说这话时，日已偏西，车就驶到了大绥河驿站。这是个大站，远远地就瞅到那里车停马驻，人群、地摊混作一片。徐仁虎就对罗小翠说：咱们下去松松腿儿，也得给你干爷、干爹寻些礼物呢。罗小翠笑嗔道：啥我干爷、干爹的，跟你没关系呀？你初次去，这礼物是得备的。说罢，便叫停车，嘱车夫去给马添料，两人下来，朝着驿市处溜达。

驿市虽然临路，却很有规模，尤其那些地摊，七堆八块，见空就摆，显得挤挤擦擦。摊上多为本地特产，虎丹虎骨、白蜜蜂尖、熊掌山参、东珠兽皮、蛤油松子、卤鹿肠鹿肚、熏四不像肉、鳟鱼干儿、太阳糕、油蛤蟆、锅出溜、高丽人的漆盘、盐砖、蒙古人的编毯、马靴，有人肩膀上蹲只海东青，有人拎着个松鼠笼……两人转了一遭儿，徐仁虎说：尽是土货，选些啥呢？别让干爷、干爹瞅不上眼。罗小翠想想说：我问了这块儿的熊掌，可比盛京山货庄的便宜多了。你干过山货庄，这你有数。不如把那摊上的熊掌包搂算了，车上也有地方装。这样，干爷、干爹想吃能做，搁着也不坏，配进酒席里还能赚个大利。

徐仁虎说：中、中，到底是师傅娘子，比我这徒儿郎灵窍多了。罗小翠瞪眼道：咱俩出门在外了啊，往后相称得有个准章儿。我叫你仁虎，你叫我小翠，可别顺嘴乱叨叨。徐仁虎嘿嘿着涎笑，忽又嚯了声，就拽着罗小翠的袖头，去寻卖熊掌的地摊。

两人来到那个地摊前，蹲下看摊上的熊掌。这摊不大，两只样掌摆在一张旧熊皮上，摊的后面是两个粗质的陶缸。徐仁虎拿起一只样掌，问：要多少？卖的人伸出一个指头。徐仁虎把手翻了过来，看看样掌的掌面儿，又猛地用另一只在掌面上敲击几下，有几只小虫子就给敲击出来，这就把它放下，两手扑落扑落，站起身来。卖的人问：你给多少？徐仁虎说：虫子掌也能卖钱吗？那人说：要好的说话呀。便扭身从缸里掏出一只熊掌，扑落扑落上面的石灰。罗小翠凑近去看，又用鼻子嗅了嗅，说：干得还透，没味儿。徐仁虎点点头，对卖主说：实惠惠的，每只多少？那人伸出两根指头，比画个"八"形，说：少八钱不卖。徐仁虎知是便宜，却故意摇摇头说：贵。卖主说：贵？少爷，你打听打听，盛京山货庄的每只要二两，就是吉城里少了一两半也买不来。徐仁虎说：你有多少？那人眼一愣，说：咋？都要搂？我这不多不少，五副二十只。都搂了这两只样掌也白搭你，别看有虫子，收拾好了，高手厨子一做，照样好吃。徐仁虎笑笑说：那好，我都搂了，每只给半两卖不？那人听了，就脖筋喷张地说：少爷啊，我这熊掌可是玩命换来的。每到冬天，我和我兄弟，一个拿斧子，一个拿棒子，到树窟窿里找熊。我兄弟拿棒子敲树桩子，逗扯熊，熊被逗扯醒了，前爪子一搭树窟窿沿儿，就要出来，要找撩闲的算账。我瞅准了，这就一斧子下去，砍正了，我是得了一只熊掌；砍不正，那黑家伙能饶我？弄不好被它拿下了。少爷你说说，我这每只八钱值不？徐仁虎心软了，拿眼看着罗小翠。罗小翠就说：既然大兄弟说到这份儿上，就不讨价了，麻烦你帮我们抬到车上。卖主高兴地说：那还算事儿，我连缸子都抬给你们了。

购了熊掌，两人继续驱车赶路。至落照前，车驶进小绥河一带的一簇山村。这时，暑气消遁，残阳鎏金，小绥河里波光粼粼。河对面暮烟漫起，村野朦胧。沿路的河畔处有个客栈，客栈一侧，还傍着个酒肆，屋檐上挑着的招子，在夕光中抖动飘扬；那招子虽是陈旧褪色，却也平添了几分山郭韵味。店前的几株古榆中，偏又扑棱棱地飞出一片乌鸦。两人见此情景，自感一番澹静。罗小翠沉迷地说：真是渔舟唱晚，倦鸟归林。以前，这景致以为江南才有，没想到这儿也能遇上。仁虎，咱们奔了一天，也是倦鸟了，今晚儿就拣这小店栖着吧，难得图个清寂。徐仁虎就叫车夫停马，他下来去了客栈，问店主有否净房。店主笑答：今天巧了，还没上客。净房你挑着住，大炕你打滚躺。徐仁虎就招呼罗小翠下车。这就择了房间，两人洗漱一番。车夫安顿了车马，又被唤去跟着两人蹅进旁边的酒肆，打算用过晚膳，都早早儿歇着。

酒肆不大，有两个间子。外间摆着两条长桌，桌旁放着两排春凳。里间分两个包房，房中的壁上挂着几轴单条，估计是乡中学究所书。车夫在外间坐下，徐仁虎让他点了实惠酒菜，自先吃着，就与罗小翠进了里面一间雅房。两人平日里精吃惯了，又颠簸了一天，焉能囫囵吞枣？就吆喝堂倌要点菜。女店主循声而来，她见这两人衣着不俗，气质非凡，就亲来奉茶，应承道：二位是从吉林府来的吧？怪不得与我们乡野之人不一样呢。瞧这姑娘俊的，像仙女下凡一样。

罗小翠抿嘴笑着说：店家，有什么好吃的，给我们道来听听。

女店主哎哎地答道：我们做的是大满洲风味，有大肉盘子背灯肉，木梳背肉手扒肉，昏夜祭七星的七星羊肉，祭祀享重客的火燎猪皮肉，还有祭索罗神杆儿的血肠带蒜汁儿，吃满汉肘子配小肉饭。说到河鲜，咱店的后屁股就是河，鲭草鲢鳙鲫瓜子，鲫瓜子银红黑彩样样有。这还不算，姑娘你猜，咱店掌灶的是谁？说出来吓你们一跳，是罗小翠和徐仁虎的大弟子。这两人就在你们吉林府开北辕楼酒家，可说是家喻户晓，人人皆知，我不说你们也知道。那位罗小翠，能照着人的模样捏面人,有个巴娄眼子都能捏出来;那位徐仁虎,能在人屁股上切肉丝。我就寻思,当菜墩的人胆真大,胆小的准吓出屁来,那还不把肉丝都崩臭了。

徐仁虎和罗小翠听到这儿,被逗得一喷茶,相视大笑。罗小翠笑过了,说:店家,你先别吹了。你告诉徐仁虎的大弟子,只管做四样拿手菜,我们尝尝,才知好孬。

徐仁虎听了,拿手指起罗小翠,又笑得肩膀乱颤,然后岔着气儿说:再……再来两壶状元红。

女店主不知两人为何笑成这样,也就干哈哈着说:那好,我这就颠捣去。

俟酒菜上过,两人唠啐一阵,渐就有些醉意。车夫吃罢,进来道个安,自先回去歇了。这时,天色已暗,店伙计进来将两盏糠灯燃了。屋内大亮。罗小翠乘着灯光,舍不见地打量了屋内半圈儿,那眼却停到了壁上的一幅单条上,停着停着,眼中竟透出凄迷,眼角又挂了泪珠。徐仁虎见状,也去瞅那幅单条,只见上面写着:"漫道无城郭,暮望酒招停,糠灯劳梦寐,乡馔慰飘零。"看毕,他就明白了罗小翠的掉泪是触诗生情。心想,这诗还真挺抓人,倒像是给咱俩写的,也就受染于境,勾起了一腔空落落的离绪。于是,他起座走到罗小翠的身后,哈下腰来,把一侧脸贴到她脑后的元宝髻上,拱动着摩挲。此时,他找不出话来安慰她,只能用沉默去表达一种相同的情感。是啊,此番一去,前程未卜,心无着落,又何时再与家亲团聚?那股恋乡的情怀十分沉郁。想到这儿,又把双手放在她的双额上轻轻揉了一阵,然后提起酒壶,连着自斟自饮了三盅,就憋着口腔重重吐了一口酒气,那"噗"的一个长声,他自己都听得格外清楚……

两人回到宿间时,已是玉兔东升,万籁归寂。宿间临着河边,后纱窗外面,有阵阵河风吹进。一轮明月悬在窗头,映得室内一片雪白。潺潺水响清晰可闻,蛙声虫鸣使这塞北的静夜更显得旷寞。两人都饮了不少的酒,浑身燥热,进来后顿觉爽快,就都脱了外衣,凭那河风吹着。罗小翠俯躺在炕上似醉似睡的样子,她的左腿斜伸,右腿向上弯跷,像蟹足那样支张着,臀部就被扭得曲腴丰隆。徐仁虎看了,就有了强烈的欲念。自打成婚以来,罗小翠有言在先,为使他完练应试之备,不准他纵使房帏之事,加上阿玛入狱,还有赴京前的繁杂筹措,就真没有清享过这等情欢肉合。今夜不同了,连月亮都深知这里需要一窗柔靡,周围的静谧仿佛是无数支无形的手,将他情不自禁地推到炕上,满是酒后的躁动掺杂着纵享人生旅途的情爱诱惑。小翠倒也不推拒,半推半就地咻咻笑着。灯色昏暗,月影朦胧,一对两情相悦、男才女貌的人儿,圆了这一良宵之梦。

这次房事,可能与罗小翠在次年五月初生下一子有关。据徐仁虎后来推算她的怀孕期,就认为这个小生命的诞生与小绥河畔这个静寂的深夜紧密相连。他这个判断虽有臆想色彩,却也接近事实,当然这是后话。

次日天亮至两人抵达盛京,需经搜登站、伊勒门、开源等八个驿站,行程是两天多一点。这就不再絮叨了,单说两天多后的夜色浓重时,罗小翠已使徐仁虎叩响了郑宅大门上的虎头门环。

前面说过,郑宅坐落在盛京内城宫墙北的一条巷子中,俗称御府巷子,巷子十八步阔。这儿聚堆住着显宦缙绅人家,一长溜的门楼都坐北朝南,对着宫墙。这时辰,每个门楼下悬着的标着姓记的对对纱灯,将巷内映得一片通明。郑宅后院的花园里,郑文谦正在纳凉玩戏,他一边听着伶人、琴师的交合之韵,一边拍着腿,跟着陶陶然地晃脑哼哼。当耳畔听到佣人一声:大爷,你干女儿回来了。他还以为是戏中道白,惚觉差了,诧然睁目,佣人就又重复一句。这才听真了,赶忙起身对佣人说:快引到老爷子屋里。佣人说:已经引了,老爷传你呢。郑文谦这就与戏友们打过招呼,去了前院的郑聘之居房。这时,罗小翠和徐仁虎已拜过了郑聘之,适见郑文谦进屋,就又拜了。

郑聘之开颜地说:小翠呀,爷爷与你久疏四载有余,今夜重逢,你俩还献了五副熊掌,让爷爷当孟老夫子,爷爷乐呀。

罗小翠说:爷爷说错啦,我俩让干爹当孟老夫子,爷爷当孔老夫子。

郑聘之哈哈笑道:爷爷可不想学孔老夫子的一箪食、一瓢饮,爷爷也是熊掌我所欲也。说完了又笑。

郑文谦笑嗔道:这丫头,多年不见,仍是这般娇顽。

郑聘之止住了笑,说:你俩这算省亲回娘家了。可惜呀,小翠的娘早已作古,传耀又在吉城操劳。爷爷这里,合该是你俩的娘家。仁虎初来盛京,小翠你陪他逛逛,消散消散。仁虎应试之前,不必总想着膳房里的刀光火影,要使精神松缓些。爷爷进京科考前就不攻读,溜天桥去,串鬼市儿去,还逛了京城东的隆福寺,不也逮个进士?这种消散的道理,仁虎你要参照。你虽与爷爷的赶考不同,但试前之放松、临场之从容,都是尤需重视的。

徐仁虎欠身道，爷爷的话，孙婿记住了。

郑聘之又说：文谦，我看这样吧，你着紧发帖宴请亲朋好友，三日后巳正，在北辕楼大排庆鼎，一来补办我这孙男孙女的燕尔之喜，二来也是为他俩的壮行饯宴，显显我郑、罗两家的旺势。

郑文谦应是。

罗小翠听了，忽然勾起往事，就问郑文谦：干爹呀，那个护军统领的儿子，该不会再来捣乱吧？

郑文谦说：你还记着这事儿，你爹没与你说？那他是忙忘了。自你去吉城后，那个混账东西一直没露面，我和你爹还纳闷呢。后来一打听，才知他和他爹都叫盛京刑部给捕了。因他们伙同夹皮沟的金匪头子韩宪宗私采金矿，还帮着韩宪宗印金钞，这犯的是死罪。三年前，朝廷发兵进剿金匪，盛京将军一怒，就把这爷儿俩都判了斩监候，如今早已身首异处了。

罗小翠舒了口气地说：当初看他山吃海喝的，花银子如流水，就不是块好饼。

郑聘之乐呵呵地说：小翠呀，当时本想让你回来，可你捎信说要与仁虎在吉城开北辕楼的分号，就准你了。不曾想你的麻烦事儿化了福吉，开了酒楼名财两旺不说，又给爷爷领来个一表人才的孙婿，并继承了罗家的厨脉，还要到光禄寺应试皇差，这还真是凭托了那个坏坏的搅闹，哈哈哈……

郑文谦瞅着罗小翠说：爷爷不是说了吗，让你陪着仁虎逛逛。你们也赶巧了，明日，城西的大商场有一番热闹。我与那里的东家赵四爷，还有盛京商会和长安寺的吉祥银庄，合着筹办了盛京饮食功业展览会。会后，金鼎炉厨业协会还要借这场地，开一个易牙诞辰两千五百七十二年的纪念会。近日我事务缠身，你俩自去逛逛好了。

罗小翠点点头，又撒娇说：干爹呀，我俩肚子饿，让膳房烧几样好菜吧，车夫也没吃饭呢。

郑文谦笑道：就知道使着干爹做这做那的。说着，就唤过佣人快去备饭……

单说翌日一早，罗小翠又引着徐仁虎拜见了干娘，吃罢早饭，就出了御府巷子，两人溜溜达达往城西去了。这城西有几处热闹地方，都在外攘门以西、西城门外的西关一带。西城墙外街的北关，是售卖粮米糖果的集市，粮坊、面铺、果蜜房、碾房等，一家挨一家。南头是功夫市，纸行、笔庄、药堂、首饰店、牛马行等，都在这一带。那时，城里称"顺城"，城墙外称"门脸儿"，城西北关和南头的中间称"西门脸杂巴地"。这晌儿更热闹，骨行、筋铺、胶房、弓箭房、烟摊儿、杂货店……还有做牛皮靰鞡的鞋铺，出售马车挽具的羊皮铺，用羊油做燃引子的蜡烛店，管掏耳屎的剃头棚子；也有说《隋唐》弦子书的，盘一脖子长虫卖狗皮膏药的，耍红屁股猴卖艺的，捻着山羊胡子相面算命的，三教九流，乱七八糟。

　　城西大商场是一片连着的大盖棚子，徐仁虎和罗小翠到了这里，由西往东沿着外圈逛着。西部是皮影市场，乐亭艺人正演着孙悟空三盗芭蕉扇；北部是临时开设的茶坊；南部是小剧场，舞台上，一个被称为王半仙的人在上面变着脱袍取盆的戏法；东部是杂技场，台上那人满胳臂疙瘩肉，演了手拉硬弓又演以掌击石，演完，就扯嗓叫卖大力丸。两个人只顾卖呆儿，等走到盛京饮食功业展览会的会场时，这会已经开完。会台上，金鼎炉厨业协会的人正在七手八脚地布置彩幛楹联，台下的人也都没走，乱哄哄地等着开下一个会。这些人都是城内酒楼餐馆、食坊食铺派来的代表，每人手里握着杆小旗，是厨业协会发的，会后还要上街游行。会场四周，一些名店还设了摊位，出售拿手的饮馔、小吃，像什么老边饺子、李连贵熏肉大饼、马家烧卖、宝发园的四绝菜，还有林家包子、王家馄饨、金家馅饼、米家抻面……

　　最吸引人的，是太清宫设置的斋食摊位，专制红烧鱼和供品大馒头。红烧鱼是用土豆泥做的，再用豆油炸黄，上屉馏透，浇上蘑菇汤制成的芡汁。买者吃着土豆鱼，还津津有味地吐着骨刺，骨刺是用未经泡发的宽粉条和粗粉条拼成，嚼不动，不吐出来不行，这就挺有意思。更有意思的是供品大馒头，大馒头是戗面的，蒸出来面香扑鼻，白花花的，谁见谁爱。制作工序是一称八揉一蒸，就是一个小道人只管称面，每次只称做一个馒头的稀发面和干面粉。这套用料要经八个小道人依次揉过、揉透，至第八个小道人揉后收拢成形，这才交给专管看蒸锅的小道人摆屉。那屉直径竟达两米，每层屉只能摆十六个胚料，然后坐到锅口上，摞起来有十几层，再将尖顶的屉盖一扣，像一尊散发着仙雾的黄金塔。这是个累死人不偿命的买卖，所以，摊前总是排着长队。人们都想买几个捎回家去，或者乘着刚出笼，干脆就地解馋。

　　这时，徐仁虎也在排队。罗小翠让他买两个大馒头，说是一人一个，买了就吃，不许配菜，也不准喝茶，干噎着都得吃了，谁吃不了谁是小狗。徐仁虎就想：早膳吃过不久，再干啃个足有一斤多重的大馒头，我这老爷们儿都消受不了，何况是个小娘子。她这是使起了骄纵性子，要和我撑着玩呢。为了使性斗胜，她还真能把个大馒头嚼到胃里，可不管能不能撑出毛病来。想到这儿他还敢买吗，就有意往后挪位，于是排队却不想买大馒头，排队的有人见他挪来挪去，就心怀警惕，摸摸囊中的铜钱儿，以为他是个乘着人挤总想下手行窃的漂亮小扒手。

这时，猛听会台上响起一阵锣鼓唢呐声，易牙的诞辰纪念会开场了。徐仁虎乘着人们抢占座位的混乱场面，就从排队里溜了出来，走到罗小翠的旁边坐下说：排了老半天，排到我这儿，人家说开会了，不卖了。

罗小翠嚓嚓嘴说：我这不是王二嫂扒蒜——没等着扁食吃嘛，笨货。行啦，你看台上开会啦。

台上，只见四个威壮厨人扛着易牙的画像，从幕后走到会台中央站着，主持人随着走出来说：谨请场内来宾、观客肃静！请肃静！他见会场渐静下来，就接着说：今天，是厨祖易牙诞辰两千五百七十二年的纪念日。他虽逝犹生，长庚正郎，如仙鹤万龄。我金鼎炉厨业协会不腆微仪，伏唯崇鉴，不宣。现在，请在场的勤行人士向易牙先师行三鞠躬礼。

主持人这话说完，场内有一大半儿的人就弯下腰来；没弯腰的，大概都是凑热闹卖呆儿的业外人。那些摊位上卤肉的、烧鸡烤鸭的、切猪头糕的、烙饸饹的、包锅贴的、炸麻花的，也都腾出手来，虔诚地鞠躬。徐仁虎和罗小翠只是礼节性起身，站在那里并不施礼，眼内却都闪动着不屑的神情。须知，这两人都读过《管子·小称》篇，对易牙很是鄙唾，哪肯去恭敬这个谄媚齐桓公的嬖臣呢。

会程第二项是会长讲话。他先是介绍了易牙的厨绩，并征引《战国策》里关于易牙擅俎识味的记载，用以强化他的讲话感召力。他特别提到《列子·说符》里的那段话："（白公）曰：'若以水投水，何如？'孔子曰：'淄渑之合，易牙尝而知之。'"然后就说：孔圣人的话可了不得，连后世帝王都信他的，"易牙辨味"是孔圣人的定论。末了，他号召大家弘扬易牙的司俎精神，创餐饮之大业云云。会长讲完了，接着是自由发言。几个说不清是厨人还是酒楼财东的陆续登台讲演一番，台下就有了几次稀稀拉拉的掌声。

这时，场内有人认出了罗小翠，就说了句"罗厨娘来了"。这位鼎鼎大名的罗传耀之女，色艺双绝的女庖，多年消隐又忽然出现，怎能不引人注意？这消息很快传到主持那里。主持也久闻罗小翠之名，就在台上唤着她上来讲几句。罗小翠站起身，谦逊着说：谢谢主持，我是女人家，不便抛头露面。主持见她推诿，又亲自走下台来再请。罗小翠无奈，便说：那好吧，主持这般恳切，就让我的夫君代我讲讲，他也是厨业的人。

徐仁虎本就鄙唾易牙，听了会上的讲话，自是反感；又见几个人相继上台，对易牙吹吹捧捧，这就来气了，想拽了罗小翠要走。适见主持请罗小翠讲话，罗小翠又让他代为去讲，遂感到左右为难。讲吧，讲啥？去奉承易牙？那是不可能的。不讲吧，爱妻已经扔话，岂可当众拂她的面子，使她不高兴。反正，横竖是挤对到这块儿了，不讲是不行了。讲了还能舒舒心气，顺顺不畅。想到这儿，他就对主持说：那我就代表罗厨娘讲讲？

主持说：好啊，请上台讲。大家都给拍个巴掌。

徐仁虎走上台时，俟掌声一落，他就说：既然是自由发言，我就直抒胸臆，不说人云亦云的事了。

主持一愣，嘴上却说：请随意。

那好，徐仁虎说，大家知不知道，商初时有伊尹，他精通厨术，曾为商汤王烹制过鹄羹，以此来比喻调羹作和的治国之道。这是将调羹演绎成了一种政论，用以表达自己的负鼎之志，因而，他受到商汤王的赏识和信重，并任用他做了辅国宰相，后来，老子称伊尹的负鼎之为是"治大国，若烹小鲜"。要说，我们的厨祖该是伊尹才对。易牙可晚多了，他是春秋时期的齐国人。

主持听了，拉下脸截话道：你怎可这样讲话？我厨业每年集会，都供奉易牙为厨祖，久已成俗。你……你这不是扰乱了会举的宗旨吗？请你不要再讲了！

徐仁虎说：主持不是让我随意发言吗？怎么，我刚讲几句，又撵我下台，这不够礼貌吧？会是给在场的同道开的，那我问问在场的同道，准不准许我再讲？要是不准，我立即下台走人；要是准我讲下去，总得让我把话讲完吧？

台下一阵嘈乱，有人就嚷：请人家上台讲话，咋能半截道给轰下来？那成啥玩意儿了，讲讲讲！

又有人说：就是嘛，认祖宗大家都有份儿。啥叫祖宗？谁最早谁是祖宗。那爷们儿说得在理，爷们儿，你讲吧，我们愿意听。

徐仁虎就笑着，对那两人点头致意，又对主持说：对不起呀，我只好再啰唆几句了。

主持一扭头，既表示不满又无可奈何。

徐仁虎接着说：当然，我不否认易牙有辨味之术。孔圣人都讲过，他能分辨出淄河和渑河的水味不同，足见有超人的本事，但是，不能仅此就供奉他为厨祖。大家知不知道，他这人，性诡媚，善逢迎，是个品行恶劣的小人。齐桓公要尝婴儿之肉，他竟将自己的大儿子杀了，烹成长子羹献给齐桓公，用杀子适君去誓忠，来换取信重和权力。而当齐桓公抱病不起时，他却与奸臣竖刁等人，在宫殿周围垒起无门的高墙，把齐桓公困在里边活活折磨死，横尸六十七天哪，尸体上生满白蛆，爬得墙里墙外都是。大家听清了吧？这时候，易牙失子的积恨已变成心中的阴毒，他要在齐桓公走进狱宫之前，把付出的忠诚全部索回，让齐桓公明白，唯有这样……

这位晚辈，话可不该这样说，厨业会长已听得脸色大变，就从台下前排站起来，气愤地走到台上说：易牙烹子献帝也是出于无奈嘛。他不这样做，就是不忠，甚至会惹来不测之祸。要这样做，也总不能到荒郊野外去找弃婴吧，是不是？更不能去要别人家的婴儿，那话怎么说？说请你把你的婴儿给我吧，我去宰了烹羹，岂不发神经？他只能狠狠心，把自己的大儿子烹羹了，这是迫不得已的违心之为，是善人苦己之举。

徐仁虎听了，沉下脸说：我倒以为，会长的话才不该这样说呢。请问会长，你方才讲话时，只讲易牙精烹调，善辨味，却不讲他厨德不端，杀子适君。若是别人，也就算了，可你身为会长，就不该这样言过饰非。不管易牙出于何种无奈，他杀子适君，终是对人性伦常的辱没和败坏。将这种泛遭鄙唾的人当厨祖供奉，有损厨业的尊严。相比之下，伊尹负鼎向政而为相，就光明磊落；易牙烹子献帝而为嬖臣，就猥亵龌龊。两人哪个可敬，哪个可憎，还用再做辩解吗？再说了，咱们论的是厨祖之事，总该有个先来后到，总不能篡改历史，让春秋在前，商殷在后吧，是不是？

厨业会长被说得张口结舌，无言以对。

一个抬易牙画像的厨人听到这里，突然一歪脖子，把一头架子秃噜下来，红脸瞪睛地嚷道：抬了半天，抬个烹子献帝！我嫌寒碜，我不抬了啊！

另三个抬架子的，顿觉肩头一沉，木方架杆就一偏，棱角扎得肩胛骨生疼。

其中一个咧着嘴说：干啥你呀！要撂架咱们一块撂哇！真是够戗！

台下那些拿小旗准备游行的厨人们，一看台上乱套了，也都散心了，嗡嗡议论声骤起。有人说：烹子献帝八成没人抬了，这还游哪门子行啊。得嘞，我到摊上吃碗粉坨，回去抡我的大马勺吧。说完，把小旗一扔，走人了。又有人说：是啊，咱们拿小旗满大街晃荡啥呀，晃荡烹子献帝？丢老人了。他吃粉坨，我吃锅出溜去……

厨业会长在台上一看，见人都陆陆续续走光了，气得骂骂咧咧地说：撺掇人家讲话的是你们，没开完会就拆台的也是你们，都滚犊子吧，都吃里扒外！

罗小翠在旁听了，心下暗笑，就走上前去，对厨业会长打一躬说：方才，我家里的气盛无知，多有冒犯，我这里赔礼了，望会长海涵。

厨业会长的心里当然不是滋味儿，他瞅一眼徐仁虎说：无妨无妨，各抒己见嘛。不过，你这夫君有见识啊，有学问呐，我算领教了！说完头一扭，去捡那些满地扔着的小旗去了……

俟徐仁虎和罗小翠回到郑宅时，郑文谦也刚刚下车，就都上房坐了。罗小翠兴犹未尽，她没想到徐仁虎在会台上有那么好的口才，就将方才的事情绘声绘色地与郑文谦说了。郑文谦听着直乐，听后就说：仁虎讲得有道理，我也不赞成纪念易牙。但我是东家阶层，这样的话不便去说。仁虎是厨人，对厨业说话就很切实，也有影响。我估摸，纪念易牙的集会，往后怕是办不起来了。你们厨业中，有些定俗可畏，需要匡正、开导。来年集会，我想就照仁虎说的，改供伊尹为厨祖。过几天，我去厨业协会疏通一下，来年集会的用资我来承担，想是问题不大的。厨业总需有个厨祖，用以激励敬业精神，这很重要。两人听了，皆喜称是。

这日晚膳后，郑文谦去了郑聘之的书房，见徐仁虎和罗小翠正听老爷子讲古，便笑着说：就知你两个在这儿。然后又对郑聘之说：父亲，我与他俩说件事。郑聘之说：你说你的，我这是闲聊呢。郑文谦就说：我写了封信，你两个到京后，拿着它去正阳门外的廊房三条，找鲁班木器行掌柜的刘二爷，给你俩买的宅子，就在木器行的后巷，我嘱刘二爷把宅屋都修饰添置好了，去就能住。你俩得验验，只付他些照看费就行了，他也是雇个老妈子看宅子呢。这样，能腾出你们不少的时间。小翠，到时候你要专下心来，帮着仁虎合计应试的事情。

罗小翠接过信，初是惊喜，继是感激，后就有了顾虑。她原想去京后，先寻个离宫近便的客栈住了，俟徐仁虎的应试有了结果再做打算。她虽然听家父说过干爹曾去了京城给他俩张罗宅子，但一说一过也没往心里去。这回知道宅子都买定了，就着急地说：干爹呀，如果仁虎应试不成，宅子不是买早了吗？

郑聘之听后生气道：小翠，你怎可说这种丧气话，亏你还是仁虎的师傅！

罗小翠噘着嘴说：我寻思……寻思去宫应试的都是厨精子，到时候我再帮不上忙，那……

那什么？郑文谦正色道，你就不该这样去想，得想着怎样给仁虎鼓气。买宅子是要你俩在京城安家落户，要相信仁虎一定会成功。仁虎，你也要有信心，是不是？这里，郑文谦不想将徐仁虎如应试不成，要就势在京城再开一家北辕楼的想法透露出来，郑聘之、罗传耀也没对他俩说出这层意思。他们觉得这个是下策，因为在京城办酒楼，只要有钱就行。可是，能得到光禄寺的专函劝试，并有钦差大臣吴大澂的亲自举荐，这样的皇差契机可不是光有钱就能得到的，他们看重的是罗家在光禄寺的厨位。北辕楼所以生意兴隆，重要的原因是当初罗云甫在光禄寺当着司羊庖掌，显示着清廷的御膳与北辕楼的肴馔有着真正的关联。因而，郑家父子不惜重资在京城买宅，实则反映了希望徐仁虎能接替罗云甫的一种心理寄托。

罗小翠没有深层地想到这些，她的顾虑就显得平浅。徐仁虎呢，当他听过郑文谦的话，遂感到罗家的期待和郑家的情分一齐在心中凝聚，就把他知恩图报的情感和意念给激发出来了。这种情感和意念交合成志，使他只回答郑文谦一句话：小婿不成功，便成仁。

郑文谦听了，突然一愕，随即哈哈笑了笑，说：意志可嘉，但言之过重了。不成功，也不能成仁。你成仁了，小翠怎么办。

郑聘之说：仁虎啊，不要说这种话。考场无常，切忌多虑，更不可自背包袱，那样会失之心误，容易欲成不达。

郑文谦跟话说：听真了吧？爷爷这话，对你的应试可谓金玉良言。

徐仁虎连连点头。

罗小翠说：听家父讲，祖父去光禄寺应试时，仅准他一人司俎，带的助厨没让上场，助厨是光禄寺给现配的，这就不合理。光禄寺配的助厨又不是祖父的徒弟，厨路不一样，哪会配合得好？仁虎这次应试，我若当助厨，兴许就有指望。

郑聘之说：如能这样，仁虎可就如虎添翼了。

郑文谦遂做思考状，然后说：父亲，是不是后日宴庆一过，就让仁虎、小翠走吧，早去或能争取周旋的时间。

郑聘之说：嗯，这样甚好。

郑文谦说：仁虎，你去光禄寺报到时，可持那署正发来的帖文为凭，找他陈述其理。全羊席乃为大筵，岂可无合手的助厨。光禄寺那边既然有意劝导罗家厨艺的传人前去应试，我想会考虑对仁虎有所照应的。

郑聘之说：还有，文谦呐，他俩走时，你要雇盛京镖局的人车。关内正闹义和拳，得防备趁火打劫的……

闲言少叙，只说那日北辕楼的宴庆之后，众多亲朋好友纷纷离座，随着郑聘之出了店门，挥手送别徐仁虎和罗小翠启程。郑文谦又亲自送到永安桥头，临别时叮叮嘱嘱。两人又下车跪拜了，这才挥泪而去。

永安桥是盛京通往京都大御路的起点，清帝东巡盛京往来，当地的文武官员出郭均至此桥处迎驾。永安桥的桥帮造型是两条蚣蝮，似双龙驮桥一般。桥的东侧路南，立有建桥碑，碑为螭首方趺。碑阳处用满汉蒙三种文字刻着："宽温仁圣皇帝敕建永安桥""大清崇德年岁次辛巳秋吉日"。碑阴刻着："督工甲喇章京藏国祚、催工牛录章京周元勋，石匠任朝贵。"当徐仁虎、罗小翠乘车驶过桥面，俯首望着桥下的澜漫之水悠悠而逝，眺望远处草坡上的羊群蜂拥而移，顿觉天地泱漭，人生漫漫。那种恋故之情、图新之欲齐织心中，泛出又酸又热的情感，难禁依依……

腰肋部

徐仁虎和罗小翠抵京时，是光绪十二年八月二十六日近晌。镖局的人熟路，车便不费周折地驶至鲁班木器行的门前。两人下车拜见了刘二爷，刘二爷又引着这行车马去了廊坊三条那场的宅子。这是座小型四合套院，天井有四开间大，为的是可搭天棚；前院有正房和东西耳房，后院有内房和偏房，院墙边栽着石榴树；各间房子已都装饰一新，用物齐备。看得两人心满意足，自是感谢干爹的周全安排，这就又请众人到上房坐了。徐仁虎给镖局的回执票上签了手迹，付给了刘二爷该付的银子。罗小翠见看宅子的老妈子手脚利索，干净又活泛，就说继续雇她。又嘱徐仁虎到附近的便宜坊烤鸭店谢宴了众人，这都不必细述。

第十章　赶考琐话

转眼间季已至秋，京都暑气渐消，天也显高了，云朵一堆堆挂在那里，像一群群卧着的柔毛。柔毛是羊的古称，这个词语虽已生僻，但用来形容此时皇宫上空的那番天景，倒挺合适的。若将云朵直喻成绵羊，就生愣，何况，这个比方符合本小说的题境。但今个一早儿，天却变成了阴阳脸儿，太阳没有冒头的迹象，空中是一码的混蒙蒙的灰白。呼呼的风声在宫墙下回荡，那是风婆婆撑跑了柔毛般的云朵，累得在那里喘息。

这时候，东华门的门前，下马碑的外面一片车马阗拥。光禄寺各署的运粮车、运菜车、运禽畜的车等排成一溜儿，依次经过侍卫门房，过着手续入门。眼下，也正是光禄寺的人进宫掌职或供差的时间。在大门的旁门处，也拉起了长长的队伍，一个个掏出腰牌，接受侍卫们的查验。有个下吏意不站队，径自挤到门前，就要进去。侍卫正撇眼见了，喝道：你咋的？后头列去！说着，抓起那个下吏的袖头往外一抡，把他抡个趔趄。他晃了两下身子就急眼了，拍着自己胸前的鸂鶒补子，嚷道：混账！本官是光禄寺良酝署酒库局的库吏，你胆敢对本官无礼，本官要到侍卫处告你，把你销了！侍卫正可是乾清门护御军的小头目，哪把这个七品芝麻官放在眼里，就睖睁着眼说：嘿嘿，您要拿我当酒坛子摆弄，说销就销哇？走西华门松宽，还能坐轿子进去，可您没熬到那份上。您列不列去？您要不列，就凭您出口秽人又违了门规，我可得把您扣了，找个地方先把您这个毛官儿销了。那个下吏听了，知道拉硬是白扯，就窘涨了脸嘟囔着，退到后边列队去了。

从这处嘈杂的门前往左边看去，还有一伙人聚在那里，正都拿眼瞥着那个下吏退去的样子，其中有个女的背过脸去嗤嗤窃笑。这伙人共计八位，其中四个男的，是来竞争司羊膳房庖掌的应试人，徐仁虎以添其列；另三男一女，则是应试人的助厨。不用说，那个女的是罗小翠……且慢，这小两口怎会一起冒上来应试，应试人怎又可以自带助厨呢？

徐仁虎和罗小翠抵京后的第二天上晌，就寻到东华门。徐仁虎等着几辆铁箍大车过了进门手续，就走到侍卫正跟前施个礼，递过吴大澂的举荐信。侍卫正将信看了，唤过一个侍卫，说：你拿着这信，带他到光禄寺去。罗小翠听了，也跟着往里走。侍卫正眼一睖瞪，说：嗳——你怎回事？罗小翠笑着说：我俩是一起的。侍卫正打量她一下，说：要当宫女？到西华门那边问去。罗小翠一愣，说：他是我夫君，我陪他到光禄寺应试来啦。侍卫正说：稀罕，应试还带陪的？一边候着去！罗小翠急了，嬉皮着说：哎呀大哥，我还不知道光禄寺是啥样呢，就让我进去逛逛吧。侍卫正脸一肃，说：放肆！你当光禄寺是烧香拜佛的地方，想逛就逛？

赶快退一边去！徐仁虎忙给罗小翠使个眼色，说：听这位大哥的，到那边等着，啊。罗小翠冲着侍卫正一筋鼻子一噘嘴，哼了一声。侍卫正被逗得一笑，说：妹子，不是大哥难为你，大哥是吃把门饭的，这是皇宫禁地，哪能随便放人？我要放了你进去溜达，弄不好可要丢了吃饭家伙哩……

徐仁虎跟着那个侍卫往里走，心里却在想着如何能拜见那景庆，因他怀里还揣着光禄寺发给罗家的准试函件和那景庆写来的帖文。这是他与罗小翠事先合计好的，准备以此为凭引，使那景庆知道罗家已派人应试，以便适机通融一下，提出携带助厨之事，但事情却未曾所料，当他被领到光禄寺的签册房时，他这想法就显得多余了。

管接洽的是个上年纪的笔帖式，他戴上花镜，看过吴大澂的举荐信，又在簿册上核对了，这才从镜片上翻着眼看他一阵，遂向他交代了应试的时间和相关事宜，然后问他：只你一人？徐仁虎转转眼珠，谨慎地说：大爷，你的意思是——？笔帖式说：我的意思是，如只你一人，可带个助厨，只准带一个，听清了吧？徐仁虎大喜过望，忙说：听清了。到底是光禄寺的大人们通晓厨理啊，全羊席操制繁细，实难一人所为，我……我这谢谢啦。说着，给笔帖式鞠个大躬。笔帖式摘下花镜说：你不用谢我，这是寺里大人们的意思。考虑到你们应试人厨技不一，光禄寺的厨子配不上套路，才准你们自带助厨。这次发下去的应试条例，虽未注明此意，也是事循有因、见机善进嘛。好在应试还有七八天呢，赶紧去张罗助厨。如张罗不到，只好由光禄寺派配了。还有，就是你等有人入选，助厨可相随录用。这是考虑日后为朝贡供宴的便利，得有个合把的助手。然而，这个笔帖式不会想到，徐仁虎的助手就在宫门外，她可比应试人还厉害。所以，当徐仁虎出了宫门，把情况与罗小翠一说，喜得罗小翠拍着手跳跃，然后就问：那你没去拜见那大人？徐仁虎说：想通融的事情已经不求自解了，就先别见了。咱是啥人物，哪敢无故去劳动人家？我想，到应试时，再把准试函件和帖文当个信物交给他，使他心中有数就得嘞……

两人乐乐呵呵回到宅中，兴绪仍然不减，就开了坛二锅头，盘腿儿坐到炕上对饮。

罗小翠饮了一口，说：空嘴喝呀，菜呢？

徐仁虎说：光顾乐了，我这去买。说着屁股一拧，两腿儿抡到炕沿下，脚丫子就去蹚鞋跋拉。

罗小翠说：别去了，胡同里有小贩，听啥吆喝就买啥下酒呗。这多有意思啊，一边吃着喝着，一边合计合计你应试的事情，你说呢？

行啊，徐仁虎说，那咱就慢慢喝，等着尝尝京城的小杂吃儿。

罗小翠抬眉道：那咱俩先划个令子吧，谁输一次，谁跑腿儿买一次杂吃儿。

徐仁虎笑道：不用，跑腿儿都是我的事儿。

罗小翠说：那不行，那还划啥令子？多没趣儿。

徐仁虎说：划啥令子啊？

罗小翠说：划你们旗人的酒令。

喂呀嗬，你会划？

在你们那旮旯待了四五年，能不会划嘛。说着，就将双手的食指撇成八字形，搁到上嘴唇两边当胡须，然后瞪眼咧嘴又晃头。

徐仁虎被逗得直乐，边乐边说：你这像啥呀，哪像个老猎人哪。

那像啥？

像个要吃人的小妖精。

哼！罗小翠娇嗔着跪起，拿波棱盖儿拱着绕过炕桌，一把搂住徐仁虎的脖子，使劲一拽，把他扳倒在炕上，又顺势叉开胯，骑到他身上，说：谁像小妖精？

别闹，我像、我像，徐仁虎咻咻笑着说，那你看这个像啥？说着在下面撒开两手，放到额头两侧，瞪大眼睛，眼珠子乱转，呜噜呜噜冲着罗小翠张牙舞爪。

哎呀，这是徐仁虎现形啦，罗小翠仰脸哈哈大笑，又说，来，咱们划！

你让我起来呀。

起什么起，我这叫武松打虎，就这么划。

哎哎，武松，你听，有吆喝声啦。

两人正在要闹的地方是后房，后房的后窗户临着后寺胡同，吆喝声从后墙那边传来：牛筋儿的豌豆哦呀！赛过榛瓤儿的香嘞，一个大子儿半砂锅哎，过了秋没捞搂啊。

罗小翠听得有滋有味，歪头将舌头在嘴里打了个响，就伸出小手说：快划呀，买牛筋豆。

你都武松打虎了，我输了行不，快让我起来，一会儿卖牛筋豆的走啦……

俟徐仁虎买了牛筋豆回来，罗小翠说：不闹了啊，咱俩得说正经的。

唉，徐仁虎答着，取来盛器和筷子，把牛筋豆摆巴到炕桌了，又说：小贩告诉我，这种东西是用香料加盐把鲜豌豆煮熟，要煮得熟而不烂，还得浸腌入味，再晒干。吃起来就筋道得很，像嚼五香牛筋，就酒的。

罗小翠就伸筷夹了一个嚼嚼，说：哎呀，好！

徐仁虎说：那说正经的吧。要应试了，你是师傅，我听你的。

罗小翠说：咱俩来京，我原以为只能给你当个隔场教练，哪想到不费周折，竟有了直接助你应试的良机，我为这个高兴。我倒不稀罕随你被录取，就是录取了，我怎可与司羊膳房的那帮大老爷们儿在一起厮混？

徐仁虎说：哎呀，这可是个麻烦。我若录取了，你仅是助厨的身份，去当下手人，那不成笑话了吗？依你这性子，光禄寺大臣都得听你的，谁能摆弄动你。

那可不，罗小翠龇牙晃头道，要录取我也行，得让我兼当光禄寺大臣。我先把司羊膳房的人全换成女的，我就到后宫选宫女，宫女选不够，就选妃嫔。除你之外，一个带胡楂儿的都不要。

我的天，徐仁虎咂舌道，看你这意思，还想把慈禧太后收成老徒弟吧？

罗小翠说：她肯给我磕仨头，就准她给你当大师姐。

徐仁虎哈哈大笑，笑完了说：你又闹了，戏言啊。去宫里应试时，你可得板板性子，要谨言慎行，可别顺嘴胡说呀。

罗小翠白了一眼，道：这不说着玩吗？！

那是那是，徐仁虎赔笑道，不过，我若录取了，唉，你……你咋办呢？

罗小翠说：我横竖录取不了。你不想想，光禄寺怎会用女人当厨？所以呀，你现在就是我的替身。你若袭了咱们祖父的厨位，就是了却我的心愿。往后，我就当个闺中人，平日里研捏面塑，博览食书，陪你切磋俎技。再把从古到今的羊馔都整理出来，供你掌职之用。还有哇，再给你生几个小徐仁虎，做个贤妻良母。

徐仁虎听了，心中忽地一热，眼中也潮湿起来，这就给罗小翠连斟了两盅酒，自己也斟了两盅，然后说：小翠呀，你这番师情妻意，对我可是双倍的恩泽啊。我今世给你当徒做夫，会尽敬尽爱；来世给你当牛做马，也会尽力尽忠。我，敬你两盅。一盅是敬师，一盅是敬妻。说着，将酒盅用双手托起，朝着罗小翠举了举，相继饮尽……

就这么的，两人连喝带唠，就把应试的细节都过滤了。徐仁虎的最大欣慰还是罗小翠的以师相助，这使他的心境得以宽豁，神绪也大为从容，甚至有了胜算的心态。罗小翠呢，觉得这次应试，其实是以她为主，只不过换个方式，师暗徒明罢了，也感到十分自足。这也是双技精合，较比其他应试者就有了过半的优势。因而，两人的心情都少了些紧张，多了些轻松。后来的时间里，两人没少游街逛景，并戏称是为郑爷爷化作两个替身，去访旧寻故。

　　眼下，罗小翠已经反串了角色，充作徐仁虎的助厨。她特意梳着个坠马髻，玉钗旁还戴一朵黄头绳结成的菊花，耳缀明月玉珰，脸上轻施粉黛，上穿蓝地白小碎花的紧身布衫儿，下是黑绸瘦裤，脚套浅灰葛履，显得蜂腰丰臀，俏美利落，像个小户人家的精干少妇。徐仁虎呢，却是一番缙绅子弟的穿着派头，上着淡紫杭缎薄褂，缎面缀细纹深紫牡丹，下着宽筒银白纻裳，脚蹬复底细绫锦舄，看上去气宇轩昂，光鲜华贵。这两人打扮得还真是一主一仆，有着明显的身份区分。这就使其他那六个应试人感到奇怪，也直犯硌硬，煞抹煞抹他俩就都离得远远的，禁不住凑到一起悄声议论：

　　这两人咋看咋不像厨子，咋归拢到咱们这堆儿来啦？

　　八成是光绪帝带个妃子微服私访吧，混到这儿看看宫门前的秩序。

　　拉倒吧，光绪帝还没成婚呢，哪来的妃子？你看那男的，得有二十四五了。

　　那就是光绪帝他二哥，嘻嘻嘻……

　　这伙应试人仍在那块儿待着听讯，是因为会试的主试人毓福还未到场，会试的主持那景庆还要等一等才让他们进宫。

第十一章 署堂面试

毓福是朝廷重臣，由他来主试竞选司羊膳房的庖掌，似乎小题大做，其实，这是对毓福的误解。前面不说了吗，光禄寺始设司羊膳房时，首任的庖掌曾为康熙亲荐。这个御举的率范作用对后来历届的光禄寺大臣都影响弥深，使他们在看待司羊膳房庖掌的继任者时，都自觉形成了躬亲重视的规矩，以表示对皇家的尽责。何况，毓福又是康熙家族的第六代孙，属宗室干支，对此事更有着本家人那般彻切的领会。而且，全羊席又是清朝的国宴，在他这个管宴大臣看来，司羊膳房庖掌的职务虽低，却等于是光禄寺宴事的中军统领，他怎能对此掉以轻心呢。所以，十三年前，他主试罗云甫那一干人时，因顺附时势，开了一个不拘满汉、量材用人的先例，就赢得了朝野上下的舆情称道。这次，他自然要发扬良端，保持政声，选出一个罗云甫第二来，也是在理适情宜之中。

那景庆是毓福的嫡系，这次会试由他来担当主持就理所当然，因为司羊膳房直接在珍馐署的管辖之下。按理说，他这个署正应该有权力决定这个膳房庖掌的人选，但这个权力却不属于他，而历来是由光禄寺大臣亲自定夺，所以，这次会试，他得等着毓福到场后才能进行。经毓福准允，他还请来了内廷御茶膳房的总管维康，作为名誉上的主持。尽管他和毓福都反感维康，因为这人又精又鬼，还挺咕叨，但维康是慈禧的宠宦，是内廷的最高膳官，请他是给过面子，不请怕他挑理。何况，宫中有些宴事需要珍馐署和御茶膳房共同承办，两个部门是同级，宴膳上常有交道，这也总得在表象上保持着和谐互通的关系。

自从罗云甫故去，那景庆的心中一直很不踏实。虽说司羊膳房里还有两个老牌厨役支撑着，但毕竟是群庖失首，这容易因职掌不明、责贷不清而出现纰漏。

所以，他到那里巡视验查的次数大为增多，而且时常亲作训教，以强化职制。如遇重要典宴，他得整天守在那里"蹲房儿"，唯恐哪块儿捅出娄子。按说，他是个正四品高官，暂缺个庖掌值得这样紧绷神经、总往司羊膳房出溜吗？这您就想拧了。珍馐署的几个大膳房，平时供宴如何，哪忙哪闲，事多事少，自然有数。就说满席膳房吧，每当祭筵一开，大盘子饽饽就供上去，满桌子的吃食儿都是甜不啰唆，看着就腻歪。是时，慈禧领着小光绪及遗妃遗嫔、王公等赴筵，听着阴沉沉的哀乐，心里都发堵，也就是走走凭吊的过场，顶多掰块饽饽嚼巴嚼巴，算是吃了，谁还会论道供死人的祭品是好是孬呢？这类筵席，只要循着奠规，准时开筵就成，别的倒也没啥，他这心还能放下。再说汉席膳房，汉厨俎技精良，历来掌职驯谨，而且，朝廷招待文武举子或编实录、纂会典的开馆日、告成日，一年也轮不着几回，宴数自然不会很多，这也让他省心。至于上中席膳房，平日门可罗雀，就是逢事开筵，桌数也少，又都是礼部大臣主持，他更没有压力。唯独司羊膳房，乃为珍馐署的供宴中心，所承办的筵席又颇具政治和礼仪色彩，而且酬酢八方，外宾内贵众口难调，针对性和实用性极强，那真是三日一小宴、五日一大宴，宴会频繁而繁杂，又多是以慈禧或光绪的名义举办，这要是出一点娄子也不得了，真要把帝后王公或外国使臣吃出个好歹，头一个下御狱的就是他。可现在因没了罗云甫，他哪能不着急上火？说蝎虎点，他现在是扮个黑脸提刑了，司羊膳房的厨役们都像囚犯似的被他看管着。

还有桩事情，也让那景庆担心，就是慈禧嫌他这边循例献过去的烤羊腿不好吃。当时，慈禧的原话是烤羊腿"大不如前"了，这是毓福过后传达给他听的。毓福还对他说：太后是知道罗云甫死了，才不做计较，才说大热天的吃烤羊腿腻歪，先不献了。其实这是面子话，太后那心里已存不满了。因为太后最爱吃烤羊腿，无冬历夏都吃。咱们管宴膳的，如何能不清楚？可不能因着没了罗云甫，就屈了太后大半个夏天，让她捞不着烤羊腿吃，得赶紧选个罗云甫的替补，早着点将烤羊腿给太后续了。毓福这番话对他也构成压力，使他如鲠在喉，感到选好司羊庖掌可是太卡紧了。因而，他对这次会试就特别上心，考虑得也十分认真。

说这话时，那景庆估摸毓福和维康快要来了，就差人去东华门的侍卫房传话，让应试人进宫。俄顷，毓福和维康先后来了。仨人礼见毕，毓福坐下就问：那大人，你的会试报牒里，只报了豫陕津吉四地的应试人，山东和山西巡抚刘大人、赵大人早已给寺里发来荐文，两地的应试人也该到了，可你这报牒里如何没有？那景庆答道：回大人，山东的应试人不知何故，至今没来报试。山西……毓福摆手打断道：山东刘大人给寺里复函荐来的，好像是个姓白的，不姓罗呀。你的报牒里报的，也没有罗姓，看来，罗家的后代是不能来喽。说完，两眼就流露出失望的表情。维康插话道：就是姓白的，也该到场了。是不是被捻匪残部给中途劫了？捻匪对朝廷仇儿大了，知道姓白的要到朝廷报试，还不给他宰了。那景庆笑嗔道：总管大人，捻匪早在同治七年就灭了，你这不是胡诌吗。这话让太后听见，还不等着掌嘴。维康嘿嘿笑着说：我这不是替毓福大人和你那大人着急嘛。毓福说：不论怎样，已报应试却不来者，要通知刑部稽查，寺里不能不管，过后也得给刘大人一个交代。那景庆就嗫了一声。毓福又说：那大人接着讲，山西那边怎的？那景庆答：山西那边，应试人竟来个六十二岁高寿的，下官想他老态龙钟，也违了会试条例中的年龄限定，就打发他回去了。毓福听了，愤愤地说：这个赵大胖子，鳖犊子一个！太后都说他是马大哈，早晚他得跌了！他荐个六十多岁的，八成以为我们这里是养老寺！还有黑京两地的，也没荐人。我揣摸，黑龙江的弘隆将军，做事一向慎重，因为那里地域僻远，厨事不隆，就没敢荐出人来，这倒罢了，可这顺天府，就在朝廷脚下，又久有食羊之风，韩大人为何也不荐人？那景庆想想答道：下官以为，京都一带虽有食羊之风，可如今制羊的多属回人，他们都是明朝的燕王朱棣扫北时，随军的炊家子后代，后来聚居牛街，世代经营牛羊肉馆儿，做的是市井小吃，让他们做全羊席，怕是难以胜任，韩大人没荐出人来，大概是给把持到这块儿了。维康插话道：那盛京呢，是大清国的留都，听说也没荐人。毓福听后心就不快，嘿嘿一笑说：光禄寺这边放个屁，你都能听说。盛京那块儿调到宫里多少厨子了，连旧宫里的厨子也快淘换光了。你那御茶膳房里，少说也调去十几个，还磨得开再去打扰人家崇福将军吗？维康笑道：大人休怪，下官终日服侍太后，大人向太后禀报事情，下官常能听说。毓福一想也是，也不好深着攘他，就对那景庆说：我记得你说过，罗家后代已经北迁盛京了，他们接到寺里的讣文和抚恤银子，还有你的帖文，来不来应试不说，总该有个回函才是。那景庆说：回函有过，下官曾给大人看了，署名是罗传耀，想必是罗云甫的子嗣。但他只说了感恩朝廷关照的话，应试的事情却未提及。毓福想了想，说：噢，是有这事儿，我倒给忘了。那景庆叹一声，说：这封回函是从盛京那边来的，说明罗家后代确已北迁盛京,不在济南了。但是否仍操旧业,还是改做他行,下官便不知了。唉,像罗云甫这样的庖掌,怕是再难寻了。毓福说:这次会试,还仰仗太后的懿旨呢,还搞个七零八散的。事已至此,那就只好矮子里面拔大个了。

这时,门外有人报:应试人到了。

毓福将手一摆,传示进来。

那个老笔帖式领了四位应试人和助厨们进了署堂,四前四后地参拜了毓福等三人后,便在那里站着。这个过节叫"看身",就是检验应试人的面貌、形象和体质,也能目测出他们的大致年龄。

那景庆对"看身"是很敏感的,因为前些日子,慈禧在东暖阁用过早膳,因吃得不够满意,就到后膳房转了一圈儿,想挑挑刺儿,就发现一个"面麻有须"的供差厨役,遂大为恼火,回头就训斥跟随的维康:你是怎么搞的呀,让出过天花的麻子侍候我吃饭,我一想那饭粒都成仁丹了,觉得一身的凉气,身上直起鸡皮疙瘩。就这几句话,吓得维康浑身筛糠。他送走了慈禧后,立即传人将"内廷厨役腰牌册"送过来审查,这么着就把"第七号:承应供差厨役,刘大安,年二十九,面麻无须""第三十八号,重华宫厨役,张乡塘,年四十五,面麻有须"这两人连同东暖阁那个麻子厨役,一起当即革职。他还觉得不放心,又亲自到御茶膳房下属的各局房和长春宫、重华宫、永和宫等诸膳房巡视一番。每到一处,就令尚膳正或尚茶正将他们一窝子的人如膳房人、茶房人,还有厨役、供差苏拉等召集一起站着。维康挨个儿过目,就又扒拉出来十多个老迈、肥胖和面相粗俗丑陋的,也都被一刀齐地革了职。这件事情传到那景庆的耳朵里,他就牛惊羊愕了,也学维康的做法,将光禄寺各膳房的厨役也来一番"整容大清洗"。所以这次"看身",他就特别挑剔,想到堂堂朝廷大膳房的制羊头人,若不瞅着净洁亮爽的,说不定哪位主子闲空儿见了,又添事端,容易惹出怪罪来不说,也实有辱没皇威宫貌之嫌。他这样想着,就用刁钻的目光扫视着眼前的这八位应试者。

随着那景庆的目光自右至左地看去,第一位是天津旧城宴兴楼的名厨杨福兴,他是上次与罗云甫一同应试的落榜者冯泰祥的大弟子,这次是憋着一股不服气的劲头来的。当他得知可带助厨应试时,就凭着京、津两地相近的便利,连夜回去从宴兴楼选来一名得意弟子。这两人一前一后地站在那里,前者粗壮如缸,看去体重足有二百多斤,满脸的络腮胡子;后者麻秆儿似的骨瘦如柴,还显得精灵八怪。

第二位是西北清江的名厨马启昌，他是上次应试落榜者马元本的侄子，虽说是侄辈，也有三十五六的光景，生得阔脸牛睛、红鼻长腮；他身后那个助厨，是在京城牛街的清真饭馆现淘弄来的，因为没见过世面，浑身正微微发抖。第三位是河南巡抚侯嗣爵举荐来的，叫宋广荣，长得古眉老眼的，面目无润色，像个深庵里的道人，这人通过京城里的同乡，找来个豫菜馆的红案充当助厨，也似偷盗被捉的模样。那景庆看到这儿，就蹙起眉头，心里就骂开了：一帮糊涂巡抚，怎就没个人样的荐人！他又怨起慈禧，偏偏是寺里的会试条例发下去，这个老饕婆就在膳房里挑剔上了麻子，早知如此，当时在会试条例中增加一条"看身"的细则就好了，也免得来的这些应试人都妖模鬼样的。当他的心臆间塞满闷气，将目光继续向左移动时，突然眼睛一亮。第四位身穿紫褂银裳，形神威仪挺俊，又显得蔼蔼温文、翩翩儒雅，一副富缙子弟的做派。再看他身后那个女的，虽是轻匀脂粉，却如出水芙蕖，那布衫素裹，又隐若笼烟芍药，气质比那大家闺秀还胜过几分。看得那景庆大为愕讶，就将脑袋凑近毓福的耳旁，说：大人，您看左边那一个，甚是奇怪。论年纪，不过二十四五岁，乳臭未干，也敢应名会试？论穿着气度，他领个窈窕淑女，倒像个考举的学子，他是不是走错了地方？

　　毓福听后，就抬眼往那边注目一阵，然后笑么滋儿的问道：左首那位，你姓甚名谁？是哪位大人荐你来的？

　　那人听了，上前一步，行个打千礼，答道：下人是先师罗云甫的孙徒，叫徐仁虎，为吉林督办吴大澂大人所荐。

　　毓福"噢"了一声，同那景庆相视而愉，随又问道：你是罗云甫的徒孙，那你师傅为何不来应试？

　　徐仁虎被问得略一卡壳儿，心想师傅就在我的后面，但他就不能这样说啦。他就说：师傅罗传耀（实际是徐仁虎的师爷）已四十又五，超出了会试规定，无缘前来，乞望大人们鉴谅。

　　毓福听后，忽就想起什么，扭头对那景庆说：那大人，罗家给寺里回函的那人，可是罗传耀？

　　那景庆答：正是。

　　毓福就晃着脑袋连说可惜。

　　徐仁虎见状，乘机道：下人受师傅嘱托，代师傅再次面谢各位大人，感恩朝廷对罗家的抚恤和关照，并领命前来应试，以求为朝廷的宴事隆盛效力。说完，从怀襟中取出光禄寺发给罗家的应试函件，呈递毓福，以示凭证。

毓福接过去扫了一眼，又交给那景庆看了，两人心情大悦。

毓福开颜又问：你身后那位女子，可是你的助厨？

是的，大人。

毓福的眉峰一耸，说：嚯，还来个厨娘，有意思。看她那娇身纤手的，能操动起刀俎？

徐仁虎答道：皇朝重地，下人万不敢滥竽充数。过后向各位大人呈献全羊席时，各位大人便知。

毓福点点头，就不作声了，扭头看看那景庆，示意让他说话。

那景庆早有准备，他咳了一下，清清嗓子，就卖个关子说：诸位应试人听着，倘若此次会试，将全羊席改成全牛席，你等可会烹制？

杨福兴听了，抢先亮出雷嗓道：不瞒大人说，咱呐，是屠牛的出身。牛的尾巴多沉，牛眼珠子多重，用吗秤啊，咱眼睛就是秤。百八十个牛菜，咱能不倒腾气儿一口背出来。吗牛吗块儿做吗菜，都装在这儿呢。说完，就拍了拍大肚子。

毓福等人听得直咧嘴，这不是来个混星子吗？又觉得耳朵根子被震得嗡嗡的。

那边的马启昌也答话了：也不瞒大人说，小的从穿开裆裤那阵子，就爱吃牛肉。您听小的这嗓儿，亮堂不？吃牛肉吃的。喊，杀鸡还用牛刀，做全牛席，那是手拿把掐！

那景庆心里嗤笑：说的都是牛头不对马嘴的话。嗓子亮堂是你爹妈给的，和吃牛肉有啥关系？我从来不吃牛肉，嗓子也挺亮堂。

宋广荣岂甘落后，跟着就操起豫腔说：谁也别吹牛，咱那地方，打汉朝就有全牛席了，那玩意儿，叫个厨子都会做，还值得吹？咱可不吹牛。咱呐，敢请大人备两条肥狗来，咱做全狗席。咱做了全狗席，要不让皇上和大人们吃得舔嘴吧嗒舌，咱他娘的是癞皮狗！这家伙为了显能耐，竟忘乎所以，也不想想这是啥地方。

毓福一听这话，瞪眼一拍桌子，喝道：混账！我太祖曾被义犬所救，犬有忠义勇敢之德，田犬长喙善猎，吠犬短喙善守，岂能戮杀为馔？你胆大包天，竟然在宫内大谈嗜狗，还妄言让皇上食之，这是犯了我大清食规，还不知罪！

宋广荣被毓福一吓，知是失言，浑身就哆嗦了，颤着声说：小的知罪，小的知罪。小的只是求试心切，信口胡说。息怒啊大人，息怒息怒。

毓福仍气着说：瞅你这阴阳怪气的，就不是块好饼。要不是看着侯大人的面子，我非治你个罪发了你不可！来人呐，把他给我轰出去！

几个尚膳侍卫应声到场，其中一个横眉竖眼地喝起宋广荣：还愣着干甚，快走！

俟宋广荣被轰走，徐仁虎这才不紧不慢地向那景庆躬身说道：回大人方才的话，我满洲禁忌食狗，也禁忌食牛。太宗先帝在位时，曾下过旨谕，无论大内和贝勒府，还是黎庶百姓，除大祭上陵可用牛外，其屠宰牛马骡驴者悉令禁止，因牛等是农耕和负载的工具，不可供馔，因此，下人断不敢违背先帝的训教。

那景庆听后，不禁喜自心生，暗呼为好。方才，他问应试者可否能烹制全牛席，并非真意。自皇太极严禁食牛的旨谕颁发后，二百余年来还真是管用，宫中的膳食竟无一道牛馔。作为珍馐署的署正，他岂能不明此律，只因宫中食制甚严，司膳者务必要循规守矩，言谨手慎。若出差错，越出本分，可及微至祸。所以，他才反意提问，这是探测应试者有否进宫掌职的先基素质。

这时，毓福觉得面试不必再进行了。按着他的想法，只该把徐仁虎这对儿留下来，其他的都得打发走。但又想到，那样的话就成了测单试独，没了竞争和比较，也容易引起闲话和非议。再说，这些应试人都是巡抚们荐的，应该都有些本事，不给这些人的面子，也得给巡抚们的面子。何况，徐仁虎年纪轻轻，其本事如何，尚不托底。眼下，只能附就现状，都考了吧。他这样想着，就拿眼示意维康，看他还有啥话要说。

维康会意，忙道：没事没事，请大人主试。

毓福就对那景庆说：那大人，可以了吧。这三对人如何再试，你说吧。

其实，那景庆也跟毓福想的差不多，也对徐仁虎寄予了更多的期望。他听过毓福的话，就起身说道：本署对你等的面试已毕。你等速去医房验身，然后可到侍卫饭房用膳。酉时三刻，准时在司羊膳房应试全羊席。

经过半个时辰，回到署堂候试的只剩徐仁虎、罗小翠和杨福兴等四人。因医官验出马启昌内脏染病，那是绝禁应试的。领路的尚膳侍卫向那景庆禀报了此事后，那景庆就问他：你没与医官讲，这些应试的已由当地的衙医验了吗？尚膳侍卫就答：下官怎能没讲。可医官说，既然验了，还到医房做甚？他这话不噎人嘛。医官还说，在甘肃没病，到宫里就兴有病。要不，请你们福大人担个保来。

下官就直眼了,无奈何只得把验单接了。这个尚膳侍卫没说的是,他的饮水缸子正好给马启昌用过,从医房出来,他见四周无人,就当着马启昌的面,把那个陶瓷家伙摔个稀碎。

那景庆遂将此事又禀报给毓福,毓福心里这个气呀,嘟囔道:这试会的,闹哄一溜十三遭,归齐成了两对两了!

第十二章　竞俎逸闻

司羊膳房自康熙十九年始设后，不停歇地生产了二百余年的全羊席，使这里氤氲着一种浓郁的羊香气味。这种气味不光是煮锅和蒸屉中飘漫出来的，更有棚壁和所有物具的年深日久的浸染。有人嗅过膳房外面的大青砖，砖头缝里都挥发着一股羊味！这是经过八代清帝的御宴烟气的积渍所致。这种气味，会使厌食羊者进来后，脑瓜子一阵晕眩，就想呕吐；也会使喜嗜羊者熏熏欲醉，比闻鼻烟还过瘾。罗小翠进来时，直门偷眼瞅着两个老御厨，就悄声对徐仁虎说：你看那两个前辈，留着山羊胡子，脸盘咋看咋像羊，八成是被羊味熏的。徐仁虎偷笑着说：照你这一讲，积年迭代烹猪，就得像猪八戒啦。罗小翠说：你将来要像羊像猪，我可不给你当老婆，我一脚把你踹出门去。徐仁虎说：别在这儿卖呆瞎扯啦，收下心来帮我做全羊席呀。

司羊膳房虽然久经岁月，里面却十分整洁，给皇上和朝廷供膳的地方若是乌七杂八，不讲荣卫，里面做活的人还不得像羊一样的挨宰。这膳房看着也宽敞豁亮，进了正门口，左右靠墙的两侧各是一排炮台灶，灶是用砖块涂着白黏土砌就的，灶眼的外沿都焊着生铁圈，因为大煸锅或大马勺使用起来得翻动着磨蹭灶沿，若无铁圈撑着，不一定啥时候就把灶眼儿蹭塌喽。这都不细说啦，就说徐仁虎和杨福兴应试用的灶位，是被安排在正门的左右首，每个灶位上有两个火眼，徐左杨右。他俩使用的灶位后头，都设置了一排红漆桌拼接着，桌上放着刀墩盆钵及一应用物，上面覆以红绸布。揭去红绸布，里边还有生胚熟料，都铺陈明细；头尾脏肉，举手可撷，这是人家司羊膳房的厨人们都给备妥啦。

现在，这四个应试人已分成两拨儿，都在灶前墩后切切配配，腌渍码味，上浆挂糊，蒸胚吊汤，行话讲，这叫落桌。他们得鼓捣一阵才能出菜，先暂不记述。

从膳房正门出来直走六七十步，再往右拐去，溜出个七八米远，便是三泰轩了。这里是毓福和寺内署正以上的官员们平日里的宴酬之所，今日充作了会试鉴俎的场地。轩内有三间宴屋和一个宴厅，其装饰因受内廷"洋风儿"的影响，就糅合了某些西式格调。就说为毓福专用的那间较大的宴屋吧，屋顶悬着大烛灯，悉以各色玻璃镶嵌，入晚可上下照耀。屋棚俱镶波云图案，正壁上挂着一幅金框油画，画中的洋教堂和草茵上的羊群会使人联想到牧师箴言和羊肉馅饼。左侧墙壁乃置嵌镜，壁角处设衣帽架。屋中间是三张铜镀金云角的梨花木拉拉桌拼在一起，上铺西洋布香色地花膳单，膳单下还缀着白色的花线带。膳桌上摆着三副青花白地儿的瓷碟、汤碗、茶杯及乌木箸等，桌后是三张翟乌椅，不用说，这都是为毓福、那景庆和维康鉴尝全羊席时准备的。还有一个西洋小座钟摆在旁边的雕木红漆柜上，那是慈禧在去年赐给珍馐署的，那景庆就把它摆到这间宴屋里，今天可就派上了用场，因为应试还要计算时间。

别看只剩下四个人在应试，那景庆仍然将组筹的事宜安排得挺周全。他将两拨儿应试人定在膳房门首左右处的灶位上操作，这便于在现场验考的人去监督，也缩短了传菜时到三泰轩的距离。他让署丞亲自到膳房里做监考，又调来四个承应掌做传菜手，两个笔帖式做现场记录，还有报菜的、撤菜的、翻台的、斟茶倒水的等一帮子人，则由尚膳侍卫们充任。征得毓福准示，鉴菜桌上不供酒，喝酒就鉴不准菜味了。他还特别传下话去，命徐仁虎和杨福兴每人额外做一道烤羊腿。

到了试宴时辰，那景庆见毓福和维康已在鉴菜桌前坐定，便传令上宴。开始时，这两拨应试者的菜一交一替地上来，做得都挺地道，分不出高低。可上着上着，杨福兴那边的菜就慢下来了。您道为何？方才，司羊膳房的人都在忙活着寺里的几个宴事，那都是以光绪的名义举办的，所以，没人有工夫到应试者这边围观，就是将这些宴事忙活完了，因有监考的署丞在膳房里绕晃着，谁也不敢过来。这时，署丞见诸宴制毕，觉着他们待着也是待着，何妨不让他们见识一下地方名庖的手艺呢，这对拓展他们的俎技会有裨益，于是就喝一嗓子：你们都过来看看吧。这下可好，他们呼啦家伙全都围上来了。杨福兴的徒弟哪见过这种阵势，心就慌了。才刚只有署丞一个人在两边溜达着，他还没那么紧张，这回可是几十号御厨的眼睛盯着他干活，他就怯场了。岂止怯场，简直麻爪了，越麻爪心越慌。杨福兴在头灶烧菜,他在下灶过油焯水的打下手。该过油的,他给扔到沸水里去了;该焯水的,又给下油锅里。焯水的原料本就含水量大,一投入热油锅中,呼啦一下,油火蹿得老高,热油星子四下飞溅。杨福兴正撸着袖子翻勺,热油星子就进了一胳臂,疼得他"呜嗷"一声扔了大勺,勺里的菜因失去腕力的控制,撒了一灶台。手艺人最要脸面的,杨福兴的脾气又暴,尤其在御膳房里丢了砢碜,他能不急眼?你吃错药啦!杨福兴骂着,蹿过去就给徒弟一个脖儿拐。那徒弟先是心慌,将焯水的原料下到热油锅里时,才明白错了,就"哎呀坏菜了"一声,油火随着就腾了起来,脸面被燎得一阵灼热,鼻子遂就闻到一股焦煳味,再看他的眉毛,就只剩眉楂儿了。这时,又听杨福兴"呜嗷"一声,那声如响雷,骇得他一哆嗦,接着就挨上了脖儿拐。杨福兴身壮如缸,手像蒲扇,又在气头儿上,抡过来的巴掌就很猛势,他那小身板哪能经受得了,一个趔趄就被掴倒了,两个在旁添煤、刷勺的供差苏拉把他挽了起来。这边,杨福兴也顾不了别的,伸出大手往青酱罐里一蘸,就往烫伤的胳臂上抹去,他不这样,那烫泡一会儿就得长出来。这时,在旁监查的署丞就说话了:喂——我说你这人,考场上擅自动粗,就违了规矩,还把手爪子往青酱罐子里搅和,懂点干净不?来人呐,把青酱倒了!杨福兴听了,心里这个窝火儿。俟供差苏拉替他清理了撒到灶台上的菜肴,他这边又重新切配、上火再制时,徐仁虎那边的菜式就快出了四五道。

那边的徐仁虎也在头灶上烧菜,罗小翠在下灶过油焯水。这情况就大不一样了,罗小翠一边稳稳当当地充作下手,还一边对徐仁虎轻言点拨、低语嘱告。徐仁虎听在耳中,心里就踏实,就不着慌,还越发做得顺手呢。他甚至感觉围观的厨人们是特意来捧场的,精神头反倒足了,手把儿也显得麻溜起来。应该说,此时,这两人的心劲是缩在一起了,如琴瑟和调,鸾凤谐起,临场的发挥也就十分完美,不时博得围观者的喝彩。

杨福兴听到那边的喝彩声,就感到很尴尬,情绪上也跟着败坏起来,意识中就沉落一下。在考场上的精神状态若要失常,手头上必会偏了分寸,那菜做得就降了成色。他的徒弟见状,也顾不上缺眉毛了,腆着涨疼的脸紧跟着配合。杨福兴瞄见徐仁虎的全羊席都快做完了,他手里还压着七八道菜呢,能不着急吗?这一着急,没归弄完的活儿就想得多。他一边烧菜,一边把徒弟支使得直转磨磨。两人只顾着往前撵菜了,却忘了烤炉中的烤羊腿。围观者后头有鼻子尖的就闻出煳味了，抻脖子朝杨福兴喊道：嗳，羊腿，煳啦！杨福兴听了"哎呀"一声，心想毁了！他正烧着菜下不了灶台，本该他的徒弟想着照看，哪曾想这个徒弟到了要紧时候却成了镴枪头，总犯蒙登。他这又心头火起，刚要连骂再打，斜眼瞥见署丞正盯着他，就把嗓子咽了咽，手也缩了回去……

这时，徐仁虎都已将烤羊腿上去了。署丞见状，笑着点点头说：你俩做完了吧？随我来吧。两人这就脱了厨服，洗了手脸，由署丞领着进了三泰轩，来到鉴菜桌前参拜了毓福等人。

毓福正吃得满嘴是油，还没嚼完一片烤羊腿，就拿箸往下指点着喔喔说道：这羊腿你烤的？尝着挺顺嘴儿，还真有罗云甫的味道。行噢，不赖。

侯毓福尝过烤羊腿，那景庆就让让维康，自己也尝了一片，感到确如罗云甫烤的，心下暗喜，遂对署丞说：那盘烤羊腿呢？也传上来吧。

署丞答道：那大人，那盘就免进了吧，烤窜烟子了，煳啦。

当时，杨福兴本想用个补救法子，把烤羊腿上去。但揭开烤炉门一看，就傻眼了，烤羊腿已煳得黑黢燎光的，赶上个大熊掌了！这道菜可全仗着表面有层赭黄色的香皮儿，切码到盘里才看着地道，吃着也够味。这要把烤焦处都片下去，里边的肉白唂拉的，那不像卤羊腿了？那也有股子窜烟子味。既然烤煳了，再重烤呗。重烤？署丞在那儿监着呐，多用料算违规。就是再给只生羊腿，那得腌透味再烤，没个把时辰甭想烤成。所以，杨福兴咋想咋没招，只好哭丧着脸，自个儿骂自个儿。

毓福听了署丞的话，大为不悦，说：本大臣亲临主试，他竟然还给烤煳了；本大臣若是不在，他还不把烤炉子烧着了！毓福这话是带着气说的，有些不着实际。正因为他在主试，又有御厨们围观，杨福兴的徒弟才怯场失饪。可是，毓福接着说的可就实际了，他接着说：当然啦，考试无常嘛。就是考文武举的人，难免也有闪失，何况厨子。咸了淡了，软了硬了的倒也可谅，但怎可缺烹少饪呢？眼下，若是太后等着进献烤羊腿，这不是厨子拍屁股——坏菜了吗。

维康听了，掩嘴直笑，即觉不妥，就拿起试宴的食谱瞅了瞅，又瞄一眼西洋钟，说：毓福大人，试宴的时辰已过，杨福兴那边还有……还有，一、二、三、四、五，还有五道菜没进上呢。

毓福一听可就变脸了，说：本寺的宴制条文中，首条即是谨承宴酢准辰，以昭国典礼信。这两个不中用的东西，居然心无考律，目无宴时，愚得可恶。真要录了他们制宴,岂不误了大事!说着那气就来了:传我的话,他俩人止试,押到侍卫处,每人杖刑二十,赶出宫外!

那景庆急忙起身劝阻道:大人息怒,此事不可。杨福兴虽说是天津知府王大人荐来的,但下官听说,这姓杨的曾给李中堂做过上手厨子。再说,他俩初来应试,是因怯场而失饪,并非有意违规。真若将他俩杖了,显得我们罚戒不明,会招来王大人的抱怨;这事再传到李中堂的耳朵里,岂不更孬!再有会试,谁还会肯荐人?下官之意,即传他两个止试,并告明缺饪误时之过,宽言相慰,再赏顿好饭,发给回程的盘缠,乞望大人准允。

毓福听了,微微点头,缓了口气说:那大人,还记得不,去年春天,我到天津的土耳其公使埃纳姆那里,去洽谈给光禄寺进批胡食,关恩荣正卿代我主事。就这几天工夫,就出了娄子。当时,太后的西膳房修缮,她那天的中秋宴临时安排到外朝的保和殿,由上中席膳房承供。结果,四个膺寿多福的燕菜碗上去了,随着的清汤白木耳竟给忘了。白木耳能解燕菜毛,是清肠胃的菜,太后哪能不懂。过后,太后就说关学究虽懂食俎,却没懂到正地方,连给我进宴都丢三落四的,何况给别人进宴。就怀疑光禄寺的宴席有毛病,说关学究不配当正卿,降为少卿吧,关大人为这事儿不也被罚了半个月的俸禄吗?!上中席膳房的那个王庖掌被杖刑二十不说,还给革了职。我仗着是宗室干支,又没在寺里,幸免一过。所以,这宴中无小事呀,稍有不慎,可及至大过。我这意思是说,杨福兴这号人,不仅应试意念不清,司俎经验也差,不然怎会失饪误时?这还试他做甚?你那大人敢用他?

那景庆心里一沉,忙答:下官哪里敢用,下官这就去告知他俩止试。

毓福说:就让署丞去吧,按你那大人的意思办。

署丞去后,毓福这才对徐仁虎说:此次会试,你算矮子里的大个子了。方才,本大臣说的话,也有意让你听着。你要记住,这宫中宴事,不比市肆,务必敬谨掌职。出了差错,惩戒是小,损了朝廷的国礼尊仪是大,还要连累你的上司。我看你知书达礼,应答也机敏活泛,席也做得不赖,与那些俗庖庸厨大不一样,这些,本大臣还可放心。

那景庆便知这是要定砣儿了,遂对徐仁虎两人说:还不跪谢大人的教导和夸奖。

两人就跪谢了。

就在跪谢之间，徐仁虎却是惊喜和忧虑参半。掌职司羊膳房的荣光和宫规无情的暗泽在他的脑际间交闪着掠过，他明白，他将要走上一条幸危并存的茫漫之路。使他稍感慰藉的是，他在这条路上似可辨寻师祖罗云甫的履迹，继以驯谨，希图命运在森然的宫阙里求得安稳。

罗小翠呢，她在跪谢之间也是心绪复杂。徐仁虎的即将中试和他的前程藏险，像一明一暗的两股涌流在她的心房里旋搅。但又想到爷爷罗云甫只是抱病而故，庖途上还算安达，那份悬起的忧虑遂就平落下来。同时，又担心徐仁虎被录用后要随他入宫，她这时才深感宫廷法规的严厉和权势者的威霸，容不得她的任性和散漫做派，但这种担心也仅是隐在心底，因为毓福现在还没有对她做出如何的明示。

这时，毓福又对徐仁虎说：不过，你让本大臣还不十分放心。你如此年轻，全羊席做到这样，我仅是尝着可以，却没亲眼见你操作，还有点心里含糊。你能不能不带助厨，再到膳房制作一馔，或再露一手，也好让我信以为真。他这是还要试试徐仁虎的本事，做个最终的鉴验。

那景庆抽了口气，心想：编筐编篓，可就在你小子收口了。他真希望徐仁虎再过这一关，使这次会试有个完满的结局。

罗小翠未免着急起来，她深知徐仁虎好强心胜，这样逼试他，他敢使出在人背上切羊肉丝的绝技。但那太担风险了，真要演示出了闪失，可就前功尽弃啦。于是情急生智，抢先答道：大人，恕小女冒昧，小女虽为助厨，也算应试之人，很想替他使个手段，用澄面为大人捏个尊像，不知大人可否准允？

毓福眉峰一耸，张睁着眼说：喂呀嗬！你是说，用块面团，将本大臣捏成个小人儿？

是的，大人，罗小翠从容答道。

毓福摇摇头说：本大臣只听说过京城里有个面人汤，能捏人鸟花兽，还没听说他能看人捏像，那可是神手过招。你要明白啊，这里是朝廷光禄寺的考场，不是耍天桥把式的地方，可不能由你信口雌黄！

罗小翠忙说：小女既出此言，便有这个手段。

毓福又一笑，说道：你若捏得不像，可是当众戏弄本大臣。

罗小翠说：若捏得不像，小女任凭大人惩处。

毓福就咦了声，说：你这个小女子还真抢劲子。那好，本大臣倒要见识见识，你捏吧。

罗小翠倒是未雨绸缪，来应试前已将五彩澄面和面塑的用具都携带来了，以备有个施展或应急的用场。这时，她就嘱请一个尚膳侍卫将那个花布包裹拿给她。她打开包裹，取出一个朱红的漆匣。

毓福用帕巾拭了拭油嘴，正襟危坐，很是郑重其事的样子，等着罗小翠来捏了。

罗小翠歉意地笑着说：大人，还得请屈驾离座，上前站着，下女得看着大人的全身来捏。

毓福就好、好应着，站到前面。

罗小翠却径自到毓福的座位上坐了，将毓福用过的杯碗碟箸扒拉到一旁，腾出一块地方，拾掇干净了，这就把那个漆匣打开，将彩面、骨簪等掏腾出来，铺了一摊儿。

那景庆和维康见状大惊。

维康嗔斥道：嗷！你这下女好不懂规矩，怎敢妄坐于此，让毓福大人在你面前站着？还不快下去！

毓福见罗小翠有股子闯愣劲儿，反觉可爱，就笑着朝维康摆摆手，说：让她坐着捏吧。

罗小翠竟调皮地冲维康噘个嘴脸，把维康弄得欲言又止，然后她瞅定了一阵毓福，将他的五官神情、身段衣着都琢磨准了，便拿起几粒药丸似的澄面，三搓五揉、七盘八绕地先将人体的轮廓捏出，再用袖珍小刀在上面左贴一撮红的，右粘一撮黄的，又往面人的脸上修饰补缀。然后，用骨簪在上面划划压压、点点戳戳，那五官就臻形象，顶戴花翎、蟒袍补子也纹丝细腻、凸凹生动了。最后，又精修面部，将那神情气色和活泛的双眸也显现出来。那景庆和维康见毓福站着，也不敢坐着，就在罗小翠的身后观看，禁不住啧啧咂嘴，连呼像、像。

罗小翠捏完了，又修个底座将这面人立住，然后从匣中拿出个玻璃罩，在里面铺好了明黄色的垫绸，将面人在垫绸上摆布好了，罩上玻璃罩，这才双手托着，起身走上前去，呈于毓福。

毓福接过一瞧，惊呼：喂呀嗬，神了、神了。这比照镜子强多啦，照镜子只能看到前半身，这连后腰板儿都看得着，一眼把自己看个透剔。嗯，本大臣相貌堂堂，身板儿直溜，还是蛮英武的嘛，哈哈哈……

罗小翠遂就施礼道：小女不才，如冒犯了大人的尊颜贵体，还望大人宽恕。

毓福仍笑着说：好手段哪。你姓什么来着？噢，姓罗，那就叫你面人罗喽。哎，你们二位，把我抬过去看看，哈哈哈……说着，就把手中的自己递给了来接的维康。

这时，毓福对徐仁虎却产生了猜疑。心想：我是让你使个手段，你是主厨，录用的主要是你。怎么一时好奇，让这个女助厨给扳了道岔儿？这小女子是有意遮掩他的技贫呢，还是他更有绝招？想到这儿，就对徐仁虎说：你的助厨都有这般手段，想你必定是艺高一筹。你呀，再将这两位大人捏了我看。

毓福这话，可给徐仁虎出了难题。因为他只跟罗小翠学了俎技，面塑的手艺并没有掌握，只是偶尔鼓捣鼓捣，仅能勉强捏些象形的花鸟蔬果，让他看人捏像，他没这个功夫。但又不能说不会捏，那不煞场了吗，这就逼得他必须使出在人背上切羊肉丝的绝技。他就想到：我苦心孤诣，深更半夜地练得满腿是伤，图的是啥呀？除了给小翠争气，还不就是让人看了喝彩、显着我的刀俎非凡嘛。眼下，这绝技不亮出来，我可就给考住了，连应答的话都没法说。若在光禄寺大臣的眼皮子底下演示这一绝技，不仅解了考难，还能博得朝廷人的满堂喝彩，这风光上哪儿找去？而且，就凭这一招，准能赢，司羊膳房的庖掌职缺非我莫属！想到这里，他为身怀绝技能在关键时刻派上用场而感到庆幸，于是就定了定神，说道：大人，下人是想，再捏面人就不足为奇了，下人要为大人演示在人背上切羊肉丝的手艺。

毓福听后，竟打个呃逆，他怀疑自己没听清，就问：你说什么？你是让人趴到菜案上，拿脊梁背给你当菜墩子使？你在上面切羊肉丝，是不是？

徐仁虎答：大人，不用趴到菜案上，只需弯平腰背就成。

毓福的脸就沉下来，说：你那意思，是让本大臣哈着腰，给你当切菜墩子？

在场的人想笑又不敢笑，都使劲憋着，有人憋得满脸通红。

徐仁虎慌忙答道：大人错怪了，下人万不敢劳动大人的贵体，只是请大人使个人来，下人在这儿切着，请大人赏技就是了。

毓福扑哧一乐，说：吓我一跳，我以为你看我的腰板子直溜呢。

在场的人这才敢哈哈笑一阵子。

毓福又说：今天的会试还蛮有意思嘛。好！你说吧，你看谁像菜墩子，尽管指来，你让他哈腰不就得嘞。

徐仁虎早看准了一个腰粗背平的承应掌，指着他说：这位兄弟合适。

那个承应掌听了，瞪大眼睛朝着毓福说：大人，不成啊。下人腰上长个疖子，哈腰就疼。说着就反手捂着腰：哎哟，下人这一说话，腰就动了一下，说疼就疼起来了。哎哟——

毓福知他耍赖，笑着走上前去说：方才你传肴递馔，里里外外忙得挺欢实，报菜声响亮得像公羊叫，疖子咋不疼啊？你这疖子啥时候长的？我看看。

承应掌就畏缩起身子，讪着脸说：下人身上脏，怕污了大人的手。

毓福仍笑着说：不妨不妨，你撩起衣服我看看。

承应掌麻溜儿跪下，说：下人得罪大人了。下人腰上没长疖子，是怕他把下人的腰背切坏了，那还怎么给大人当差呀。

毓福这才想到危险，就对徐仁虎说：是啊，你若将他伤了，他可得歇职呢。

徐仁虎梗起脖子，说：我若伤他一刀，就让他伤我十刀。

那景庆急忙说：那可不成，司羊膳房等着你掌职呢。说完，又扭头对毓福道：大人，这手段就免试了吧，伤着谁都不好。

毓福正在兴头上，哪肯罢休，说：不行，考场无戏言。你徐仁虎说话也得算数，这手段定要亮亮。

那景庆想想说：那这样吧，大人，依下官之意，他不伤人就算罢了，若伤着人，得赔出十两银子当养伤费用。

毓福说：这主意好。徐仁虎，怎么样？如无异议，就这么定啦，你切去吧。

徐仁虎点点头，就笑着招招手，请那个承应掌站到鉴菜桌前的不远处。然后自己先示范一下如何双手扶膝，如何支平腰背，怎样控制心气，并要轻匀呼吸等。这才让他脱去衣服，赤裸上身，按着自己的说法试行一下，并顺便摸摸他的后背，感到平溜溜的挺结实，就欣慰选的人还很合适，心里就有了把握。

就在徐仁虎的手触摸到那个承应掌的后背时，那家伙因为精神紧张，以为是切菜刀放到上面了，吓得一哆嗦，手都吓出了汗。他穿着黑绸裤，料面本来就滑，手一出汗也滑，就没扶稳波棱盖儿，手一出溜，前身失衡，就往前倒；他又急忙将双手撑到地上，屁股撅得老高，脑门子就咚的一声磕到地上，那样子很搞笑，就像头拱地给毓福磕了个响头，逗得毓福等仨人直喷茶。

徐仁虎忙将他扶起，肃起脸说：我是摸你背哪，别害怕呀。我既然敢演此技，就有十分的把握。但你一定要配合我，心情要放松，这是顶要紧的。

一旁的罗小翠见状，心里直呼糟糕。她没料到自己因捏了面人，反被毓福顺藤摸瓜了，逼得徐仁虎只好操起险技。早知如此，不如让他自制一馔，那样既安稳又把握，何苦现在要为他揪着心、捏把汗呢。但事已至此，想别的都没用了。好在事先考虑周全，徐仁虎演技的那把重量和锋度都固定的刀，还有那块特定的垫布，都放在她的朱红漆匣里，不然的话，这演技是断不能使的。这时，她也只好配合着，亲自到膳房选了一块羊肉，回来时又把徐仁虎唤到一旁，悄声对他说：仁虎，咱爹说过，就是西太后在旁看着，你这拿刀拿勺的手也不能抖，这话你记住啦？

我记住啦，徐仁虎轻言道，有你在场，就是玉皇大帝下凡弯腰，我也敢在他的背上切两斤羊肉丝！

罗小翠窃笑道：对，这精气神儿一定得有，心情才能放松。你去吧，我在旁边给你镇场。

徐仁虎转身走到承应掌身旁，请他弯平了腰背，这就拿过垫布铺在上面，放好了羊肉，又拿起刀试试刀锋，然后小声说道：这位兄弟，委屈你了，我先谢谢你。

承应掌说：甭谢，您刀下留情就是了。

徐仁虎弯下腰来，看看他手扶的位置，乘机在他的耳旁悄声说：啥事也没有，你只要支着不动，我保证伤不着你。若伤了你，我赔你二十两银子；就是没伤着你，这二十两银子也归你，算是咱俩交个朋友。

承应掌高兴了，也悄声说：嘿嘿嘿，我不动是了。兄弟仗义，我哪能不捧场？咱俩日后还在一起共事呢。您放心操家伙，我挨了刀也挺着。

要说徐仁虎这人机敏呢，他这番话挺是火候，竟把那个承应掌给稳住了。他这才镇定一下情绪，控匀内气，运好腕劲，就一阵片切。这时，宴屋内悄然无声，观者皆痴目呆嘴。毓福远看着不过瘾，就起身离座，走到旁边来看，那景庆、维康也跟了过来。说时迟，那时快，只见徐仁虎已横刀片过，正在竖刀切丝。罗小翠在旁轻声说：仁虎，还有最后几刀，把握住，五刀、四刀、三刀、两刀、一刀，好，成啦、成啦！说完，她让徐仁虎退到一边，自己上前取了肉丝，放到盘子里。又揭起那块垫布，双手拎着抖开，当着毓福等人摆了个来回。

毓福把手掌一伸，说了声：筷子。早有人将筷子递到他手上。他拿筷子扒拉一阵盘里的肉丝，见根根不连刀，如火柴杆儿般均匀；又看了垫布和那个承应掌的后背，却不见刀痕皮破，这才情不自禁地竖起大拇指说：你这小子竟有抓起自己的头发，还能把自己拎起来的功夫，厉害！

毓福说完这话，就与那景庆、维康各自回位坐下，互相商议着什么。徐仁虎、罗小翠拾掇了物具，又并排站在那里等候裁决。不一会儿，只听那景庆说道：本寺会试，至此告罄。杨福兴、马启昌、宋广荣等六人因有小疵，未能入选，令人惋惜。但他们热忱可嘉，当予勉励。徐仁虎经多方测验，确系俎技精良，厨德端正，符合本寺条例之准，故得录取。徐仁虎啊，你三日后到光禄寺本部荣受职前训导，而后呢，接任珍馐署司羊膳房的庖掌之职。助厨罗小翠，也有镂尊塑贵之功，且割烹兼优，本应附随录取。只因光禄寺尚无女子职事先例，恐有悖朝廷规制，故割爱惜才，暂归市井，伺机再议。

其实，那景庆这番话只能说给徐仁虎和罗小翠听着，别的应试人已被汰除，早都没影了。只因毓福主持的会试得有个体面的收场，也是向寺内的会试人员做个交代，并有意让维康听得在理，防他在慈禧那里说短论非，才这样郑重其事。

罗小翠听了这话，心中暗喜，悬在她胸间许多的疑虑和顾忌都一下子消释了，她希望的正是这种结局。倘若她真的被录入光禄寺，一个女子将会处处感到不便。她知道自己的性格纵性无羁，怎能适应严厉宫规的约束。想到这里，她就越发兴奋，一只手竟偷偷伸到徐仁虎的后腰处轻轻抓挠着。

那景庆言毕，毓福倒觉得不过意，便笑着向罗小翠说道：罗姑娘，暂就委屈你了。你还有何禀呈，可与本大臣讲来。

罗小翠忙将手从徐仁虎的腰处收回，想了想答道：大人，小女罗小翠，本是先祖罗云甫的孙女，是罗家厨艺的传人。只因家父罗传耀的应试年限已过，他膝下无子，小女又不便顶替，这才陪着夫君徐仁虎前来应试。夫君随我罗家学艺，也是罗家厨艺的传人。方才，听了那大人的话，小女的夫君荣幸被录，甚感欣慰，我们罗家如愿以偿，这已是光宗耀祖的事情了，小女再无他言可赘，谨代表罗家，感恩朝廷的信重。说完，拉着徐仁虎双双跪下，叩首致谢。

毓福、那景庆等人听得既惊又愕，后又感叹不已。

第十三章　避讳更名

徐仁虎到光禄寺本部签册那天，算是他正式入宫了，这天是光绪十二年九月七日。这个日期与他先后签册的，还有寺内各署的下属部门和附属部门新近增补的一些小头目。这拨子人因初进宫内，都被事先通知在这一天集聚到寺里的训导处，接受关恩荣的职前训导。

关恩荣自从被降到少卿后，他丢失的正卿职位一直空缺着，慈禧并没有派个补官来。原来主管训导和职事安置的少卿已被调到礼部掌职祠部，因而，这摊子事情就转交给关恩荣了。可是，他仍然代管着正卿的事务，且多了一份少卿的职责，可见，慈禧降他的职只是气头上的罚戒，对他还是留有余地的，他还有机会官复原职。身为宫官的他，似乎看出了这一步，所以，他非但没影响情绪，反倒吸取了教训，比以前尽职尽责多了。

值得一提的是，关恩荣也是在咸丰六年中的进士。他是满洲正红旗人，原籍虽在龙江府，但清初时祖辈就被派到山东驻防。因长期居住在汉人腹地，他的先世在观念上已趋向汉化，旗人不兴做买卖的祖训，对关家人渐失约束。他的先世是在嘉庆初年弃官经商的，到了他祖父那里，买卖已开得很大。他祖父性独嗜九，在济南开了九家商号，店名皆以九字为首。其中有个酒楼叫九味轩，以制内脏享誉齐鲁。名馔九转大肠就源于九味轩，这个菜原名叫干烧大肠，是他的祖父将其命名为九转大肠。菜是将猪大肠经煮、腌、炸、燠，配以砂仁、豆蔻、肉桂、葱、姜、蒜、青酱、糖、绍酒、汤、麻油等调味，成菜滋味浓郁，九味复合。那猪大肠段儿在簋中闪着红润光泽，盘卷环绕，若呈九转之势。清朝的济南人吃了这菜，就在肚肠里产生了九转的妙趣，九味轩也凭着这菜的畅销而成为连延嘉道二朝的名店。

俟关恩荣长大读书后,就把他祖父的经商手记疏订成籍。如他疏订的《九味轩食笺》中,就记有九转大肠的制法,制法后面并有注释:家祖关宏禄,生前嗜九,曾易干烧为九转。道家有九转仙丹,俎家亦有九转大肠之谓也,是故为之。这本《九味轩食笺》流传甚广,连喜嗜山东菜的咸丰都见过,所以,关恩荣后来热衷仕途,中了进士,朝廷也知道量体裁衣,让他出任珍馐署的署丞,同治七年擢升少卿,到了光绪十年,又高就了正卿之职。他在少卿任职内,就曾主掌过训导之事。如今回落故职,老手旧胳臂,自是轻车熟路。

训导第一天,关恩荣首先讲起光禄寺的"掌燕劳荐飨之政令",就同纲要或绪论。接着又讲寺内的机构职事,这就讲得有宏有微了。讲到细致处,连为阅卷大臣的早膳需备几张烙饼几个包子、为大军凯旋的解俘官的晚膳需备几碗肉馔几盘蒸食,都讲得一清二楚。讲到大祭宰牲时,说供来的羊要覆以彩缎,经过香案入宰牲亭,负责报牲的厨役要跪在香案前向寺掌官高声报告;每宰一只羊,就要报告一声。报时得用唱腔:报寺掌官大人,祭羊一只宰得啦。唱腔得拉长音,唱到后尾那个"啦"时,得由平转高,再一挑嗓儿,最后的余音还要拐个急弯儿。这唱腔不比乐律,倒像是五音不全的人在唱着滚瓜烂熟的歌词。关恩荣讲到这里,竟还能抬嗓儿仿唱出来,听得那些人想笑又不敢笑。

第二天,关恩荣讲到宫中的规矩和礼节,这是初入寺里供差的人必须要知道的。他先讲了惩戒条例,诸如私藏刃器或斗殴伤人啦,偷盗物品或酗酒滋事啦,违抗上司或疏职误宴啦,还有腐肴陈馔引起疾病什么的,都属罚项之嫌。接着,又讲了礼节条例,诸如怎么问候和禀报,如何回答上司的问话等。关于磕头,他是当成重点来讲的,因为宫中礼制极严,职级分明,上自慈禧、光绪,下至百官、杂役,谁都离不开磕头。慈禧还用给谁磕头吗?当然得磕,她也得遵循祖制,到时候去祭堂给天、地、神磕头,给列祖列宗磕头,到佛堂给佛爷们磕头,到道堂给慈航道人磕头……那头磕得也是一年到头连延不断。不过,慈禧算是宫里磕头最少的一位。第二位磕头少的,应属光绪了。光绪除了跟着慈禧磕那些头之外,还多了一层给慈禧和活着的太妃们磕头。这么说吧,宫中辈分越小或职务越低的人,头就磕得越多。而且,宫里的磕头法还是满式的,与汉式的磕头法不一样。满式的磕头法是跪下磕个头后,需将上身直起,然后把头俯冲下去,再磕,讲究三跪九叩。清廷倡导礼仪的厚重,这种磕头法也就跟着深沉下去。磕头时得要显出真情实意，不能虚着低低脑袋就得了，那头得撞地，撞得结实才算标准。所以，总磕头的人，脑门子都经过磨炼。但也有不注意坠头撞地的分寸，磕出休克，不过很少有人笑话，反觉这人忠厚本分。真要磕成这样，朝廷知道了还要奖励，并能享受去太医房治疗的待遇。那时候，宫里的供差者少说也有四五万，每日还有大量的流动人员，比如受朝廷调招或来宫述职的大吏，去后廷或前朝各衙门办事的差官，给宫里供献贡品的贡使或庄头，以及新增补的侍卫、宫女、太监、工匠，这又是多少人？这么些人都挤在宫里头活动，说话前或办事后，总是离不开磕头的。因而，皇殿衙轩里的地面，为啥常让工匠们修缮？除了岁月的驳蚀和人脚磨踏的原因外，也与二百多年中每日里有无数人的不断磕头相关。砖面再硬，也抵不住这么些年来这么些人的脑门子经久不息的碰撞啊。关恩荣对这些事情是深有其感的，他不仅讲得很生动，还具体讲了磕头后该怎样抬头，抬头后的眼睛该往哪儿瞅，这都有一定的规矩。他讲过了还不算，还以身示范，竟提起补服，甩甩袖头，朝着挂北向南的顺治遗像行了三跪九叩的大礼。然后，就命受训的人效仿他，挨排儿给他磕头，他坐在那里捻须监导，纠正这些人磕头时的不规范动作。这些人中，唯有徐仁虎是旗人，他磕这种头就磕得挺地道。关恩荣看了，大呼其好，遂让他再演示几遍，令其他人跟着学。

关恩荣在训导时，习惯间插着向受训的人考问。这些人怕考问，都缩到后面坐着。唯有徐仁虎不在乎，总是坐在前排。他长得又英俊标致，引人注目，这就使关恩荣对他有了印象，但并不熟悉他。要说，徐仁虎来光禄寺应试时，郑聘之该给关恩荣写封请他关照之类的信，因这两人也算半个老乡，又一同中第，后来还有了交情。当初，郑聘之得知丁宝桢升任川督，就是关恩荣捎信告诉他的。因光禄寺是朝廷的宴聚之所，也是高官显宦们传播朝廷讯息的集散地，关恩荣自然灵通宫情。但郑聘之没去这样做，学究都这个禀性，不去怙势通私，认为赶考要凭个人的本事，这也不足为怪。

又一天，关恩荣讲到避讳。避讳可比磕头的学问大，对此，这个被慈禧称为关学究的，就显示出当过进士的功底了。他对受训人说：避讳，是入寺供差者尊崇皇上、皇后应具备的美德，也是敬谨国朝祥隆之为。你等即已为管事之人，日后要抓字识账，口命下属。因而，这宫中避讳之事，务要忠悃执循，若有疏虞，恐遭祸至。但是，避讳又非大清国所始创，自古亦然。你等可知，避讳御俗起自何代？他说着，拿眼扫了一下众人，又顺手指着坐在前面的徐仁虎，说：你——你来回禀。

徐仁虎想了一下，答道：回大人话，下人学识甚浅，只知西汉野鸡称雉。后来，为了避汉高祖的皇后吕雉之讳，便改称野鸡的。这是否为避讳之始，下人就不得知了。

关恩荣听后一愕，拿眼注视徐仁虎一阵，嗯一声又点点头，对他产生了好感。接着又讲：是啊，雉为食物，食雉就是犯了吕后的大讳，不改成野鸡行吗？再如黄瓜，黄瓜在三国前称胡瓜，到了两晋十六国时，后赵的皇帝石勒，翦灭群雄，称霸中原，为讳忌别人说他是胡人，干脆将胡瓜也改名为黄瓜。像这样的讳例多得不胜枚举，不再赘述。下面，讲我大清朝的。大清朝的避讳是沿袭古代的御俗。你等日后掌职，凡遇与宫中主子名字相同的字音，也要回避。譬如，以先帝康熙为尊例，康熙乃为年号，可以不避；康熙先帝的庙号为清圣祖，其中的清字是国号，也可不避，但圣祖二字，民间不避，宫中是务必要避的。至于康熙先帝的尊名玄烨，更要回避。你等该知道《康熙字典》吧？典中为回避康熙先帝的尊名，均将玄字写作玄，即是玄字少了尾画的一点。你等如遇此字，皆要效仿。我大清宫规，历来避单不避双，贡要双献，物要双呈，馔要双进。你等在书写或说话中，也要只避单，不避双。比方写膳单吧，如遇千禧福肉一馔，其中的禧字就是犯了西太后的讳了，要空着或用某字代替。如这膳单中再遇此字，便是逢双了，就可不避。本官讲的这些，你等都听清了吗？

听清了，受训的人齐答。

还有，关恩荣接着说，光禄寺乃为大清朝廷的供宴机构，寺里也有避讳，主要有三。其一，凡遇大祭，寺里要在宰牲亭里夜半宰牲。猪被宰前，需以黄酒灌其耳，猪叫声会响彻宫中各处，此为福音祥声也，你等若听着，万不可大惊小怪。其二，寺中皆称猪肉为神肉，神肉乃祭天祭祖之物。你等从市肆而来，俗呼猪肉成习，既已入寺，必得循规，再不可乱呼猪肉。其三，寺里禁忌蛋字，书写说话，皆要避讳。蛋字谐音，乃诟诈秽语，什么混蛋、滚蛋、王八蛋等，皆刁民恶人所用。要称鸡蛋、鸭蛋为鸡子儿、鸭子儿，称皮蛋为松花，称炒鸡蛋为摊黄菜，称蛋糕为槽子糕。总而言之，得将蛋字忘掉，要弃鄙崇雅。本官上述，你等要牢记，若有违背，寺法不容！

徐仁虎听到这里，心中不免系上了沉重的绳结。世人常说：宫深似海，规法森然。他至此才有体会，这对他的心理就构成了极大的压力。他这人，从小在优渥的家境中长大，在受人尊崇的门庭中出入；开了酒楼虽事司俎，但也有东家的身份跟着，所以做事说话，从无任何禁忌，更无谨言慎行之囿。现下，数不清的清规戒律突然紧紧箍住了他，使他深有失去自由、进入囚笼的感觉。面对冷酷无情的清宫，他更加留恋民间的亲情友谊，留恋那种自在而又无束的生活。想到这里，一股忧郁的情绪伴随着抗争命运的意志，又一次在他的胸间交杂、旋搅着。

这时，只听关恩荣又说：现下，本官要审查你等的名字了。你等的名字，若与先帝、先后和当今太后、太妃、皇上的尊名尊号有同字同音的，要即速更改。就说本官吧，原名关恩慈，是堂堂的二品大员，这名字是随便改的吗？可是，本官名字中的慈字，因犯了慈禧皇太后的讳，就更为关恩荣。连本官犯讳都得更名，你等更不在话下。你等被录取入寺那天，寺里的书办已将名单呈报给本官。本官审后认为，中有三人的名字得改，只是还对不上号，现在得对对号。谁是熬茶房房副？

只听有人答：唉，是下人。

关恩荣盯他一眼，说：你这名字起的，本官都替你心惊，哈庆丰三个字全犯讳！哈字是讳了清太祖的尊名，庆丰二字呢，又讳了嘉庆先帝和咸丰先帝的庙号。虽说这都可以不避，但也不能让你这管熬茶的全占了！这样吧，哈是姓，不必改了，庆丰之名要从速改了！

那人说：下人为这姓还犯嘀咕呢。听大人一讲，心就瓷实了。干脆，卑名就改成哈乐呵得嘞，哈哈一打，图个乐呵，人这辈子也就足了，保准儿还不沾讳忌。

关恩荣气笑着说：你是滑头滑脑啊，京油子一个！本官只管避讳，只要避了讳，叫啥都中，不予干涉。下一个，谁是造具所所副马全成？

有人应答：是下人。

关恩荣说：名字赶紧改了！

那人不解，小心着问：大人，下人的卑名是犯、犯——犯了讳忌？

关恩荣瞪眼说：这还用问吗？

那人就挠头，自语道：咦，下人这卑名，是犯了哪门子讳忌呢？

关恩荣肃脸道：放肆！你明明是讳了道光朝孝全成皇后的尊号，还问哪门子。混账东西！这话是大不敬，罪该革职罚杖！

那人吓得连忙跪下，哭丧着脸说：大人宽恕啊，大人。下人无知，一时糊涂，就顺嘴秃噜出一句不着调的话，下人绝不是有意而为。大人明鉴啊，大人。

关恩荣没好气地说：行嘞行嘞，起来吧！谅你是无知无意，暂且饶你一回，赶紧想着改名！

谢大人宽恕之恩，那人又磕了个头。

关恩荣又说：还有，谁是司羊膳房庖掌徐仁虎？

徐仁虎答：是下人。

关恩荣一见是他，那脸就有笑容了，说：本官还以为你是掌祭祀经咒的典簿副呢，那可得有举子的身份，还得相貌堂堂，想不到哇，光禄寺的司羊庖掌也是个礼学兼优的一表人才。

徐仁虎欠身谦言道：大人过奖了。下人初乍入寺，不懂宫制寺规，日后，还多请大人严教。

关恩荣笑着说：你这人瞅着就机敏，本官不说，你也该知道你的名字是犯了哪尊讳忌了。

方才，关恩荣一讲避讳更名的事儿，徐仁虎的脑瓜子就转开辘轳了。他是读过书的旗家子弟，哪会不知道自己的名字是讳在何处。于是就说：禀报大人，下人卑名的仁字，是讳了嘉庆先帝的庙号清仁宗的仁字了，下人要改。

关恩荣说：离你掌职只有两三日了，赶紧改了，这是寺里的规矩。先朝时，有些糊涂庖人，乘着朝廷平叛或先帝驾崩之际，宫规一时疏漏，就不甘更名。后来发现了，轻者被罚薪革职，重者被枷号三个月呢。

徐仁虎一听，脑门子就冒出虚汗，想这掌职之日已近，请长辈再起名字的机会已经没有了，便灵机一动，说道：下人的名字是由长辈定的。眼下，长辈远在辽吉，请之不及，那就恭请大人为下人赐个名吧。

关恩荣听着舒坦，说：既然你依赖本官，本官也不好拒之。嗯，你这仁字，更为何字为适呢？说着就反剪起手，踱了一个来回，然后说：就更仁字为东吧。你是东北之人，名字为东虎，这样，地域特征和男人特征就兼而有之了，不是很贴切吗？

徐仁虎听了，心中老大难受。想到自己的名字是祖父给起的，叫了二十多年了。长辈们叫得多慈爱，小翠又叫得多亲热。这才刚刚入寺，就被逼着改名，他就似乎有了一种断了亲情的感觉。可又有什么办法呢？他强忍着将伤感和委屈压到心底，还得装出笑颜，叩谢了关恩荣的赐名之恩。

那个造具所所副见状，就媚笑道：大人哪，您有学问，您就——嘿嘿，就连向儿把下人的卑名也赐了呗？

关恩荣眼一翻，说：本官不是名命斋斋主！徐庖掌配合本官训导，本官得意，故赐一名。你可倒好，属黄花鱼的，总溜边待着，还妄说哪门子。没惩戒你就算便宜你了，你那个名字自个儿起去！

…………

至此，本小说附随事延，在后章里亦称徐仁虎为徐东虎。

第十四章　房二求师

自从徐东虎和罗小翠在光禄寺的会试中演示了绝技，徐东虎又荣任司羊膳房的庖掌，这讯息很快在宫中传开，连各王府的厨人们都知道了。单说北府（醇亲王府）的厨人房二，当他闻知徐东虎的俎功十分了得，并成为大清国国宴的主厨，就动起了拜师学艺的念头。房二是醇亲王奕譞的宠厨，当时，奕譞怕他被慈禧留住，过后就借个因由，硬着脸儿往回要他。慈禧对此老大不悦，认为奕譞是"位升增妄"，但又不好说什么。奕譞可是道光的第七子、光绪的爹，又是自己政见的支持者，她哪能争微忘宏呢，过后就嘱维康传话，让房二回了北府。

要说房二的俎技，只算中不溜儿的。他就是冰碗儿做得好，别的不出奇冒泡。可是，房二在北府的膳房里却是大拿大管，比他手艺强的也得屈就下手。奕譞为何不计本事地倚重他呢？这可有因由了。

1861 年的岁次辛酉，咸丰在热河行宫病死。按着咸丰遗旨，由肃顺等八大臣为年仅六岁即位的载淳（同治）辅政。这八大臣是极力反对"太后垂帘"的，并将奕譞和恭亲王奕䜣也排斥在外。不甘失势的慈禧遂起杀机，她挟持东太后慈安，串通了奕譞和奕䜣，发动起"辛酉政变"。当时，这些人都在热河行宫里吊奠咸丰，慈禧乘机定下了诛杀肃顺等人的密谋。她让奕譞借故回京布置，别人仍留在热河行宫，使肃顺等人不存疑心。奕譞回京的任务，就是聚集亲信亲兵，设下伏圈，俟肃顺等人随慈禧回宫后，一踏进外朝的门槛，即刻捕杀。

奕譞回京后，如法布置妥当，就在府中闭门不出，单等慈禧使人来传密旨，好知道那边的人回宫的时辰，以利伺机下手。他把自己关在风月双清楼的后室里，传话任何人不准打扰他，就在里面琢磨捕杀的细节和各种可能出现的意外。他还将室门内闩了，这是紧张而生出的虚惊。当时是十一月中旬，室内阴冷，已经生了炭火盆。奕谖用累了脑筋，不觉间倦得心事沉沉地睡着了。炭气在盆中不断外溢，就将他熏昏过去，恰在这时，房二从廊道那边走来了。房二原是京城忠信堂的二手厨子，因北府募厨时被奕谖选中，他这是刚来北府的第二天，因不明府内的规矩，又急着献殷勤，就愣儿八怔要来敲奕谖的房门。房二的来意是要请禀奕谖应该用膳了，他借机好露几手，以博得新主子的好感。可他连敲几次门，里面没有反应。奕谖那时刚昏迷过去，听不见敲门声。房二透着蹊跷，就用一只眼睛贴到窗缝处往里瞅。要说他这人有点愣二八唧的呢，换上别人，敲门不应也就知趣走了，哪还敢如此妄为，这要让府内的人看见，会认为他形迹可疑，准遭罚戒。可是房二竟这样瞅了，也赶巧没人看到。房二闭一眼张睁一只眼地往里瞅，鼻中就闻到炭气，心下说声不好，拔腿儿就跑，慌慌张张将几名府卫喊来，撬开了房门。幸亏奕谖中毒时间不长，缓养一天就好了，也没耽误捕杀肃顺等人的时机。假如这事儿没有房二，奕谖说不定被熏死，慈禧那边遣人回京传旨，这边没人接应，"辛酉政变"可能蹈空，那还不知政变成什么结果呢。房二在这次政变中出乎意外地帮了大忙，过后连慈禧都知道了。所以，房二从北府被借到内廷，慈禧也是有意留他，想笼络他成为自己膳房里的心腹。可是，奕谖不干哪，他哪会情愿慈禧喝个冰碗儿，就把房二喝走了呢。

这一天，奕谖吃了房二做的菜挺顺口，一时高兴，就赏了他两匹小卷缎。房二在叩头谢赏时，借机将拜师学艺的念想向奕谖禀了。当然，那话说出来得让奕谖听着顺耳。话是这样说的：醇王爷，奴才侍候您老这么多年了，现下有个请禀，不知您老赏不赏奴才开嘴？奕谖拿牙签撮着牙花子说：请什么禀啊？说吧。房二说：醇王爷，您老是当今皇上的令尊，您老的贵体安康，可是天底下的头等大事儿。要保安康，得赖着美味的滋养。奴才就是苦于无师，手艺得不到长进，因着，常为您老的进膳发愁。新近，奴才听说光禄寺招个司羊膳房的庖掌，就想去拜他为师学艺。您老是不知，这个新庖掌不仅全羊席做得顶呱呱，还能在人背上切羊肉丝！这不神了吗？这还不算，他还能照着人样捏面人。听说他应试那阵子，当场就给毓福爷捏了，捏得比毓福爷还像毓福爷，把毓福爷露出来的鼻毛都给捏出来了。奴才心里头佩服，就想跟他学些绝技，学好了再回来侍候您老，让您老往后吃得心舒胃泰，吃得千年长寿。房二这话神叨叨的，他为了得到奕谖的准允，把罗小翠的绝技也安到徐东虎的头上了。这也许是道听途说，在传闻中没弄清捏面人的绝技到底归谁。

奕谩听了笑骂道：你也知道自己是半瓶子醋啦？今个儿这菜虽说是做得不赖，也是活猫逮死鼠，让你撞上了。本王爷赏你小卷缎，知道啥意思不？就是赏你脑袋瓜子开窍啦，能鼓捣出个新样来。你小子啊，也就做个冰碗儿能耐，那谁不会做？你以为太后看上你做的冰碗啦？那是折卯子，她是看上什刹海的荷莲菱藕了，暗示本王爷每年入夏给她进贡。她为啥想吃这玩意儿？还不是因着本王爷引了渠，把京西玉泉山的水引到这十亩荷塘了嘛。本王爷就这一手，就让这些玩意儿长得鲜灵，它杭州西湖里长的都一边扇着。你呀，是拿本王爷的绝活讨好了太后，这算你小子的手艺吗？这是本王爷的手艺，你往哪儿摆。要不是看你救过本王爷，也就就坡下驴把你打发到内廷去了，还值得向太后拉着脸儿把你要回来？京城的好厨子多的是，本王爷啥样的找不着？

房二笑不嗞地说：您老对奴才的训教，奴才口里都嗫了；您老对奴才的信重，奴才心中全受了。就因这儿，奴才才想拜师学艺，为您老争个顺嘴儿顺胃，也省得外人叫奴才是小力笨儿。

奕谩笑道：嘿嘿，还知道你叫小力笨儿？小力笨儿是啥？就是二百五。光禄寺的人看你们这帮王爷府的厨子，都是小力笨儿。嗯，去光禄寺学学全羊席倒是应该。那个新庖掌要是照你讲的，可挺能耐。行啊，你把膳房暂交给孙磕巴代管，去学学吧。明个儿，宫里有个宗亲宴，我见着毓福，跟他通个气儿。不过，你小子可别吃里扒外，学好了得给我乖乖地滚回来。

房二大喜，一边说那是嘞，一边给奕谩叩首谢了……

房二这家伙要去光禄寺拜徐东虎为师学艺，奕谩又允许了，这可是违反谕禁的事情。因为，慈禧曾经严令宫中的俎技食艺外传，徐东虎的本事也新添其列。自从他迈进宫门槛儿，就与民间划清了界限，连人带技都属于御用的了，对此，各王府都得遵谕。即使奕谩，也属府臣，他住的北府不也在宫外嘛。当然，单从这事儿上看，房二也就是想借着奕谩的大树乘荫，便利依势求师，学些拿手活儿再回到北府的膳房里拔拔尊儿。耍手艺的吗，赖机逗进，就这点图头，倒也不足为怪。可是，就因房二是奕谩的宠厨，奕谩又这样答应了房二，这就不能算房二个人的行为了，就变成了奕谩的举动，因而，这要惹来麻烦的。

奕谟如果仅是如此，麻烦还不会惹大。使人想不到的是，慈禧下此谕禁，竟是奕谟的一本奏折促成的。所以，奕谟为何要参奏，也得交代清楚。

奕谟参奏，因由是出在光禄寺的满席上。不是说过吗，满席是饽饽席，饽饽是满洲人对糕点和主食品的统称。饽饽所涵盖的内容，当属满洲人的发明。顺治入关后，满洲饽饽也身价倍增，由乡土民食变成了清宫御膳，饽饽席竟成了光禄寺为朝廷承供的最高规格的奠筵。后来，乾隆倡导宫民同俗，要营造普天之下饮同食和的祥泰气氛，以彰显大清国时逢盛世。他愿意看到自己在宫里头吃吗，市肆上就有吗。当时，有个江苏高邮的文人林米渔，感悟到乾隆这个意图了，就写了一册《燕都竹枝词》，把京城民间的饮食与宫中的乾隆御膳做了番比照。比方说，乾隆寿庆时在乾清宫大摆千叟宴，宴中的主馔是涮羊肉火锅，再瞧京城的酒楼饭庄，桌面上多的是热气腾腾的锅子，京人无冬无夏地涮，那羊肉可给涮海啦。林米渔看清了，就写道："锡暖锅儿三百三，高汤加满好加餐。"怎个是"锡暖锅儿三百三"呢？因为，乾隆的千叟宴一家伙得开上去八百桌，每张金云角宴桌或砂漆榆木桌上得摆着一锡一铜两个锅子，锅子总数是一千六，林米渔是取了这个原意。但他只写了"三百三"，照一千六比，这不差老鼻子吗？原因是，他觉着词尾若写"六"字，与后句句辙的"餐"字不顺音，得用"三"来顺"餐"才合辙押韵，就整出个"三百三"来，林米渔不该只图着咬文嚼字，就把京人吃涮羊肉的情形给减了气势。再比方说，乾隆用早膳时习嗜酪干，酪干是奶酪再经烤炼而成的小饽饽，有醍醐一般馨逸的口感。再看宫外市面上，没出一年半载，竟悄然地开了三四十家酪干铺。买酪干的主顾多了去啦，除了当零食硌叨牙外，还风行让铺子里的伙计装到行匣里，带到外地馈赠亲友。有个英吉利使节的夫人雅葛莉，最欣赏酪干了，她说吃面包配酪干，比荷兰任何高贵的起司都够味，是最高级不黏牙的中国太妃糖。这，林米渔也知道了，又写道："酪干羞煞核桃黏，西人争购过圣诞。"这类比照，还有烤肉、苏造肉、挂炉猪、挂炉鸭子、蜜饯果品……林米渔写得多啦，就不往下啰唆，您自个儿去看他的竹枝词吧。这里，咱们还说饽饽啊。因饽饽是最高贵的皇食，尤被京人推崇，以致形成了趋附性的民间效应。聪颖的商人们从中就感悟到了营生之道，所以，清中叶后，饽饽铺在京城里到处开张，并成时尚。到了光绪年间，仍是开得方兴未艾。这时，奕谟已是总理海军衙门的大臣，他看不惯大清国的皇食流落街头，被卖来卖去当作小民磨牙润嗓的廉价货色。他认为皇食至高无上，岂可任人拿几吊铜钱就换一兜子、当街大啖呢，这不是有辱宫尊，给皇上和朝廷栽面吗。就为这事儿，他气不顺，愤愤然，就向训政的慈禧参奏一本。奏本中严厉指明，将宫中的俎技食艺外传给民间的，就是各王府，并罗列了奕䜣等人将宫食外传的证据。奕谭说的当然有理儿，因为各王府是宫廷的跟屁虫，只要御膳里有的，各王府都想法效仿。可以这样说，各王府是承袭了宫中御膳的衣钵，即便照猫画虎也好，反正是图着攀龙附凤。又因各王府比宫廷较为接近民间，这便使宫中的俎技食艺经过各王府的渠道渐输于市肆。光禄寺的饽饽席也就是这么折了个弯儿，变成了民间饽饽铺里的抢手货。因而，奕谭就参奏得理直气壮，又有根有据，慈禧看了奏本，哪会不信，并引发起她的同感同愤。她先就想到与她作对的奕䜣最该整治，正好得用奕谭的参奏打一把训政的棋牌。这就传来内奏事处的文办头儿，按她的意思拟了谕令。谕令中说：

奉西太后谕：

　　考悉，光禄寺、御茶膳房之御用俎技食艺，近年来外泄尤重。此流弊实辱嗣皇兼祧之瑞，贻害宫膳国食之尊。每一思及，痛愤何穷！然举朝无一人敢于纠劾，独醇亲王奕谭能抗辞执奏，不愧诤臣。醇亲王所劾不虚，宜加优奖，以旌直言。为整饬宫鄅，匡正宫法，故以往擅使外传或遣人入宫私袭俎技食艺者，无论职爵，一律严谴不贷！经奴仆首告，准首告之人脱离其主，量情赏用；宫差之人首告，赐银二百两，晋职一级。谕自布起，亦端为御食外泄之禁令。

光绪十二年八月十九日

　　这首谕令，看来像模像样，有敦宫风励宫俗的威势，实则却昏聩自欺。不说乾隆时候无此规矩，乾隆是倡导宫食外传的。就说奕谭的老爹道光吧，他在癸卯年间，看到海内危机四伏，国库空空如也，就长叹一声，下谕裁员简政，紧缩开支，以减轻朝廷的负担，因而，光禄寺和御茶膳房的厨役也由原来的四百名裁减至二百名。这批下岗御厨，都住在海淀一带，京都户籍，为了求生只得沿操旧业。后来，京城里陆续开了八大楼，还有这个居那个庄的，为何都声名鹊起，家家生意火爆？还不是与这批下岗御厨及他们的徒子徒孙在这些地方掌过勺有关。京城餐饮业能有这段繁盛的历史，可说是让瘦不溜秋的道光因迫于经济危机给御批出来的。兹证宫中的俎技食艺经乾隆给抖落到民间后，又让道光给抖落个底朝上。即使不扯这么远，就说徐东虎的手艺吧，是承袭罗小翠的，但罗小翠和她的前辈们也早已将全羊席抖落到济南、盛京和吉林乌拉了，禁不禁它，它照样存在于民间。这样看来，慈禧这道谕令不是谕得此地无银三百两吗。

再说奕譞对此的参奏，这不等于把他的祖宗乾隆和他的老爹道光都给参奏了吗？如果仅是这样，也顶多说奕譞是忘了祖训，或是愚妄无知，仍是不会惹出大麻烦，关键是他的参奏还极不正派。因为，宫中俎技食艺流失的最大漏口，正是在奕譞的北府。北府的宴膳，外人呼为小御膳，北府厨人的行膳与御膳是同一路数，属于东施效颦。不说别的，仅举一例，北府膳房里煮肉的大铁锅，跟光禄寺宰牲亭后面的大铁锅一样，能同时煮进去四只整羊，那有多气势。去年春季，李莲英幕后做东，在城南的真光电影院对面开了东兴楼饭庄，可算京城里数一数二的大馆子。李莲英请奕譞帮忙，就将北府的小御膳搬过去了，对外暗传是宫廷御膳，明面的幌子却标着山东风味。这么一做手脚，竟藏虚炫实地将食客们唬得趋之若鹜，生意十分火爆。李莲英是啥人呀，他为此能不给奕譞好处吗？再说，奕譞还救过李莲英一次。那是东兴楼开业前，李莲英随奕譞到天津视察海口，李鸿章派船来接。奕譞见船上没有李鸿章亲自相迎，就挑理了，拒绝乘船，只打发李莲英上去了。船至彼岸，出迎的当地官员以为奕譞来了，一看下来个李莲英。迎者中有个御史朱一新，过后就向慈禧参奏，言太监出行有违朝制，要问李莲英的罪。慈禧当然不悦，李莲英出巡是她的懿旨，可又不好庇护，于是板着面孔，令朱一新复奏，以利核查。朱一新在复奏中就举出李莲英如何充乘来接奕譞的船去的海口，被地方官误迎之事。慈禧就找来奕譞，当着朱一新的面，假惺惺地问他有无此事？奕譞是当事人，最知其情，但他清楚这时候该营护壅蔽，胳膊肘不能往外拐，就矢口否认此事。弄得朱一新有口难辩，反成诬奏丢了官职。这事情，倘若奕譞出了证，李莲英可能成了安德海第二，所以，李莲英撺掇奕譞相助，也有报恩之意。奕譞自然明白李莲英的意图，便只管吩咐管家向东兴楼遣厨输俎，乐得坐享其成，做个无资股东。由此可见，奕譞这个人挺歪，他明明自己一身屎，还说别人放屁臭。

您看，奕譞就歪打正着，把慈禧的这道谕令给参奏出来了。于是乎，各王府都大触霉头，管家们忽就蒙了巴登地成了王爷们的垫背的，顶替王爷们带着外泄宫中俎技食艺的嫌疑，一个个被传令到由宗人府和慎刑司联合组成的办案处，接受上涉下牵般的过审。这些管家事到临头，既不敢说王爷们的不是，又要护己卸责，自然要舍兵保将或舍卒保车地将罪过都推到厨人们的身上。是啊，外泄宫中的俎技食艺，王爷和管家都没这个能耐，都得是厨人们具体而为，这样，王爷们的权遣和管家们的唆使就都被避重就轻了，"擅使外传"变成了"厨仆当罪"，王府的厨人们成了真正的替罪羊，被严罚重惩者不在少数。过后，宗人府又指令：被罚人等一律严禁辞差。这是怕他们流落民间，那不把俎技食艺全带走了吗。但这是怕的事儿吗？遭受罚戒的厨人们有冤难申，无处说理，哪会不窝火丧气？就没心再干下去，瞅个机会都陆续颠儿的没影啦，弄得各王府只好再去募厨。厨人们的讯息也灵着呢，知道王府是处是非之地，好把式谁还肯去？孬把式呢，人家王府还不要。咋办呢？又得将就着淘换来一些不好不孬、说行又不行的小力笨儿。

这场风波，王爷们虽未受牵，却尝到了杀小鸡给老猴子看的滋味。尤其是，他们见北府居然风平浪静，吗事儿没有，就都愤恨交加，大呼不公，说这不是只准奕譞放火，不准我们点灯吗？就骂奕譞是害群之马，是什么诤臣，纯粹是个嬖臣。就恨他损人利己，钓誉妄逞，怙势徇私，欺人太甚，于是就"兄弟阋于墙，外御其侮"，在这事儿上，与奕譞结怨并与他较起劲子。只是慑于奕譞是光绪的爹，他的嫡福晋又是慈禧的妹子，就都敢怒不敢言罢了。

但有个人不惧奕譞，就是奕譞的六哥奕䜣。奕䜣的府厨王大安这次因涉嫌外泄苏造汤的秘方，遭杖刑四十，被打得半死，一个月没起炕。奕䜣这一个月来，也因生气又吃不到适口的饭菜，脸盘子都瘦了一圈。苏造汤的秘方原是已故太医杨遵昭为道光配制的，那时，杨太医见道光节衣俭食，倡廉自律，甚至每膳只吃一盘猪肝烧豆腐，恐他熬损了身子，就悉心研制了这种酱制荤料的调汤滋补秘方。秘方是用十六种佐料和二十六种中草药配剂，而且四季配剂有别。王大安那时在御茶膳房的荤局里供差，被指定为道光专制苏造汤。道光死后，咸丰因不嗜苏造食物，便将王大安赏给了弟弟奕䜣。自那以后，王大安一直在恭王府里服侍奕䜣，因他俎技精良又老实本分，深得奕䜣所宠。王大安的家乡是河北青县，三年前，那里因闹旱灾，他弟弟王大平一家人来京投奔他。奕䜣得知此事，念及王大安劳劳碌碌伺候自己二十来年了，就动了恻隐之心，赐给了王大平做小生意的本钱，又嘱王大安将苏造汤的秘方传授给他。这样，王大平就在隆福寺西口开了家苏造酱肉铺，因暗传苏造肉是用道光御食秘方酱制，生意很快做火，且有了名气，连外朝一些官员的家眷也常来购买。这事儿，宫内的人早已传开，因而，慈禧这道谕令一下，王大安可就像秃子脑袋上的虱子，明摆着要遭"严谴不贷"了。但他虽受杖刑，却冒死咬定是他自己将苏造汤的秘方传给他弟弟的。他若招出是奕䜣指使，奕䜣不就"擅使外传"了，不仅要降贵纤尊，还要被罚俸禄，王大安也就成了"奴仆首告"，又有"量情赏用"的机会。所以，奕䜣为此感动歆欷，觉得王大安忠诚可靠，同时又感到深受其辱，自己的宠厨被打得死去活来，堂堂的恭亲王竟然爱莫能助，这不是欺负人欺负到头上拉屎来了吗？奕䜣这人，与慈禧和奕譞早有不睦，且结怨已久，他就感到这是有意借着这个因由，发出整治他的信号。为此，他与奕譞的嫌隙又深了一层，也对慈禧嬗变乾隆先帝倡导宫食外传的遗训深感不满。这就暗蓄心机，要瞅个机会报复。

走笔至此，才把房二要去光禄寺拜徐东虎为师学艺的背景交代清楚了。这里，咱们就不论奕譞该不该答应房二这事儿了，因他权势熏灼，已经忘乎所以，自恃是皇上他爹，认为宫廷都是他儿子的，他儿子是北府的人，北府和宫廷就无区别。甭说皇上的老子要派个厨子到光禄寺学艺，就是把光禄寺搬到北府，不也是皇上家里的事情吗？还要谕令来禁？您看，他竟这样去想，谁有啥辙？因而，这要打个比方，房二现在就像蓄水的泻口，对着的流向点是徐东虎，只等奕譞一开闸，就要引起风波了。

过了一日，在内廷奉三无私殿的宗亲宴上，奕譞见到了毓福。宗亲宴是清帝用来招待本家人的，始于康熙，后来，每年一度循例在此日此殿举行。赴宴者得是皇子位次、朝中亲王、宗室近支，以及额驸、亲藩而兼一二品大臣者，这是一种联络感情、增进和睦的宴式。此次宗亲宴，因光绪还未亲政，慈禧近又身体不适，就委托奕譞代为主持。当他说罢礼词，酒又过了三巡，赴宴者随意交流之际，便对坐在他隔桌的毓福说：毓福哇，你到我这边坐来。待毓福过来坐了，他又说：你趁热尝尝这道香蘑菇炖小鸽肉，光禄寺都没这菜吧？这可是咱们旗人家的老菜啦，我从小就爱吃。记得吃完这菜，我奶奶，就是你老姑奶，总还给我端来一大碗炸酱面，怕我吃不饱。我提哩嘟噜一吃，就撑得肚儿圆了，哈哈哈。所以呀，我特意告诉维康，酒后，也给我上炸酱面，每人要杠尖儿的一大海碗。要手擀的中条儿，过水后得筋道道的，煮面了我扣他脑袋上。炸酱要老黄酱，炸时荤油要猛，多放葱花儿，肉末要七瘦三肥的二刀血脖，炸不大离儿了撒把韭菜末，酱炸好了得油汪汪的，沙愣愣的。吃时撮点辣椒油，拌上青瓜丝，再嚼粒独头蒜。哎呀，都撑去吧，保准儿个个撑冒泡。

毓福夹了块儿蘑菇吃着说：哥，听你这一念叨，我还不敢吃了，我得护着肚子啊。

奕谟睁目道：那不行，到时候你要给哥剩下半碗，哥可不准你撂筷。

毓福翻着眼说：那哥要剩呢？

奕谟举杯说道：哥一根儿也不会比你吃得少，哥要少吃一根儿，受罚三杯酒。

毓福嘿嘿着说：那成。那咱就喝个脑袋大，撑个肚儿圆呗。我呐，就先敬哥一杯。说着，举杯同奕谟一呷而尽。

奕谟说：给哥斟酒，哥要和你说个事儿。待毓福斟了酒，他又说：唉，你哥这北府啊，自从载湉当了皇上，宴事就多得头疼，还不能不循着满洲旧俗去应酬，三天两头就得摆几桌全羊席。厨子们做小熘小炒还凑合，做这种大筵，压根儿就没见过阵势。所以那席做的，要样没样，要味没味，满桌子煳了半片的，甭说吃，看着就腻歪。哥为这事儿罚过他们两回，结果还是那样。他们就那两把刷子，罚他们也做不好。

毓福说：是啊，全羊席为屠龙之技，光凭自悟自练不中，没有高厨指教怕是难学。

奕谟说：所以呀，这要找你啦。哥的厨子房二，这小子你知道，他救过哥一命呢，没他，哥八成被炭气熏死了。他想拜你那里新来的司羊膳房的庖掌为师，学做全羊席，哥不能不答应。再说，他也是为哥的宴膳着想。听说，那个新庖掌挺神，能在人背上切羊肉丝，还能把你捏成面人。你最好把他借给哥用用，到哥的北府传传艺，完了再还你。

毓福听了直晃脑袋，说：哥呀，这怕不行吧。要说，光禄寺进出个厨子，那算屁事儿。可太后有谕在先，哥又不是不知道，这要叫太后知道了……

哎呀，奕谟正要说下去，见庄亲王载勋前来敬酒，便说：哎呀哎呀，载勋呐，你可得一醉方休啊。你要不醉，不准你撂杯。载勋是亲王中唯一还与奕谟关系不错的，他见亲王们明显冷落奕谟，就来敬杯酒打个圆场。俟载勋退去，奕谟才又小声说：不会不让太后知道吗。只要你不传出去，光禄寺谁还敢传？你说说，你哥是谁？是载湉他爹。宫里的俎技食艺传到你哥这儿，能算外传吗？哥在北府摆全羊席,那也是为载湉摆的,摆不好是给载湉栽面。给载湉栽面等于在宫中给光绪栽面,那就等于犯了欺君之罪。这事儿,哥就是跟太后明禀,太后也不能不准。哥是顾着太后下了谕又要自个儿违谕,面子上不好看。这样吧,哥也不为难你,还是叫房二去光禄寺吧。你吩咐尚膳侍卫处给他办个腰牌,立了签册,就说是额外招募的厨役。别人不会知道他是谁,这不就得嘞。

毓福一想,也只能这样了,他不能因为拒绝房二到光禄寺学艺去得罪奕谭。于是就说:哥呀,啥也别说了,让房二来就是了。哥是皇上的令尊,即使日后有了流言蜚语,我给哥挡着,让太后拿我是问。

毓福这样一说,却把奕谭激着了。本来,毓福这是被迫无奈的话,作为光禄寺大臣,他怎敢不去顾忌慈禧的谕令呢,但眼下又被奕谭钳制,他等于在吃夹当,因而,这话说出来就让奕谭听得挺难受。这时,奕谭的脸憋得通红,一股冲气倏地胀满了胸间,心想,为个厨子学艺,皇上他爹用得着跟毓福悄言窃语吗?这是要搞宫廷政变啊,还是要偷鸡摸狗?想到这里,他突然高声嚷道:毓福,至于这样吗?不就是皇上他爹的厨子要去你光禄寺学做全羊席吗!有啥左顾右虑的?这事儿就这么定了!我看谁会说三道四!来,咱俩把这杯酒干了!

奕谭这一嚷,在场的王爷们可都听清了。奕䜣听后,自然心生反逆,就冷笑一声,齿间挤出一句"仗势叫嚣",然后冷面斜目,向他弟弟射出一束敌意的目光。别的王爷们也被奕谭烧搭的心缝里重生怨恨,只是顾及着本家人聚宴的宗义,就都兜着气儿没钕茌儿。宴所里忽就中止了说笑,只听得见闷声咂酒的动静。

毓福被奕谭的突然嚎叫弄得双眸愕而不动,半晌才左右扫了一眼,见气氛不对,忙说:奕谭哥,你喝多了,不能再干了。咱们吃炸酱面。说完,又对他小声嘀咕:哥可是代太后和皇上主持宗亲宴,总得让大家融洽些吧。

那能融洽吗?王爷们的抵触行为就是不去给奕谭敬酒,反倒接二连三去给奕䜣敬酒,并大声说着恭亲王可瘦多喽、六哥的厨子被打得起没起炕之类的话,有意让奕谭听见。连毓福和载勋也随帮唱和,去了奕䜣的桌前周旋,这就把奕谭晾在那里,使他颇为尴尬。而那些敲缸沿的话,他听得像受辱谩。他哪能受得了这种非礼,却又无处发作,气得他猛地喝干了杯中酒,又把酒杯一摔,愤愤然拂袖而去,宗亲宴闹得不欢而散。

奕谭这一气,在第二天早朝后,竟亲自趸到光禄寺,来催毓福安排房二。毓福将奕谟请到寺堂，应酬坐了。想到昨天宗亲宴那种交怨的情形，心里直打怵，但又无法回绝曾答应过奕谟的话，只得把那景庆传来，当着奕谟的面，向他交代了房二要拜徐东虎为师学艺的事情。那景庆听后，心中也打个沉儿，他何曾不清楚慈禧的谕令？但有奕谟在场又不敢多说什么，就拿话搪塞，说道：醇王爷，徐庖掌还在受训呢，尚未正式掌职。他掌职后需先熟悉职事，调理好朝廷的宴事，再宜收徒授艺。另则，这事儿也该与他打过招呼，使他有所准备，是不是……过段时间再说？奕谟一听又气了，没等毓福说话，就训斥起那景庆，说：小那子你知不知道房二是谁？他是本王爷的宠厨，他是本王爷的宠厨就是当今皇上的宠厨。皇上的宠厨要去你那里学艺，本王爷已与毓福大人通气了，还用得着跟厨子徐打招呼吗？你哪来这些说道？你听清了，厨子徐教房二学艺就是熟悉职事，就是调理朝廷的宴事。他教也得教，不教也得教，教不好还不行，那要拿他是问。明天，本王爷就把房二交给你，先让他蹚蹚膳地，溜溜活路。等厨子徐受训回来，你再把房二交给他！那景庆挨一顿数落，再不敢应声，就拿眼望着毓福。毓福也暗怨奕谟骄恣霸道，越俎代庖，就心下窝屈，但又没辙，只好朝那景庆扬扬下巴，使个眼色，示意他照奕谟的话去办。

使毓福想不到的是，房二到司羊膳房没几天，那些王爷们也都来找他了。王爷们在宫中有眼线，已经互相串通好了，单等房二一进光禄寺就来搅马勺。他们向毓福提出的大致理由是：府上的好厨子让人家维持宫威的人给罚跑了，没法子只得淘换个小力笨儿，使本王爷成天价吃庸肴俗馔，吃得直反胃。这要不让小力笨儿去拜厨子徐为师学艺哪成，也请毓福大人行个方便。毓福被缠夹得这个气呀，就恨奕谟这个老鳖犊子咋这么不会办事呢？你让房二悄悄地来光禄寺就得嘞，呜嗷家伙把这事儿故意喧嚷出去，这不是逼着我用刷锅水洗脸——自个儿找脏吗？我现在敢得罪谁？得罪哪个王爷都会添娄子。毓福越想越气，竟然把心一横，反正都这样了，惹出娄子谁都有份儿，干脆就来个大放行，只要是王府的厨人来寺里学艺，他立马批准，都让到那景庆那里签到。

第十五章　艺压群庖

这样，徐东虎还未受训完毕，司羊膳房里就已冒上来十七八个小力笨儿。这些人虽是被王爷们与奕谖搅劲子给搅进来的，却窃喜能乘机拜徐东虎为师。对此，他们感激奕谖把王爷们得罪得太好了，不然，哪有这等巧势攀师的缘分。在他们看来，徐东虎就是大清朝第一厨，都想沾沾他的名誉，学得他的俎技，图着日后厨脉有根，有个耍手艺的赫亮牌号，不被人小瞧。但他们又得遵着王爷们的用意，学好了各返其府，因而，他们的劳作心态就与司羊膳房的厨人们不同，是不当和尚不敲钟，整天像一群散兵游勇在膳房各处晃悠，抱着膀子暗学偷仿，埋汰活不干，粗拉活不做，专找精细的上手活争着抢着鼓捣。司羊膳房的厨人们自然有气，但想到自己虽为御厨，只是虚名，没根没底没背景，只是供膳的差役，哪像这些小力笨儿有仗势有来头，所以，就不敢对他们深说严责，更支使不动他们干这干那，只好由着他们游手好闲，或是乱插杠子。

那景庆很快听到反映，觉得有点乱套，那天上晌就把小力笨儿们召到一起训了一次话。无非是强调寺里的规矩，要求他们既来之则安之，不能当局外人，也不许太散漫，要注重对朝廷宴事的协作和配合，并责成他们当场选出个头儿来，便于日后的管理和联络。这些人平日里都有来往，早都熟头巴脑的，因房二年长，有些资历，还能张罗事儿，又是北府膳房的大拿，就公推他当了头儿。

那景庆训完话走了后，房二就操嗓要大伙留步，他从队列里走到前面，背着手说：本官还有话要讲，你等都站好了。众人就笑，有人问：房哥，你啥官啊？
房二说：我入宫至此，你等已拥我为头儿，这不单是官啦，还是宫官。众人又笑。
房二接着说：不拉舌头啦，我是要与大伙撺掇撺掇。不知别人，我是奔着徐庖掌来的，想拜他为师。大伙呢，是不是也有这个念想？有人答：那还用问，咱们英雄所见略同。房二朝那人笑道：就你这肥样，还英雄呢，跟狗熊差不离儿。别人呢，也是狗熊所见略同？众人大笑，遂都点头。房二又说：那就好，那我既是头儿又是大师兄了，对吧？有人说：一泼尿工夫，房哥就撺掇成宫官大师兄了。房二哧哧直笑。有人又说：不对吧，张哥比房哥能小？张哥，你多大寿辰？那个姓张的说：我啊，是道光癸卯年六月初三出世，你说我多大寿辰？房二一听，又哧哧地笑，边笑边点着姓张的说：你呀，也甭想充大，我是道光癸卯年六月初一出生，比你多屙两天稀屎。众人又大笑。房二摆摆手说：都别哈哈了，本官还要下令呢。咱们既然狗熊所见略同，那得按着勤行的规矩，找个地方摆两桌，把徐庖掌恭请了，走个拜师的仪式。姓张的说：成啊，那就请多屙两天稀屎的大师兄下令吧，最好让醇王爷接令，在北府给咱们操办操办。房二笑骂道：你还能屙点干屎不？姓张的扑哧一笑，说：不扯簸箕啦。要说行个拜师的仪式，得到城南取灯胡同的会兴堂。那块儿你是祭祖奉圣，出个堂会，或是拜把子焚表结义，啥物具都全。有人摇头说：拉倒吧，张哥，你这不赶上天没亮就拿大烟灯天九牌摆摊了，知不知徐庖掌去不去鬼市啊？也不想想，人家收不收咱们为徒还两说呢。喊！又有人接茬：是啊，徐庖掌还分不清咱们是张三李四王二麻子，咋会这么收徒弟。房哥，你这令下早了，赶上婴儿没出世，就要喝满月酒了。房二一笑说：那本官暂就收令，也不算你抗命不遵。咱们是得先遛遛自个儿，是骡子是马，让徐庖掌瞧好了再套辕。听说，徐庖掌快受训完了，大伙都得受摩挲啊，别耍牛胯骨当伐茬驴……

再说那景庆走后，又去各膳房巡视，近晌时陪毓福在三泰轩用了膳，回到署堂时，却见徐东虎在门外等候。徐东虎忙向他施礼问安，又说下人受训已毕，来请那大人安置职事。那景庆自是心喜，他早等着这一天了，就说好哇，你回来得正好。遂领徐东虎到署堂并赐他坐了，还亲自沏了茶。然后想了想，唤过随侍，让他速告司羊膳房，两刻钟后全体差役到传膳部的备宴厅聚齐，迎接新庖掌就职。随侍去后，他先问了问徐东虎的受训情况，并知他已更名，就迫不及待地给这个新下属布达了三项指示。一是你马上得到司羊膳房掌职，那里这程子使本官颇受重负，群厨无首本就藏着隐患，新近又来了一帮各王府的小力笨儿，这两伙人如不调理顺当，迟早要出娄子，你务必强加管理，并要输和导睦，确保朝廷宴筵的承供无虞。二是每隔半旬，晚膳时辰为太后备好一双烤羊腿，由你亲手制作，严禁旁人杂俎。制后及时禀报本官，经本官验尝后，方可进献。三是毓福大人让本官特别嘱咐你，这帮小力笨儿都是王爷们派来跟你学艺的，你要无私传授，悉心帮带，不可搪塞推诿。日后，倘若这些人对你有了埋怨，就不是你个人的失职了，连寺里都受连累，毓福大人和本官也无法向王爷们交代，那可要得罪人啦。那景庆把该说的说完了，又布置了司羊膳房近期的宴事，就领着徐东虎匆匆去了署里传膳部的备宴厅。

徐东虎跟着那景庆在后头走，心中却隐着屈郁，深感罗派厨艺到了宫里已变了成色，由不得自己操纵。本来，授艺者理应有自己的权利，授不授谁，岂可让他人左右？求师学艺更是件乞人求馈的事情。现下可好，这些成律都在权贵面前被逼得变样了，俎技成了逢迎权贵的手段。想到这里，一种悲凉的感觉就沉闷地罩在胸间。

这时候，备宴厅靠南的一侧已经列满了司羊膳房的人，那帮小力笨儿们也都站在其中，一个个垂手躬腰地候着。徐东虎跟着那景庆进去时，宰牲亭的厨人用大祭时报牲的圆润大嗓儿，高吊一声"礼——"所有的人就同声喊起"赛因"（满语：你好）。喊完又齐刷刷地左膝前屈，右腿后蹲，右手下伸，左手扶膝，上身略向前俯，行个标准的宫廷见面礼。接着，操嗓的厨人又一声"恭请那大人训话"。那景庆就展开毓福的批文，宣读了委任徐东虎为司羊庖掌，然后告诫大家务必听从掌令、恪守职规云云。随后，徐东虎在那景庆的示意下，又讲了一番应场的套话，这个仪式就算结束了。

当徐东虎送走了那景庆，踅进他的庖掌室更衣时，房二领着那帮小力笨儿跟着就拥进来了，呼啦啦跪了一地。房二跪在那里说：徒儿们都是各王府派来的，要跟师傅学艺。今个儿幸见师傅，请受徒儿们一拜，指望师傅日后多加栽培。徐东虎给闹得一愣，他本来为此就心气不好，一听这话，顿生反感，就脸一沉说：干啥呀这是，谁准你们进来的？啊？咋逮哪跪哪呢？新崭崭的罩衣不都跪埋汰了吗？都赶快起来！房二麻溜儿回头说：听见没？都起来猫腰站着，听师傅训话！徐东虎拿眼睃巡一下众人，心想：我这刚来掌职，繁杂的膳务亟待谙熟，寺里的宴举又临高潮，够我操劳的了，偏又摊上这帮子人进来闹哄，就颇感厌嫌。但又想到那景庆的嘱告，那火儿就压了下去。这样，他的机敏使他在瞬间又调控住内心的情绪，另种感受也迅转着滋生出来，就又想到这些下跪的人多半比自己的年龄大，并看出来了他们那种拜师的诚意，兹证自己在这些人的心目中，是被尊崇的。因而，在这种场合下若是轰走他们，不仅不近人情，反而会触发他们的逆反心理，容易引起埋怨，甚至招来是非，那将是一着错棋。想到这里，他就改换了口气说：不训话了，我想讲的，也是寺里的规矩，那大人已与你等讲明，大家循守就是了。方才，你等未经允许，也不敲门，擅自拥入，忽又跪了一地，使我大感唐突，突嫌冒昧，日后不可这般鲁莽。至于你等学艺心切，皆要拜我为师，这番心意我先领了。但我年轻技浅，不足以让你等这般大拜，实在受之有愧。不过，毓福大人和那大人已嘱咐过我，让我带好你等，我自会遵循，尽悉言传身教。你等也勿躁，因我初来掌职，先得识熟差务，理明人事。再说，我们之间也得有个互识的过程，得待时机妥当，再定师徒之亲不迟。

徐东虎这一席话，让这帮人听得顺理顺情，又留有纳徒的诱口，房二不住地点头。俟徐东虎说完，他就巴结着说：大伙都听清了吧？师傅的谦言，那是美德；师傅的训话，咱们都得记到心坎里。感谢师傅的教诲。说完又要领着大伙下拜，被徐东虎止住了……

可是后来，徐东虎还是感到脑仁生疼，烦厌缠身。因他每当出现在哪里，小力笨儿们就都规规矩矩的前恭后敬。他动手制宴，便一窝蜂地拥上来围观；他累时坐下歇气儿，马上有人端壶斟茶；甚至他上茅房，也有人递过来擦屁股纸，弄得他恼也不是，嫌也不是。最使他挠头的，就是这些人没完没了地向他问这问那，他不答不对，总答又耽误事儿，这还得耐着性子既不冷淡，又不发火，逼得他常常摇头苦笑。后来，有人就问他咋在人背上切羊肉丝、咋捏面人。徐东虎也得告诉啊，就将大致的要领说了，并说知道要领仅算入门儿，修身可在个人，得勤学苦练。这话本来没错，既然没错，有几个小力笨儿就照他的话去做了，就弄来些澄粉和食色，把一块块澄面团染揉得贼红贼绿的，然后你瞅着我捏，我瞅着你捏。他们一点功底没有，那捏得能像人吗，都捏得妖模鬼样的。一看捏得不像，干脆又在胯裆处捏出个小玩意儿，然后相视哈哈大笑。还有两个小力笨儿的胆更肥，竟一个弯腰当菜墩子，另个在上面操刀切肉，结果切得呜嗷乱叫。徐东虎知道后，可就油锅里扔把盐——炸了，把他们召到一起，气得连损带骂：你说你们啊，揉澄面也不想想调色的比例，整得血赤拉红的，捏的脑袋比屁股还大，胳臂比腰还粗，捏脚丫子呢，还不穿鞋，谁光脚走路？是，谁刚捏也捏不好，捏不好不要紧，认真学呀，可捏着捏着，还捏出那么个东西。你还笑！我告诉你呀，从明天起，你啥也不行鼓捣，罚你刷半个月大勺！还有你，他指着另个人说，你在菜墩上切羊肉丝都连刀，还敢在人背上切去？你把他腰筋割坏了，他就成罗锅了。你也笑！你呀，从明天起，一周内每天给我剔十只羊，切五十斤羊肉丝！那人一听就蔫儿了，哀求道：师傅，那活儿也太多了，够我忾的，少点呗？徐东虎眼一瞪，说：一点不能少！能干不？不能干就别在这儿鬼混！那人慌得连说：能干、能干。

别看这帮小力笨儿有仗恃，都是歪着膀子横晃的主，连那景庆也是睁一眼、闭一眼，不大敢过于奈何他们，偏这徐东虎就能辖着。常言道：师徒如父子。在小力笨儿们眼里，徐东虎就是他们的爹，当爹的别说骂儿子、罚儿子，就是扇过去个脖儿拐，抽过去个耳雷子，他们不也得受着。

随后，徐东虎又把房二叫到庖掌室，把门一关，就一手捏腰，一手指着房二厉声训斥：你这个头儿是咋当的，啊？你瞅瞅你们这帮玩意儿，当我的面溜须拍马，净整面子活儿，背后一个个撒懒蹭滑，抓奸取巧，坏毛病全让你们占了！这不成心给我捣乱吗？你们老大不小的，知不知道这是朝廷的供宴重地？再这么闹哄下去，一旦出了娄子，头一个受惩处的就是我。你们就这样要当我的徒弟呀？我怎能顺心教你们呢？！

房二猫腰听着，脑门子沁出一层冷汗，他连疚带愧地说：徒儿知错，徒儿这头儿没当好。徒儿原只想，这些人都是奔着师傅来学艺的，学的时辰又有限，能抢秧子多学点就多捞点，回去好向王爷们交差，所以……所以看着不对也磨不开说。哪曾想乱套了，给师傅添堵了，徒儿心下也不安。师傅您消消气儿，大人不计小人过，徒儿们再不敢了。往后，哪个再涮登师傅，甭用师傅发话，徒儿领着人把他拍了。

徐东虎消了口气，说：也不能私自打斗啊，那也犯规矩的。你这样，把这些人编为五个组，分别按到灶部、案部、蒸部、荤部、素部跟厨，轮流倒换。要听从部掌调遣，让干啥就干啥。谁表现好了，厨技的长进又快，我先收谁为徒。

房二忙答：嚓、嚓，徒儿这就编去。

徐东虎这一招挺灵，打那以后，小力笨儿们真就老老实实干活儿练手艺了，都巴望着能早点给徐东虎当徒弟。司羊膳房的厨人们见了，心下里都折服。

偏有两个人不服气。您猜是谁！就是罗小翠乍进司羊膳房、协助徐东虎应试时，她看见的那两个留着山羊胡子、脸盘儿咋看咋像老山羊的老御厨。这两人，一个叫张费导，一个叫周海山。

那时，光禄寺的厨人们，脑后还都当嘟着一条大辫子，掌职时也不准盘到帽子里，但到了年纪留胡须却不受限制。当然，不留胡须也没人管你，可那准得遭白眼儿，背后要挨数落：瞧那老小子脱相了，下巴肉露出来干吗？八成要瞒岁数。所以，有须和无须，是那时宫里人对年龄段的习尚性认定。光禄寺珍馐署的厨役腰牌册上，每人的面部年龄特征仅记"面黄无须"或"面黄有须"。面黄无须泛指三十岁以内者，面黄有须即指中老年者。张费导和周海山固然在面黄有须之列，但能留山羊胡子，兹证很有资历，年龄也都在五十开外。

先说张费导，此人因刀章出众，名儿"费导"又与"飞刀"谐音，就得个"张飞刀"的诨号。他的能耐是在光绪十年宫中举办的元旦大筵时显露的，当时，宴中有一道肉丝烫饭，肉需羊肉，赴宴者是一千五百零七人，共需羊肉丝五百斤。那天，光禄寺的小型宴会也有多起，司羊膳房的厨人被分派制宴，人手显得紧张。这样，庖掌罗云甫只得将切五百斤羊肉丝的活计落定在张飞刀一人身上，而且还必须在一个班时内切完。张飞刀是罗云甫的徒弟，罗云甫到司羊膳房的第三个年头时他就来了。师傅的强行指令，张飞刀再有困难也得完成。这家伙也真不含糊，于是比平时多吃了一碗饭，还偷吃了一海碗炖羊肉，这就抖起精神，愣是在受限的时辰内把五百斤羊肉丝给切出来了，仅此一举，就让光禄寺的厨人们都伸出拇指。张飞刀是专事剔羊、切肉的，他左手执刀，是左撇子，由于长年累月用左手剔、切羊肉，左膀臂竟比右膀臂粗，左手也比右手大；左手的虎口处鼓起个大包，小指长得跟拇指一般粗。他切肉时，切腻歪了能眯起眼睛打个盹儿。他眯眼打盹儿时，手中的刀仍然习惯性地推拉着。打过盹儿，还要蹦出一句，养会儿精神，方才睡了一觉。当他得知徐东虎是罗云甫的孙徒，要来当庖掌，心里就不服气。论辈分，他算徐东虎的师叔；论资历、年纪，他是司羊膳房的老辈，比徐东虎大二十多岁。您想，他能服气吗？光禄寺的厨人都有个特征，当不服人时，特别是不服他的上司时，不去拿言语顶撞，而是拿功夫活儿较量，久而成俗。较量时，你若赢他，他就服了，往后能听你的；若赢不了他，当他的头儿就难当，往后你也支使不动他。说支使不动他，不是说让他干啥他偏不干，那不是违了寺里的规矩吗？他是拿功夫活卡你，逼你听他的。你若不听，那好，那就较量较量，一较量你不行，归齐还得照他的话办。您说，要当了这么个头儿，当得能不难受？甭看徐东虎过了光禄寺考场的关了，他还得过在司羊膳房里耍手艺的关。张飞刀就别着一拐，伺机要与他较量。

张飞刀是个活络人，每当宴事不忙、活不压手时，常常巧立名目较量手艺。比方说选了固定分量的净羊肉，谁能在他规定的时辰内切成骰子丁或柳叶片，又要切得标准，没败刀，还不超时，就算赢了。再不，他将大勺里装满了清水，谁能一只手端平，还得坚持到他念完一百个数，也算赢了。赢了，他搭你半两银子；输了，得给他买一筒好鼻烟。他说这叫光禄寺的菜将军练功，其实，暗下里是在争夺俎技的掌控权。司羊膳房因长年供宴频繁，制宴时又有验宴官和尚膳侍卫的严格监督，厨人们不仅身兼重负，颇受制辖，稍有不慎还要挨罚，就都有蒙眼驴拉磨之态，心中噎气，积着闷气。唯有这时，能在嬉笑戏谑中争个高低，这是一种沉郁中的放释，是压抑中的宣泄。

这天无宴事，张飞刀见徐东虎坐着喝茶，觉着较量的机会来了。他就故意冲着周围的厨人们拖着老腔嚷道：哎，我说菜将军们，闲着没事儿练会儿功夫怎么样？然后拍着案上一只剥皮羊又说：这儿有只羊，谁能在一刻时辰内将材料肉都剔出来，分档归类拾掇好，我输谁一两银子。张飞刀能扔出这话，心里自然有数。他认为这个时辰能将一只整羊剔得骨肉分离，骨上无肉碴儿，还要剔去肉上的筋膜，治净出精肉，甭说别人，他也做不到。这就如同在天桥的地旮旯儿专摆棋局赌钱的人，摆出一盘红方必胜的残局，单等人去走绿方的棋子，使其因图赢索利却陷于败北的圈套。

这时，有七八个厨人围了上来，都动了痒痒筋儿。可是，他们瞅着那只剥皮羊合计一下，以自身经过手的经验断定，张飞刀这像是挖了一道常人无法逾越的宽沟，因而面面相觑，谁也没敢动手。有个人就说：飞刀爷，这活儿没法摆弄。要不，您来试试？您是剔羊大王，准能手拿把掐，我豁出去搭您二两银子成不？张飞刀一听到二两银子，就动心了，马上走到案前，操起剔刀说：这可是你小子说的，二两银子，大伙都听着了。那人又说：先别价，我还没说完呢。您要在一刻时辰内剔不出来，或者剔得不怎么样，大伙也得验证，你可得倒搭我二两银子。张飞刀就被这几句话将着了，本来，他这是要套弄徐东虎的，想用剔羊设着险棋使他栽面儿，削削这个徒侄的气势，借此加码自己的分量，凭着老把式在司羊膳房里戳份儿。方才，因受利所诱，就想仗着功夫拼得这二两银子，但一听失手反要倒搭个对等，就胆怯了。心想：真要输了，不仅一旬的柴薪没了，还把"飞刀"的名誉丢了，这个砢碜可搭不起。想到这里，拿刀的手就抖了一下，遂就情急生智地晃动晃动左膀子，咧起嘴说：呀呵，这膀子咋回事儿？一动弹还生拉着疼。昨晚儿睡觉开了窗户，准是受风了。这不晦气嘛，放着二两银子愣是捡不起来。得嘞，你小子偷着乐吧，该着不丢财。那人听了，心中暗笑：你不是也不敢下笊篱吗！

房二在旁见状，麻溜儿走到徐东虎跟前说：师傅，您都听见没？那边剔羊赛技，要赌二两银子呢，您得去盖了他们。凭您在人背上切羊肉丝的绝技，这二两银子，两袋烟工夫就成您的啦。但您甭要他的银子，要他怀里的烟壶，那是只蛮人壶呢，上面还有大美人儿。

张飞刀在那边听了，正中下怀，心中笑骂，要不咋叫小力笨儿呢，二巴虎的。这就说道：房爷们儿，你可别乱撺掇啊，我哪敢跟徐庖掌赌银子？徐庖掌要动手，不成着让我输吗。

徐东虎这人多机敏啊，方才，张飞刀嚷嚷时瞟过来的那种眼神，使他就有感觉，这回又听到张飞刀那话里的弦外音，更明白了这是叫他的步呢。不说过吗，他这人争强斗胜似乎是本性。张飞刀这样绵里藏针地激他，他哪会没反应，这就站起来走过去说：张师傅，啥事儿还能让你输银子啊？

张飞刀笑着说：徐庖掌，没您的事儿，我们闲着练练功。您哪，还喝您的茶水儿去，您可不能赚我的银子啊。

张飞刀越是这样说，徐东虎越是感到别劲子，这就笑着又向旁边的人问明了剔羊的赌法，心中不免也打个锛儿。但遂又想到：我刚来掌职，这老伙计是不服气呀。若不将这羊剔出个结果，日后将要被他的倚老卖老所欺，那我这个庖掌可就难当了。想到这儿，就又笑着朝张飞刀抱起双拳，说：张师傅，我虽为庖掌，在你面前却是晚辈。今个没事儿，也得入寺随俗，跟着大伙切磋俎技。我哪旮旯剔不得法，你可得多加指教。说完，支使旁边的人到庖掌室把他的专用的那套刀具取来。

张飞刀虚着眼说：您看您看，越不让您赢我，您还偏要赢，这扯不扯。

徐东虎也不应声,在那块儿叉着腰瞅那只剥皮羊,算计着在时限下怎么个剔法。

这时,膳房里能撂下活儿的厨人们都围过来了,兴致勃勃地待睹着一场较量。

张飞刀掏出烟壶,把玩几下,又咝地一吸,打个嚏凡,然后朝房二说:您出的馊主意,让我输烟壶。这可是华翰轩出的粉彩,鬼市儿上值十两银子呢。

房二嬉笑着说:得嘞吧您呐,还十两银子。您拿来十两银子,我给您弄仨,还是透雕的。

两人正说着,就听取回刀具的人喊:借光、借光。那人从人缝里挤进来,把刀具匣放到徐东虎眼下的案头上,转身又往后推人,边推边说:散开点散开点,给徐庖掌留个操刀的地方!

徐东虎这就从匣里取出耳刀、剔刀、磨石和带手布,都放置妥当,又一伸手把那只羊拽到眼前,然后扭头瞅瞅墙上挂着的四柱铁制的天文大挂钟,就对张飞刀说:张师傅,你记着时辰,我这儿动刀了。说着,手起刀落,那刀刃就贴着骨头走,盘剥在各种骨骼环套和骨缝交错之中。只见那每一刀的戳撬划割,力度、坡度、弧度都恰到好处,随着一阵刮骨响,各类肉核儿就甩出了半案子。

手艺人的眼光毒,张飞刀一看那刀法和速度就呆啦,感觉到自己要输。

这满洲人注重刀术,从武挥刀有章,食肉片割得法,徐东虎自少为之。自从他随罗小翠姐后,不是剔过一百五十只羊吗,这功夫已练得十分到家。后来,为了到光禄寺应试,剔割技巧又有了长进。眼下,他为了维持庖掌的尊威,又使上了争强斗胜的性子。这是一种心气所使,加上精湛的剔技和充沛的体能,使他奋而克难,不惧险阻。在这种状态下,他剔羊时就有了超常的发挥,下刀的迅疾和刀触骨肉的准确性、精确性,使在场的人们都看得直眉瞪眼,呿口不合。

张飞刀这时就想,自己毕竟是五十开外的人啦,体力、精力、眼神、手把,哪样也不及二十多岁的人;又想到徐东虎可是罗家厨艺的传人,哪是等闲之辈!这才感到后生可畏。因而,他就像个下棋的老手,看到马过楚河,车越汉界,人家胜券在握,这棋虽是下到中局,可不能再下了,他哪能等到逼死老将才认输呢。于是,他照着一个双肘支案、看得乜呆呆的厨人的屁股蛋就掴了一巴掌,煞有介事地说:起来,你要饭花子跷二郎腿——看大戏呢?徐庖掌的功夫,还用咱们干裙搭上湿裤?还傻咧咧干瞅着徐庖掌忙活啥呀?有点眼力见儿没?

那个厨人拿眼翻着张飞刀,说:啥事儿呀?冷不丁给我一屁板子,吓我一老跳！

张飞刀说：装啥呀，去接了徐庖掌的手，把那羊剔完呐！

房二看不出门道，二巴虎地说：甭接甭接，烟壶还没归主呢。

张飞刀瞪一眼房二，心里骂了句：你个小力笨儿！这就走到徐东虎身旁，躬起腰说：徐庖掌，您别劳手啦，嘿嘿嘿，您是窦尔敦，不只会使双钩，用三节棍照样打败黄三泰。我不说了嘛，这没您的事儿，您歇着喝茶水去。剩下的活儿，我让他们学着剔。

徐东虎知他认输了，便停了手，但他得给他一个台阶下，这就撂下耳刀，说：张师傅，我年轻气盛，您多宽宥。赖着先师罗云甫的情分，您是我的长辈。您的经验多不说，职掌也熟，日后，要跟您学的多着呢，您可得多扶持。请注意，徐东虎说这话时，已将乡音的"你"始改为京音的"您"了。这个变化很微妙，分析起来，一是有入京随俗的方言染化；二呢，是他这时说出的话，对张飞刀有尊重的成分。人一诚心敬人，很容易将"你"改说成"您"的。

张飞刀听了，觉得徐东虎这人仁义，话也说得合情入理。人家胜者不骄，却反恭于我，这是胸襟和气量的流露，使他心下里感叹着，自此诚服不已。

再说周海山。正面瞅这人，他脸上的五官都朝右偏，左耳朵就移得靠前，像是大了些；右耳朵却往脑后撇去，倒显的小了；其实，两耳还是一般大，只因他的脖子长歪了，长得往后拧了一下，人的脖子一歪，面相就梗梗着。有一次，礼部大臣代慈禧宴酬新疆哈萨克的部落长，设两桌全羊席。罗云甫将主菜做完，就嘱周海山将余下的菜做了，他要赶着为慈禧进献烤羊腿。周海山就接着做菜，做成一道菜后，盛到盘里，却盛歪了，就是菜没盛到盘中间，盛得偏右了。恰在这时，那景庆来膳房里催烤羊腿，他经过灶台时，顺身看一眼周海山做出的菜，一看菜盛歪了就急眼了，就冲着周海山训斥道：你是独眼龙骑单边马呀，总往一头歪。怪不得有人说你蹲茅房屙屎，屎都屙到茅坑外面的右边了。你还叫啥周海山呐，干脆叫周别扭得嘞，膳房的人听了都偷着笑，过后，这个诨号就传开了。周海山虽然憋气，那能咋的，他还敢找那景庆说理去？所以，日子久了，也就听习惯了，别人一喊"周别扭"，他还应声。

当时，罗云甫在头灶掌俎，周别扭充当二灶。罗云甫一没，他就有心继任，想当头火师傅。怎奈那景庆看不上他，认为他其貌不扬，人也粗俗、猥琐，不具备主灶者的风范。他要不是仗着有些供宴经验和苴功，又无庖掌，上回淘汰麻丑胖老的厨役时，没准儿就给扒拉下去，所以，这也是那景庆要急着选司羊庖掌的原因之一。徐东虎一来，虽然那景庆高兴了，可周别扭却别扭起来，因为徐东虎占了头灶的位置，等于侵犯了他的意欲和私利，他能不心怀芥蒂吗？一种本能的排他性意识使他对徐东虎就憋起一股子邪火，总想找个机会整治他，发泄心中的怨恨情绪。

有一次，机会来了。光绪十二年十月二十八日，慈禧口谕奕𫍽代她在太和殿举办全羊席礼酬西域诸国的使臣，陪宴者有在京的年班蒙古王公以及礼部和兵部的大臣等人，宴共八桌。单说席中有道芙蓉云头的菜，是全羊席中的首道热菜。芙蓉是什么？即鸡蛋清；云头呢，是羊脑。羊脑是白色的，您往云头那儿去想，就觉得挺有意思。这都是厨人的美誉之词，其实，这道菜说白了，就是扒蛋白羊脑。因全羊席是以羊体的部位从头至尾按着顺序上菜的，羊脑的菜自然先上，周别扭就是在这道菜上给徐东虎使的坏。

徐东虎做这菜时，让房二当助手，他叫房二取来八十个鸡蛋，弃黄取清，清都磕到一个大瓷碗里。徐东虎往里边调料，调的是凉鸡汤、黄酒、细盐、葱姜汁和湿粉子，然后让房二用箸搅匀。徐东虎见他搅得差不多了，又让他选来八副羊脑，自己这边用调味的鸡汤将其煨熟。遂将锅离火，俟汤冷却，羊脑就浸透了滋味。再捞出羊脑，由房二切成指甲片，掺到调好口味的鸡蛋清中轻轻拌匀。徐东虎这就操起油勺，将这大瓷碗里的用料，以文火清油分摊成九十六张如茶杯口大小的洁白圆片。不是八桌席嘛，每道芙蓉云头用十二张圆片，共码八盘，都码得交叠整齐，码成头号海碗口般的圆形。进宴时，这八盘半成品得一勺一勺地扒制成菜。因这活儿缠手，先得这么准备，不然开宴时不赶趟。徐东虎做完这活儿，又带着房二去巡检膳房各部，他还得顾及整体的备宴情况，这时，二灶上的周别扭就乘机使坏了。

在周别扭使坏前，还得说清楚做芙蓉云头一菜时使用的油勺和需用的火力。因为，周别扭使坏就使在油勺和火力上，这好比要拿刀子攮人，就想朝着对方的要害处去攮。

先说油勺。司羊膳房灶部所用的勺，每人配定两把（大耳锅除外），一把是油勺，一把是汤勺。熘炒煎炸的菜，得用油勺；汤羹氽烩的菜，则用汤勺，两者不可混用。油勺不能沾水，用后得拿油刷子蘸了细盐，把油勺坐在火口上，趁热使劲地蹭，勺底的嘎巴就蹭到油刷子上去了，蹭得油勺净光锃亮，然后再做下一道菜。油勺拿水刷不行，水刷后发涩，再做走油的菜时准抓勺底；菜若抓了勺底，翻勺翻不起来，拿手勺一扒拉，得，菜就扒拉碎了，那等于把菜做砸锅了。做芙蓉云头，得先软煎，然后再白扒，非得用油勺不可，这叫手巧不如家伙妙。周别扭当然清楚这些，他是要把徐东虎用的油勺的木柄把烧掉。勺没了木柄把，那还咋做菜？当时，徐东虎和房二离开灶台后，他见四周没人注意，就将徐东虎的灶台上那把在灶口旁的勺架上放着的油勺给转了半圈，把木柄把那头儿转到灶口上去了；柄把经火一燎，不一会儿就掉进火里。他约摸柄把在火里已烧得用不上了，这才将那把缺柄的油勺转回原处，又将掉在火里的柄把用两只手勺给夹了出来，夹到水里浸灭了火，就放到灶台一边。

再说火力。芙蓉云头因是软煎后再白扒，故而讲究用火，需用燃度趋向下降时的那种火力，即炉火纯青、稳定又无烟时最为适宜。若火过旺且有烟时，菜容易燎出煳边子，烟灰也会落到菜上，所以，徐东虎离开灶台时，有意没往一灶眼里添煤，他这是调控火势，便于做芙蓉云头时，火力会恰到好处。周别扭当然也明白这个道理，他跟罗云甫在灶台上干了七八年了，有供宴经验，知道宴举即要开始，芙蓉云头又是头道热菜，攒盘酒馔进过就要上它。就在这时，他却指使供差苏拉给徐东虎要使用的灶眼里添了封火用的煤面子，并说要多添些。供差苏拉是打杂的，灶上的师傅让他干啥就得干啥，这样，那灶眼里就冒出浓浓的生烟，生烟透过灶盖的缝隙，漫潩出来。

当徐东虎巡检完了各部的备宴，适听传膳处那边有催督所的人扯嗓高宣：太和殿全羊席八桌起宴，先进攒盘酒馔，热馔候一刻跟进！徐东虎戳腔应道：知道了！这就速回灶台旁，预备做芙蓉云头，却见灶口上烟雾弥漫。他拿炉钩子挑开炉盖一看，气得大嚷：谁呀这是，咋添这么多煤面子？！那边的周别扭早合计好要答对的话了，就放下手中的活儿，过来看看灶眼，故作惊讶道：哎呀，煤是我让添的，可我没让添煤面子啊。是这么回事儿，方才，您走不一会儿，我见您这边的灶眼里忽地冒出一柱火，就想啥玩意烧着了？过来一看，您这油勺的柄把正冲着火口呢，柄把燎到火里去了。我赶紧拨弄出来，您看这烧的，成根黑炭了。这不，这才见您这灶眼的火势快要落了，就喊供差苏拉，让少添些煤块儿缓着，哪想他把火给封了。当时，我那边忙，这您知道，就没看清是谁添的煤面子。这个混账东西是不是添煤时，毛毛愣愣用锹杆儿将勺柄把拨弄到火口上去了，不然勺柄把怎会冲着火口呢？说完，又瞪起眼睛朝着那些供差苏拉连训带骂：你们谁添的煤面子？这不成心捣乱吗？！欺负我们灶台师傅忙是咋的？

添煤面子的供差苏拉就在跟前，他不仅听清了周别扭在使幺蛾子，还看到了周别扭在燎勺柄把，但他哪敢吭气儿。周别扭在膳房里算一霸，得罪他日后准遭报复。他想：这事儿过后如无人追查，烂到肚子里也不能说。

徐东虎见没人应声，被气得一头雾水，但又不容他多想别的，就让人快取来风箱，自己拿起添煤的小铲锹，将灶眼里的煤面子扒拉出来，又拿通条在灶膛四边一阵疏通，将底下的煤灰筛了下去，使灶箅子通了风。又让供差苏拉把取来的风箱堵严灶底，使劲地抽拉，然后又亲自在火面上添一层挑选的小嘟噜煤块儿。这么一鼓捣，火势的燃度很快增高，烟也渐消，徐东虎这才舒一口气。

周别扭在旁见状，脸上掠过一丝妒意。说妒意也不肯綮，而是那种阴损被人扫开后的尴尬在脸上的一现。这时，他拎着自己用的那把油勺走过来，将徐东虎的缺柄油勺递给一个供差苏拉，让他去找木匠安个新柄，又把他的油勺坐在勺架上，然后对徐东虎说：这事儿闹的，本不敢让您使这把勺，这勺太沉，怕您使不动。可眼下也没招儿了，又不能使汤勺，您就凑合着用吧。用时可得留心，别崴了手腕子。

周别扭的这把勺有多沉？有十二斤。外行人不知，这勺沉的好使，勺沉勺层厚，传热稳当，拉翻也得劲，出菜的效果又好。周别扭腕力过人，用惯了这把勺，这使厨人们都敬他三分。他以此也洋洋得意，自比是司羊膳房的关云长，这把勺就是他的青龙偃月刀，没人使得动它，可是现下，这把勺又成为他给徐东虎使坏的撒手锏。因他明白，做芙蓉云头在翻勺时，不能支撑灶圈后部的边沿拉翻，因为这菜的成品是平扁而圆，软沓沓的一大片，并要形态齐整，若用拉翻法翻勺，准定把菜给折了，菜体也就散乱，故而，翻勺时得用大翻勺。啥叫大翻勺？就是翻勺时不倚托灶圈后部的支撑，得把勺悬空向前扬起，借着张臂的惯力，使菜体在空间翻个，并在身腰的后侧处接回勺中。您想，这菜体约有三斤重，加上勺的重量，得有十五斤。要完成这个高难动作，腕力必得有相当的功夫。若无功夫，一是翻不动它，二是即使逞强去翻，准会崴了手腕子，还要出洋相，不是把菜翻到地上，就是被油芡溅烫了手脸。何况，这是八盘芙蓉云头，得连续不断地做八回大翻勺，那是闹着玩的吗?

徐东虎端过这把油勺时,顿觉颇有分量。其实,他平日里挨着周别扭操俎,哪会不知道这勺挺沉。可现下端起它时,却感到当众受眼,像被人猝不及防地逼到窘境,由此引发出他的感惑。如果说,他方才憋气窝火还不知发泄何处,但当灶眼被封火、勺柄把被烧掉,又被逼迫着用了这把重勺的事情在他脑间相继掠过时,才隐约滋生出被人暗算的感觉。可是,他已端起这把重勺了,怎能说太沉我使不动呢?由此,这种交撞着的压抑情绪就触迸出一股愤懑,这股愤懑又霍地胀满胸间。可是,这时他得克制自己,不敢多想别的,先得要确保全羊席承供无虞,因而,这股愤懑使他将这把重勺猛地一摔,狠狠摔坐到灶眼上。

要说的是,徐东虎年轻力强,照周别扭的岁数小一半儿,若比力气和腕力的综合,自然不在下风,他学徒时,不是还和罗小翠掰过腕子嘛,后来,在罗小翠的调教下,他的左手腕力随着握勺的岁月和俎技的长进而越见功夫,现下,这种功夫可就派上了用场。尤其是,他此时已被激起愤懑,人一被激出愤懑,内劲也会陡然大增。这样,他在强烈的较量意识下,竟将芙蓉云头做得如行云流水,精彩异常。他是这样做的——

做时,他先往勺里添了底油,油刚起温,就缀入一撮白面粉搅匀,这能起到对菜体的增白效果。再沏入适量鸡汤,又用鲜牛奶、细盐、黄酒、葱姜汁和白胡椒粉调好口味,这时,汤汁就沸了,乳白色的。然后,将一盘码好的用羊脑和鸡蛋清摊成的洁白圆片轻巧地平推入勺内,煨约一分钟,遂就淋入水淀粉。淋时,他左手握着勺柄向右方徐徐晃勺,右手执舀了水淀粉的手勺,向勺内淋入,淋下来的水淀粉竟像一条白线那般均匀,这功夫就十分了得,那腕力得掌控得多么到家!淋粉芡时,他先淋菜体中间,后淋菜体边缘,使菜体的着芡十分均匀。俟菜体挂住芡后,随即往菜体的外圈淋入少许葱油,这能起到润滑作用。然后,他一个大翻勺,名曰凤凰单展翅,这是罗家厨艺的绝招,只见那一大圆片的白花花的滚烫菜体,随着勺的向前一扬又往后一带,便脱勺而出,从他的头顶上扬过去,在他的脑后翻个个儿,下降到离地只有二尺来远时,他左手操着的空勺就从身腰左侧顺势跟了过来,从容地在他臀部左下方处兜了上去,将俯落下来的菜体稳稳地接回勺中。然后,又将勺一提,提到案上的菜盘上方,手腕就势一抖,菜体便从勺中弹出,准确地弹到菜盘中间,盘边竟没有一星油花。再看成菜,铺面呈大扁圆形，瞅着白嫩鲜丽，内中一张张洁白小圆片仍是交叠着纹丝不乱，上面挂着的流芡像一层玻璃罩，薄薄地罩在菜体上。说到这儿，您就明白了吧？这是一道做功极难的精细之肴，而徐东虎竟如此这般地连做八次！当最后一款芙蓉云头扒成后，他又轻舒妙腕，敲起龙勺，敲得满膳房里脆音回荡，使围观的人们看得听得目瞪口呆，随即又爆出一阵喝彩声。房二在旁冒出一句：哎呀，可了不得，赶上岳云耍大槌击鼓进军了！

周别扭也看得清楚，也惊得暗自咂舌，嘴张得老大。使他愕讶的是，这种大翻勺法的扬甩弧度更满、更大，手腕的承受力也更强；而且，菜体扬出来竟能贴着脑顶落下去，回回有惊无险。只这一招，就让他自叹莫如，不得不服，心想：本想用这把重勺辖制他，反倒让他拿着耀武扬威一番。想到这儿，就不免作祟心虚，于是故作镇静地溜过去说：徐庖掌啊，我这把重勺，给您使唤还真使唤对了。您这菜出的，个保个圆满周正，爽润利落，多受看呐。不然，哪会有这般成色？我这二灶配合您还配合得不错吧，啊？他说这话时，脸上的五官都别扭到右边去了，脖子真看出是长歪了，左眉毛几乎拧到正面了，眉毛还直哆嗦。

徐东虎冷脸锥他一眼，也没搭茬儿。俟做过全羊席后，就觉着左手腕子阵阵酸痛，方知腕筋被抻着了。那能不抻着吗？他当时因不甘受眼，凭着一股气劲连做八回大翻勺，虽是没栽面儿，但腕筋扭伤了却一时半会儿不能痊愈，这还不便被别人知道，还得装着没事儿似的，遭罪的归齐还是自己，他这心里能不懊恼？作为新任庖掌，他岂甘就这样被人不明不白地耍弄？于是，这天下晌歇差时，他就把侍候灶部师傅的几个供差苏拉分别唤到庖掌室里审问。每唤来一个，他劈头就问：今儿晌，你给没给我的灶眼添煤面子？被问的人若答：我没添。他就说：那你没事了，把聂猴子给我找来。聂猴子来了也答没添。他又说：那你也没事了，把邹哎呀给我找来。邹哎呀来了被他一问，就给问毛了。邹哎呀就是添煤面子的那个人，他本来就害怕得神经紧张，就以为有人告发他了，徐东虎已知真相，要拿他是问，遂就扑通一声跪下，急咻忙慌地说：哎呀徐庖掌，不是小的不来禀报，是小的还没拾掇完灶台呢，您这都明镜了吧？徐东虎故作着答：我都明镜了。邹哎呀说：哎呀，那小的愿做证人。您那勺柄把，哎呀，是周别扭烧的，小的看到了。煤面子是小的添的不假，那也是周别扭的指使。小的原想添一锹嘟噜块儿，使那火缓着。小的在灶部供差四五年了，养火的道理都懂。可是，小的把煤嘟噜块儿都戳到锹里了，可周别扭却说添煤面子，还要多添些，小的哪敢不从。若不从，哎呀，他日后还不坏小的。他连您都敢坏，小的在他眼里，还不像个蟑螂，哪经得他一踩呀。徐东虎一听，脸气得煞青，斥道：周别扭让你拿刀攮人，你也去攮？！邹哎呀吓得直磕头，边磕边说：小的知过，小的也是有苦难言哪，乞望徐庖掌宽恕。徐东虎缓了口气说：你说了实话就好。往后，脑袋可得长在自个儿的脖颈上。侍候我那边的活儿，若是心里没撇，先跟我言语一声！你回去做事吧。周别扭不敢把你怎么着，有我给你撑腰！邹哎呀连声嘁着，站起来又给徐东虎鞠个大躬，就推门出去了。

徐东虎坐在那里，越想越气：这个老犊子，咋这么坏呢？不知道这是太后酬请外国使臣的全羊席吗？哪是没事儿时候博技赌艺啊，还敢在这个节骨眼上使阴作损！真要把菜做砸了，或是上不去菜，我这个庖掌还咋当？想到这儿，就龇着牙揉揉手腕子，那气头就直往上蹿。不行，这人太阴恶。往后，我不能一边操劳还一边防鬼，得找那大人说说理去！这就整理了衣装，去了署堂请见了那景庆，向他禀报了此事。那景庆听后愤然道：这哪是坏你呢，分明是在坏本官。亏你有本事，没出纰漏。这要捅出娄子，本官都受贴累。周别扭这人，我早就看他脖歪眼斜心不正。只是前段时间，你们膳房无庖掌，他供差较久，熟谙宴事，才将就使唤他。听你一说，还留他作甚？明个儿就罚他杖刑，打死拉倒！打不死养伤后，到杂役膳房洗器去！徐东虎一听，不免着急道：那大人，那二灶的厨位可就空缺啦。那景庆想想说：先让房二顶替着，他比那些小力笨儿强多了，又诚心拜你为师，你也得让他学有所获。他在你的下灶，会尽心配合你，你也不会再有别扭啦。这样，也好让毓福大人向醇亲王有个交代。徐东虎听后无语，反倒替周别扭难过起来。

至此，徐东虎在经历了与张飞刀、周别扭的两番较量，他的庖掌可就当得一呼百应了。司羊膳房的厨人们看待他，简直像群僧奉佛。打这以后，那些个大小宴事，还有物料管理、职事安置等，都被他安排得井井有条，大增其色。那景庆看在眼里，喜上眉梢，自觉着慧眼识人，得意不已。

臀胯部

徐仁虎若这样在司羊膳房掌职下去，可就步了罗云甫的后尘，将在这里蹭蹬至老。可是，他与罗云甫不同，他年纪轻轻地就坐到大清国国宴主厨的位置上，且又貌俊姿英，身怀绝技，识书通文，聪慧机敏，比照之下，罗云甫就远不及他。即使在宫中的能工巧匠中，他也显得鹤立鸡群，格外惹眼。那时，慈禧饕食成率，宫中食风奢靡，论厨比吃已成习尚。于是，徐仁虎的出现就成了新闻，被宫中人当成谈资，使他在嘴巴的交传中被扬出了名声。名声一有就免不了招风，房二拜他为师，不就是招风的例子嘛。可是现下，又有两人对他有了图欲，这两人，一个是慈禧，一个是莺太妃。此时，他正在司羊膳房里心情舒畅地掌职呢，还是小懵懂一个，哪会知道，也不会想到，在房二这事儿还没引出风波之前，他又身不由己地陷入到另一种利欲的夹缠中。等待他的，并非是得宠受荣，却是因着势进事移而循渐积潜着的厄运。

第十六章　后妃秘事

光绪十二年十月立的《皇太后节次照常膳底档》载："光绪十二年十月三十日，总管维康用奏过传旨：皇太后在东暖阁进晚膳。孔玉贵恭做，莺太妃等献菜二十四道。光禄寺司羊膳房进烤羊腿，双只。"此档所载"光禄寺司羊膳房进烤羊腿，双只"，是指徐东虎掌职后，为慈禧第一次进献，这也是他被调到内廷和继遭厄运的起因，故事得从这里往下讲。

当时的情况是，自罗云甫死后，慈禧已近三个月没吃着烤羊腿了。这因临初冬，正是尝炙食的季节，所以，慈禧乍尝后颇觉诱口，就大赞其香，膳后就问在旁侍候的维康：光禄寺那边张云甫李云甫的八成选着了吧？维康答是，又说毓福大人没向您老回禀？慈禧不悦地说：他缺庖掌知道请谕，选了庖掌就不知道回禀了。倒是，选庖掌不比选巡抚，不必非得回禀，可那也是大清朝廷的菜将军呐，我也总得知情才是。毓福会试那时，好像你也去了，选的是哪儿的厨子呀？维康答是罗云甫的孙徒，叫徐东虎。慈禧"噢"了一声说：怪不得的，这烤羊腿还真有厨子罗手艺的回味。烤得是不赖，可还是老毛病，就是温度降了。光禄寺离东暖阁恨不得八里地，进时捂得再严实，到我这儿也凉了一半儿，又捂得没了那股脆韧劲儿。

慈禧这是无奈而语，并无明确的示意，维康听了可往心里去了。他知道，当初慈禧在扩建她的西膳房时曾下过懿旨：西膳房永不设包哈局。这是因为，她要遵顺咸丰不吃炙食的遗忌，以表示对亡帝的情重。可慈禧又极嗜烤羊腿，怎样逢解慈禧既不自违初衷又不被非议地享食此味呢？维康有办法，经他通融，后就变相地以光禄寺向慈禧献菜的名义，确定了由罗云甫按时恭供。现下，维康听了慈禧这话，心就一动，就打起了徐东虎的主意。他想，要使慈禧吃到烤羊腿的火候，得将徐东虎调到内廷。但他又不敢明着向慈禧进言，怕传到光禄寺那边惹着毓福和那景庆。再则，即使徐东虎被调来，也不能安排到西膳房去烤羊腿，那不又触犯了慈禧的禁忌了吗？！可是，他作为慈禧的膳事总管，还顾虑因烤羊腿使慈禧久食不顺，自己要遭怨担过，甚至受责丢宠。因而，他觉得这事儿宜有个斡旋之策，得先将徐东虎举荐给慈禧，使慈禧知悉徐东虎其人其技，引起慈禧的图欲，再使慈禧发谕要人。因为他清楚慈禧有寻味猎庖的习性，西膳房的厨人，许多都是慈禧亲自挑选的。只要慈禧发觉宫中哪个厨人有特技，做的膳品又能顺了她的食嗜，一声口谕，这个厨人就算归了她的西膳房。这例子不少，如光禄寺汉席膳房的擅制糟熘鱼片的王占山，满席膳房的擅制奶乌他、奶卷的福达力，都因其膳品得到慈禧的赏识，被调到西膳房来了。连擅制冰碗儿的房二，若无奕谖的原因，不也被慈禧留住了吗？维康想到这里，因不便去接慈禧的话茬儿，他就说：奴才还以为您老早就得禀光禄寺会试的事儿了，就没敢多嘴，归齐您老还不知。奴才虽是知情，又觉得不该由奴才向您老禀报，怕违了内宦的规矩。

慈禧眼一翻，斥道：屁话！你既然参加了会试，回来禀报光禄寺选了司羊庖掌，犯哪门子规矩呀？你不禀报才犯规矩呢！

维康慌道：奴才知错，那奴才就向您老禀报。光禄寺选的徐厨子，唉呀，那可是身手非凡。他不仅有厨子罗的真传，全羊席做得精，还身怀绝技，竟能在人背上切羊肉丝。您老猜他多大年纪？才二十四五，还是八旗子弟呢，长得一表人才。您老不是说，养心殿东夹道二带班的柳凤池，是内宦第一俊吗？徐厨子比他还俊。他又识书通文，说话头头是道，跟个举子似的。

慈禧笑嗔道：维康啊，你是不是觉着我生气毓福不回禀，就满脸跑舌头，把厨子徐说得天花乱坠？成心对我敲缸沿怎么的？

维康忙道：奴才哪敢对您老敲缸沿！厨子徐是奴才亲眼所见，说得半点都没假。

慈禧说：毓福不回禀，他是不是要膳屋藏宝啊？照你这么夸赞，我这儿的厨子孔都比不上他了？

维康说：恕奴才直言，比不上。

慈禧眼一暗，说：这个厨子孔啊，还是我那年寿庆时，孔老太特意带着他从曲阜赶来为我祝寿，献了两桌燕翅鸭寿宴，连同把他也献给我了。他那时都五十岁了,这一晃又过了十二个年头。老了,眼神也不济。是哪回了,他做个葫芦大吉翅子,里面有根花椒梗,把我吓一跳,以为是苍蝇腿儿。这也没准儿,说不上哪回我真就吃上苍蝇腿儿了。

维康一听,就乘机揎掇:您老这一说,奴才吓了好几跳呢,奴才早就担心这事儿。您老的膳中真要有染污,首先是奴才瞎眼。老厨子不仅眼神不济,体力精力都不支,还循陈守旧,制膳缺新,供差自然就差。就说今夏吧,您老将后宫的老宦都换了年轻的,那气象立马就变了,奴才心里都透着一片阳春。厨子也是一样,褶子轰轰的和溜光水滑的同样供膳,您老想吧,哪个做的能引起您老的食欲?

慈禧道:你这么一说,我还真起腻了。要不,拿厨子孔把厨子徐换过来?也别让司羊膳房没了庖掌。

维康道:这可得老佛爷做主,奴才不敢多嘴。奴才只是想,司羊膳房的庖掌,从圣祖先朝起,都做到五六十岁以上。厨子孔也这个岁数,又是您老的上手厨子,他去司羊膳房当庖掌,毓福大人无理可挑。不过,奴才的眼光浅,厨子徐还得您老亲见亲试为准,是不是您老中意了再换不迟。

慈禧想想,嗯了声说:你说厨子徐怎的,能在人背上切羊肉丝?他怎么个切法呀?

维康答道:回老佛爷话,是这么切法。他说着就弯平了后背,双手扶住波棱盖儿,撅在那里又说:您老看见了吧,奴才的后背就当是菜墩子,奴才这算是光着膀子呢。厨子徐在奴才的后背上铺了块布,拿着羊肉就在布上连片再切。切出来的肉丝,根根都像火柴杆儿似的,甭说伤不了奴才的后背,连布上都没破痕。他是唱戏的耍刀枪——伤不着人,您老说,这不是绝技吗。

慈禧说:哟,这可真叫神了。那明个儿把他传来,在你后背上切切,我瞧瞧,我也就眼见为实了。

维康慌忙直了身子说:老佛爷,这可使不得,奴才是做个样子给您老看呐。奴才这后背上,除了骨头就是皮,硌了巴生的哪像菜墩子那么平溜儿,厨子徐得选个腰宽背平的、脊梁肉得紧撑撑的才能使唤。

慈禧笑道:你呀,净说片汤话,一来真的就窝脖儿了。

维康急哧白脸地说:您老可委屈奴才了。奴才跟了您老这些年,哪做过窝脖儿的事儿？奴才就差这后脊梁突棱着，不平溜儿，倒不是怕挨他的刀儿。为了孝敬您老，别说挨刀儿，就是挨剐，奴才都心甘情愿。奴才是想，真的挨刀是小事儿，您老看着不是逆眼又不吉顺吗？

慈禧听了这话，眼中就闪出慈柔，直睃着维康说：行啦，你就甭卖乖啦。你要是窝脖儿的货，还能在这儿侍候我？我这是说说，瞅把你吓的。这样吧，年根儿底的廷臣宴，就别进翅子席了，那玩意儿天天吃，也腻歪。叫厨子徐来内廷做全羊席，我还有日子没吃全羊了。到时，再让他选个人当菜墩子，给廷臣宴添个兴。你讲话，先看看他是不是个好侍候。

维康心中窃喜，遂说：老佛爷圣明。满洲食全羊，自古为重。廷臣宴用此席侍候，使各位大人不忘大清礼俗，记着您老的酬情，最是恰当了。

慈禧说：你呀，这就去内奏事处，告诉他们廷臣宴有变更。这次酬酢的，都是各省新任的二品大员，得早点下帖子，让奏事的明早到我这儿请谕。行啦，我还得去丽景轩瞧瞧，莺太妃在那儿等我呢。

维康嗻应着，又侍候慈禧出阁上轿，这才去了内奏事处。

前面说过，维康是御茶膳房的总管太监，您从方才他与慈禧的对话中，便可知慈禧对徐东虎能引起兴趣，正是此人从中谗言所致。

徐东虎后来遭受厄运，也与此人有着直接的关系。要说，维康天生就是当太监的材料，他是直隶省青县人，咸丰丙辰年间入的宫，那年才十六岁。因长相俊秀，机灵乖觉，不久被选给咸丰当了传膳太监。那时，慈禧已被封为懿贵妃，因为得宠，咸丰赐给她的膳品比别的妃嫔多，都由维康去送。慈禧瞅他挺顺眼，又见他会说话会来事儿，传传送送的总是稳稳当当，时间长了，就喜欢起这个小太监。咸丰驾崩后，慈禧得势，她就把维康要去，让他当了尝膳太监。当尝膳太监可是千里挑一，首先得让慈禧信赖，使她觉着可心顺意，还要百病全无，口腔清洁，呼吸无异味。若是满口黄牙，出气一股臭肚子味，慈禧能不硌硬？就因维康这些条件都占了，才被慈禧看中。维康这差事是专管慈禧膳前的尝膳，由他先尝过，验证无毒无异，慈禧方可过嘴儿。

那么，慈禧进膳时，维康要先尝多少道菜呢？这也顺便交代一下。自从道光行起廉俭用膳，咸丰在避暑山庄死去，接着就是同治和光绪相继继位，弄得内廷进膳的事情上上下下都乱了规矩。慈禧训政后，认为再不能这样囫囵下去，应该像光禄寺那样宴有名规，食有定例，这就命内务府大臣荣禄拟了皇室人员的食制奏文，经以宗人府议奏后，报呈慈禧批阅。慈禧阅后，觉得甚合意愿，就准奏了。这个食制规定：皇帝每膳四十八味，称全份；皇后每膳二十四味，称半份；妃子每膳十二味，其余依次递减。食制颁后，慈禧的心机才表露出来，她的话也就等在那儿了，就对荣禄说：我这皇太后也不能食在法外呀，也得循着内廷的规矩，更要以身作则嘛。荣禄是慈禧的心腹，哪能不会意，于是就以食制的等级规定，也为慈禧补定了食制。既然皇帝和皇后的食例相差一倍，皇太后和皇帝的食例也该如此，这才合情合理。皇太后理应享受两个全份，即每膳九十六味。当时，慈禧是不是虚意拒受了，可能有这个过节，但是荣禄在旁能不说话吗？他肯定会说：太后该带头循了规矩，如要拒受，这规矩就白定了。慈禧就能勉为其难地说：立规矩是匡正宫规食法，我是得带个头儿，上梁不正下梁歪呢，受了就受了吧。您看，慈禧会鼓捣不？她把自己的山吃海喝鼓捣成了法律的保障了。这还不算，慈禧每次进膳，众妃嫔还要献菜，所以，德龄在《御香缥缈录》书里说慈禧每次的正餐是一百碗菜，那是一点不假，可能还说少了。这样来看，维康虽是尝膳，却等于和慈禧吃的一样了。因为维康必得每道菜都要咂摸咂摸，万一膳品里有毒呢，即便没毒，也得挑出些毛病来，挑不出头发、沙粒，也得挑出三咸四淡、五糜六硬，不然，他算啥尝膳太监？而且，他还懂得浅尝辄止的道理，不会尝到半截腰就把肚子撑饱了，那还怎么往下尝？您说他这差事美不美，天底下找不到第二人。

这样，维康为慈禧尝膳十一年，渐得慈禧信重，其间职阶递晋。他是同治七年擢升为总管太监的，总管太监是何爵位？清代，清廷鉴于明太监有专横之弊，僭狂过多，遂削减其权力，即使像维康这样的大太监，也仅授四品为限，不能再晋了。现下算来，维康在内廷供差三十年了，称得上是个内廷通，并已磨炼得老道圆滑，奸祟过人，难怪毓福和那景庆说他又精又鬼。

单说维康从内奏事处回来的道上，见迎面驾来一乘杏黄色轿子，他就侧避一旁，伫在那里弓着身子，候轿而过。那轿子吱吱悠悠驾近，却在他跟前止住了。一只白皙的小手从轿帘处伸出来，拨开一条缝儿，露出莺太妃的粉脸儿。她使着娇甜的声音问：维康，你这是去哪儿了？我正要传你呢。维康打个千儿说：是老主子啊，奴才去内奏事处了。莺太妃说：跟着轿子到长春宫去，我有话对你说。维康不敢怠慢，嗻一声就尾随去了。但他边走边猜摸，莺太妃要我干吗去？猛想起老佛爷说她要去丽景轩，还说莺太妃在那儿等着她呢。就想到这处妃子膳房，八成要重开，预感自己又要添事儿了。

维康猜摸的没错儿，丽景轩是要重开，这是莺太妃的主意。不说过吗，她也图欲徐东虎。因为这时候，徐东虎的应试夺魁和其人其技，已随着宫中舆情的扩播风传到她的耳朵里。于是，她就想以重开丽景轩为由子，将徐东虎调到这里，教她和妃嫔们烹肴饪馔。

丽景轩始建于康熙五十四年秋，宫里人暗呼为妃子膳房。那时，康熙的妃嫔们闲来无事，就向康熙撒娇，让康熙给她们建一处膳房，还专点康熙的宠厨张东官教她们制肴做糕，说是日后祭神祭祖的就能亲手做祭食了，平日里给皇上献菜，还能显摆个手艺。康熙一想还真行，建个膳房算什么，他哪会不满足爱妃们的要求，于是就在储秀宫的后院建了，并亲书丽景轩三个字，制匾后挂到膳房的门楣上。膳房分餐厅、后灶两部分，餐厅又分猗兰馆、凤光室等屋室，也都是康熙起的名儿，但唯独张东官他把着不给。那时，张东官在宫里的名声与现下的徐东虎差不多，被称为江南第一名厨。高阳在《古今食事》一书中说，张东官是"御厨太监"，不是曹寅，便是李煦为康熙物色的苏州厨子；大概是六品顶戴，不过上面多了个顶子，下面却少了一物，不然不能进宫当差。此人因主理过康熙六十大寿时的千叟宴而深得康熙的宠重。妃嫔们要不来张东官，又轮番撒娇，弄得康熙只好为爱割爱了，就说朕或朝廷若有庆典大宴，得将张东官还给朕；平常无事，朕就将张东官还给你等。康熙这么还来还去的一匀乎，才把妃嫔们哄住。这样，妃嫔们在后灶练技习艺，聊以度闲，又能坐到餐厅里自品自享，呷茶酌酒。其实，这个膳房成了妃嫔们的聚处，她们在这里聚首闲谈，磨手蹭闲，愿意鼓捣啥就鼓捣啥，想到啥玩意儿不会做，就命张东官当场示范。那时，后宫的女主子不少，康熙也嫌她们缠身嚼牙，有了这个膳房，她们有了玩儿头，赖以自娱，这让康熙也省了不少烦心。

丽景轩肇建后，一直延续到道光癸卯年间。这年，因为国库空虚，宫中闹"经危"，道光被迫裁编减员，压缩开销，凡为浪费的事项，都被他的御笔一挥给勾销了，丽景轩亦置其例。那时，道光自个儿的龙袍上都打了补丁，每膳仅四菜一汤，有时只吃一碗猪肝烧豆腐，他还能让一帮闲娘们儿去撩肴逗饽、败当宫中的财物吗？于是，丽景轩就被闲置起来。莺太妃是道光戊申年间入的宫，虽未对丽景轩有过亲历，但还是闻近感深的，也清楚为何关闭的原因。她入宫时才十四岁，因生性喜动，活泼乖巧，嘴巴也甜，声如莺啼，要不怎地被道光封为莺妃呢。可她被封妃不到一年道光就驾崩了，从此，她没了宠爱，也没有精神依托，越发感到深宫的空幽和自己的孤寡可怜。这时她就常想，如果丽景轩尚未关闭，每日里能与众妃姐们儿在一起聚首学俎，然后竞肴赛馔，品赏咂呷，该是摆脱慌闲打发寂寞的好法子，但这是不可能的事情。因而，她只好时常领着宫婢们在自己的小膳房里习肴练馔，俎后自唪自啐，余以赏人，以为乐事。时间长了，她的俎技手段已很卓然。现下，她连御茶膳房的厨人们都没几个看上眼的。本来，慈禧进膳时，因莺太妃的辈分在那儿摆着（慈禧得管她叫姨妈），是可以不献菜的。但她明白，慈禧是当朝的圣母皇太后，若让慈禧给自己甘当晚辈，这对一个没了依附的遗妃来说，可不是好事儿，甚至会遭不测。因而她想：金刚抬眼儿，不如菩萨低眉。自己才五十岁，比慈禧还小两岁，干脆就拿岁数论大小，认慈禧为姐姐吧，这就能顺了慈禧的女权尊威，她这样做等于乱了伦常。可她私下里与慈禧一通融，慈禧却很舒惬，觉得她挺明白事儿，嘴上虽是礼谦一番，心中已默许了。所以，慈禧进膳时别的妃嫔都献两道菜，且都是婢厨做的，她必得献四道菜，并亲手操作，借以炫示俎技，也有取悦慈禧之意。本章中首引档中所载"莺太妃等献菜二十四道"，除了莺太妃献的四道菜外，那二十道菜都是咸同二帝的遗妃遗嫔献的。

后来，莺太妃闻知了徐东虎的情况后，就颇为惊讶，方知俎无止境，人外有人。人都是这样，越是务道有瘾，还越要往高处去够。依她对鼎鼐的这种迷恋现状，她很需要庖杰奇俎的刺激，才能满足寻乐的欲望。但她清楚，自己的膳房里不可容纳男人，想来想去，这就想到了丽景轩。因为她也清楚，如今的情状不同了，道光的廉食早已被慈禧的豪膳代替，宫中的食风也趋奢轻俭，而且，慈禧又自比为康熙转世，虽然这是猴吃核桃——瞎掰，但有谁敢说不是呢。那时，康熙重佛，他的赐食善举曾使内廷的人深受感动，就视康熙的赐食如神佛的圣粥一样，内下里都称起康熙为老佛爷。有了康熙老佛爷的率例跟着，慈禧也就以老佛爷自居了。既然康熙老佛爷始建了丽景轩，慈禧老佛爷就没有理由不去重建。莺太妃是把脉到慈禧想效仿康熙的心理，才觉得这时候向慈禧请禀重开丽景轩，应该没有障碍，而且，还会得到咸同二帝的遗妃遗嫔们的拥护。要说，莺太妃欲向慈禧请禀此事，动机是借着重开丽景轩，以康熙当年曾派张东官到此教肴授馔为由，将徐东虎要来。

这样，一是学姐为乐不会受到非议；二是能以太妃的身份，成为妃嫔们的玩膳首领，与她们朝夕厮耍，排解孤寂；三是可使内务府拨银支付费用，使自己和妃嫔们应享的食例省却下来，折成银两私存。

莺太妃是在昨天早上向慈禧进献鸡蛋时请禀这事儿的。要说，慈禧也毕竟是女人，女人就有女人的性气。现下的妃嫔们，都是道咸同三帝的遗孀（光绪尚未成婚），连她自己也是个孀。她因与妃嫔们的命运类同，在没了帝君依靠的那种失衡心态上总是相通的，故而，她对妃嫔们自然怀有关照之情，就想让她们有些事情做，别去孤愁寡郁，闲坏了身子。其实，这些妃嫔们的情景也很苍凉，年轻轻的就守起寡，不能再嫁，也不敢偷情，还不能出宫随肆，只好大半生在深宫里闲寂至死。于是，慈禧先让她们种菜，在后宫选了一片地，辟成菜园子，分摊给妃嫔们侍弄。每至春季，她必亲率妃嫔们到菜园里播种，自己也撒几垄菜籽儿，以示亲躬。收获时节，她也必得到场，看看菜园子里的果硕叶茂，妃嫔们头罩帛巾，像一群靓丽的村妇，弯着腰摘瓜擷柿，心遂欣悦。后来，慈禧又让她们养鸡，每人分一百只。并规定，每人隔天向她进献鸡子儿三十个，馀者归己。这样，宫院里都成了鸡棚，静悄悄的后宫中平添了咯咯的鸡叫声和羿羿的唤鸡声。莺太妃为了取悦慈禧，将分给自己的鸡婆们，凡是不下蛋或下蛋少、下蛋小的全宰了练姐。但鸡是慈禧的，得凑上原数啊，这就使人到紫禁城左边的鸡鸭市上，花一兜子镼子，专买了能生大蛋的鸡来充数。反正鸡不同人，模样都差不多，万一慈禧闲着没事儿来视察她的鸡群，还能知道少了鸡三鸡四，多了鸡五鸡六？这样，莺太妃就比别的妃嫔进献的鸡子儿既多又大，慈禧就夸她侍养有方，有持家旺门的能耐。这天早上，莺太妃有意向慈禧进献了六十六个鸡子儿，其中还有几个双黄的，喜得慈禧连说吉顺，就赏了莺太妃两匹卷缎，一对脂玉盖碗茶盅。莺太妃谢赐后，见慈禧的心情挺好，便有预计地叹口气说：妹子虽说给太后养好了鸡，也献了鸡子儿，可心里头还是闲得发堵。自从道光爷驾崩后，妹子孤零零地过了这么些年，若不是太后的恩沐，早就窝屈死了，还能活到今天。

慈禧说：可别这样想啊，你是妃嫔们的长辈，得活出个样儿来给她们看着。要说，我这当姐的，还不是与你同病相怜。说着，眼圈儿就潮润起来。

莺太妃忙说：妹子莽撞，让太后伤感了，望太后宽谅。

慈禧又叹了声，说：这是在你面前，我这眼圈儿能红一红；若在她们面前，得藏苦露笑呢。那些人的眼皮儿薄得像纸，沾点伤情就湿出一大片，泪珠子掉个没完。人怕伤心，树怕剥皮，我看着就心酸。

莺太妃乘机说：太后真是慈悲，妹子也称太后一声老佛爷吧。既然太后怜悯她们，妹子就有个心愿，也不知当讲不当讲？

慈禧说：什么心愿呐？你讲吧。

莺太妃就将重开丽景轩的想法说了。

慈禧听了，说：你这心愿，我早就有，不过，只是碍着道光先帝的禁谕，才没有擅动。

莺太妃说：妹子觉着，道光爷的禁谕，当初也是无奈，实非本意。今非昔比啦，自太后训政，天下大同，国昌民泰。至于寇匪作乱，哪朝都有。想当初，康熙爷还征讨吴三桂、平定准噶尔丹叛乱呢。时下，区区几撮拳匪闹事儿，那不是以卵击石，怎撼得动大清的江山。所以，妹子就想，重开丽景轩，是呈了大清的盛世呢，太后就是当年的康熙爷。莺太妃这话虽是言不由衷，但为了请禀得准，尽是拿好话摩挲。

慈禧听着舒坦，就笑道：你这一说，不开也得开了。道光先帝虽已驾崩，有你这道光先帝的妃后发谕，我也就心安了。

莺太妃摇头道：太后折煞妹子了。妹子是先帝遗眷，日后已无所图。只想丽景轩重开后，要个好厨子传授手艺，便于日后献膳太后，并能亲手制馔恭祭列帝列后，也能与宫眷们有个聚处，开心度日，共解孤寂，给太后省心，别让太后总是挂念我们。

慈禧越发高兴，连说好，好，说那就依了你的心愿，赶明个儿让维康做了修葺预算，交给荣禄拨了款项，重开是了。不过，丽景轩开了，可不许忘了侍弄菜园子，忘了养鸡。

莺太妃开颜道：太后放心吧，园子给您种着，鸡子儿给您生着，菜给您献着，缺了哪样，您就罚妹子呗。

慈禧乐道：你可真乖，真甜，说话出来，让人听着舒坦，怪不得能讨道光先帝的喜欢呢。那就这样，我事情多，丽景轩怎么重开，你就费费心，多拿个主意，还得把宫眷们带好。至于要个厨子，宫里有四百多号呢。要个巡抚我难给你，要个厨子还不好说，外朝内廷的你随意选呗。具体的事情你传维康去办，跑腿学舌的他会张罗。

莺太妃大喜，就张嘴想说要徐东虎，可又一想，太后已让自己在外朝内廷的随意选厨子了，话已说得很明白，只需告诉维康让他去要就行了，这就把话又收了回去，改口说：妹子遵旨，多谢太后的关照。妹子是不是先打发人把丽景轩拾掇拾掇，再陪太后过去看看，请太后定下旨示，妹子照旨行施就是了。

慈禧本不愿去，那老房子的旧陈设有啥看头？但又不能不去，只得说：好吧，你让他们把蜘蛛网都弄净，门窗打开，散散霉气，再喷喷西洋香水儿。几十年不用的屋子了，可别让蝙蝠扑棱出来撞了我的脸……

这样，第二天下晌，当莺太妃陪着慈禧看过丽景轩后，乘轿回来的道儿上就遇见了维康，遂让维康随她去了长春宫。

轿子已停到长春宫前，莺太妃下轿，领维康入内，又赐他座。维康不敢坐，仍旧站着说：老主子，您老何事？奴才听着呐。

莺太妃坐在那里说：方才，我陪太后到丽景轩转了一遭儿。妈呀，里面的檩子、椽子，还有桁条，都朽裂变形啦，墙壁也鼓肚子了。太后说，这怎么行啊，这可是康熙先帝留给后世妃嫔们的遗产，若在我们手里荒废了，那还有何脸面祭奠康熙先帝？所以，太后已下口谕，丽景轩要恢复原貌，给宫眷们使唤。因太后无暇，嘱我筹划这事儿。我把你找来，也是太后的意思。你呀，拾紧拟了修葺丽景轩的预算，我看过再请太后批了，然后你拿给荣禄，让他拨银。

维康嚓了一声，说：老主子说得极是。丽景轩闲置太久了，实在可惜，是该修葺续用了。待奴才也去丽景轩看看，心里有个数，明个儿就把预算禀报给老主子。

莺太妃说：还有，光禄寺那边新来的厨子徐，你该知道。你把他调到丽景轩，教我和宫眷们烹制肴馔。

维康一听，面露难色地说：老主子，是不是这样，奴才管的御茶膳房，除了老佛爷那里的孔玉贵外，您老选哪个，奴才给派哪个。维康不便说出口的是：老佛爷还想拿孔玉贵换徐东虎呢，你这儿又要，我哪敢答应。

莺太妃说：不行，我就选定厨子徐了，你务必把他要来！

维康愁着脸说：厨子徐是毓福大人由各地巡抚们荐厨时，经会试选上来的。您老这一要，是不是就……

莺太妃说：就什么呐？光禄寺怎的？光禄寺不也是我们皇家的吗？就连他毓

福也是我的侄小子,我朝他要个厨子,他敢不给?!

维康犯忔说:光禄寺不归奴才所管,再说,奴才也不敢伸那么长的手。您老命奴才去要,奴才这……那奴才想问,老佛爷是不是答应把厨子徐派给您老了?

莺太妃一瞪眼,说:废话!我是当朝的太妃,太后说了,外朝内廷的厨子可以随我的便儿选,选定了就传你去办,你还打什么镲?你办不办?你若不办,我找太后要人去!

维康一听就有数了,老佛爷这是给莺太妃个面子,并没有将徐东虎舍出去。但他清楚,眼下,又不可使莺太妃直接去找老佛爷要人,哪能把难事往老佛爷那边推,所以,他既要护着老佛爷的打算,还要把莺太妃哄住,别只顾着给佛烧香却忘了对菩萨作揖,于是就做出慌张的样子说:奴才哪敢跟老主子打镲,是奴才一时转不开磨儿,惹您老生气了,奴才知错儿。奴才是想,就是没有老佛爷的口谕,您老的话不照样是口谕嘛。既然您老要厨子徐,奴才就豁出去孝敬您老了,光禄寺那边要责怪奴才,您老可多给担着点。不过,您老也别太急,一是厨子徐调来之前,得让光禄寺那边选个人替补他;二是丽景轩需修葺后,厨子徐才宜调来,这正好能给奴才一段周旋的时间。维康这是借故推宕,因他预感到,老佛爷要拿孔玉贵去换徐东虎的时间不会很长了,到时候,老佛爷的明谕一下,谁都奈何不得,他就能用老佛爷的明谕去开脱自己对莺太妃的承诺。

莺太妃看着维康那种恳切的样子,点点头儿说:倒是这么回事儿。你这太后的身边人,总能有法子把厨子徐给我要来的,我可等你的消息啦。那行吧,你去丽景轩看看,明早儿得把修葺预算给我禀报过来……

于是,维康就去了丽景轩,先外到里瞅了个遍,修葺的事情虽是心里有数了,随后却一屁股坐到褪了漆的太师椅上发起愁来。他倒不是为了修葺发愁,内务府多的是银子,营造司的能工巧匠齐全,修葺丽景轩还算个事儿。他是发愁丽景轩重开后,将要归属到他的辖下,发愁日后对丽景轩的管理。他怎会不想到,妃嫔们都是后宫的女主子,她们到丽景轩来,只图着玩聊耍闲,若拿御茶膳房的规矩管束她们,他敢吗?她们哪能像厨子们那样赶着时辰来,可着时辰走?她们乐意来就来,不乐意来就不来,一个不来又能把她们怎的?除非老佛爷来当庖掌,不然,谁能管得了她们?她们要啥得供给啥,供少了供次了都不行。用不完的东西酸了、霉了、腐了、臭了,他敢找哪个妃嫔算账?再说,丽景轩就在储秀宫的后院,在老佛爷的眼皮子底下；老佛爷特爱干净，对膳房的荣卫历来注重；丽景轩重开后，老佛爷肯定不会少去。那么，膳房和餐厅的荣卫谁去保持？他敢让哪个妃嫔去擦玻璃、扫地，或是刷勺、刷菜墩儿？读君或说，内廷里不有多的是宫婢吗，选些来经管和拾掇不就得了。那可不成，不说别的，就说妃嫔们在这里说说私房话，能让外人听着、看着吗？这不是在内宫里，她们可以端着主子的架势贴礼靠仪。这是在玩肴逗馔，呷闲饮寂，甚至嬉笑骂俏，放浪形骸。您想，这要让外人知道了，把这些事情传出去，不是大失皇家的体面和尊贵吗？所以，外人都是屎壳郎进花园——不是这里的虫儿。正因为这样，对妃嫔们就不能约束，那会惹嫌和得罪她们；可不约束呢，丽景轩又会被糟践得不成样子，老佛爷知道或看到了，又要怪罪下来。维康这是去个使唤丫头拿钥匙当家做不了主的角色，您想，他能不愁？

维康还发愁的，是来日徐东虎若换了孔玉贵，那是给老佛爷供膳去了，那不还得为丽景轩这里派个厨子吗。派谁呀？且不说莺太妃愿意不愿意，他也没个合适的人选。事情不明摆着吗，派去的厨子，得要老实本分，守口如瓶，知拘知趣，还要乖灵懂事儿，手脚勤快，拿得准妃嫔们的学姐心理。就是说，这个厨子既要当好传俎的师傅，又要当好做下活儿的奴才。用句不太适当的比喻，得老太爷和三孙子一块堆儿当，这样的厨子就难派。选年轻的吧，无甚绝技，操俎平常，妃嫔们自然不满；选年老的吧，俎技倒是成熟，但老眉咔吃眼的，妃嫔们能看上吗？她们可都是顶尖的丽人，那不是往一簇鲜花里扔进一摊牛粪？再则，派去的厨子若粗俗不堪，三脚踹不出个屁来，烹肴饪馔的道理也说不清楚，那哪是给妃嫔们找乐呀，那是给她们添堵。那样的话，妃嫔们的碎嘴子可不饶人，一个状告到老佛爷那里，说她们受到轻视，受到糊弄，他不等着遭谴挨剋吗。

维康这么想着，就愁眉不展了。他为这些事儿思谋老半天，忽就悟出莺太妃非要徐东虎的道理了，才体会到这个老女人的敏锐，他这时才感觉到，派往丽景轩的厨子非徐东虎莫属。一则他年轻标致，精力充沛，劳作力强，还挺稳当，能讨到妃嫔们的好印象；二则他俎技高超，宫厨无人可及，会满足妃嫔们学姐的愿望；三则他机敏灵活，反应性快，适合顺附妃嫔们的细腻心态；四则他识书谙文，知晓礼节，善说会道，身传言教皆能曲尽达意。有了这四则优势，届时再对他加以训导，他就可胜任此差。此外，还可借机在丽景轩设处包哈房，以徐东虎向妃嫔们传俎为名，为老佛爷承供烤羊腿。若能这样，自己可就摆脱了麻烦，一应愁事儿也就迎刃而解,老佛爷和莺太妃皆能满意。这样,丽景轩经管好了,显得自己用人有方,并能笼络一个得力下属;丽景轩经管不好,那是徐东虎的责有攸归。至于徐东虎的净身,他也想了,只要撺掇老佛爷,像对待康熙爷的宠厨张东官那样,赐他个六品顶戴,这可是比知县还高一级的膳官,还怕他不干?他想到这儿,就窃幸向莺太妃的承诺还是圆通的,是给自己留有余地。不过,这得走一步看一步,就像炖蹄膀髈似的,火候足时才会成菜,因为年根儿底下,徐东虎得先为老佛爷恭做廷臣宴。

咱们就顺着维康的思绪,接着往下讲廷臣宴吧。

第十七章　赐酢廷臣

维康去内奏事处传达慈禧口谕的第二天上晌，毓福就得知徐东虎要在年根儿底下去内廷做全羊席了，是佟鑫暗下告诉他的。佟鑫原是光禄寺的司库，因文笔出众，记性又好，被毓福举荐到内奏事处做了帮班，协理核查奏议，他等于是毓福的眼线。那时，王爷和重臣们都有眼线，便于及时摸清内廷的动向。毓福听到这消息后大为不满，就把那景庆传来，将佟鑫的话递告给他，然后发起牢骚说：太后明知外朝在年终的宴事多，偏又叫徐东虎到内廷去做全羊席，这不是抽光禄寺的大筋又乱改章程吗？喊！那景庆说：准是维康那个混账东西鼓捣的，不然，太后哪会想到徐东虎。毓福说：当初会试时，要说不让他来吧，他挑理；让他来吧，他准会向太后卖乖。他别鼓捣来鼓捣去，把徐东虎鼓捣到太后那里。那景庆说：大人，这事儿您可得把握着点，寺里的厨子王占山、福达力，不都被太后调到西膳房去了，徐东虎可比他两个能耐大，太后若是知情，哪会不惦着。毓福说：所以呀，徐东虎的事情我一直未向太后回禀，怕的就是这事儿。那景庆说：按规矩，寺里五品以下职官的任免，大人自能做主。选庖掌只是选个未入品的厨子头儿，大人不回禀，一点错都没有。可是，这事儿维康知情，他那嘴巴，大人又不是不知道，他哪会扔了献谄取宠的机会。毓福说：那他可把我装进去了，这个阉货！但不管怎的，徐东虎不能让太后要去。选司羊膳房的庖掌，可是太后定的谕，惊动了半个中国的巡抚呢。费劲巴拉地选来徐东虎，太后又要，她怎么向舆情解释啊？是不是？但是这次，太后既然有谕，我再不满也不能不遵行，不就是去内廷做回全羊席吗，你妥善安排就得嘞……

及至腊月下旬初，那景庆才将此事通知徐东虎。徐东虎听后却很兴奋，觉得能给慈禧献宴，是为罗家厨艺增荣添誉的事情。但想到做全羊席不是一人所为，又顾虑内廷的厨人不谙此席的技路，怕他们配不上套，就在去前请禀了那景庆，要带房二做个助手。那景庆虽然想到房二不算光禄寺的在编差役，但知道北府的人可在内廷行走，让房二跟去，应该没啥差错，就准允了。他并嘱告徐东虎，务要将司羊膳房的事情安排周全，快去速回，不可耽误了元旦那天的庆典大宴。

徐东虎带着房二是在腊月二十六日的上晌去的内廷，由乾清宫的一名侍卫领着，到东暖阁的后膳房寻见维康。这仨人前后顺成一排，靠着宫道的左侧边走着。侍卫在前，昂头挺肚地走路；徐东虎居中，他头一次身临内廷，有点神谨意慎，不敢扭动脑袋左右去瞅，只把眼瞳不时地滚到两边的眼梢，斜么斜地看着沿途的景致；房二在后，他的两脚外撇，走路本就摇摇摆摆，脸上的神情还大大咧咧，好像跟在奕譞的屁股后面在北府里散步。

这时，内廷中的新年气氛已很浓郁，宫阙殿阁的门楣上和廊庑两旁都新挂起方圆不一的朱纱灯笼，显眼的楹柱上也贴出了大气磅礴的贺岁对联。经过寿皇殿时，可见门扉大开；殿内，列帝列后的遗像前，祭祀司的人正忙着布置祭案。过了寿皇殿的左处不远，又见乾清宫前檐下的东部一侧，一个身穿黄鹂黼黻袍的乐官，指挥鸿胪寺的一群乐手们操练"庆承欢"，金钟玉磬，鼗鼓椌楬，合鸣的曲调婉悦悠扬，在清冷的空气中飘漫……

再往前走，就是翊坤宫了。那里辇舆成排，贡箱罗列，人们进出频繁。您道为何？原来，与往年一样，李莲英被慈禧授意，在此宫设置了贺岁敬贡处。按着那时的宫中规俗，亲王、大臣和各省的督抚、将军们要向慈禧进献新年贡品，就是依次的督统、副督统、提督、总兵们也都要献，所以，李莲英这时候是个大忙人，他不仅要恭代慈禧接收贡品，应酬来来往往的进贡者，还要监督几十名御前侍卫拆箱剥封，验收贡物，又得指挥一帮笔帖式记准了进贡人和进贡的物品名称、数额。这还不算，只要进贡人带着贡品一到宫前，就有他的接应班子提供入宫的乘轿和搬抬贡品的差役。亲王和宗室干支，备银顶黄盖红帏轿；一、二品大臣，备银顶皂色盖帏轿；三、四品官员，备锡顶蓝色盖帏轿。有时候，也会呼啦啦一家伙冒上来一群进贡的，这也得有一套爵高先贡、礼重为大的章程，总不能让亲王排在总兵后头，或是让总督排在提督后头。您想，这么一大摊子事情，李莲英都得摆布得开，他能不忙？

还有个大忙人算是维康了，他已将在东暖阁举办的廷臣宴筹备就绪，只等着徐东虎前来落桌。这时，他正在东暖阁旁边的偏殿里指挥着尚膳太监们摆布糕点展台。您道这又是为何？因为每至新年前，内廷的宫女和太监们都要向慈禧进献自制的糕点，这也俗成循例。这等下人们没钱，不能像高官显宦们那样竞献瑰宝，他们知道慈禧喜嗜糕点，便都掏点小钱凑份子集中起来，由管事的人到掌关防处的官三仓购来面油糖盐，再分给大家。于是，这等人就各展手艺，自制糕点恭献慈禧，算是尽了孝敬之心。那时的内廷里，这等人少说有四五千，谁也不肯也不敢落这个过儿，所以人人都献。不会做糕点的就干出钱，由会做糕点的做成后，请笔帖式写恭制人的红帖时，把自己的名分写进去。这样，每到年根儿底下，内廷里简直变成了糕点大作坊，各膳房自然拥挤不下，就把桌张搬得到处都是，往哪处犄角旮旯儿一摆，擦净了桌面儿，就在上面鼓捣。因这是给慈禧恭制贡品，就都鼓捣得理直气壮，谁敢干涉？糕点坯子做成后，还要在各膳房前排起大队，等着在里面炸蒸烙烤。成品都由维康指挥着，摆到偏殿里的糕点展台上，再适机请慈禧巡览。慈禧为了表示体恤下情，也就做做样子去看看，挑几样奇异的带走，其余的令维康堆在偏殿后面的几间大屋子中。这些糕点因算御物了，没有慈禧发话，谁也不敢擅自处理。慈禧又不会把这事情挂在心上，过后也就忘了。慈禧一忘不要紧，几屋子的糕点就都酸了、霉了，最后腐坏变臭，维康这才禀奏慈禧。慈禧一听，就责怪维康不提醒她，又说下人们也不容易呢，可别糟践了他们的心意，就命维康传她的话，说大过年的让内务府拨批银子，按人头儿算，每人赏六两六钱吧，图个吉顺。您看，慈禧多够大方，每个凑份子的人只投资了几枚"光绪通宝"的铜钱儿，就有了六两六钱的银锭收效，要不，这等下人们怎会习称慈禧为老佛爷呢。当然，这是前几年的事情，今年怎样，尚无法结论，维康总不能再把几屋子的糕点都搁臭了才向慈禧禀报吧。

徐东虎和房二由侍卫领着往东暖阁这边来的时候，维康已被传唤太监从偏殿里传到东暖阁。方才，慈禧在阁中接见了李鸿章和他领来的八国公使。维康进来时，见慈禧在欣赏洋使献来的新年贺礼，这些贺礼有风琴、油画、洋布、留声机等。几案上，还摆着一座小洋钟。这小洋钟外扣玻璃罩，上端为钟面，下座上嵌着方形彩画洋磁，中有两只象生小鸟儿，踞草石上，一红一绿，毛羽细腻，宛然生动。

又见慈禧拨准了机捩，两鸟儿竟相对嘤嘤成韵，首能转，尾能翘，鸟语清朗。慈禧见维康来了，就笑着说：维康啊，你过来。维康过去后，她又说：这些东西是老中堂领来的洋使们献的，你打发人都拿到丽景轩去吧，风琴、留声机给宫眷们玩耍；油画也不错，风车绿野的，挂到墙上，瞅着静悄；啧啧，这洋布，色气多光鲜，你拿到广储司去，让衣作做膳单，边上要加了回子锦膳单的那种彩缀儿；这个小洋钟蛮有意思，我就留下了；还有那几箱香槟酒，是法使福尔诺献的，这人的中国话说得真好。我看，明日的廷臣宴，别上玉泉酒、燕酒了，尝尝法国香槟吧，让这些大人们也哑哑洋味儿。

维康忙说：那敢情好了，羊是祥物，洋酒也占个羊音，寓意好呀。

慈禧乐道：洋字进你嘴里，八成三滴水儿滋润了舌头，滑不出溜只吐出个羊字，你可真会抢秧子。行嘞，按我的话，拾紧着去办吧⋯⋯

维康支使手下人去办了这些事情后，就着急徐东虎来没来呢。他知道光禄寺那边在年终的宴事多，顾虑毓福和那景庆会借故推托时间。可他去了后膳房时，见徐东虎已在候着，遂眉开眼笑，长吁了口气，这就寒暄几句，并向徐东虎交代了备宴事宜。然后又瞅瞅房二，问他：你不在醇王府侍候醇王爷，什么风儿把你也吹来啦？维康与房二较熟，因光绪每次回北府，他的"全份"份例的膳料都是维康从菜库拨出亲送过去，由房二接收和验查。房二见维康问他，答道：总爷，您还拿我打镲？近程子您去醇王府，见过我吗？维康不解，又问：那你这是——？房二说：我拜徐庖掌为师学艺呢，师傅来给老佛爷进献全羊席，我跟着当个助手。您呐，看在醇王爷的面上，多关照啦。维康嘴上应着，心里却打个沉儿：这小子是在司羊膳房呢吧，怎上那儿去了？正这么想着，适见传唤太监来报：总爷，鸿胪寺的人来了，要在阁里演练廷臣宴的曲子，请您过去安置一下。维康借机就落了话：那你两个落桌吧。徐庖掌，本总管很欣赏你。你要敬谨供宴，还得准备演示你的绝技，给老佛爷和大人们添兴。这对你可是良机，只要老佛爷满意了，有你的好运气。说完，匆匆去了。

徐东虎嗻应后，忽就用思寻的眼神去瞅维康的背影，似要从中追索到什么。然而，维康说的好运气在他的思寻中，仅被想象为慈禧的厚赏而已，他哪会猜测出维康的用心，但他希图此次献宴能得到慈禧的赞赏，倒是顺符实情，因而，他那种欲求宠幸的心绪总是有的。所以，他立嘱房二严验膳料，精割细窬，并亲自吊汤，悉心腌渍码味，以求备宴周全、无虞，这且不表。

那么，廷臣宴为何在腊月二十七日举办？这是清廷对年终宴事的统筹安排。因为二十八日是爱新觉罗家族的聚亲宴，二十九日是凉棚宴（俗称忆苦思甜宴），岁终日是皇帝的除夕家宴，元月初一是迎新年的全羊大筵，这样，廷臣宴只能安排在此日。这都是从康熙朝沿袭下来的规矩，而且，廷臣宴还是康熙亲定。那时，康熙赐食于臣的行为是大为出名的。他自做帝后，就曾立下志向，要与大臣们饮同食和，亲若兄弟，所以，他吃什么，就赏食大臣们什么，几乎一生都是如此。每至岁尾，他必要亲点大学士和九卿之中有功勋者，在奉三无私殿宴待他们。宴时，按宗室宴之礼，蒙古王公等亦皆参与。这种筵宴，是康熙用来抚慰属臣、联络感情的一种方式。能用膳政宴策来维护帝臣之间的和睦，有效地促进了朝廷中的安定团结，乃是康熙的一大发明。

现下，轮到慈禧代替光绪举办廷臣宴了。宴举的殿址和仪式虽然依旧，但宴酬对象可全变了，大学士九卿蒙古王爷者，一个儿没有。今年，朝廷以光绪的名义新任了一些二品大员，这都是慈禧训政所使。慈禧曾事先下谕，这次廷臣宴的酬酢对象，一律是新被任命的二品大员。她没说明的意思是，这些人应借赴宴之机向她谢恩，以此暗示她才是真正的授权者。

这些新任大员们，虽说都官居二品，但留京还是放外却还未定。官场上的私下舆情是：京官难当，放外是肥缺。一放外就是巡抚，那可是一域的封疆大吏啊，哪个当官的不想放外呢？所以，这些新任大员们都清楚，慈禧这次宴待，虽是对他们有临场观察以便"量体裁衣"的某种意图，更重要的，还是谢恩。他们也懂得，谢恩分两层含义，一层得让慈禧明白，自己今后就是她的铁杆追随者；二层是大过年的，得有些实在的表示。慈禧当然也就领会到，这些新任大员们被封爵吃宴，不会空手而来。所以，慈禧这天在用完早膳后，拿出一个上午的时间，单独地陆续接见了这些新任大员。接见时，这些人如何对慈禧倾吐心声、剖肝沥胆，又如何怀揣银票、携以礼品，都能在想象之中。

新任大员中有个叫佟锦堂的，是辽东凌州府人。他出身豪门，家有膏腴万顷。其父佟世荣因对修筑通往盛京的御路捐资有功，被道光封过护路使，后又加授三等公爵。道光东巡盛京路经凌州时，曾驻跸他家东大院的西厢房。那天是道光十八年八月十四日，佟世荣在西大院的东厢房大摆豪宴，为道光接风洗尘并欢度中秋佳节，这件事情足以使佟家光宗耀祖。有了这层家世和与前朝的关系，佟锦堂就托人弄钱，捐了个二品大员。这天上晌，当他被慈禧召见时，该回答的话都回了，该表白的也都表白了，就把带来的礼品恭献慈禧。礼品是一件明黄江绸绣五彩云水的龙袍，袍面里外缀满了各色宝石和珍珠，缀成一袍子的芍药花，叶子是翡翠为之，金金灿灿，光辉耀目，价值甚巨。慈禧颇为喜爱，她亲自送走了佟锦堂后，回身唤过两个侍女，让拿着这件袍子跟她去了内室，她要穿了试试。她在前面走着，自然不会看到这两个侍女托着这件袍子已累得气喘吁吁。当两个侍女在内室帮着慈禧穿上了，这一穿不要紧，竟把她压岔了气儿，头一晕差点栽歪那块儿，亏得侍女及时替她把袍子脱了。这也难怪，袍上缀了五六十斤的珠宝翡翠，好像让慈禧冷不丁地扛上个大麻袋，她撑得住吗？慈禧受此一吓虽是不悦，但瞅起满袍的珠宝，都是顶级的真家伙，遂想到佟锦堂这人虽是粗心，却挺尽心。

说这话时，已到次日廷臣宴的开场时辰了。因为天寒，鸿胪寺的乐队被准予置内阁一角，阁中盆火正旺，暖气融融。赴宴者先向面南而坐的慈禧请了跪安，并呈上如意，由维康代接了。随着，赴宴者齐声拖着长腔道：恭祝太后新禧如意。这时，中和韶乐奏起，礼毕乐止。乐止后，只听慈禧说：今个儿请诸位大人赴宴，本来，皇上是东家。他因尚未作治，不便亲临，我就权且充当了。诸位大人都是新贵，这次廷臣宴，特备了全羊席侍候，满洲礼俗，只有享重客才吃全羊呢。赴宴者们便都意会，就又叩首称谢。慈禧又说：好啦，都请平身归座吧。赴宴者又齐声说：谢太后赐座，就按着排位都坐下了。

就在赴宴者向慈禧施礼之际，服侍的太监们将类别不一、高矮不等的香槟酒备妥。这些香槟酒，皆以锡纸封口。太监们不谙洋文，便将金锡纸封口的呼为"金头"，将银锡纸封口的呼为"银头"。赴宴者归座后，一个小太监按维康授意，先将一瓶"金头"摆到慈禧的膳桌上，另些太监则将"银头"分别摆到赴宴者的膳桌上。慈禧看了一眼"金头"，笑着说：本来宴上要备宫酒的，想到大人们都饮过，就不供了。法使福尔诺送我一些香槟酒，还没舍得用呢，今个儿分赐大家尝尝。

赴宴者听了，又都站起，欲施礼致谢。

免了吧，慈禧道，都快坐下，我一说话，你们就施礼，我还哪敢再说了。廷臣宴是康熙先帝留下的乐举，宴上帝臣交欢，不拘常礼。你们也要遵此遗意，不必过于自束。

那边的佟锦堂依然站着，乘机说道：太后的隆意盛情，下臣们神会。品羊席，饮洋酒，音谐意趋，东西合璧，实乃宴示于政，以微见宏，显见了太后内制乱匪、外连番藩的治国韬略。下臣们候宴思恩，铭刻于心，日后将义无反顾，追随太后左右，诚图兴国之举。

慈禧听了，甚是欣悦，觉得佟锦堂还是很机巧灵敏的，就笑着对在旁的维康说：没听佟大人说吗，他候宴谢恩了，那就传宴吧。

佟锦堂就卑笑着，向慈禧直门儿屈身作揖。

这时，膳房里的徐东虎领着房二，早已筹宴就续，听到传宴太监的传唤，即刻操镬动俎。须臾间，款款羊馔，济楚细腻，接踵递至阁内。

当慈禧让传宴时，侍在她旁边的小太监开始斟酒了。太监用开瓶器去起软木塞儿，他剥去锡纸，把开瓶器扎进去，往出一挑，只听"砰"的一声，那瓶口正对着慈禧，像放了一声洋枪，随即酒沫儿猛地喷溅出来。慈禧听这声音，吓得一抖，还没缓过神来，酒沫子就喷过来了，溅了她一脸一身。她先是惊错，遽尔气得心里直骂，但碍着场面，就忍抑着没有发作。

维康见状，吓得脸色煞白，急忙取过餐巾，要往慈禧的脸上和身上去擦。但又感到不便，拿着餐巾的手就在慈禧的脸边哆哆嗦嗦地摇晃。

慈禧憋着气，也没吱声儿，一抬胳臂把维康的手扒拉过去，起身去了洗漱室，由侍女帮着换了衣服，修饰了面容。她在镜子里看到维康在门外不安地候着，就说：维康啊，把那个不中用的小阉货拖远一点，给他剩口气儿就行，别让大人们听着，扰了宴会的气氛。

维康嗻声连连地去了。

这时候，在场侍候的太监们都成了惊弓之鸟，小兔子在心头乱跳。老佛爷和大人们得继续喝香槟呐，谁都有起"双头"的差事儿，谁不担惊受怕？

赴宴者也都面面相觑，箸不宜举，馔不宜食，欲说无言，一个个坐在那里不知所措。

另个在慈禧身边侍候的小太监还算机灵，他捧起一箱香槟酒，一溜小跑搬到膳房，想在膳房里把香槟酒都先起开，在这里"放枪"喷沫子的都不碍事。当他着急忙慌地起开一瓶香槟，仍是"砰"的一声，把正在烧菜的徐东虎也吓了一跳。他回身一瞧，见一瓶香槟酒全喷了，一点没剩。那能剩吗？这一箱子酒被摇摇晃晃搬过来，气儿都在里面憋足了，一起可不都喷出来了。那个小太监就傻眼了，哭丧着脸顿足自语：哎哟喂，这不崴泥了！下回轮到我给老佛爷起金头了，这……老佛爷再一气，还不把我打死啊！说完，哇哇就哭。徐东虎听了就明白了。他常年使用各类酒料味瓶，塞塞盖盖的已起得有些经验，就把勺撤离火口，走过来拿起一瓶香槟酒瞅了瞅，又晃了晃，遂说：快去找锥子，发簪也行。先将瓶塞扎了眼，透了孔，酒就泄气儿了，起时就不能响了，也不会喷沫子了。说完，把另屋正在看着烤箱的房二唤过来，如此这般地交代一番，让他帮着小太监往瓶塞上扎眼儿。

那个小太监不知从哪里划拉来两把锥子，房二就要过一把，两人就把瓶塞都"哧、哧"地扎了。小太监扎着瓶塞，嘴中还直呼"谢"，也不知是谢徐东虎呢，还是盼着瓶中的酒气快"泄"，反正，他已经急蒙登了。都扎完了，就往箱子里装，又忙三火四地搬了出去。

不一会儿，维康踅进膳房，笑着对徐东虎说：席献完了吧？你拾掇拾掇，老佛爷吃得正兴，传你赐话儿。原来，慈禧回座后，见馔已列案，酒却没斟，正在不悦。有太监就低声禀告，说酒在后面起呐，怕在前面起碍了老佛爷的体面，慈禧听了也是没辙。为了不影响宴会的气氛，她就让赴宴者都举箸尝馔，说馔主酒副，先垫垫胃口，酒还能多喝呢，说完，自己先尝起来。赴宴者见慈禧尝后，这才齐下开吃。中和韶乐适又奏起，融乐的气氛荡然回转。慈禧尝的是一道叫金柄玉缀的菜，是用羊肋骨肉做的，那肋肉金色如柄，两端露出的骨截，色白如玉缀儿；但那肋骨不是真的，已经抽将出去，换了鲜笋修成了肋骨一般，插到肋肉里，经炸再煨而成。慈禧尝时，本欲唶肉吐骨，可是牙一碰着"骨头"，感到脆楞，试着咬一下，味竟鲜灵，就嘎吱嘎吱嚼进肚里了。心想，这羊肋肉的火候正好，肋骨该是嚼不动的，可这肋骨却还能吃，就以为奇异。又想到厨子徐有在人背上切羊肉丝的功夫，就来了兴致，让维康去传徐东虎。

这时，徐东虎已经整了仪容，由维康领着进了阁内，叩拜了慈禧。慈禧见他英姿飒爽，丰骨不凡，赏识地点点头儿，就微笑着说：起来吧。光知道你是厨子徐，名儿叫什么来着？

徐东虎起身答道：下厨的卑名原为徐仁虎，为避嘉庆先帝之讳，更为徐东虎，是光禄寺的关恩荣大人给更的。

慈禧一听，心遂不悦，就想起前两年的中秋节，她在保和殿设宴时，四碗福寿燕菜过后的清汤白木耳给忘上的事儿，便说道：这个关学究，尽做些不准成的事儿，亏他还是个进士及第呢，怎能给你更个东虎的名字？东虎、东北的老虎，可够吓人的，怨不得你能制羊，虎克羊啊。羊是我满洲祭祀的主品，可不能让你克着，给你改个名儿吧。

徐东虎听了不是滋味儿，心想我这名字刚改完了怎么还要改？但他哪敢说不让改呀，只好答道：那……那就恭请老佛爷赐名儿。

慈禧说：你不是司羊膳房的庖掌吗，还主制全羊席，就叫徐全羊得嘞。全羊席是大清朝的国宴，一提全羊席就能想起你，好记。羊又是祥物，这名儿吉利，别人想叫还摊不上份儿呢。

徐东虎哭笑不得，暗想哪有叫这名儿的？可这是老佛爷的金口玉言，他岂敢回拒，就装作欢喜的样子称谢了，心里却苦不叽儿的难受。

（本小说为行文方便，界此，亦称徐东虎为徐全羊。）

慈禧又说：传你来，是问问你，方才进的羊肋菜，中间的骨头都让我吃了，你怎么把骨头都做软乎了呢？

徐全羊答：回老佛爷话，那不是骨头，是用鲜笋代替的。

慈禧说：哟，怨不得的，骨头哪会这么脆楞，这菜名儿叫什么来着？

徐全羊答：叫金柄玉缀。

金柄玉缀？慈禧想想说，不行不行，这是卖关子，不能卖得花里胡哨的。你这叫偷梁换柱哇，对吧？就叫偷梁换柱好了。

徐全羊打个呃气，但又只得应附着跪谢了。

维康见状，就说：徐全羊，老佛爷赐你人名儿和菜名儿，还不起了香槟，给老佛爷斟谢！他说这话，一是觉得早该进酒了，二是要护着斟酒的太监，若再惹麻烦，受罚的该是自己了，三是认为老佛爷正赏识着徐全羊，他就是起出了响动，喷出了酒沫子，想也不会受到太监那样的责打。

徐全羊虽在想着不该他去斟酒，但维康这样说了，只得去斟。那个小太监赶紧从酒箱里拎出一瓶扎过眼儿的"金头"，递给徐全羊。徐全羊接过，就摆到慈禧的食案一侧。他也没起过这种酒，心中自然忐忑不安，开塞时就把瓶口朝向自己，以防冒犯慈禧。这时，在场的人都注视着他的两只手和那瓶"金头"，说是在盯着一个人在勾动枪栓，那是有点夸张。不过，却都是提着一颗心，倘若再"砰"的一声喷出酒沫子，这宴会还怎么进行？慈禧不也跟着栽面吗。

可是，徐全羊启塞时，却吗动静没有，这不仅使他如释重负，也使在场的人都轻舒了一口气。又因这酒气已经跑光，斟时就像白水一样，老老实实淌到杯子里。他斟满了酒，就双手呈给慈禧，说：恭请老佛爷象箸流觥，新年万福。他这话只是虚意祈祝，并无具体的谢意，他是在用锦词绣句巧妙地抗拒慈禧对自己名字和菜名的"残害"。

慈禧却没悟觉，她笑盈盈接过那杯香槟酒，又侧头对维康说：你们瞧瞧，人家起瓶塞儿悄没声儿的，沫儿也都没了，这前边侍候的竟不如后边侍候的灵泛。徐全羊啊，你去教教他们，给大人们斟酒。

徐全羊嚎应着，就退到后处，唤来那个小太监，低声对他说：见我斟酒了吧？瓶塞上扎了眼就没事儿。快去告诉大家，赶紧给大人们斟酒哇。

于是，赴宴者这才喝上香槟酒。尽管这酒度数不高，可酸不叽溜的倒不难喝。他们见慈禧频频举杯，能喝酒的便放量喝了。

慈禧因多喝几杯，脸已微红，她抬眼环巡一圈儿，说：徐全羊呢，让他到前面来。俟徐全羊应声走到前面，她又说：看你这么干净利索，我们吃宴也有个好回味呢。你这是满洲菜山东味呀，让我们满汉通吃，不赖不赖。今个儿这宴，你可是唱了主角儿，起香槟酒都起出了绝技。听说你还有绝技，能在人背上切羊肉丝。你就再助个宴兴，当场切切吧，也让大人们开开眼界。

徐全羊早有准备，已将家伙什和选的羊肉备好了。不说过吗，他有争能逞胜的特性。人有奇功，必有图示。他的绝技能演到慈禧和大臣们面前，这是他当初想都没想到的。这种显豁自我的愿望他哪会没有，于是，他就嚎了一声，并说：回老佛爷话，得容下厨选个人来。

慈禧说：那还不好办吗，在场的哪个人合适，你就选吧。

徐全羊又嚎了一声，就拿眼儿咂摸那些尚膳太监。因为阁内很暖，这些人正在供职，穿得都不算厚，谁合适不合适的，一看便知。他们因是慈禧的近侍，故而个个年轻标致。标致的年轻人都瘦溜溜的挺精神。瘦溜人的背部都凸骨少肉，腰不平展这是有数的。徐全羊看了一圈儿，也没选出合适的人来。慈禧见状，不悦地说：你这磨蹭啥呢，是不是怯场了？

徐全羊忙答：下厨不是怯场，只是，选不出合适的人来。

慈禧说：阁内这么多人，不信你选不出来？

徐全羊当然能选出人来，但不是尚膳太监，而是赴宴者中的人。方才，他看站着的人时，眼缝里也捎带了坐着的人。坐着的人都是中年左右，体宽发福、腰粗背壮的倒有几个，可那都是大人们，他哪敢选呀，因而就在那里发怵。慈禧这一问，就把他逼急了，就说：选是能选，下厨不敢选。

慈禧一听就懂了，说：我不是说了吗，在场的哪个人合适，只管选着好啦。她说这话自有用意，是要体察赴宴者的反应，选了谁就能触摸出这人在事到临头的适从心理。为了顺应她的谕示，能不能含屈负忍，甘受下垫，是验测这人是不是真心追随她的一个不太经意却又独出心裁的试点。

这样，那些赴宴者见徐全羊瞅起自己，皆惶然不安，脸色发窘，惧被选中。都想到堂堂的二品大员，果若让这厨子当了菜墩使唤一番，且不说担惊让他伤了皮肉，嗣后再传扬出去，岂不被人当成笑柄？可太后居然怂恿这个忘乎所以的厨子肆无忌惮，这简直是对朝官的莫大羞辱。但旋想日后的仕途还攥在这个老太婆手里，那种不满甚至恼怒的心绪又给逼了回去，就只好比那个受辱胯下的韩信，聊以自慰。

不料，赴宴者中竟有一人站起，大大方方地说：徐全羊，你也别拿眼儿来回哑摸了，我猜你是在寻本官这般身段的。本官背阔腰平，身肉结实，就给你当回菜墩子吧。您道这人是谁？正是佟锦堂。他是想开了：太后要赏技，能给太后当个垫背的，让太后看得开心、高兴，不正是显着为臣的孝顺吗？他还想到这厨子给我一刀才好呢，这比在战场上被乱匪砍一刀还值。被乱匪砍一刀没准儿命都没了，被这厨子拉一刀，顶多是脊梁皮上出道血，抹抹白药就会好，而且，挨了刀是这厨子演技失手，伤了大员还不受罚？有罚就有赏。太后在这儿亲眼瞅着，这刀能白挨吗？

慈禧听了，先是掩着嘴笑，遂觉失态，便端了身子，肃然道：还是佟大人能屈能伸，有韩信之风。说着两手拍合，为之击掌。

阁内的人，哗然随之，掌声大喧。鸿胪寺的乐队乘兴起乐，宴会的气氛颇显热烈。

佟锦堂走到徐全羊旁边，又向慈禧施礼道：为臣的，要为太后效犬马之劳，岂能挂在嘴上？下臣只当回菜墩，离犬马还差得远呐。

这回慈禧可憋不住笑了，阁内的人也都跟着笑。慈禧笑过了说：徐全羊，给你当菜墩的，可是个要放外的巡抚呢。你可得刀下留情，别耽误了他的上任日期。

佟锦堂已脱去朝服和里面的夹袄，只剩了贴身的罩衣。他这一当菜墩，慈禧在笑谈中就把他放外了，他能不兴奋？所以，他对徐全羊因演技给他带来的运气颇感满意。这时还就不想挨刀了，只想徐全羊的演技有个圆满的结局，以取悦慈禧，于是小声对徐全羊说：你好生切着，不可伤了本官。太后看得高兴，本官与你都会受赏的。

徐全羊说：大人放心，下厨不会伤着您的。要不要把火盆移得近点？只是怕大人凉着。

佟锦堂说：不必不必，本官饮酒已多，体内燥热，本欲敞衣，又恐失礼仪。正好散散体温，凉快凉快。

徐全羊本不想让他脱光上身，怕有失他的体面；再说有慈禧在场，也不雅观。但听了他这话，便乘机说道：大人如不嫌凉，就把罩衣也脱了吧，这样，下厨演技时就更稳当，更把握。

佟锦堂说：好啊，本官是爽快人，既当垫背的，就当个底朝天。说着脱去罩衣，往旁边一个太监的怀里一甩。

慈禧大笑，遂又鼓掌，阁内又掌声顿起，宴会的气氛已达高潮。

徐全羊这就嘱咐佟锦堂俯背平腰，双手撑稳腿膝。早有个尚膳太监托着漆盘，上面放着切刀、垫布和羊肉，走到他身边。他将垫布取来一抖，铺到佟锦堂的后背上。这垫布稍湿，铺上时就贴住了皮肉。他乘机用手一撸，不仅使垫布平展了，也感觉到佟锦堂的后背确很平板，心就踏实了，遂操起刀来，说道：多谢大人配合，大人可不要再动了。

佟锦堂说：本官怎可动之？本官一动，你即失手，本官还要伤背。这让太后见了，岂不太煞风景。你就切吧，本官挺得住。

此时，徐全羊的神气立聚，忽就回想起罗小翠的嘱告：就是慈禧太后在你旁边看着，你这拿刀拿勺的手也不能抖，现下，这话真被言中了。因为他早有备觉，倒不显得紧张，但也不敢轻疏。于是，就镇定了情绪，放缓着心律，调控好腕力，只用十来分钟的工夫，就将羊肉丝切好了。佟锦堂也因有了放外巡抚的肥差，心中舒泰，竟大气不喘，一动不动，只想当好菜墩子，让慈禧有张笑脸，故而配合得相当默契。

徐全羊切毕，使个尚膳太监取了羊肉丝，置盘中，摆到慈禧的食案上。慈禧执箸将羊肉丝扒拉一阵，见粗细长短，根根均匀，就大为惊异。遂又起身向前，走到徐全羊旁边。徐全羊便揭起垫布，抖开给慈禧看。慈禧看了那布，又去看佟锦堂的后背，确觉完好无痕，这就喟叹道：国技、国技呀！刀可武使，也可文用。徐全羊，你这国技，日后要给那些洋使们看看，我大清国有能人呢。

佟锦堂仍在那里撅着，仰起脸向上翻着眼睛说：禀请太后，下臣能否平身？

哟，还把佟大人忘了，慈禧笑着说，快平身吧，穿了衣服，别着凉了……

宴毕，慈禧赏了佟锦堂一件青白肷皮氅衣，一对脂玉如意，说他能当个好官；赏了徐全羊一两重的银锞二十个，库缎两匹，说他是个好侍候……

第十八章　奕䜣参劾

廷臣宴过后的当天下晌，就是徐全羊和房二回到司羊膳房筹备元旦那天的庆典大宴时，维康被莺太妃传到丽景轩。原来，莺太妃嫌维康购置的刀、勺太沉太大，正在后膳房发火呢。她见维康进来，就瞪眼训斥：这些炊具笨重可厌，都是粗人使的家伙，你是不是要拿我们当厨子用啊？你长没长心眼？都给我退回去，要袖珍的！吓得维康连声嗻应，心里却想：没听说炊具还有袖珍的，这上哪儿淘换去？只好说奴才按老主子的吩咐，这就到营造司的铁库去特制。莺太妃说：得又小又轻啊！还有，丽景轩快修完了，厨子徐啥时候来呀？维康答：回老主子的话，这些天，前朝内廷的宴事都多，厨子徐正为朝廷主持宴举，奴才这边也分不开身。等过了初五，宴事消停了，奴才就去周旋。不过，这事儿还得请禀老佛爷下谕才是。莺太妃说：我不管你怎么周旋、请禀，我到时候只要人。过了初五再无准信儿，我还不跟你扯了，我找太后去……

不说维康窝着气，到营造司铁库去特制袖珍炊具的事儿。单说翌日一早，他陪着用过膳的慈禧散步时，因心里压着事儿，怕过了初五，莺太妃逼他要人，就试探着请禀慈禧，说丽景轩何时重开？

哟，还有这事儿呢，慈禧想想说，眼下典期在即，年尾的贺事儿也多，你告诉莺太妃，过了初五再开吧。又问厨子选好了没有？

维康正套着这话呢，就作出愁相道：奴才原想在御茶膳房选个厨子过去，可老主子说啥也不干，非要徐全羊不可。奴才说徐全羊是光禄寺的人，奴才要不了。老主子就不依，说您老答应过她可在外朝和内廷随便选厨子，都让奴才去办。说过了初五，徐全羊要不过来，就不跟奴才扯了，要找您老要人。这……这不难煞奴才了嘛。

慈禧一听脸色骤变，气道：莺太妃怎么也知道徐全羊了？她可真闲得慌！想寻个漂亮小子作乐吧？这可不行。我呀，是拿丽景轩当个醉罐，把这些宫眷像母蟹醉进去，让她们膏黄凝聚。徐全羊要来，他漂亮啊，等于掺进一只尖脐雄蟹，母蟹都得骚动，膏黄会不凝而沙，那就醉而无益了，丽景轩里还不惹出事端来。慈禧是带着妒意说这话的，因她已看好徐全羊，正想寻个因由用孔玉贵把他换过来，一听莺太妃也要争抢，她哪能不气？

维康猜摸到了慈禧的心思，就说：依奴才之见，老佛爷是不是下个明谕，使厨子孔和厨子徐对换？这样，奴才也好向老主子有个交代，免得老主子再惦记着厨子徐。

慈禧仍气道：有她这一要，谕倒不好下了，这不太直白了吗？以为我和她去抢个漂亮小子，让她和宫眷们去说我的闲话，说我只顾自个儿，不体恤她们。

维康听了，觉得换厨的事儿有点玄乎，麻溜儿又说：奴才还有个想法，不知当讲不当讲？

慈禧说：什么想法呀？你讲吧。

维康说：当年，康熙爷的宠厨张东官，听说也漂亮，长得凤目月脸的。他去丽景轩时，被赏了六品蓝翎侍卫，是净了才去的。奴才就想，老佛爷是不是仿着康熙爷？这样，丽景轩就可开个包哈房，让徐全羊向主子们传授炙烤。其实，这是方便给您老进献烤羊腿，您老如有宴事，奴才也能及时传他过来。

慈禧想想说：你这主意倒是不错，但也不行。张东官与徐全羊并不一样，他是康熙先帝南巡时，从苏州带回宫里的，一直在内廷供差，所以，他被派到丽景轩，不牵涉光禄寺的事儿。徐全羊到光禄寺，是我下谕经江北各巡抚荐厨选来的，惊动面大。把他派到丽景轩，我这儿的厨子孔就得换过去。不换吧，光禄寺那边没了司羊庖掌，毓福还不找我闹扯？换了吧，谁来伺候我的照常膳？我也总不能顿顿吃烤羊腿吧。算了吧，别为个厨子，我哪面都不得好。慈禧说到这里，颇感烦恼，不由得因莺太妃触犯了自己的利欲而对她滋生出嫉愤。

维康听后，心下惆怅，对徐全羊抱有的希图也几近溃消。

如果这样，徐全羊没调到内廷，下文就没戏了。要说的是，阴历元旦那天，朝廷在太和殿举行庆典大宴，有个茬口发生在奕䜣那里，这个茬口很快变为奕䜣参劾奕谟的奏本。没过几天，莺太妃也因受慈禧的嫉愤而遭羞辱，竟用剪刀寻短，使慈禧为情状所迫，不得不把徐全羊调到内廷。

阴历元旦那天，天色晴朗，虽是春寒料峭，但太和殿一带却显得暖意融融。按着规例，殿内的宝座前为光绪摆设了御宴桌张；在殿内两侧和殿外檐下及延扩处为前引大臣、后扈大臣、豹尾班侍臣、起居注官、内外王公、额驸、一二品文武大臣、台吉、塔布囊、伯克等摆了宴桌一百零五张；在殿外东西两侧，为理藩院尚书、侍郎及都察院左都御史等摆了宴桌二十张；在殿前丹陛上，为二品以上的世爵、侍卫大臣、内务府大臣和表演庆隆舞、喜起舞的大臣等摆了宴桌三十五张；八国外使的宴桌，设在西班之末；稍远处，还设有八个蓝布幕棚，棚下设三品以下文武官员的宴桌。共摆桌二百一十张。太和殿前丹陛上的御道正中，向南张一黄缎方幕，内设反坫，坫内设巨型铜火盆两个，上面坐着大铁锅两口，一口是盛羊肉用的，另口是烧热水备温酒的。礼仪司的人在丹墀内设置了光绪的法驾卤簿，如同大朝之仪。鸿胪寺的丹陛大乐队和升平署的颂禧队，也都早早儿赶到殿前丹陛上，试音或吊嗓子。

抬眼环顾，太和殿周围的墙边里侧，全是临时搭起的黄云缎帏子。殿东侧的帏子里，是备供坛酒、盘碗、火锅之处。光禄寺的前台应承人员，全在这儿抬着酒坛搬着火锅进进出出；燃炭的烟瘴，餐器的碰撞，还有舃履杂沓和传事交涉的大呼小叫，汇合成一股股的声浪。殿西侧的帏子里，设置着临时搭设的炊灶案。因庆典大宴循例用羊百只，俎事繁重，故光禄寺各膳房的厨人齐聚于此，统由徐全羊指挥。他正率领厨人们，在这里蒸炸炖煮，忙着落桌。浓郁的香气飘漫在空气中，帏子内时而传出他布肴列馔的喝令声。

当巳正一过，王公百官由管宴大臣毓福领着，在太和殿内的金云角宴桌旁或殿外的金铁云包角宴桌旁依级而坐；八国外使们由礼部大臣陪着，在西班之末的西番莲宴桌旁安位。中和韶乐适时奏起，浑沉而悠扬，颂禧队的人引吭颂禧之歌。光绪乘着杏黄色的暖轿缓缓而来，轿停在殿前的御道上，内侍揭起轿帘儿，光绪举步而出，拾级升入宝座上坐定，乐奏即止，太和殿内外鸦雀无声。只见丹陛下有个身穿锦缎花裳的执鞭人，他身如铁塔，虎背熊腰，手执四丈有余的"静鞭"，鞭段粗过盅口，用黄丝缠成，鞭柄尺余，柄尾镂有龙头。这人马步蹲裆地站在那里，轻"嘿"着用劲抡膀臂，那长鞭在空中像金蟒飞旋狂舞，叭、叭、叭地连响三声，声音清脆响亮。鞭声响过，金钟玉磐、鼗鼓棰箎等齐声又奏，"元平之章"响彻宫殿上空。这时，坐在理藩院尚书、侍郎后面的一帮翰林公，都摇头晃脑地聆乐而痴，听得清楚的一句话是：这真是黄钟大吕之音、金声玉振之乐呀！

王公们的宴桌都被安排在太和殿内光绪宴桌的前右侧，为两人一桌。右侧首桌是奕䜣和奕䜣，但奕䜣不愿与奕䜣挨着，他见右侧尾桌只有魁斌一人，就去那里坐了。荣禄见奕䜣因奕䜣不坐排位而面色尴尬，便来圆场，就挨着奕䜣坐下了。荣禄的位置是在光绪宴桌的前左首，这一侧坐的，都是前朝勋臣和当朝的一品大员。荣禄旁边的位置是毓福坐的，因毓福是光禄寺承办这次庆典的主持者，这种身份使他必须挨近光绪坐着，以便掌控仪程和宴情。但荣禄蹿到奕䜣的位置上就不应该了，实属僭妄。但他是慈禧的心腹，正权势熏灼，谁犯得上为这事儿去惹嫌他呢。

咱们还说奕䜣。自咸丰驾崩后，他因政见和自身的利益，尚能与慈禧、奕䜣相处融洽，仨人曾联手策动了"辛酉政变"，控制了朝政，奕䜣因而被封为议政王、军机大臣。奕䜣与这两人结怨，始于同治病危。当时，同治向代他批阅奏章的师傅李鸿藻交出一道朱谕，并说时事艰难，国赖长君辅政，要传位奕䜣的子嗣，并命到了时候再宣旨。这番话，恰被慈禧派去侍候同治膳食的维康听到了，他立马密告慈禧。慈禧就将李鸿藻传去，问出朱谕，截留撕毁。同治驾崩后，慈禧却突然宣布奕䜣之子载湉继帝，使奕䜣受宠若惊。奕䜣为之丧气，因而，奕䜣对慈禧就深怀不满，对奕䜣也产生出嫉怼。

而且，奕䜣又生性耿介，性格像小胡同里赶猪，直来直去，不善逢迎屈节，从不向慈禧谄媚，因而在仕途上坎坷不平。因两次与慈禧矛盾尖锐，被罢免了议政王和军机大臣的职位，降为闲人，一闲就是几年，甚至十年。现下，他虽然复出，领了防卫京都之职，但不是为着慈禧居官的，他是看到时局危厄，作为先帝子嗣，有责任扶助大清的社稷。他当权后，镇压了太平军和捻军等各地义军，对清廷的功勋可谓大矣，可是，慈禧对他却处处防范。仅举一例，兵部尚书沈桂芬是奕䜣的老部下，奕䜣复出时信重他，这让慈禧就心生疑忌，欲寻机削去奕䜣的这个羽翼。不久，广西巡抚出缺，慈禧就说沈桂芬在山西曾任过巡抚，可以派他补缺。沈桂芬是一品大员，因何降为二品巡抚？奕䜣对此大为气愤。但因自己与沈桂芬的关系，又不便出面谏阻，亏得军机处有人替沈桂芬说情，说沈桂芬办事勤勉，有功无过，不宜远谪边省。慈禧无由贬沈，只好不悦作罢。从这件事上看，兹证奕䜣与慈禧已经积隙较深。

奕䜣与奕𫍯结怨，是因同治传位给载湉，他猜疑有奕𫍯从中作祟的成分，从而渐废懿亲。自载湉继帝后，这兄弟俩就时常暗中斗法。奕䜣看不惯奕𫍯的混政老伧，处事狡诈。奕𫍯虽在小事儿上敢与慈禧掰扯，但在大事上从来都是仰承慈禧的鼻息，讨她的欢心。为投慈禧所好，奕𫍯竟串通李鸿章，挪用海军经费给慈禧修建颐和园，这是人所共知的事实。奕䜣更看不惯奕𫍯以皇父自恃、为所欲为的行径。就说上次奕𫍯向慈禧参劾吧，明明奕𫍯是向民间私传宫中食艺的首犯，他却倒打一耙，栽赃给各王府，结果，恭王府首当其冲，管家和厨人都受罚戒。过后，慈禧为此专下特谕，严禁宫中食艺外传，也不准遣人入宫私学。可是奕𫍯又公然派他的府厨房二到光禄寺拜徐全羊为师学艺，并在宗亲宴上故意叫板，使奕䜣和众亲王听着，以为谁也惹不起他，这让奕䜣忍无可忍。心想：我是你奕𫍯的六哥，论资格、功劳、能力，都比你强，你凭什么欺人太甚！别人惹不起你，我可敢惹你！所以当王爷们都将自己的府厨送进光禄寺学艺，以此与奕𫍯较劲之时，奕䜣却没让王大安去。这是留个心机，要准备参劾奕𫍯，发难慈禧。但这几个月来，因军情紧急，他先是率兵南下歼剿太平军，接着又转赴直隶与西捻军作战。当他得胜返京时，已过了小年，因而，参劾的事情就暂搁下了。

现下，徐全羊已为光绪献毕全羊席，他整衣进殿，正跪在那里谢恩光绪的赏赐。光绪这时虽未亲政，但今个儿却是以皇帝的身份出席元旦庆典的，这也是慈禧的旨意。慈禧在这种场合下不宜出面，便叫光绪来了，说是让他在登基之前做些历练。光绪已快成人，渐谙朝事。他这时想到自己应稳重些，尽量做出成熟达理的样子，不使群臣看出他有年少稚嫩的短绌。他也明白，既然礼式已过，大年初一的就不必循守常纲，宜使这些长辈老臣们不拘规仪，尽兴啐啐，也显得他有谦先敬老的礼教，这就命近侍将他宴桌上的一些肴馔分赏给奕𫍯、奕䜣及近支长辈，然后走下宝座，亲擎酒杯，向近处的显爵重臣们献了一圈贺年酒，就又回到宝座上，使人传唤徐全羊。他这是要走走庆典的循例，赏赐为他献席的厨子，表示逢年御尝而对下人劳动的体恤。

自徐全羊进殿又退出的这段过程中，殿内的王爷们便借此议论开了。遇年言宴嘛，啖馔赏厨，这也是此番情状下的端由使然。又因各王府的小力笨儿们已跟徐全羊学了三个来月，司俎手段均有提高。前几天，毓福想到新年在即，就把他们都放回各王府，让他们为王爷们筹献除夕家宴，说过了初五再回来。王爷们尝了小力笨儿们的手艺后，确觉有长足进步，就对徐全羊的授艺颇为满意，所以，他们瞅着进殿受赏的徐全羊，就议论开了。

哟，这厨子气宇不凡呐，哪像个抡马勺的。惠亲王，您说他换上补服，夹在上早朝的人堆儿里，没准儿当他是个新上任的翰林。

听说他来光禄寺应试时，还带个女助厨，她照着毓福捏面人儿，把毓福的小巴拉眼儿都捏出来啦。啥？我糟改，我才没糟改呢。庆亲王，等会儿毓福过来您仔细瞅瞅，他左眼眶的上眼皮右边，确实有个小巴拉眼儿。

我就纳闷儿，郑亲王，您说在人背上，咋就能把羊肉丝切得跟火柴杆似的？这是轻功吗？古往今来没这刀路。让我切，一刀下去，还把胯骨缝儿撬裂；再一刀，没准儿腰膫子就两半了。您笑，那可不咋的。

那亲王，您的厨子在年前不也从光禄寺回去了吗？怎么样，庖技长进多了吧？你们蒙旗讲究过大年食全羊是带福还家，属您吉祥如意。您呐，得学着万岁爷，赏赏您厨子的师傅。

裕亲王，您这话可说错了。最吉祥如意的，还属人家醇亲王，人家的厨子在司羊膳房里炒二火，在羊亲王的眼皮子底下学艺，咱们的厨子有这待遇？听我的厨子回来说，腊月二十七日那天的廷臣宴，是羊亲王到内廷给太后做的，人家醇亲王的厨子就能去当助厨，那学得多瓷实，你我的厨子敢去内廷行走？

嘘，您喝多了吗？小心让吉祥如意的听到。

听到能咋的，说她最吉祥如意还不行吗？喊！

说着饿苍话的是挨着奕䜣坐着的魁斌，魁斌知道奕䜣与奕譞素来不睦，所以就不背着他，不但不背着他，还有意让奕䜣听清，魁斌说完了"喊"，就侧首睃了一眼奕䜣。

果然，奕䜣被魁斌的话给激着了，他本就想参劾奕譞，又听奕譞的厨子竟敢到内廷行走，这气更是不打一处来，就沉着脸向魁斌：睿亲王，方才您说醇亲王的厨子随了厨子徐去了内廷行走，可是当真？

魁斌答：我是内廷的领侍卫大臣，怎可言而有虚？一般地说，循例来内廷行走的我不过问。额外进内廷的人，乾清门侍卫掌要向我禀报，有我批允方可，腊月二十六日那天上午，侍卫掌向我禀报，说光禄寺的厨子徐来内廷做廷臣宴，我知道这是太后的旨谕，当然得放行，可还跟着个房二。我问房二是何人？侍卫掌说是醇亲王的厨子，随厨子徐当助厨的。我一听就诧异，醇亲王能到内廷行走，他的厨子岂可享此殊荣？当时只想到别因阻拒房二，耽误了厨子徐的献宴，只好放行了。恭亲王，您说这不是仗势违规，公道不彰吗，啊？

奕䜣嗯了一声，表示明白了。心里就想：按这内廷循例，亲王郡王这一层人是在大年初五的上午去给慈禧贺岁，这是奕𫍽的主张，他说亲王郡王都是太后的本家人，要有礼谦之风，先可着朝廷百官和外埠大人们向太后贺岁，我们不做计较，可排在大年初五。其实，他这是耍了滑头，因为初一至初四，会有众多的人向他贺岁献礼，他便能从中拿出一部分财礼到了初五再转献给慈禧，这叫取礼有道。他这个主张，荣禄自然不好做悖，就请禀慈禧这么定下了。奕䜣这就想到，他要在初五去贺岁时，将参劾奕𫍽的奏本面呈慈禧，看她届时如何处理？

所以，咱们就不赘述庆典上毓福等人后来怎么做喜起舞，鸿胪寺的艺人们怎么沿古人傩礼之意做庆隆舞了，就言归正题。单说初五这天上午，奕䜣避开奕𫍽，没扎到王爷堆儿里给慈禧贺岁，而是岔过些时辰，单独去了东暖阁，给坐在銮座上的慈禧请了跪安，献了如意，然后就把参劾奕𫍽的奏本递了过去。

此时，慈禧已被没完没了的贺拜大军折腾得心力交瘁，这些天的上半晌，从卯末至午正前，她都得坐到东暖阁里的銮座上，端正仪表，撒出性情，给一应贺者一尊圣母皇太后的形象。况且，贺岁者中又多有见慈禧不易者，哪肯磕上几个头、献了礼物就走的，总要表竭虔诚，道尽曲意，以求将自己留在慈禧的印象中或念想里。慈禧呢，甭管她是真情还是假意，拿捏出的笑容都得定格、定型，并要做出聚精会神的样子侧耳去听，适时应话或酬答。这还不算，每至下晌或晚上，京城里有名的戏班子，还有谭鑫培、王凤卿、十三旦（侯俊山）、杨小楼等名角儿，都被招到内廷，唱连台大戏。戏后是转台大筵，筵中又有灯谜等娱事，这都是逢迎慈禧而办，慈禧不可不领享其怡，率受其乐。所以，光绪朝的天底下，过大年这些天，没有比慈禧更为身心不由己、情貌不由衷、知倦不可倦的人了。因而，当奕䜣走后，她就感到身子骨全散架了，精力殆尽，哪有心神去看手里的奏本呢？于是，回到寝宫，命李莲英挡驾勿扰，连歇三日，到了初九这天，才觉着身体渐适，也没正经用早膳，只传维康送来乳茶和奶乌他，随便吃吃，便出了寝宫，也不乘轿，由维康陪着，活动着身脚去了东暖阁。

经过丽景轩时，轩前的玻璃窗里有人影晃动，维康见慈禧停步，直往里瞅，就适机说：禀报老佛爷，遵照您老的吩咐，主子们的膳房在初六那天就开了。这几天，莺太妃领着布排器物，并开了料单，让奴才备了面糖油盐等，说是要制糕到延庆殿摆春季供，还说让奴才看着，您老啥时候经过这里，告诉她迎驾，要请您老规定了制糕的时辰。

慈禧笑着说：这是借个由子，让我去捧场呢。说着就往轩前走，又对维康说：你先过那边儿去吧，告诉他们笔墨伺候，盆火也生得旺点，我要批览奏章。

这时，眼尖的莺太妃看见了慈禧，便一声传唤，一群婀娜多姿的身影就飘到门外，给慈禧请安、接驾。

慈禧乐滋滋的，由宫眷们簇拥着，到厅堂里走了一圈，见壁顶绘有彩画，轩中俱富陈设，间室相通，烛灯悉以各色玻璃为之，殊增炫美，此乃丽景轩所以为"景轩"欤，心遂欣悦。就又暨进后膳房，见里面宽敞明亮，白漆炉灶，木笼高叠，面案上堆着蜜糖蛋面等物。微漫的香气间掺杂着胭脂的气息，又见宫眷们都系起素花围裙，像个干活的样子，就十分满意，便说：听维康说你们要我规定了制糕的时辰，大家要赛赛呢，谁做的糕最隆，神则悦，祖则喜，必得吉祥。

宫眷们习惯了向慈禧争宠受赏，一听慈禧没说赏赐的话，就都改变了主意，她们见慈禧脱了朝褂，知她要亲手制糕，便单等着她动了手后，这才齐下忙活，各做各的。俟那方糕一叠笼地蒸成了，唯慈禧的制糕最隆，虚蓬蓬的赛过洋餐中的大面包，宫眷们蒸的都是死面疙瘩，您猜这是为何？原来宫眷们在和面时，都故意不放酵引，蓄意蒸后干瘪回陷，皆为取悦慈禧所为。这时，就听一片贺声鹊起，这个说：老佛爷的手艺真巧，奴婢们望尘莫及。那个说：哪是老佛爷手艺巧，是老佛爷德感神灵，心通先祖，要不着，糕怎么蒸得这般奇隆。慈禧听了大悦，就拿过莺太妃递过来的香帕儿擦着手，说：你们做吧，十四那天，我再来与你们赛做元宵。

莺太妃见慈禧的心绪蛮好，与宫眷们送她出去时，便说：太后呀，妹子让维康过了初五把厨子徐调过来，他竟不当个事儿办，等到现在还没个影儿呢。他这是怠慢宫眷，奴才欺主，妹子心里窝囊，是不是该罚罚他呀？

慈禧听了这话，遂勾起她的妒意和嫉愤，就笑容一敛说：你是要徐全羊吧？！他可是选来做大清国国宴的，我都要不得，维康哪里敢要，你是太妃，更该顾全朝廷，为隆兴国宴着想，怎可被私欲迷住心窍，偏得要徐全羊去为难下人呢？亏你说得出这话！再有，你要个漂亮小子，他虽是得行了内廷的规矩，也难免被人嚼舌头呢。你忘了自己的身份不要紧，我可得挂着皇家的脸面！

莺太妃听了，像泥胎突然被雨淋了，脸也涨得通红，站在那里羞窘不堪。

慈禧翻她一眼，心里解了气，想想又说：除徐全羊外，你要哪个都行。我不说过嘛，宫里的厨子四百多号呢，你随意选呗，要我这儿的孔玉贵也给。你呀，得体谅我训政的难处，好啦，都回去吧，把那洋喇叭开了，让它唱着伴你们玩呀……

莺太妃嚅应着，带着强笑目送慈禧而去，一回身那脸色就极为难看，变得煞白泛青，媚丽的五官扭曲得吓人。她哪还有心思玩糕耍饽，兜着怨气钻进小暖轿，冲着舆抬太监，发泄般地战栗一声：回长春宫！

且说慈禧溜达着来到东暖阁，在内室暖炕上的桌前坐定，早有御前太监的首领呈上一摞奏折。慈禧这才记起，奕訢好像也递过一份参劾的本子，心里就泛起猜忌，急就目巡奏面儿，找来展开。

奕訢尚逊文笔，是让心腹汉官代他拟奏的。奏文是：

谨禀太后尊垂：

吾弟奕谭前向太后奏劾，言宫中御俎兹经诸王府承袭，虞尔漏失京都市肆，实为有之。太后重此，谕禁整饬，矫正宫规，杜绝疏弊，堪为明举。然臣视际所及，御俎经王府而漏于民间，讳首乃系醇王府。李莲英苟禄奕谭在京城领东私开东兴楼饭庄，盗用御俎之誉，假御尝而巧诓民财，大逆不道，满朝文武皆敢怒不敢言。尤为不彰则，奕谭仗势皇父，目无太后，置太后禁谕而不顾，擅遣府厨房二于光禄寺司羊膳房攫窃御俎，谋图私己，不啻不轨之徒，亦乘太后循办廷臣宴之机，又妄使房二混随厨子徐至内廷行走，窥窃御俎，抗衅宫规，事不容赦。吾与奕谭虽有戚情，然家私微柱，岂可碍朝廷宏梁之不朽，故义废懿亲，愤而参劾。唯请太后明断公彰，捍谕以威厉，惩戒欺谕妄法之人，昭我朝纲恢恢，大义灭鄙也。

耑此叩奉，供太后悉查明鉴。顺颂圣安。

奕䜣呈上

光绪十三年元月五日

慈禧阅后，颇为恼怒，心绪复杂，就坐在那里思忖。她自知偏纵奕谭而防制奕䜣，导致奕䜣参劾奕谭。这下可好，不仅奕谭被告，连李莲英都给牵扯进去。她又气怨毓福，竟敢违背谕令，背着自己将醇王府的厨子放进光禄寺偷袭御俎，因而，就对奕䜣的耿介给她带来的麻烦十分反感，不由得从心缝里对奕䜣滋生出很深的忌恨。但又想到，奕䜣的身份和在朝中的影响，又不能不对他的奏劾予以核查并处置。她想了想，就命传唤太监去传李莲英。

俄顷，李莲英进阁，他见慈禧的脸色难看，心下怵然，惴惴地跪在那里说：奴才叩见老佛爷，聆听老佛爷训示。

慈禧满脸怒气地问：大胆的奴才，你外泄御俎，领东私开东兴楼饭庄，可有此事？！

李连英一听就威泥了，他久为御宦，深知宫中显要们的派阀之争和恩怨瓜葛。遂想到初五那日，奕䜣曾将一个奏本呈于慈禧，虽不敢拆看，但猜到慈禧的责问可能与这个奏本有关。他虽为慈禧的当红大太监，对奕䜣却惧怕三分，知道在朝廷中敢于触犯自己的，唯有这个倨傲不逊的奕䜣。心想，如瞒辩此事，等于奕䜣诬奏，奕䜣哪肯罢休，会再激他查明复奏，那可有损自己的宦途了，想到这里就害怕起来。这一害怕，就如实地把他的荣城老乡如何请他领东开了东兴楼饭庄，他又如何请奕谭入股，醇王府的厨子又如何传俎和充职等事都说了。他有意将奕谭扯进来，觉得有奕谭从中掺和，能托重显轻，慈禧不会不给面子，也不会对此事处置得太过严苛。

慈禧闻之大怒，斥道：好你个奴才，你身为后宫之宦，不去敬谨掌职，竟贪图外财之道，还敢徇私苟禄朝中重臣，这不是擎着御食的旗号到外面妄诈民财吗！说完，愤令在旁边的太监去掌李莲英的嘴巴。

哪个太监敢去打呀？惶在那里如麻秆儿打狼——两头儿害怕。

李莲英趁机左右开弓，自己打起自己的嘴巴，边打边飞泪号啕地说：奴才该死，奴才有罪，辜负了老佛爷的教诲；奴才情愿挨打受罚，从此跟东兴楼一刀两断!

慈禧见李莲英满脸淌泪花子,心就软了,想到自己不是也在东四牌楼一带开着紫光、泰瑞两家珍宝店和四大恒的钱庄嘛,这些买卖,因承担捐纳和汇兑业务,有时还要靠李莲英从中撺掇。己所有欲,且勿过责于人了,这就缓了语气说:好啦,起来吧,别作践自己了。其实啊,东兴楼的买卖开着也无妨。不过,可要告诉你那个荣城老乡,万不可让市人知道是经营御膳,这可是顶要紧的。我看呐,东兴楼不如扯了山东风味儿的招幡,经营东、西两帮的胶济菜吧。

李莲英捣蒜似的嚯应着。

自此以后,京东八大楼之首的东兴楼,便将御膳的基底遮隐起来,包装以山东风味招揽于市。这座背景畸奇又营不由衷的著名酒楼,因慑于皇威而迫演于齐肴鲁馔在后世流传,乃具京都饮馔的某种历史特征,这与慈禧的告诫和李莲英为此的嚯应之间有着微妙的关联。

这时,慈禧又说:你这个小李子,招人爱又惹人恨,念你侍奉有功,当差勤逸,又说了实话,就不降罪于你了。不过,也得有个罚戒,你自己打自己的耳雷子,就算戒了;还得有罚,你不是年俸两千两银子吗,罚去一半,这样,也让我向参劾的人有个交代,你先下去吧。

李连英去后,慈禧又传来奕譞,奕譞拜过,慈禧也不赐座,劈面就问:你府上的厨子房二,是不是在光禄寺跟着厨子徐学艺呢?!

奕譞就感到这是有人奏劾了,他原想遣房二到光禄寺学艺,众王爷也效仿他而行,大家彼此,等参而为,没有了鼓包的因由,却没留意奕䜣偏不效他,并将这事儿捅到慈禧这里。但他自恃为皇父,以为大清国将来都是他儿子的,儿子他爹和儿子的膳食就无府膳和御膳之别,所以,慈禧问话使他并不慌张,这就答道:回太后的话,因载湉时常回府,府上的厨子俎技不精,臣恐载湉饮食不周,就遣房二去了光禄寺学艺。臣这是为载湉着想,又觉得此事不足为道,便未禀报太后。奕譞说这话的想法与李莲英一样,李莲英有意将奕譞扯进来,奕譞又有意将光绪扯进来,都是为了挡驾,奕譞以为这样一说,慈禧就不好发难他了。

没想慈禧一听,脸即呈怒状,厉声道:什么叫不足为道?你怎么越老越不明事理?当初,你参奏说宫中食艺外传,我即下了不准入宫窃艺的谕禁;可还是你,竟背着我,又私遣房二入宫学俎;年前,这厨子还敢借廷臣宴之机,随徐全羊到内廷行走，你这不是跟我玩花轮子，糊弄我这个训政的吗？慈禧这话是冲着奕譞拿光绪当挡箭牌说的，这使她颇为反感，认为奕譞有意触犯她的极权，只是，话中没便明挑。

奕譞见慈禧动怒，又自知理亏，不敢再辩解了，就说：房二到内廷行走之事，臣却不知。这是有人借此节外生枝，蓄意谗言于臣。

慈禧听了，以为奕譞还在抵赖，脸都气青了，说：好，你以为有人谗言你吗？这是得当场弄清。房二若没来内廷，算我冤枉你，我找诬奏的算账；若来过内廷，你就是有意抗衅规矩！说着，就令在旁的太监去传维康。

维康早在外阁侧耳听明白了，已有准备，见慈禧使人传他，麻溜儿进了内阁，礼后，站在那里等着慈禧问话。

慈禧遂对维康道：廷臣宴那天，随徐全羊来的，有没有帮厨？

维康答：回老佛爷的话，有帮厨。

慈禧又问：是谁呀？

维康不敢当着奕譞的面儿说是房二，就答：奴才不认得是谁，只知是光禄寺那边过来的。

慈禧没问出结果，哪肯罢休？她也希图奕訢是诬奏，但事到如此总得问个水落石出，遂负气道：我就不信这个帮厨确认不出是谁。去传睿亲王，他是领侍卫内大臣。进内廷的人，总得有册可查吧。

俄顷，魁斌进阁，向慈禧施礼后，就被慈禧问道：找你来，想知道一下，年前，光禄寺的徐全羊到内廷做廷臣宴，跟来的帮厨是谁？

魁斌听了慈禧追查此事，猜是奕訢参劾了，暗下高兴，便答道：回太后话，年前腊月二十七日巳初二刻，光禄寺司羊膳房庖掌徐东虎和司羊膳房二火厨子房二，两人进入内廷，腊月二十八日申正一刻，这两人出离内廷。

慈禧道：这么说，房二已是司羊膳房炒二火的厨子啦！醇亲王，你还说蓄意谗言于臣，谁谗言你啦？是人家参劾的谗言你啦，还是睿亲王谗言你啦？

魁斌却说：臣只是如实禀职，房二来过内廷，但不知他是醇王爷的厨子。

慈禧说：睿亲王，没你事儿了，你忙去吧！

魁斌走后，慈禧仍窝着火儿，使出她的性子，挖苦着奕譞说：这个房二还炒上二火了，徐全羊肯定是炒头火的了，这不抬眼就学嘛，房二学好了，再派他到东兴楼传艺。醇亲王，你这幺蛾子使得不赖呀！

奕譞既无理申辩，也没法解释，站在那里面窘语塞。

慈禧想想，压下一口气，冷眼瞅着奕譞说：你身为皇父，却不以皇父自律，知谕犯谕，又被人参劾，影响甚坏。这事情总得有个说法，不然难以服众，你先下去吧！听候处治。慈禧这样说，也是乘着得理，抬高自己的训政地位，发泄一下当初她没留住房二的那股怨情。她说完这话，又使人去传毓福。

奕譞臊目耷眼地过礼后，慈禧望着他走去的背影，摇头叹道：只因一个徐全羊，竟让醇亲王也跟着吃瓜络，这个好伺候也真是艺高招风，惹是生非啊。

维康这时意识到徐全羊的事情已让慈禧犯难，他凭着这种直觉认为，徐全羊在光禄寺好像要待不稳当，调这小子来内廷又有希望了。不过，得借机再扇扇风，把老佛爷的气火扇出来，这样才能使自己的念想奏效，于是眼珠一转，想了想说：老佛爷，有些事儿，您老还不知道，奴才也不敢禀报。禀报吧，怕惹事儿，又让您老生气，不禀报吧，还觉得违心，憋在心里难受，也辜负了您老对奴才的恩泽。

慈禧正在不顺，听了就说：这事儿你也算知情人，别吹了灯又瞪眼睛说话，我还不知道什么？赶快说！

维康说：老佛爷记得不，咸丰爷赏给恭亲王的厨子王大安，他是奴才的老乡，年前，就是廷臣宴的后一天，在给各王府送年货时遇见过他，他对奴才私下撅气儿，说各王府的厨子，都蹽到光禄寺学艺去了，已拜徐全羊为师，他也想去，可恭亲王对他说：你为何挨的杖罚？还没记性吗？太后可是有谕，严禁宫中食艺外传，去了就是违谕。别人我管不着，你不能去。王大安还说，这事儿让奴才有数就行了，别说出去，说出去没准儿会捅娄子，这娄子是咱们敢捅的吗？所以，奴才就没敢向您老禀报。方才，奴才见您老大公严制，无私明规，才激发了奴才的勇气，奴才敢禀报这事儿，奴才禀报了，可也提心吊胆，八成真要捅娄子了，伏乞老佛爷替奴才做主，日后护着奴才些，不然，奴才的饭碗备不住哪天就被砸了。

慈禧听了，冷笑几声，就把维康吓蒙了，麻溜儿跪下说：奴才是不是禀报错了？如有失言，万望老佛爷宽恕，奴才是真心护主啊。

其实，慈禧在感触奕䜣，琢磨起他为了参劾奕譞，竟不让自己的厨子去光禄寺学艺，以图谋与此事无涉，并在参劾后的处治中落个清白。她对奕䜣这种蓄意参劾的动机的反感由此大增，因而在冷笑奕䜣的诡厉和奕谲的庸弊，当她听完维康惊措不安地跪在那里说完话，那冷笑又转为亲切的笑，便说：我笑笑就把你吓成这样？腿上贴对子——你算哪一门呀。你禀报得不是很好吗？谁敢砸你的饭碗，我就摘他的顶戴。这你总该心安了吧，起来吧！去看看毓福来没来。

维康谢恩磕头后，起身时便借用袖头抹去脑门子上的那层冷汗，当他退出时，恰与急匆入阁的毓福擦肩而过。

慈禧紧着指甲套，瞅着毓福向她叩拜了，就冷声问：你何时又搞起会试，把醇王府的房二也选到司羊膳房里炒上二火啦！

毓福一听不妙，只是有人参言了，只好如实作答：臣事先未向太后请禀此事，有瞒上虞职之愧。臣无话可说，甘受罚处。

慈禧嘿嘿一笑，说：你倒爽快，说出的话像秃噜烧海参似的顺口，我问你，为何不事先请禀，就自做主张？！

毓福答：臣知此事违谕，哪敢请禀太后，若要请禀，必遭太后拒示，臣就无法向醇亲王转达。事出无奈，臣自难言，只得违心而为了，臣也想过，此事若无人参言，臣算侥幸；若真遭参，臣当自受。

慈禧厉声道：你拿我的谕禁赌卦哪？混账东西！我再问你，司羊膳房的人是不是都死光了，你就把各王府的厨子们都放进来充差？！

毓福怵然沉首，嗫嚅着说：醇亲王的厨子一来，各王府的厨子也都要来，臣实在难以亲此疏彼，就……

就都来聚众违谕，是不是？慈禧说，你身为掌管宫食的大臣，擅自违反谕禁，窝藏宫外厨子，偷学宫艺，只这一点，就该革职论处！

毓福被吓出一身冷汗，忙道：臣知罪。说完就心生怒气，暗骂起奕谲的自安生事，也怨悔因依从奕谲而自遭来的满腹窝屈。

慈禧又说：念你掌职光禄寺以来，供宴有绩，朝中大臣你最贤劳；而且，你违谕也确有难言之隐，这得讲个公道，就不革你的职了。但此事却让我十分烦恼，使我罚戒有难。只为个厨子学艺，总不能将王爷们都罚了吧！法不责众嘛。可又严则制屈，宽则至纵，你让我怎么办？只得将醇亲王和你，还有小李子，都以罚薪不罚职论处。

毓福忙道：太后断事公允，臣虽受罚，毫无怨言。只是，醇亲王也要罚，他可是皇父，恐怕影响……

慈禧说：我何曾不想到这里，可人家参劾的可是得理不让人的人，我若偏袒醇亲王，人家哪肯罢休？时下，拳匪、捻匪四处作乱，用得着人家呢！再说，醇亲王也太不自律，罚罚也应该。

毓福听了，便知这个"人家"是谁了。

这时，适见维康匆忙入阁脸色煞白，站定那里急待说话。

慈禧眉头一蹙，瞪起眼说：怎么不传擅进？我这儿召见呐，还懂不懂侍候的规矩？退去！

维康急道：不是奴才不懂规矩，是事关紧要，奴才不敢耽搁，说着，又瞅一眼毓福，欲言又止。

慈禧想想说：不必避他，说来无妨。

维康抖着嘴唇说：老佛爷，不好啦！莺太妃不知何故，竟用剪刀自……自……已被抬到太医房了。

慈禧一惊，急问：宾天了没？

维康哭丧着道：太医说，幸好没戳到要害处，可伤势甚重，血流不止，神志不清，昏迷不醒。哎哟，这老主子，什么事儿想不开呀。

原来，莺太妃兜着怨气回到长春宫，命侍婢不得打扰，就一头扎到内室的寝榻上，止不住芳泪横流。她怎么也想不通，慈禧答应她在外朝和内廷任选厨子，可选了厨子徐，会受到慈禧的刻意羞辱，使自己在晚辈宫眷们面前无地自容。这种丢尽自尊的触痛使她浑身抽搐，就又咬牙怨恨：慈禧像只老乌鸦啄鹤肉，把宫里的好厨子一个个都叼去了，叼去就不撒嘴，这怎就不讲训政的难处了？还说要孔玉贵也给，这不玩花轮子戏耍人吗？谁敢从虎口里拔牙？又想到要厨子徐竟成了要漂亮小子，是私欲迷住心窍，会被人嚼舌头。你慈禧曾养个姓金的漂亮小子在密室里快活，后被慈安太后发现，抓出来一刀宰了，就不怕被人嚼舌头？想到这些，她怨愤难忍，抑郁难耐，感到在慈禧面前降辈屈小，就已是苟且偷安了，连要个厨子学学姐技、打发孤寂的念想也横遭污论，自己还算是当朝的太妃吗？

当这个凄伤的女人对自己仅有的那一点乐趣图索无望，又被窘腆和责难困围不脱，想到往后的日子清寡难熬，就心念俱灰，心窄得想到寻短。当时，她霍地翻腰坐起，愣怔片刻，就取了绣盒里的剪刀，想死个痛快。她又仰面倒回寝榻上，双手紧握剪柄，剪尖冲着胸脯，颤声自语：道光先帝啊！您的莺妃活得太憋屈，太熬糟，受人欺负啊，不如死了罢，莺妃随皇上去了。说完一声尖叫，如悲惨的莺啼……

毓福听维康一说，禁不住眼中潮润，咽着声说：姑妈一向性情开朗，怎么会这样？她是不是受了欺侮？太后，她是我们的长辈，这事儿得彻查一下，不能让她受委屈。

慈禧听了哪是滋味，因意识到自己方才在丽景轩对莺太妃说的那番话已造成恶果，就惊觉，这个表面看去活泛乖巧的女人，其实是虚颜薄面，精神上太过脆弱，当时只是拿她撅气，让她死了要徐全羊的那股子执意，没想到出语尖刻，险些把她攮刺到黄泉路上去，心中自是内疚，但事已至此，又不能认账这是出于自己的失言，那不是自讨有语虐前辈之嫌吗？因而毓福的话就激起慈禧的懊恼，她那怨气就冲着毓福来了：你少在这儿给我扳道岔儿，你还有心思去管莺太妃受不受委屈？你自个儿怎就不先自责，不是你招来个徐全羊，哪会惹出这些事情，就为这个厨子，瞅瞅这帮王爷，简直像群鸦争食。你就从中私通暗合，违谕纳厨，四面讨好，谁也不得罪。结果让人参劾，给我惹是生非，到头来挨罚的、请罪的，还有寻短的，这叫你们闹腾的，都不嫌丢脸失尊！

毓福慌道：臣已知罪甘罚，但姑妈想不开，如何也与此事相关？

慈禧一听，气头儿又给引上来了，斥道：你想知道莺太妃如何想不开的是不是？我告诉你，你不招来徐全羊，莺太妃哪会寻短？可徐全羊凭本事被选到光禄寺供宴的，他招谁惹谁了？他有什么错？就错在你私兴入宫偷艺之风，这风一吹，信儿一传，搞得徐全羊谁都惦着，莺太妃就想要他，非要调他到丽景轩去，给她和宫眷们传授俎技，我能答应吗？我答应了，朝廷的国宴谁去主理？谁去做全羊席？我没答应她，她哪会不置气，她那心眼小得像针眼儿，就想不开，你听明白了吧！你还要彻查谁？这事儿首先该彻查你！

毓福被说得直气噎，但又不敢辩驳，只好顺应道：早知这样，不如把徐全羊调给莺太妃是了，也不至于……

慈禧说：嗯，你这话还有情理，可见你反省自个儿了。那就把徐全羊调给莺太妃吧，现在正是时候，也算是我对她的抚恤，她的内伤也就在这儿，内伤治好了，外伤自然痊愈得快，待她清醒过来，我要把这个谕定亲自告诉她，咱们可不能为个厨子，把莺太妃的命丢了。就是没这事儿，徐全羊也得调走，可不能在你那块儿再给我招风惹事了。

毓福一听真要调走徐全羊，就傻眼了，急道：太后，臣以为这样也不妥，徐全羊是由太后定谕，经寺里会试选中的。他供差甚佳，技誉大噪朝堂尽知，这正是验证了太后的圣明。若将他突然调离，朝廷的宴事必受大损。再说，徐全羊调到内廷，只为姑妈学姐之需，也恐遭舆情非议，乞请太后慎酌。

慈禧沉脸道：你怎么说话像拜佛不作揖？方才还情愿把徐全羊调给莺太妃，一动真的又变卦了，你拿我这训政的逗咳嗽呀！什么舆情非议，是你自个在非议吧？你淘换来个徐全羊，那是个好厨子不假，你自然舍不得调出他，你这点小心眼我还看不透！

毓福赖笑着说：太后说得是，但为臣绝非言不由衷，只是为朝廷的宴事着想，望太后体谅。

慈禧说：徐全羊不调出，各王府的那些厨子会赖着不走，此事仅算有罚未处，没有整饬的结果。事因所迫，我得顾着训政大利，只得舍弃损宴的小弊了。调他到内廷当然不能只为莺太妃的学姐，可对莺太妃要这样说，这能使她高兴，免得再去寻短，但要调他得有个名义，我想过了，时下，李中堂兴办洋务，朝廷中也有许多人主张借洋武助剿乱匪，我也不能强制众意。这样，与洋使们的外交往来，会大为增多，少不了礼宴酬酢。徐全羊一表人才，又身怀绝技，擅制全羊席，正是弘扬大清国食风貌的合适人选，朝廷也得要个礼仪的面子。想当年，康熙先帝曾赏赐苏州厨子张东官为六品蓝翎侍卫。咱们也循着祖训，别亏待了好侍候，也晋他个六品蓝翎侍卫，让他掌职御外宴举；没事时就待在丽景轩，教莺太妃和宫眷们烹肴制馔，这也是把你那边的乱事消解了。你说说，有何不妥呢？

其实，慈禧这样说也是言不由衷，因她想用孔玉贵去换徐全羊的意图由于奕䜣的参劾和莺太妃的寻短而受扰，所以只得把自己的利欲暂时隐忍起来，用这种权宜之策，把徐全羊调到内廷。但她岂肯对此罢休，她什么时候为要个厨子竟受到这种掣肘？那心中的气劲自然要暗泄出来。您看她下面是怎么答对毓福的。

这时，毓福争辩道：太后，徐全羊这一调走，司羊膳房就没了庖掌，为臣这边何以为妥。

慈禧说：可让房二接职。

毓福大愕，说：那……醇亲王那边……

慈禧说：让他割爱吧！御俎外泄，参劾的说他是犯首呢，这样安排，也是对他的变相罚戒，又堵了别人的嘴巴。慈禧这样决定，是在报复奕䜣曾绷着脸儿把房二要回北府给自己带来的不悦，暗下里扯回了一股快意。

毓福哪会心甘，遂说：房二远不及徐全羊，不宜充任庖掌之职，这会有损光禄寺的声誉，朝廷的宴举也要大减其色。

慈禧说：房二不是徐全羊的徒弟吗？听说，徐全羊还是罗云甫的徒孙呢，都是一脉相承。徒孙都行，徒弟倒不行了啦？你这不是拿我打镲吗？

毓福哭笑不得，说：太后，这可不一样。房二仅是临时学艺之人，徐全羊可是罗家的俎技传人，不能说房二刚拜个师傅，就都面面俱到了。

慈禧变脸道：放肆，房二是皇父宠厨，对稳固朝廷都做过贡献，信他能知职善任。我意已定，你休要再啰唆！

毓福哀声道：太后……

慈禧怒道：怎么？你是不是还要我重罚你的违谕之罪？！

毓福不敢言语了，垂下头去暗自惋叹。

慈禧气咻咻地说：你下去吧，近日听我发谕！

毓福丧着气请了安，没走几步，又被唤回。

因为这时，慈禧又想到王爷们合意违谕，又不能遍罚广戒，总存有被犯无还的闷气。房二这一留用，使她又想起各王府的厨子，岂能便宜他们就这样轻松离去？王爷们既有跳墙法，我就该有关门计。想到这儿，就对回过身来的毓福说：各王府的厨子们也一律留用，少了一个，我可找你算账！

第十九章　署正家访

下晌，毓福在寺堂里使人唤来那景庆，负气告诉他自己被慈禧传见的事情和慈禧对徐全羊将要做出的谕项，让他有个准备。

那景庆听后，大惊失色，慌道：王爷们之间有恩怨，下官不敢多嘴，可莺太妃……哪能这样啊！徐全羊和房二又要移职换位，这不都鹚刁一块儿了。下官也犯浑，错遣房二随着徐全羊去了内廷助厨，实属下官之过，这与大人无关，下官愿替大人负过儿。

毓福灰颓着道：事已至此，你自责又有何用？当初，我若以太后的谕禁为由，依谕行事，怎会这般糟糕？这下可好，我不仅陷罚受过，那些小力笨儿也都归府无望。王爷们偷鸡不成蚀把米，岂能心顺？怕要疑怨猜忌于我。连莺太妃想不开，也是因我选了徐全羊造成的后果。房二到内廷行走，不但未罚戒，还要顶替徐全羊当庖掌，这都上哪儿讲理去？我咋触了这么些霉头，赶上孔夫子背两个褡裢了——四头都是输（书）。

那景庆梗颈道：凭大人之爵位，平于尚书，较封疆大吏还显位重，朝廷对封疆大吏的用人权历来都是尊重的，喊！一个庖掌的去留任免，都容不得大人做主，太后未免管得太宽了吧！

毓福叹一声，道：都说京官难当，这朝官不更难当吗？我又能奈何？这事儿，倘若慈安太后还在，她德胜于才，请她出面调解，还有望回旋。如今是一个太后说了算，她可是才胜于德……唉，不说这些罢。就说徐全羊调到内廷，也要到丽景轩供差的。这样一来，他必得净身，所以，太后要学康熙帝当年赏苏州厨子张东官的做法，也要赏徐全羊为六品蓝翎侍卫，用貂帽鹍翎换取他下面的一物。唉，我们把他选到光禄寺，却不能留住他，遗憾哪，也为他生怜。

那景庆听了,心中郁结,闷一阵才说:大人所言甚是。徐全羊这一调出,司羊膳房会供宴不利,下官惋痛不说,可他还有个如花似玉的娘子罗小翠,他这一净身,不是毁了这个家庭嘛。当初,下官给罗家去函,诚望罗家厨艺的传人能为朝廷的宴事效力,可……可哪想到会是这个结果,下官也是抱愧。

毓福说:咱俩也别有遗憾有抱愧的。传你来,也是合计合计还有没有留住徐全羊的办法,他就这么调出去,我心不甘哪。

那景庆摇头道:徐全羊的事情已惹出大麻烦,大人都无奈,下官会有什么办法。可他想了想又说:除非……除非让罗小翠去顶替徐全羊。会试那时,她本应随徐全羊一同录用,就因她是女子,下官才遵照大人的意思,让她暂归市廛,伺机再议。这也是留个活口儿,下官就想,能不能把这个活口儿用上?

毓福眼睛一亮,咦了声说:这倒是个办法,你提起罗小翠,使我想到张东官的娘子陈媚娘,闻传,陈媚娘当时在苏州开过聚兰斋点心铺,做糕点使的是神仙手段,一双巧手被誉为麻姑指爪,人称陈手美。康熙帝第六次南巡后,将张东官和她一同带回京都,安顿到西郊海淀住下了,丽景轩始设时,康熙帝本想让陈媚娘去的,后知她早年曾是秦淮南院子的风尘女,嫌忌她要玷污后宫的净气,就没准她入宫。罗小翠与陈媚娘不同,她是罗家厨艺的科班传人,仅凭那一手面塑,也称得上是罗手美了。她去丽景轩,莺太妃不是有艺可学了,宫眷们也都能高兴,而且都是女人,什么事情也方便。

那景庆说:她去丽景轩倒很合适,可是,当御外膳官怕是使不得吧!太后还能赏她个六品蓝翎侍卫?

毓福说:这你就糊涂了。太后是要借着增设御外膳官为由子,把徐全羊调到内廷,不然,她如何下谕?再说了,御外膳官不就是给洋使们做全羊席吗,徐全羊能做,罗小翠应该也能做,就看太后怎么安排了,太后身边有德龄她们八个女官呢,多加一个还不是她一句话的事,这咱们就不管了,也管不着,咱们是要用这个办法想把徐全羊留住。我这话先撂这儿,徐全羊要调到内廷,绕来绕去,最后只得绕到太后的西膳房里,太后嗜厨嗜食的习性,咱们还不清楚吗?

那景庆说:大人看得透彻。如若这样,不仅有留住徐全羊的希望,还能使他免遭受阉之苦,让大人无憾,下官也无愧。

毓福听了,起身离座,反剪着手在堂内踱个来回,然后说:你这样啊,现下十五未过，仍在年期，你去徐全羊的宅子一趟，做回上司对下属的探慰之礼，顺便将此事与他俩说清，使他俩有所准备，晓以利害，若事与愿符，我再撑着老脸，向太后力荐罗小翠。

噘，那景庆说：大人，事不宜迟，下官是否就去？

毓福说：今日，司羊膳房不是只有礼部宴酬高丽国的正、副贡使吗？安排房二他们做了得嘞。你这事情，明日头晌要有个结果报我……

且说那景庆回到珍馐署，使人传来徐全羊，让他马上将膳房的事情安置妥当，换了衣服，到午门的旁门外等他。自己也脱去朝服，换了二蓝宁春绸的夹袍，又套上一字坎肩儿，就出了署堂，朝午门外走去。至午门，见徐全羊还没来，便亲自办了差马的手续，使马弁将两匹马引到下马碑的拴马柱拴了，这时，徐全羊才一头热汗地赶来了，问那景庆：大人，这是去哪儿？那景庆说：去你的宅子，探访罗姑娘，给她贺个晚年。徐全羊惊道：哎哟，这可使不得，下人代小翠拜谢了，大人快请回。那景庆笑笑说：礼贤下士嘛，是为官的美德。随我上马吧，我也有事与你两人商量。说着，解拴揽缰，登镫上马。徐全羊只好前骑引路，直往正阳门外而去……

这时的罗小翠，正在自家宅子的书房里捏面塑。书房很宽敞，颇有文官之家的华典韵致，房门里有盆大珊瑚树，其巨杈如小儿臂。门的上方挂着乾隆年间制的大时钟，钟顶有隔扇，可以启视，钟面儿为白色珐琅，两时针一红一紫，紫针指日子，红针指季节，钟鸣时，声殊清呖可听。对门儿的正壁中额有大圆宝镜，镜下设太师椅几。椅上铺粉紫相间的锦缎坐垫儿，极具气派。右侧贴壁为书架，紫檀为廓，里面摆满了帙卷典籍。书架前置黄色髹金漆的长桌，桌面上铺着绯红色丝绒台罩儿，上有文房四宝和灯饰杂物。左侧贴壁的是两个古玩架，一架中设鼎瓶陶彩、瓷仙玉佛等；另架中则摆满了罗小翠的面塑作品，其中以羊居多。因她曾久烹羊馔，趋亲柔毛，似乎嗜此成癖了。架上的面塑中，除了有绵羊、山羊、黄羊、羚羊、青羊、盘羊、岩羊等外，也有苏武牧羊、五羊衔谷……还有姓羊的历史人物，如战国义士羊左、西晋大臣羊祜、南宋书法家羊欣等，当然，这些人物是凭想象捏的。面塑中掺了蜂蜜，一经干透，可长期保存。

自从罗小翠协助徐全羊在光禄寺应试成功，她当日就喜书于鸿，传告了吉林乌拉和盛京的亲长们，郑文谦得讯后，特意选了两个丫头亲送至京，并将新宅重又加饰添物，遂为立足都城之定。宅中有原来的仆妈操持家务，丫头陪伴罗小翠，避免她在闲日里感到孤独，罗小翠俨然成了富裕旗家的姑奶奶，但她也没忘了郑文谦欲在前门外开设北辕楼的嘱意，还常携带丫头街前街后的溜达，品食于店，购料于市，借机体察市场的行情，窥测商址。如不出户，便读书怡情，或琢练面塑自娱，她只是感到乍来京城，人地生疏，暂宜以逸待劳，伴君观进，伺机再起炉灶。她一身的技艺，总是不肯长期闲搁的。

这时期，徐全羊虽说乍掌新职，勤于厨政，但每日酉初过后都能回宅。光禄寺的宴事多在未正左右举行，宴毕，他巡监众厨人将膳房拾掇整洁，安排好明日的宴事，留下值班的，就可歇职了。但每天要起大早，寅时前准时入宫。前朝不同内廷，服差之人如在城内有宿处，只要上司做保，不违宫制，循守时辰，还准予自便。徐全羊因是考选来的新任庖掌，已经招引风头，保人又是那景庆，宫门侍卫们对他自是客气几分，因而他进出宫时很受宽待，甚至胜过一般的下吏。每当他离宫至宅后，庖掌的作势断然消无，常如孩提般舒了口气，啊一声说：我又回家喽。然后张臂扑向罗小翠，像洋人那样亲搂互吻，两人情直意率，也不避丫头在场。倒是丫头吃不住劲儿，反却面窘羞笑，借机溜回自己的房间。而后的时辰，两人总是声融笑合。徐全羊或向罗小翠讨教面塑之窍，罗小翠动辄听徐全羊侃谈宫中宴闻，但多数是读文识知。譬如前天，两人就在学《说文》，罗小翠念，徐全羊听。当读到"羊"字时，罗小翠抬起眼，瞅着徐全羊说：咱俩呀，一晃儿烹过四五年羊席羊馔，可是羊字是啥含义，还真没拿功夫探究。这不是烹而不知其道吗？尤其是你，都当了宫里的烹羊厨头儿了，若有上下的人问你：羊字何解？你答不出来，或答个囫囵吞枣儿，岂不被人耻笑！

徐全羊说：说的是，那咱俩就把这羊字好好琢磨琢磨。说完，又摇头晃脑地来一句：以至快婿与红娘共勉也。

去你的，罗小翠嗔笑道：做学问不许开玩笑，我念啦，你老实实儿听着：美，甘也。从羊、犬。羊在六畜，主给膳也。这段话啥意思？你听懂没？

徐全羊咂摸咂摸，说：这是讲美字从羊，羊大则肥美。羊为六畜之主，所以，中国人视羊为吉，以羊祭祀，就自古成俗了。

罗小翠说：对呀，《说文》里又讲了：羊，祥也。祥与吉同义，因此，吉祥二字总是连词，故就有祥羊之谓，羊、祥二字也通用。

徐全羊说：那这祥字也从羊的。引申来看，还有小羊和大羊合一的羹字，也从羊，以羊食又消化出一个养字，还是从羊；就连那个鲜字，不也从羊吗？！哎呀，这么一看，羊即美食养身的精华，深处沉淀的学问大着呢。

罗小翠说：你说到鲜字，让我想到彭铿。传说，鲜字由他所创，屈原在《天问》里不是有句"彭铿斟雉帝何飨"吗，说的是彭铿为尧帝时人，是尧帝的亲戚，他擅制雉羹。那时是上古蛮荒，人和动物的求食行为仍还并存着。彭铿能制雉羹，就像天上忽然落下一罐琼浆。尧帝崇尚文明，喝了雉羹，于口感差异中就悟到彭铿的超人智慧，便动起重用这个本家人的念头儿。彭铿就被派到中原东部，当起封疆大吏。他住的那片山冈，后来被称为大彭山，他在大彭山下建了一座城，被称为彭城，也就是现今的徐州。你看，这雉羹的作用大不大？不仅催生了一座城邑，还创生了烹制中国名菜的楷模。

徐全羊听罢，慨叹不已，说：可是，你说了半天，彭铿与鲜字无关哪。

我还没说完呢，罗小翠说着，伸手取来桌角上的簿册，翻开，又说：这段日子，我拿出不少工夫读书习字，顺便整理一些食俎掌故。我念念这段儿，你听好了，然后就微微晃首，抑扬顿挫地念道："彭铿之子夕丁，日夕捕鱼一尾，携至家中，奉母烹调。母思其鱼，目瞓羊肉煮而正沸，心窍顿启，遂治鱼净。又取羊肉割脔剞凹，鱼塞其内，封口扎实，继而续炖。彭铿归进，闻有奇香，愕问其故，妻乃叙及始末。彭铿会意，复持鼎俎之法循妻言而炮制。味定辄尝，异鲜殊同，鲜字始即寓理而成也。"我念完了，怎么样，有韵致吧？

徐全羊说：这汉食的文化真是博大精深，我这旗人求学不及呀。小翠，若论鼎俎之道，或武或文，你都是我的师傅。往后，我得贴你紧着点，汉化汉化。说着，趋向前去，紧挨着罗小翠坐了，一只手勾住她的后腰，把脸贴到她的鬓旁。

罗小翠往后一靠，靠到徐全羊的怀里，说：那我问你，我教你俎技，使你有了出息，你首先应该感谢谁呀？

徐全羊吻了一下罗小翠的后颈，说：那还用问，首先感谢你呗！

罗小翠说：你再想想，首先感谢谁？

徐全羊搂紧了罗小翠就亲，边亲边说：还想啥想啊，就是感谢你。

罗小翠冷不丁起身一扭，把徐全羊扒拉到一旁，侧脸儿瞅着他说：你真没良心，当初，干爹让我学北宋厨娘，我才能到吉林乌拉操制全羊席，你家要开座主营全羊席的酒楼，才把我请去，我才成了你的媳妇，这都是羊为媒呀，你怎能把羊忘了呢？

徐全羊的眼一睁，拍下脑门子，说：哎呀，是这么个理儿，我慢怠羊了。

罗小翠说：那你该补谢羊，给它赔礼。

徐全羊疑惑道：给羊赔礼？咋赔呀？

罗小翠说：你把我捏的那只黑头白身的羯羊请过来，供到桌上。

徐全羊只得起身去取，端到桌上，二意思思地摆巴正了。

罗小翠站起身来，走到徐全羊身旁，说：你跪下，给这羯羊磕三个头。

徐全羊干不嗞咧地笑道：这……我……得嘞，我还是给你磕三个头吧。

罗小翠说：咱俩是夫妻，施礼得对拜，你好么秧的给我磕啥头呀？要说你没良心呢，你磕不磕？

我磕，我磕，徐全羊忙应着，就跪下去，郑重其事地给羯羊磕了三个头。

罗小翠两眼含泪，站在那里说：我是身子不便呐，不然我也得磕，你给羯羊磕头，有一半是代我磕的。你看，羯羊好像点头儿了……

罗小翠怎的身子不便？因她先些日子，已觉胃酸反常，食欲不振，时常欲呕；接着，更夜常吐，弄得精疲神乏，她以为腹脏染症。仆妈知情，说是少奶奶有喜啦，她才消虑而乐。现在，她是见啥馋啥，尤嗜酸辣之物，那地方不知不觉地越见显隆，竟偶感歇动。徐全羊见状，自是欢喜不尽。昨日夜里，月映窗钩，庭树疏影；罗帏之中，徐全羊摸着罗小翠的隆起的腹部，说：咱这小猴崽子，啥时萌胎的我都知道。罗小翠嘴一撇，说：瞎掰，连我都不知，你懂什么？徐全羊说：我下的种，咋能不懂。罗小翠哧哧笑着，刮了徐全羊的鼻子，说：羞不羞你呀！徐全羊说：我可记得真真的，去年来京途中，咱俩不是在小绥河那带一个客栈住一宿吗？那夜，风清月朗，万籁俱寂，天地间好像只有你和我。不信，等你分娩后算算怀胎的日子，就明白我说得不差了。罗小翠听了，翻起媚眼寻思着，寻思寻思，那眼中就变了神气，她斜睨着徐全羊，说：哎，你猜猜，咱这小孩是男是女？徐全羊说：是个女的就好了，像你一样。罗小翠噘嘴说：那不干，他得是男的，不然，还得找个王仁虎、李仁虎的，上哪儿去找你这样的……

倒叙到这儿，就听到仆妈的开门声，那景庆已被徐全羊引进院内。他环顾一看，又往旁处走走、朝后道上瞅瞅这前堂后室的雅致环境，就说：哟呵，比我这三品官儿住得还款式。京城里的富人家，讲究有天井、石榴树、鱼缸、肥狗和胖丫头。前两样我看见了，后三样你有没有啊？徐全羊谦笑着说：这个，下人倒是不懂。这场儿闹中取静，离宫又近，图着供职方便，长辈就替我们买下了。大人，快请堂屋里坐。

罗小翠正捏完了晋武帝乘羊车，坐在那里自我欣赏，适听仆妈来报，说少爷领客人来了，就起身至门外迎接。见是那景庆，连忙躬身道：是那大人呀，下女给大人拜年，因不便大礼还望大人宽谅。

徐全羊说：小翠，那大人特意看你来了，还不再谢。

那景庆捎一眼罗小翠儿宽衣隆腹，心里顿时像吃个凉柿子，但脸上却挂着笑说：快免了，进屋进屋，小心着凉。心想，这不糟改吗，临盆产妇怎给太后去荐？往里走时就双手交合，暗击掌根，愁得眼珠子直翻愣。

仨人落座，丫头沏上茶来，那景庆端起茶碗，移盖晃首吹茶时，斜乜见地被侧面桌上的面塑吸引住了，便衔碗儿说道：哎哟，这功夫不小，羊车拉人？

罗小翠谦笑道：这是晋武帝乘羊车。下女闲着无事儿，读了《晋书》。书中说：晋武帝常乘羊车，恣其所之，以便宴寝。读后，觉得有趣儿，便意会着捏了。那大人，您看还像那回事儿吗？

那景庆放下茶碗儿，走上前去又细看了，见那帝面如佛，气宇祥泰，峨冠皂履，宽衣博带，他端坐在华赡的乘辇中，执缰驱车；八只瑞羊姿态生动，昂头前行，蹄腿做奔状，就禁不住捋须叹道：啧啧，真是匠心独运，让人越看越爱。这要拿到厂甸儿去，少说换个百十两银子。

罗小翠说：大人褒奖了。既然大人喜欢，就恭献给大人是了。下女知悉大人对罗门厨艺的信重，借此略表对大人的赏识之情，也算是补呈给大人的贺岁之礼。

那景庆说：这可是八羊瑞御，帝君之乘，我哪敢领受？嗯——这样吧，我带了回宫，呈交毓福大人，请毓福大人敬献太后。太后喜欢这类工艺，定会称赞，说不定还要赏你呢，我也算尽了举才之美。他说这话，仍是不忘来访的初衷。

罗小翠心想：话已说出要献人了，献谁也是献，何况是献慈禧，这不能改口了，莫要拂了那大人的心意，于是说：那——就悉从大人尊便吧。改明个儿，下女再给那大人捏个双羊托福，让仁虎给献到您署里去。

那景庆说：好哇。哎，说到仁虎，我可有件事情告予你。仁虎已被太后定名为全羊，称徐全羊。你在家中怎么称他都无妨，他一到宫中，得按太后的定名称呼，这是毓福大人特意指示的。说句不好听的话，这像羊吃草一样，没法儿再改了。太后立的规矩，谁敢去违？

罗小翠蹙眉道：仁虎已与下女说及此事。他入宫不久，已改为东虎，下女刚习呼他为东虎，这又要改呼全羊，使下女难以适从。干脆，下女啥也不呼了，仍称他为仁虎。不怕大人见责，全羊为宴式之谓，自古与人名毫无通浚，天底下没人叫这名的。

徐全羊扫一眼那景庆的脸色，慌忙说道：小翠，咋能这样放肆！我在那大人手下供职，自要遵守寺制，谨守宫规。何况，我的名字又是太后钦定的，甚幸甚荣。你这话，亏是仅有那大人听着，若有别人禀报上去，你我如何担得起。他这是把被改名的怨怼之意埋在心底，用数落罗小翠的话儿给那景庆听。

那景庆听得明白，叹一声对徐全羊说：你能这样表白，且不论真心还是违心，总还是识时务的。在宫中当差，即使是我，也得这样去想，这样去做，才能久适长安。遇事要学会化逆为顺，化窄为宽。你该想到艺人有艺名，是自古成俗的。五代开封，有个糕坊的艺人孙英后来当了员外，人称花糕员外；南宋建康通判史忞的衙厨王立，被称为烤鸭王，这个艺名倒过来说，就是王烤鸭，这不都与你一样，是以艺成名的吗？羊为祥物，又全而不缺，喻之从善，太后赐予你，我想也无别意，是视你身怀特技而取。你有了御赐的艺名，现下的宫厨们难以企及，无疑会留名馔史的，难道这不是好事吗？！

徐全羊听了，慨然点首，上前一边给那景庆斟茶，一边说：下人真是有幸，能聆听那大人这番教诲。这是设身处地地为下人着想，在典书里也寻求不到的受益，下人年轻，识事甚浅。日后，还指望那大人多加开导。

那景庆脸一暗，俯首叹道：恐怕，我们没有这个缘分喽。

徐全羊诧异道：那大人，您这话咋讲？

那景庆原不想把慈禧将要下谕的事情先说出来，但见罗小翠怀有身孕，指望她去内廷顶替徐全羊，有如远水解不了近渴，事逼无奈，只得将毓福传给他的话向这两人一五一十地复述了。

罗小翠敏感，当她听到徐全羊将要被慈禧赏赐为六品蓝翎侍卫，就泛起疑虑，说：那大人，仁虎若去内廷，当六品膳官儿，是要穿宫服的，会不会要走了内廷的规矩，要……要净……

那景庆眼皮下耷，只说：内廷禁地，章制森然，往后不大自主了。

罗小翠嘤嘤地哭了，边哭边说：那这日子还怎么过？家里出个老宫，不男不女，再不回不宿，亲人不理，朋友不睬，死后都不能归祖坟，丢不起这人呐！呜呜呜……

徐全羊听了，脸涨得通红，心中嗵嗵直跳，饫气儿在想：老宫是死活不能当，宁肯上边儿的没了，下边的也不能丢！好好的大老爷们儿，下面愣是缺了四两肉，骂人都没依凭了。想到这儿又不免怕将起来，恍惚间有一把寒光闪闪的阉刀向他的胯裆处比画过来，身子突然打了个寒战。这就像发了疟子，哆哆嗦嗦站起来，搓着两手在原地打个转儿，忽然就走到那景庆跟前，扑通一声跪下，眼泪扑簌地说：那大人呐，当初，下人是来应考司羊膳房庖掌的，不是应试什么蓝翎侍卫，下人已有妻室，希望大人体恤下人的苦衷，给下人做主。这内廷，下人横竖不去！

那景庆大惊，忙将徐全羊扶起，说：那可是抗谕呀，要发配给关外的兵丁为奴的。我是你的保人，也有纵护之嫌，跟着受连累。

徐全羊听了这话，一时没了主意，站在那里忧戚长叹。

那景庆懵相道：如若罗姑娘尚未身孕，请毓福大人保荐她去内廷，你这事情或有调缓。可是，毓福大人讲，太后的调谕近日将下，迫在眉睫，无法可解了。唉，真是不巧。

罗小翠用手帕拭着眼角，说：那也请大人费心转禀毓福大人，请他仍向太后保荐下女，只是容下女完了传宗之事。只要能顶替仁虎，下女去内廷，当牛做马都行。说着泪又夺眶，就要起身下跪。

那景庆急道：快免了。徐庖掌，还不去扶住她！

徐全羊将罗小翠扶到座位上去，说：那大人见你身子不便，暂且免礼吧。你生产过后，再向那大人补礼。

那景庆摆摆手说：什么补不补的，罗姑娘就是不说，我也会向毓福大人进言，真若如此，徐庖掌既能留在司羊膳房，罗姑娘又被补录入宫，两全其美何乐不为？可是……事情不是这么简单，连毓福大人都做不了主。唉，说多了更与你俩无益，我能做到的，只是设法挽留而已，徐庖掌能否留住，很难说了，所以，凡事都要想开些。入宫当差的人，谁不图着寻个机缘、晋身求荣呢？拿我来说吧，当初入宫，凭的就是机缘。说起来，我和徐庖掌还是老乡呢，我是柳条边舒兰县人，离吉林乌拉不远，十多年前，我曾任职法特边门的六品防卫。同治五年，朝廷为助剿捻军，加强京都防卫，我随柳条边的驻军征调入京，主事军中的膳食。一次，毓福大人以钦差的身份视察这支军队的膳况，他见我管膳有方，供膳有道，礼酬他的宴会又安排得周全，便认为我是当膳官的人才。后来，珍馐署的满职署丞安索，这家伙贪污库银被拿办，毓福大人就想到了我，他与阿林将军疏通后，就将我调到珍馐署，补了这个职缺，同治十年，晋为署正。我说这些，是让你明白，人若求进，得凭机缘。我若不随军调京，未得毓福大人的赏识，就不会有今天。我还要告诉你，朝廷的膳食衙门与文武衙门不同。在文武衙门为官，没有科举及第，断难进取；在膳食衙门，只要善于管理，熟谙宴膳，工于周旋，有了机缘便能擢升。你能主掌司羊膳房，也是机缘所使。倘若罗老庖掌不过世，光禄寺不会试选人，又无毓福大人和我对你的赏识，你再有能耐，也无缘入宫。现在你的机缘又来了，太后能赏你六品蓝翎侍卫，足见你已在受宠之列。你绝技在身，年轻机敏，又有一定的学识，还是旗家子弟，日后何止是六品顶戴？维康已年过半百，他那四品总管的位置，将来还不是你的。

那景庆这番话说得用心良苦，本来，他到徐宅还是想劝导罗小翠前去内廷充职，呵护徐全羊留在司羊膳房，但事与愿违。又觉得徐全羊去内廷已成定局，无法挽回，恐徐全羊因拒去内廷而滋生偏激的行为，后果不堪想象，还要连累自己，便以晋身求荣为疏导，对他适以慰藉。

徐全羊闭了一阵眼睛，苦闷地摇了摇头，说：那大人的好意和善愿，下人都明白了。下人承蒙毓福大人和那大人的抬爱和信重，得以荣幸入宫，袭了祖爷的厨职，续了罗家俎技的香火，行了国民的忠悃，也就足矣。不怕大人不悦，下人不稀罕什么几品顶戴，更不愿做个不人不鬼的老宫。

那景庆正色道：后面这两句话，我听了无妨，断不可任意宣泄，若遇多事的耳人参禀上去，要犯滋生事端罪的。

罗小翠带着哭腔道：那大人也休见怪，若说他的庖掌柴薪，还不及我们在吉林乌拉开酒楼时赚的零头。可是人心都是肉长的，自打祖父过世后，光禄寺发了讣文，又赍了抚恤银子，您还亲自写来帖文，剀切劝导来宫应试，这心中就觉着热乎呢。朝廷有诏，岂能不应？罗家厨艺在哪儿折损了都不要紧，唯不能在朝廷中断了脉。朝廷得要脸面，厨人也有厨人的奔向儿，可是……可是这绝艺绝过了头，也不是让人心安的啊！说完了，憋阵嘴儿，又忍不住哭泣起来。

徐全羊尽管心情沉郁，却说：哭归哭，叹归叹。那大人放心，下人受过那大人的知遇之恩，唯图回报，绝不做连累大人的事情！

那景庆点点头儿，遂站起身，走到晋武帝乘羊车的面塑旁，一边看着一边却说：徐庖掌，我是真舍不得你走啊，可圣谕如天，谁敢违了？我珍馐署的损失又找谁说理去？身在宫中不由己啊，好自为之吧。无论如何，咱们不是还在一个宫中吗，总是能常见面的。我的话可算说尽，也该走了。说完，眼眶中也潮湿起来。

徐全羊说：要不，下人请那大人吃了饭再走？

那景庆说：不必了，你把这面塑装好，替我到街口雇辆小车。这玩意儿可不能骑马带着，那还不颠倒零碎了。你呀，要好好劝劝罗姑娘，放宽心，没有过不去的坎儿。差马嘛，你明日骑它去宫还了。好啦，罗姑娘，祝你早生贵子，告辞告辞……

第二十章　议祭东后

毓福午睡还不到两刻钟，就被寺里的传事官唤醒，告诉他说：太后来谕，召见大人即刻到东暖阁筹议东太后的祭事。毓福睡眼惺忪地问：今日正月初几？传事官答：是大年初十。毓福摇摇头想：年还没过完，离东太后的祭日不远着吗？但又不敢怠慢，就起身说：备轿吧。传事官嗻应着刚要走，又被他唤回，说：再差个稳当人，替我拿样东西。他是想到那景庆在头晌向他禀报了去徐宅的事情，并带回来那件晋武帝乘羊车的面塑，请他呈献给慈禧。

外朝的官员要去内廷，所乘的差轿只能停在保和殿以外，进了内廷，即使亲王也得徒步而行。所以，毓福下轿后，将那件面塑又转给内廷的一个侍卫拿着，随他去了东暖阁。

途经内奏事处门前时，有个人唤住毓福，那人呈给他一个黄匣子，说：大人，刚要给您送去，恰见您从门前过。嘿嘿嘿，下官省腿儿了，您就接着吧，这是太后的谕文。说话的人，是佟鑫。

毓福嘱那个侍卫先行，在东暖阁门外候他。就取出黄匣子里的软而厚的谕文，见那上面缮写着：

奉太后谕：

擢光禄寺珍馐署司羊膳房庖掌徐全羊，为内务府御茶膳房御外尚膳正，赐六品蓝翎侍卫职。三日内到内务府挂档处挂档，听候差遣。

内奏事处

光绪十三年元月十日

毓福看了，蹙眉长叹一声，将谕文卷起，放进黄匣中，交还佟鑫，然后暗着脸说：你也别省腿了，把它交给那景庆，让他先知道一下，有个准备。佟鑫嗻了一声刚要走，又被毓福唤住，问他：当着你这个小军机的面儿，我不能说假话。只为王爷府的小力笨儿们到光禄寺学姐，醇亲王和我，都得受罚。太后的罚文何时下发？你能不能透个信儿，让我心中有数。

佟鑫回头瞅瞅，低声说：这事儿，是恭亲王参劾醇亲王，本与大人无关，恭亲王也无意为难大人，可是发生在大人衙下，大人便跟着吃瓜络了。大人的年俸是五千两银子，恐怕要破财一千两，醇亲王的年俸是一万两银子，要破财两千两呢。

毓福听了，发牢骚说：这本是他醇亲王一手造成的，他若是通情达理，这一千两银子得赔给我。

佟鑫说：大人哪，吃一堑，长一智，您就忍了吧。醇亲王是皇上的生父，照样儿受罚，他那面子可是楚霸王种蒜——栽到家了，他比您还窝屈呢。还有李莲英，也被罚了一千两银子。听说，这家伙为在太后面前装相，还自己罚了自己一顿大嘴巴子，出手毫不留情，噼嚓吧嚓，扇得山响。今早儿他来送折子，下官偷眼瞅他，那脸叫他扇得紫雷豪青。您猜他说啥？说这一立春儿，往年的毒火都往屁股上拱，今春儿可邪了，蹿到脸上来啦。您说他能给自己找辙儿不？

毓福笑后又问：恭亲王这是参劾有功啊。按着太后的谕令规定，他该得赏银二百两，并移部晋级一等呢。

佟鑫捂嘴直笑，然后说：这事儿可闹乐子了。下官闻传，恭亲王因参劾在理，太后不得不买他的账，以示训政公允，就向恭亲王放风，说要罚醇亲王两千两银子，恭亲王得理不让，找到太后说：他受罚两千两，我只受赏二百两，这不公平，也要受赏两千两。太后说：我谕中规定是受赏二百两，你要两千两，我如何赏你呢？恭亲王说：谕中还规定，我得移部晋升职级一等呢，那也请太后授赏吧。这真是冯唐易老，李广难封。恭亲王肩负防卫京师的重任，怎可随便移部呢？再说，亲王的爵位再晋一等，那不与皇上平起平坐啦，这就把太后弄得……

毓福笑着摆摆手说：谢啦谢啦，我得赶紧去东暖阁了。

好好好，大人走好，佟鑫施礼说道，下官这就去给那大人送谕文……

毓福进阁时，朝廷的一些要员已在议事厅聚集，近支亲贵有醇亲王、恭亲王、庆亲王、庄亲王、睿亲王、惠亲王等，御前大臣有伯彦讷谟祜、奕劻，还有荣禄和祭祀司的官员。

慈禧待毓福进礼后，说：奠筵大事儿，唱主角的是光禄寺，就等你啦，坐下吧。

毓福拿眼与亲王、大臣们打过招呼，在荣禄的下首坐了。

慈禧又说：年内政事不紧，我也稍得清闲，就怀念起东太后来了。年节思亲啊，这心里头就不得安宁。就想，乘着年期议备祭事儿，这样，也等于东太后和我们一块过年了。正为这个心思，把你们请来，看看如何把奠事办得至隆至重。

在场的人都心照不宣，互相瞅瞅，皆觉无言可进。心里都在想：先帝、先后们的祭事都有章可循，届时，按章行事不就得嘞，我们再议，还能改了章程？

按说，咸丰驾崩后，早该将他和他的元后的圣容恭供寿皇殿了，因列祭的事都要帝、后同供，可慈禧对此一直耿耿于怀。她认为，谁生的儿子嗣位于咸丰，谁才配当元后。但她的儿子同治也已驾崩，同治与光绪虽为同宗兄弟，可从嗣位的角度，光绪则属继帝。她这个祖太后时下是替孙辈儿的光绪训政，至今仍活得硬硬朗朗。但人是早晚要宾天的，这使她不能不想，自己将来的供位该安排在哪里呢？依她的道理，她该排在咸丰的元后和东太后之前，但这想法又不便明示，只能暗下掣肘，因而，祭祀司慑于她的权势，咸丰的供后至今无落，又没法儿将咸丰一个人恭进寿皇殿。所以，慈禧这次召开议奠会，其实是要解决此事，并已与荣禄谋划好，要借着为东太后筹议祭事之机，让荣禄说话，把她将来在寿皇殿的祭位定了。

这时，荣禄见无人说话，便按照慈禧的意图打起圆场，说道，太后，臣以为，筹议东太后祭事，莫如先将文宗先帝和东太后的寿皇殿的祭位定了，这虽说祭期未满制限，也不能固守旧囿，只不过，文宗和东太后之间要恭留空位。这样，在东太后祭日那日，太后便于到寿皇殿拈香行礼，观瞻文宗和东太后的圣容，使太后得以缅怀与文宗、东太后的往日情深。

荣禄所说"祭期未满制限"，乃是为慈禧从中作梗的护词。慈禧听了，便会意道：恭列先帝先后是朝廷的大事儿，光你说了不行，亲贵们不都在吗，大伙儿再作奏议吧。

在场的人也都明白，荣禄要"恭留空位"是怎么回事，谁还敢说不行呢。

奕䜣却说：还要将文宗的元后列供。

奕譞说：六哥说得是，那就在东太后之前，列供四嫂，在四嫂和四哥之间，再恭留空位。

文宗是宣宗第四子,这里,奕𫍽改用了亲昵的称呼,他这话是别着奕䜣的劲子说的,实质也是在替慈禧做护词。

慈禧正希望这样,她希望这样还有个原因,就是她迷信阴曹地宫之说,害怕死后与慈安挨着,慈安饶不了她。有了文宗的元后隔着,便觉宽慰。因为慈安之死,朝臣们猜测是与咸丰晏驾前曾面交慈安的那份密旨有关。闻传,那份密旨中写道:懿妃援母以子贵,不得不与汝并立太后。然其人不可倚重,汝当慎之。彼果循执安分,守规助益,自当曲尽礼待。若其行为不彰,殃及朝政,汝要传召大臣,将朕密旨宣朝,当即赐其死。切勿轻信于求情,优柔寡断。谨记。可是后来,面慈心软的慈安为了表达与慈禧的情同手足,竟将这份密旨拿出来交给慈禧去看,后又当着慈禧的面儿将密旨烧毁,以示黜废。慈禧为此感极而泣,同时对咸丰就心怀仇恨。此后,慈禧对慈安就犯了神经,一见到她,就如背负芒刺,那种惊恐使她处处谨小慎微,生怕引起慈安的不满,好像慈安的口中随时会说出赐她于死地的话来。终于,她想到了己所不受,必施于彼的道理。以致慈安在一天午觉后醒来,吃了李连英进奉的八珍糕,不到两刻钟就气绝了。这桩事情像团疑云,一直在宫中罩着,慈禧正是敏感于此,所以,逢遇咸丰和慈安的祭日,她总是格外热衷,并亲自筹办。前面不说过了吗,咸丰不嗜炙食,她的西膳房就永不设包哈局,即是让别人看到她是如何遵顺咸丰遗忌的那份缅怀之情。这些事情,都在表示出她与咸丰抑或慈安仍是一往情深,脉同络合。因此,朝臣们的猜疑也仅是猜疑而已,事无凿据,谁又敢随便去说?

这时,慈禧听过奕𫍽的话,就说:皇伯父和皇父都说话了,大伙儿还有何奏议?

庄亲王载勋听出话音,便顺附着说:行啊,行,就按两位亲王说的定下呗。

荣禄赶紧给祭祀司的官员使个眼色,让他说话。那个官员会意,就说:那祭祀司就按两位亲王说的给文宗和列后定位定祭了。下官启禀,寿皇殿恭备列后的笾豆大供,九桌的供盘儿原是足至前桌边三寸、后桌边七寸、左右桌边五寸五分。东太后的是否循例,望太后明谕。

慈禧说:列后的祭供,也不是一成不变的。孝敬宪圣后的有大羹二品、和羹二品,孝贤纯圣后的却是大羹三品,和羹三品,反倒多了。东太后的也加祭吧,四面桌边都要再提一寸五分,唉,她与我同甘共苦,听政二十年,哪料想操劳过度,先我而去。一定要为她供足祭食，使她在地宫得以安享。说完，取出香帕，轻轻揉起眼睛。

奕䜣听了，却不为所动，反倒有气：祖宗留下的祭规，怎能随意更变呢？这样的大事都不保循行，朝廷的政制也难免要流于形式。想到这里，就暗自叹息。但是现下，是为他薨逝的四嫂加祭，却也不好多说什么。

慈禧放下香帕，竟眼中潮湿，又说：毓福啊，东太后祭日那天，你们光禄寺备供的一等满席，我记不清是怎么个规格啦？

毓福起身答道：臣按规制，应恭备一等满席二十八桌，每桌用面定额为一百二十斤，席上有玉露霜、方酥夹馅各四盘，白蜜印子、鸡子印子各一盘，黄、白点子松饼各二盘，大饽饽六盘，小饽饽两碗，红、白馓子三盘，干果十二盘，鲜果六盘，砖盐一碟；陈设计高一尺五寸，每桌银价八两。

慈禧听了，想想说：那就把每桌用面定额增到一百六十斤，陈设祭品高到一尺八寸，银价提到十二两吧。诸位亲贵，你们说呢？

奕䜣这时忍耐不住，起身道：太后，光禄寺各类宴例的规格细项，为圣祖亲定，已恭录《大清会典》中，不宜无端更修。若要更修，可要牵头连体的，别类宴例都要附随而动，臣以为不可。

毓福偷偷点首，但他却不敢直言助谏。

慈禧对此也不是不清楚，她这是故意说着言不由衷的话，以表示对慈安的情深义重。见奕䜣直言谏阻，心虽不悦，但也就改口说：是呀，朝廷的典制倒是不该改动的。毓福啊，那就这样，到时每桌再加道烤乳羊吧，也显重些，我们对东太后的食短情长，让徐全羊去做。

毓福听了，乘机说：太后，那是不是让徐全羊过了东太后的祭日，再来内廷？他想借此为由，推延日期，希图徐全羊的事情能有转机。

慈禧说，那怎么行？东太后的祭日还有一个多月呢。徐全羊已是御外膳官，就要派上用场。昨个头晌，李中堂来我这儿请禀，说是要购置军舰、枪炮，扩充北洋海军。这是好事儿，我准奏了。既然这样，我想，那就得在年内酬宴洋使们一回，以尽购置的礼数。我就嘱李中堂于元宵节那天，代我在天津他的府上宴请八国洋使，和他们搞搞团圆，让徐全羊去做全羊席，这对购事大有裨益。所以，徐全羊务必在十二日之前来内廷供职。

荣禄逢迎着说：太后圣明。全羊席乃我大清国最重的宴礼，又是太后亲赐，这可给足了洋使们的面子，购置军舰、枪炮之事，便有十二分的把握了。

毓福侧头对荣禄笑笑说：荣大人所言极是。又转脸对慈禧说：太后，东太后祭日时，若让徐全羊承供烤乳羊，他可还得回光禄寺来烤。毓福这话有点较劲子，因为他清楚，东太后的奠筵要在太和殿举行，内廷的膳房离此处较远不说，又没有包哈房，不在司羊膳房制作，准是不行。

慈禧当然也明白毓福话中的意思，便说：可以呀，他做完了再回来嘛。

这时，奕䜣见议题已转，又听慈禧说徐全羊要调到内廷的事情，遂觉与自己的参劾有涉，不便在这种情形下久留，就起身遮个由子说：太后，臣已约了顺天府韩大人，协调京都的防务，如无别事，启请告辞。

慈禧说：那就奏议到这里吧。诸位亲贵是不是也没事儿啦，都请安吧。

俟众人向慈禧请安退去，毓福仍留在那儿，对慈禧说：臣向太后举荐一人，比徐全羊的俎技还要高明，足可充任御外厨膳之职，履践太后的谕旨。

慈禧好奇，便说：是吗，那是谁呀？

毓福说：徐全羊的师傅罗小翠，她是罗云甫的孙女，也是徐全羊的妻室，徐全羊的能耐，都是她一手教出来的，现就住在前门外廊坊一条。毓福这样说，也是对徐全羊的最后一挽，憋在心里的话总要放出去，希图引起慈禧的兴致，以求化解他心中实不甘心的意念。

慈禧惊讶地说：那这叫妇唱夫随了，双双擅膳，还真是难得，不过，宫里头可没有女子司膳的规矩。

毓福说：请太后容臣禀奏，南宋时，高宗未登基前，他的藩邸有位女厨刘娘子，色艺双绝，高宗乐食不衷；高宗登基后，刘娘子成为御膳房的主管，那时，御膳房的主管称尚食，是个五品官呢。明宫中虽说官不仕女，但宫里的人可都称她为尚食刘娘子。

慈禧下意识瞪一眼毓福说：宋高宗可不对，怎能重男轻女呢，他该赏赐刘娘子为五品尚食才对。

毓福说：太后所言极是。臣说的罗小翠，足可与尚食刘娘子媲美。去年秋天，罗小翠随徐全羊来宫应试时，她的绝技和资质，臣都亲眼所见。臣以为，她是个不可多得的庖才。说着，亲手将一个包裹打开，取出那件晋武帝乘羊车的面塑，放置几案上，请慈禧观赏。

慈禧一看，啧啧称道：这是京城里面人周还是面人唐的手艺呀，捏得真好。

毓福答：这是臣向太后举荐的那个罗小翠的手艺。

慈禧道：我说呢，闻知面人周和面人唐能捏些仙圣畜兽，哪有这般路数，这可是大功夫。呵，徐全羊还金屋藏娇呐，养个面人罗，难得。

毓福说：罗小翠还能看人捏人，臣便被她捏过，捏得与臣一点都不差。

慈禧大感奇异，说：哪天你传她进宫，找个人来凭她去捏，我看看。

毓福说：这……暂时怕是不便，她正临产，待她产后臣即传她。

慈禧不满道：你看你，说了半天，给我荐个孕妇，让她腆个肚子去当御外膳官？

毓福赔笑道：臣荐才心切，却过在有失机宜，望太后鉴谅。

慈禧白了毓福一眼，说：你呀，还有没说出的话，我替你说了吧，你是想让面人罗做替身，变着法子把徐全羊留在光禄寺，对不对呀？

毓福就嘿嘿笑着，说：太后明察秋毫，臣哪敢相瞒。

慈禧正色道：糊涂！你身为朝廷大臣，怎可陷在宴膳和庖俎的得失中不能自拔？自你选了徐全羊入宫，我这宫中食艺严禁外传的谕令却是作废了，而且，又有重臣对此参劾，加深了亲王间的摩擦和纠纷。所以你要明白，徐全羊从你那里调出不是一个厨子的简单易职，这牵涉到正谕纠违、敦厉宫风、臣和为贵的诸种大事儿。调出徐全羊，你觉着心疼，你就不心疼朝臣们不能亲和辅政，不能谕出必循而有损宫益吗？这个徐全羊啊，我也想好了，他得到维康那里行了内廷近侍的规矩，这样便能钳制他的艺高招风，使他一心朴实地为皇家效力，皇家养他到终老，何况，调他的谕文已经发出，难道你还让我改谕吗？

毓福这才感到，挽留徐全羊已无指望，何况自己也受罚在身，如再争辩，必使慈禧动怒，结果事违所愿，还会加重受罚。想到这里，就暗叹了口气，说：太后谕训，臣自当遵循就是。只是，徐全羊已有妻室，若让他行了内侍的规矩，显得朝廷不近人情，还望太后酌定。

慈禧说：你这又不对了。前几天，听说江西鹅湖山的明空禅师来京，右手托个银盘子，盘上用红绸盖样东西，竟是自己剁下并炸焦了的左手。他专向王公大臣们募化，发愿在鹅湖山修一座文殊道场，看看这种气度！徐全羊为皇家效力，应该有这种精神。又没让他缺手短脚的，何况，面人罗已给他怀了孩子，天伦之乐已具，不没让他断了香火吗。

毓福听了苦笑，心里讲话，罗小翠怀的孩子，该算你太后赏赐的吗？但他哪敢这样明说，只得附随道：那是那是。既然太后谕定，臣不该多言。

慈禧说话时，眼睛却一直没离开那件面塑，这时，她就问：这套面塑，捏的是什么？

毓福答：据罗小翠说，是晋武帝乘羊车。

慈禧点点头说：嗯。这套面塑捏得实在精致，也有气度。既然面人罗不便来宫，就让她在家里再捏八套吧。我让李中堂在天津设宴时，代我赏赐八国洋使。一来呢，成全你的举荐，使她也有个施展才艺的用场；二来嘛，要让洋使们知道我大清国技妙绝伦，有能人呢。待会儿，我让内务府拨出八百两银子，算是犒赏面人罗的。

毓福为难地说：太后不说了吗，这可是大功夫，每套一帝一车八只羊，那帝服的皱纹和羊的身毛都要捏出，时间怕是不够用吧？

慈禧听着不顺耳，话音就变了：是你捏呀还是她捏？你倒先打退堂鼓了。徐全羊不是跟他学的吗，让他帮着捏，那还捏不出来。

毓福摇头道：臣只恐罗小翠的身子不便，耽误了太后的赏赐。

慈禧沉脸道：她不是要用肚子捏吧？好啦，这我都不管，三日后我可等着用！

毓福无奈，只好说：臣这就去办。说完，请了安急匆匆而去……

第二十一章　洋使罢宴

毓福走后，维康进来说：老佛爷，您老操劳半天了，晚膳都忘进了，先歇歇吧。奴才即去备膳，再来请驾。

慈禧正在踱步，思忖着徐全羊来内廷的事情，听到维康说话，便道：膳不忙进，你先把这套玩意儿端到我的寝宫去。

维康嘁应着，上前瞅瞅，称赞道：捏得可真好。奴才猜摸，准是徐全羊家里那个人捏的，比象牙雕得都细，越看越受端祥。奴才讨教老佛爷，这捏的是哪代的万岁爷呀？

慈禧走过来道：说是晋武帝嘛。

哟，这可是捏尊了，维康小心翼翼地往食匣里装，一边说，奴才听南书房的李翰林讲过，记得晋武帝是司马昭的长子，建了晋朝，统一了全国，使大晋朝太康繁荣。奴才这里斗胆一比，这万岁爷面如满月，真是像老佛爷呢。

慈禧笑道：没文化，记性眼儿倒好，听过就不忘。你先别走，我还要与你说个事情。元宵节那天，李中堂要在他的府上，代表我设全羊席酬待八国洋使。过两天，徐全羊来了，你领他去趟天津。他初涉外事，你得帮办着些。

维康一听，就鞋壳里长草——慌（荒）了脚，说：老佛爷，这使不得吧？奴才是内廷宦人，不便出宫，怕是给老佛爷添麻烦。因他想到自己整日被慈禧唤在身边，厮厮磨磨，担心已成了安德海第二。这要去了天津，再被哪个丁宝桢第二逮着诛杀，那可成了冤大头了。

慈禧说：不必多虑嘛。你去天津，我赏你四品朝服穿着，就不是宦官了。那里，也只有李中堂认得你，我要他知道是我派你去的，他还能对你发难？你可是徐全羊的上司，你不领他去谁领他去？他若遇到意外的变化，你还能帮他出个主意，替他做个主。

维康哪敢再说什么，只是答道：有老佛爷替奴才做主，奴才就心安了。待徐全羊过来，奴才就张罗去天津的事情。不过，还有件事儿，奴才不知怎么办才好。

慈禧问：什么事儿呀？

维康说：就是……就是徐全羊何时得行了内侍的规矩？

慈禧想想说：那就从天津回来，你领他到毕五那里净了。不过，他得确无嗜好，实已断净，还得由你这个上司等仨人作保。他净身后，也得休养月余，那时莺太妃也该痊愈了。我会与莺太妃去说，徐全羊没事儿时就到丽景轩教她们俎技，我这边有宴事，他得立即过来。

维康嚯了声说：奴才在丽景轩已设包哈房，昨天，奴才特意从包哈房走到您老用膳的地方，估摸也就半刻的时辰。往后，给您老进献烤羊腿，保准儿能足温皮脆。

慈禧悦意地点点头儿，说：你这样，先去送过面塑，再去传膳，回头去广储司，让衣作给你赶制一套四品文职朝服，还有一套六品蓝翎侍卫服，三日内定要做出。徐全羊去天津时，也让他穿了。他大小是个膳官儿，朝廷也顾个体面。另外，他穿过官服再去净了，不也有个说法吗，这你该明白怎样行事。

维康嚯应着，捧起装着面塑的匣盒，要走。

慢着，慈禧又说，你捧起这玩意儿，倒让我不放心呢。我已使毓福传谕，让面人罗再捏八套晋武帝乘羊车。你去天津时带去，交给李中堂，让他代我赏赐八国洋使。你可得想法儿装置妥当，免得途中颠倒零碎儿了。嗯——还有，徐全羊也要给洋使们演示在人背上切羊肉丝的绝技，你还得帮他选个菜墩子，随你们一块儿去，可别临场选不到合适的人。

老佛爷想得真周到，奴才记着啦，维康说完，捧着匣盒出了阁门时，脸却阴得像要拧出水来，他似乎预感到，此行天津，将要遇到什么麻烦。

维康去忙他的事儿了，这里不必赘述，只说徐全羊要调到内廷，进入侍卫官的阶层，他这个六品蓝翎侍卫是个什么身份呢？大体地说，内廷的侍卫官分为三类，一类是御前侍卫官，一类是乾清门侍卫官，一类是内务府侍卫官。单说内务府的侍卫官，是职事于帝后妃嫔和皇室人员的日常生活，分别在传奏、娱乐、敬事、阁寝、尚膳等机构供职，徐全羊则属尚膳侍卫官，归御茶膳房的编制内。具体地说，他由维康管辖。御茶膳房的管理机构，又分司膳太监部和尚膳侍卫部。司膳太监部职事于帝后妃嫔的照常宴膳，额定首领太监一员（武职正五品）、主管太监二员（武职正六品）、随侍太监十二员（武职正七品）、应承太监十八员（武职正八品），这等人虽为太监，亦属侍卫官阶层。尚膳侍卫部职事于御膳安全并管理膳房和厨役，尚膳侍卫部额定一等尚膳总领侍卫一员（武职正五品）、二等尚膳蓝翎侍卫二员（武职正六品）、三等尚膳侍卫十二员（武职正七品）。此外，还有堂主事、笔帖式等，也算侍卫官的范畴。这些人之下，才是各膳房的庖掌，但已不再在侍卫官之列。这样看来，徐全羊的职务仅在一等尚膳总领侍卫之下，他的御外衔头，尚无先例，是慈禧别出心裁加的。所以，仅就尚膳侍卫部而言，徐全羊还得算上层官员，他较比原来的司羊膳房庖掌的职务，起码连升了三级。

按着内务府的管理制度，尚膳侍卫官必须循守三项规矩。一是供职前得有三人做保，保人还必须是其上司或同级中资历较深的同僚，如同治十年四月四日立的"御茶膳房确无嗜好实已断净并附三人保一人员衔名册"中，头一位就是维康，他的保人是英铣泰，这是大总管李莲英、内务府掌关防处的郎中秀铣、内务府敬事房的总管太监王兆泰这三个人姓名的尾字组合。再如一等尚膳总领侍卫吉顺，保人是昱庆治，二等尚膳蓝翎侍卫王永福，保人是继德继，也都是这类情形。二是要确无嗜好，所谓确无嗜好，是指没有了情欲性欲。做到这点的侍卫官，档册上有注明，如光绪八年六月立的"御茶膳房有无嗜好人员数名册"中，就有对维康、永利等人"以上确无嗜好，实已断净者二十九人"的记载。三是被怀疑没断净仍有嗜好的侍卫官，则无人敢保，要由内务府慎刑司内控掌握，一旦发现形迹可疑，即送所查验，经验身后确实已断，可回部供职，若没断净，那是要受刑罚、被戴枷号的。

这就该说到徐全羊被提调的事情了。那天是维康等三个保人领他到内务府慎刑司挂的档，入了"御茶膳房有无嗜好人员腰牌册"。为此，掌稿笔帖式在册中记下："六品蓝翎侍卫徐全羊，年二十五岁，面黄无须，尚无净身。四十五日后送所查验，若已断净，准其至御茶膳房掌职。主保人康荣升。光绪十三年正月十三日。"册中写的"四十五日后"，指徐全羊到天津供差回返，再净身后，需要休养的这段时间；"送所查验"，是指他养愈后还需到净身所验明是否断净。

至于主保人"康荣升",乃是维康、一等尚膳总领侍卫邹荣、二等尚膳蓝翎侍卫张连升这仨人姓名的尾字组合。

徐全羊入册那天的日昃后,维康就让他穿上新崭崭的蓝翎侍卫官服。当他坐到有障蔽的宫车里,启程去天津时,粗眼去看,这个姿英貌俊的年轻人却也光彩照人,他的帽子是周檐上仰的,外饰砗磲的紫貂皮,帽子中间本应嵌有一颗蓝宝石,只因道光以后,朝廷财政吃紧,五品以下的帽石都成了赝品,用了各色的玻璃球代替,因而他的帽顶上,依旧是蓝色的玻璃球,帽顶旁边还插着一支鹖鸟的蓝色尾羽,这是蓝翎侍卫的主要标志。他的脖颈上挂着盘青色的朝珠,身穿绣有八条蟒纹的蓝缎面大襟长袍,脚蹬黑缎面方头官靴,着实一派蓝光宝气。可再细看他的面庞,双眼中却布满了血丝,且神志恍惚,气色疲惫。这因连日来,先是毓福向他传谕了慈禧限时要八套晋武帝乘羊车的面塑,好在他能配合罗小翠捏制,又有仆妇和两个丫头当下手伺候,三日内寝食囫囵,才勉强按时捏出。接着,就是被维康提调,当他在挂档处画押时,心里打得那个哆嗦就寒彻入骨,仿佛那把阉刀已逼近他的胯间,惊恐在脑际间缠绕不散。然后,又被维康急携紧带忙三火四地到掌关防处的官三仓、恩丰仓,酒醋房、菜库和庆丰司,备齐了呈供全羊席的一应用料(因此宴为慈禧亲赐洋使们,用料均由内务府提供),还有呢,就是维康又让他帮着备齐了席上御用的金云角大筵桌和几椅,黄云缎膳单,腰帏,绢花果罩,金银器皿,黄瓷餐具,以及标示菜名的象牙牌子等,这都要有专车驮载至天津,而且,又因日期紧迫,为了多挤出排宴的筹备时辰,还要星夜兼程,务必在十四日清晨抵达李鸿章的府邸。这样折腾,他哪能不身心交瘁?并带着沉重的精神压力和极度的劳累去了天津。

这一行车马因尽载御物,不敢疾行,迤迤逦逦出了京城时,天已降黑,渐浴夜色奔赴在宽坦的御道上。徐全羊坐在车中竟毫无困意,他的双眼大睁,盯着帘缝儿透进来的一线月光发呆,身心也时时抽搐,仿佛被辚辚滚动的车轮轧过,一种要当老宫的悲哀侵袭心头,他穿的这套蟒袍,别人会视之歆慕,他却感到如同披了鬼服,阴气钻心。他尽管极想乘此歇息一下,就是合目不得。一合目,罗小翠一边捏面羊、一边泪眼婆娑的情景就会浮现眼前,她那捏动着的指头,好像不是在捏面羊,而是在他的周身上下触动,他的心就酸楚发胀,胀得几乎把胸腔也裂破了。

车队在翌日清晨抵津，因为低调成行，无朝廷要员率往，也就没有地方官员的迎接举动。

过了港口，往左街一拐，远远便见一片间阁扑地，那便是李鸿章的府邸了。它占地百亩，拥有堂轩屋宇六七十间，可算津沽最华丽的建筑群之一，前庭后院儿都十分阔大宽敞，规模足可与醇王府比媲。

今晨，李鸿章估摸宫廷的供宴人员也该来了，所以，他在早膳后将管家传来交代一番，让他把宴堂和膳房的事情都安排妥当，不可有一处疏漏。因他想到这次高规格御宴能在自己的府上承办，会使他身价大增，这有益于宴事外交的效果，促进他在洋务上的作为。

正当李鸿章走进议事厅，在牍案后坐下时，奏事官来报说太后派遣的宫廷供宴人员已到府前。李鸿章问：是哪位大人率队？奏事官答：来人未报，只说进府面奏中堂大人。李鸿章对宫中来津的官员一向应酬谨慎，听奏事官答过，猜是没来要员，便说：快请进来，说我在议事厅迎候。俄顷，维康领着徐全羊进来，李鸿章迎上说道：哎呀，维康公公，你是星夜奔津来的吧？一路辛苦，老夫也未去远迎，失礼失礼。维康忙说：中堂大人，您这是说哪儿去了，这次恭办御宴，您是代表太后的，哪有去迎下官的道理，下官到您这儿述职才是应该。说完，又将徐全羊介绍了，李鸿章听后，上下打量一下徐全羊，捋须点首道：徐侍卫的俎技，老夫早有所闻。这次被太后派来献艺也是钦差呀，宴事必会效果圆满。徐全羊道：老大人过奖了，下侍能为老大人供宴，荣幸之至。只是涉外之宴，下侍尚无经验，还望老大人随时赐教。李鸿章谦笑道：哪里哪里，徐侍卫是御膳主掌，俎酬过天下重客，可谓经多见广，又得太后赏识，给洋使们供宴，那还不轻车熟路。哈哈哈……不过，我看你神色疲惫，一定是昨夜未得安歇，是不是先休息一下？徐全羊说：多谢老大人关照，下侍年轻，不妨事的。因宴事紧迫，得先熟悉供宴环境。李鸿章说：不忙不忙，都快请坐下，咱们再聊聊。说着，使人催茶，并唤来管家，安置维康、徐全羊这一行人的起居。

要说，李鸿章与洋使们交往甚密，相互宴酬之事却也平常，但是这次，他以慈禧的名义并以大清国的国宴——全羊席礼酬洋使，还属首次。所以，让他赐教徐全羊什么，也着实说不出来。但这次宴事，起因却来自李鸿章这里，他作为朝廷的外事大臣，对时下的局势颇感棘手。自鸦片战争爆发，中国战败，洋人列强看到了清廷的软弱可欺，便起哄一般争造事端，找个由子入侵中国。这种情形犹同一只肥硕的受伤羚羊，被一群凶恶的鬣狗追逐、撕啃。事发的缘由常因某个狂傲的洋使、某个不法的传教士或某个放荡的军官，在中国的土地上恣肆胡来，为非作歹，从而激起民愤，在纷乱的冲突中被打伤、打死；洋人列国就借此为由，调集铁甲艨艟，汹汹而来，炮轰港口，驱兵登岸，挑起战端。这是海上的战争，清廷的海防抵御不住，屡屡受挫。李鸿章趁机要扩充海军，也是扩充自己的势力。现成的办法就是向洋人列国购置军舰、枪炮，但这又是很敏感的事情。洋人列国既图着这笔大生意的油水，又想限制清廷的海防力量。在这种状况下，李鸿章仅凭直隶总督的身份去做外交上的斡旋是不够分量的，他希望借助慈禧和朝廷的名义，给自己的赌盘上加码。这次宴事，便是他说动慈禧，并用慈禧的旨意使自己的动机得以兑现的成例。他想借此宴酬与洋使们达成意向，使后一步实施购置的计划得以初定。

当李鸿章送出了维康和徐全羊，回头再想这次宴事，还是颇感满意的。佳节设御宴，是诚尽国仪之举，又有慈禧的亲赐祥物和徐侍卫的绝技表演，宴酬将会有声有色、礼情并茂，该能博得洋使们的欢心，想到这里，他对这次的宴事活动将会起到的效果就抱有乐观的态度，遂就亲笔写好帖柬，派了使差送往港口一带的八国公使馆。

可是，洋使们对这次宴请却不以为然，出于外交礼节，又不能不来，这些人多为中国通，会说程度不同的汉语。当他们接到李鸿章的请柬，得知宴请是慈禧亲赐、为清廷最隆重的国宴，又有宫中最高职位的御厨承制时，虽然嘴上 OK、OK 地说着，心下却想，这是清廷有求于他们，不给这些面子，怎能顺利买到军舰和枪炮？因此，他们赴宴时将持有被求者的傲慢心态，或是心怀叵测，甚至伺机挑剔、蓄意作难，这都在想象之中，致使这次宴请掺杂了较为复杂的政治和军事背景。李鸿章虽然对此有所意识，但他只是考虑外交场面上的应酬，注重礼仪的细节，没把事情想得过多，尤其没想到宴膳本身会引起洋使们的非难，这是他始料不及的。

果不其然，这天日入时辰，洋使们委托法使福尔诺给李鸿章传来电文，文中的意思说他们不是伊斯兰使节，不嗜好羊馔，如依照贵国语义解释，洋、羊谐音，则犯了讳忌，有辱赴宴者的国格。诸国皆重食牛，要求改变宴题，取消全羊宴，更设全牛席，这才好尊延前往。

李鸿章阅后，知是洋使们故意戗茬儿，气得脸色变青，猛地一拍牍案，那撮山羊胡子被震得微微抖动，手掌也感到一阵疼痛。寻思寻思，就使人传来维康，将这一电文的意思转告给他。

维康听后，气悻悻地说：中堂大人，这不岂有此理吗？我大清国遵循太宗爷遗训，视牛为农耕和负载之物，不可妄宰供馔，这都两百多年了，久已成制，宫中无人敢制牛馔，敢食牛馔，连老佛爷都不吃，怎可依着这些洋使，坏了朝廷的规矩。

李鸿章也骂道：这帮混账洋使，妄自尊大，这不是蹂躏我大清国俗吗！骂后，又摇摇头、叹口气说：不过，要执意制羊，洋使们不来，我被冷场事小，太后和朝廷就没了体面，还要误了购置军舰、枪炮的大事呢。

维康慌了，说：哎哟，这可怎么办呢？请禀太后已经不及。如再晚了，怕是改宴也做不出来了。中堂大人，这事儿您老就做主吧，下官可是没主意了。

李鸿章道：这事情得各掌其主。与洋使们在宴中斗智，为朝廷争益，乃为老夫之责；维康公公是御膳总管，奉太后派遣，实为这次宴举的钦差，老夫岂能越俎代庖？时辰紧迫，还请维康公公速去与徐侍卫商议。易何宴式，要报于老夫一声，老夫这边，可得要准时开宴啊。

维康明白这是李鸿章怕负后责，借由推诿，不由得心里气骂了一句：这个李合肥，老滑蛋一个！嘴上却不能说什么，只得急急告退，径至膳房去找徐全羊。

维康去后，李鸿章来回踱步，捻须思忖，他不放心的是洋使们若再借故缺席，就是少来几个，那这台戏就不好唱了。当务之急，得把他们全哄来再说。于是急拟了电文，使人送交电报房，传于法使福尔诺，电文上说：为谨遵友邦之食俗，本直督已令饬膳部置换宴式，恭维祥节之礼宴，规格照前不减。恳望诸贵使届时惠临，以饮德食和，共舒春喜不一。这里，他没写明更何宴式，也没写明御禁食牛，唯恐洋使们再番作难。真若顶了牛，这宴酬就无承办的余地了。

李鸿章拟了电文后，坐在那里又怨怼起慈禧的冥顽守旧。前年，他就上奏，主张天津至宫内宜有电报设置，以便及时向朝廷传递洋人在中国的动向和直隶都府的外事报牍，也有没说出的原因，就是这样可免去不少他往返京津途中的颠簸之劳。慈禧听他奏后问道：电报是怎么回事？他就简略地说了，并提及了套格、嵌字、加减密码、明码暗码等业务程序，慈禧听了连连摆手，说什么格不格、码不码的，这多麻烦，哪有传谕方便，只需腿儿着，谕便四达。再说，宫中一排排地立着电线杆子，赶上蜘蛛扯大网了，成何体统？不行不行。眼下可好，因无电报不就误事了吗？

再说徐全羊被李鸿章的管家领进住室里安顿好，哪顾上歇息，即刻更换了衣装，请管家引他到膳房。他见膳房设备齐全，敞亮宽大，心就踏实了。因李鸿章讲究吃，善用宴事周旋洋人或礼待属僚，所以这膳房就置办得像模像样，不比内廷的膳房差到哪里，而且雇用的厨人们也都出师有名，会些手段的，这些情况维康都清楚。所以，他觉得李鸿章的厨人们，俎技都能不错，又熟谙场地环境，有供宴外事的经验，还了解李鸿章的口味嗜好，给徐全羊当助厨较为合适，因而，就没在内廷再派厨人跟来。

由于李鸿章的管家已向膳房的厨人们讲明了此次的供宴之事，这些厨人们又见宫里来个六品职衔的御厨亲临主灶，都知隆重，谁还敢怠慢助侍？又图着学些全羊席的手艺，所以，徐全羊在膳房里一呼百应，厨人们殷勤至极，配合默契。这倒使徐全羊不必事事亲躬，少操了不少心，他还能强打精神，将宴前的一应筹备依时地落实了。

这时，他正在摆弄蒸碗儿，被急急进来的维康唤出。徐全羊说：一手油腻呢，容在下洗了再说。维康说：先甭洗了，快随我来一趟！说着，领徐全羊步履匆匆走进自己的住室，将门一关，就把洋使们的刁难予他说了。

徐全羊倒抽口气，急歪歪说：这不胡闹嘛！主方酬宴，客方尊便，中外该是一理。何况是太后赐宴，关乎国仪，岂可让洋使们改动！总爷，您没问问中堂老大人，这宴事如何再做？

维康丧着脸说：我何曾不去问过，可李合肥说我们是太后御使，他不能越俎代庖，让我们定主意，这不是给我们吃夹当吗。我算看透了，这老东西不是块好饼，节骨眼上耍猾招子，这……哎，你也是御使，又是供宴的主角儿，你快说说，如何办好啊？

徐全羊想想说：依下侍之见，还得做全羊席，若不然，太后和朝廷的面子可丢了，我们回宫也无法交代。再则，载来的物料已用了，席也落桌了，连象牙牌子上的菜名都写妥了，改了章程，岂不是靡费人力财物。

维康连连摇头说：不成不成。现下就甭管靡费不靡费了，那算啥事儿？你光说做全羊席，到时候洋使们一个儿不来，你让李合肥吃独食儿？他要吃起独食儿，我们回宫还不得吃杖！

徐全羊翻着眼说：那依总爷之见，就做全牛席？

维康眼一瞪，说：你这不气噎我吗？我何时说做全牛席啦？违犯御禁之事，我就是说了，你敢去做？

徐全羊叹口气说：那……那可咋整？总爷是总管，总爷定主意吧。

你——维康伸出右手，指画徐全羊半天，没说出一句话，又搓起手踩蹊不停地转磨磨儿，忽就一拍脑门子，叫一声有啦，说：洋鬼子不是总坐着军舰在海上逛荡吗，食鱼总该成俗吧？那就做全鱼席。天津靠渤海，盛产鳞介，鱼有的是，就这么定了，你赶快张罗去吧。

徐全羊无奈地摇摇头，说：那这样吧，下侍先拟了席谱，列出料单，您看过后，拿着它去找中堂老大人的管家，把所需之物向他讲清，必须符合御用规格，请他火速备齐。

维康说：行行行。你快些拟列，我去把管家唤来，然后到你这里来取料单。说完，匆匆去了。

维康的住室倒是舒适典雅，文具也齐备，这是李鸿章专为宫中来津的大员准备的下榻之处。当徐全羊将席谱和料单拟列好了，适见维康同管家进来，就先递给维康。维康看后，不住地点头儿，遂将料单交于管家。管家一见那墨字，不禁拖着津腔赞道：徐侍卫真有您的，咀技拔尊儿，笔功也有仙体，要吗来吗，下人折服，下管这去襄办，最迟在戌时齐备。

徐全羊谦笑道：那就有劳管爷辛苦了。

管家说：您这是说吗，辛苦的是您二位，还得连轴子操劳大半宿。那您二位忙着，下管这就去了。

其实，维康无甚操劳可言。管家去后，他嘱告徐全羊紧备慎筹，又到膳堂将随侍们聚到一起，告知了更宴之事，布置了明日的宴前侍候，便觉别无他事，就自先回来歇息了。

倒是徐全羊掌职不苟，这是他自学俎时被罗小翠培养成的习惯，何况，他已警惕洋使们来者不善，更觉疏忽不得。想到全鱼席如再被洋使们挑肴剔馔，或搬弄是非，那可就难以遽尔置换了。这样，他就领着众厨人先备边料，查验调品，谨置盛器，做了种种细节上的悉心安排，单等着管家购鱼回来。这一等就几近亥时，当管家押着货车而至，徐全羊又一一细验，精加遴选。然后才使人一阵刮洗剥剔，自己又运刀阔脔片批，细抹顿刀，再腌渍码味；有的鱼，还需原水饲养，确保活至明日。这么一折腾，已过了子末，方算落桌就绪。

他回去时，几个心细的厨人见他面色疲惫，体力有些不支，便要搀送。徐全羊一向逞强，不肯在同行前吃软，遂强振精神，说我这儿路近，你们路远，都快回去歇息，明日还得早来呢。说完便径自而去，走到半路，忽觉脑中旋转，心气衰竭，胸膛里难受至极，昏昏沉沉中脚一崴，就栽倒在地。不知过了多少时辰，又被冻醒，强撑着站起来，跟跟跄跄摸进住室，也顾不上解衣脱履，揭开被子倒头便睡，睡时又噩梦频袭，总见一把把寒光凛凛的阉刀，不停地在眼前晃动，只要防备稍迟，不及躲闪，就会刺中他的下胯。正当他腾移闪挪，避过了一刃的刺击，另一刃猝然逼至他的胯处，别……别……啊！他号叫一声，猛地睁眼，但觉浑身已被冷汗湿透，眼前却一片漆黑……

辰末时辰，他在昏睡中被维康推醒，维康拉着脸说：都快日上三竿了，怎么还睡呢？瞧瞧你，连鞋也不脱，什么习惯哪？赶快起来！

徐全羊揭开被子，一愕，一骨碌爬起来，朝维康歉意笑笑，急忙洗漱一番，去了膳房。好在昨夜已备置初定，但也得紧赶着炸炙燔焓。虽又忙得昏头涨脑，但他必得强撑，尽量控制面部神态的从容和操作手法的稳重。因他身旁不仅有众厨围观，还时不时向他讨教，维康也踅来踅去地做着督察，他得保持形象，注意影响。因而，他在制宴中拼尽了体能中最后那点精力，出人意外地做出超强度的发挥，适时将津津冷馔，煲煲热肴，遂次递进到李鸿章酬酢洋使们的宴桌上。

维康竟未察觉出徐全羊的身心不支，反倒觉得这个年轻人的体能充沛，精力旺盛，当供宴完毕，他便将徐全羊领到宴堂的后屋坐下，对他说：你的刀、肉不都准备好了吗？我让"菜墩子"过来，你俩先沟通一下。要告诉"菜墩子"怎么样配合。何时演技，你听我的口信儿。

徐全羊一听，脑瓜仁立马生疼，他感到这时候再不可逞强了，便轻声说：总爷，下侍已四天四宿没合稳眼。昨夜落桌后回来，竟摔倒在半道儿上，直到冻醒才摸回来睡了，现在脑袋昏涨，浑身发虚，手臂已无控力，怕是演示不好。这要当着洋使们出丑，可不是闹着玩儿的。

维康急了，说：我知你连日辛苦，可是，你给洋使们演技，是老佛爷的定谕。若是不演，不是违谕吗？我俩回去如何向老佛爷交代？

徐全羊就蒙了，心绪急下沉郁。想到若演肯定出丑，若不演，又是抗旨不遵，横竖没个好，他就耷拉下头，闭起眼睛，心中烦闷着，也不回维康的话。

维康见状，就沉着声说：你可听清，技是一定要演的。编筐编篓，全在收口。这么的，我尽量将你的演技往后拖一拖，使你能养养神，但你得准备好啊，记住，听我的口信儿！说完，就去唤那个"菜墩子"去了……

再说宴堂里，洋使们虽然都来了，也都吃着全鱼席，但他们没吃到全牛席，未能如愿以偿，一个个都显得不悦。觉得清廷求他们办大事儿，请他们赴宴，为何要牛又不给牛吃呢？他们哪里清楚大清国有不供牛馔的禁令？就以为清廷拿大，不尊重他们，有意让他们难堪。于是，一边吃鱼一边 NO、NO 地直摇脑袋，暗下里就别起劲儿，宴会中便潜伏起不睦的阴影。

李鸿章为了开解这种尴尬的场面，融洽一下宴会的气氛，就嘱维康使人将那八套晋武帝乘羊车的面塑捧了上来，置于宴桌旁的备案上摆好。这八套面塑都罩在玻璃箱篚中，雕漆底座，上罩明黄绸缎。因塑时输出了真精血、大功率，艺蕴活灵之中，技见丝纹之间，皆显得栩栩传神。

这是我国国技，为面塑工艺，李鸿章展起笑容说：也是太后钦定之物，委托我转赠给诸位公使先生们的。

洋使们听了便都离座上前围观，他们一下子被眼前的妙品吸摄住了，纷纷张目惊视，禁不住 OK、OK 地交口称赞。

李鸿章见洋使们有了笑脸，乘机又说：我还要告诉诸位公使先生，太后特派来的御膳房顶级御厨，不仅恭制了此宴，等会儿还要做国技表演，以助宴兴。

国技？福尔诺问：那演示起来会是什么样子的？他说这话时，两手前伸，转圈儿摆动，话说完了，手即向上扬止，风度优雅。

李鸿章笑着说：这个吗，暂不奉告。是时，会让您大吃一惊。他这是在吊洋使们的情绪，努力将宴会的气氛引入和顺。不然，便难以切入正题。

福尔诺双肩一耸，双手一摊，做个不置可否的表情。

这时，李鸿章站起来说：请诸公入座，吃鱼。等洋使们都回座后，他又说：

中国有句古话叫无鱼不成席。此宴之鱼，为渤海特产，加吉、黄花百条选一，又有明虾之黄、蟹钳之肉补味，款款堪称上品，一肴百金呐。

洋使们便都伸着匙、又吃鱼。

李鸿章也坐下吃了一口，又站起衔着酒杯道：时逢元宵佳节，亲朋欢聚，共享宴乐，是中国的老传统。所以，太后对这次宴酬颇为重视。她视诸公为亲朋好友，特谕我代她邀请诸公宴聚，以尽情谊。诸公远道来中国，传播文明和技术，功勋长誉，使中国显见进步和昌盛。为此，太后嘱我代她向诸公敬两杯酒，一杯是敬亲之酒，二杯是敬谢之酒。来来来，请诸公先畅饮这第一杯酒。

慢着，英国公使罗尔曼说话了，敝人有一事求教，请李总督解答，如能消除敝人的疑惑，再饮这杯酒不迟，这样可以吗？他这汉语说得相当流利。今年，英政府为了加强对中国的军事和经济侵略，特遣这个汉学家到天津担任代公使。

当然可以，李鸿章笑着说，就请代公使先生提问吧。

这时，罗尔曼指使侍者将宴桌上的肴馔移到一旁，再将一套晋武帝乘羊车的面塑端到宴桌中间。李鸿章不明其故，又不便阻止，只好坐下，看着他在摆布。心想：我说过这是面塑，他总不会当糕点去吃吧。

只听罗尔曼说：恕敝人打搅了席面，不过，这样大家都能看得清楚。

李鸿章试探着说：代公使先生，您是不是想让我诠释一下这个面塑能否食用？或者，让我介绍一下面塑工艺的历史成因和工艺特征？对此，我还略知一二。

罗尔曼说：不不。李总督，敝人是问，您的代国王西太后又称老佛爷，是吗？

是啊，李鸿章说：我国臣民多信佛教，崇佛为神。西太后乃太上国母，就如贵国的女皇一样，臣民们尊敬她，她遂得此称号。

罗尔曼说：李总督这话答得好，那么，这乘车驾羊之人，瞅着一脸佛相，可就是老佛爷的化身了？

李鸿章听了暗笑，那不是晋武帝吗，遂又想：彼帝此后，都是国主，又佛福相通，你以为是化身就化身吧。于是就说：代公使这样认为，也是对的。

罗尔曼说：李总督这话答得更好了，可是，这八只羊又是怎么回事儿？

李鸿章被问得蹊跷，羊就是羊嘛，还什么怎么回事儿？虽这样想着，嘴上却答：啊，我想是这样，若马驾辇车，四匹足矣；羊力不及马，故用八只方可。

罗尔曼听后，这才沉下脸来，点破话题说：我们在座儿的八国公使，都是羊

（洋）；老佛爷高高在上坐着，赶着我们拉车，这又做何解释呢？

李鸿章这才恍然大悟，慌忙说：洋、羊二字音同义异，代公使不可这样理解。

罗尔曼说：敝人研究过贵国的文字，就说这全鱼席中的鱼吧，中国人说年年有鱼，是说年年有余，寓意吉祥富裕，这鱼、余二字，不就是音同义也同吗？

在座的洋使们有的听明白了，有的没听明白，明白的就用洋语说给没明白的听，于是又一阵 NO、NO 的声音。

李鸿章被噎得咕口不合，感到他的回话被罗尔曼套了口袋，想解释又解释不清，急得一口痰上来，卡到嗓子眼上，又不便咳嗽出来，有失雅观，就憋得满脸通红。

这时，罗尔曼的嘴角浮出冷笑，站起来说：李总督，敝人提醒您，外交行为，贵在真诚。你们挂着真诚的面具，却用羊事借题发挥，巧做文章，实际上是在污辱我们。您应该知道，国家的强盛凭的是综合实力，用雕虫小技戏弄我们的国格、人格，绝非君子所为，而且毫无意义！请转告您的西太后，我们在座的这些羊（洋），不敢领受她的宴请和赐品。同时，也谢谢李总督的盛情。因有公务在身，我们不便久留，就此告辞，Bye-bye！说完，板起面孔起身而去。别的洋使也都跟着离座，就听一阵稀里哗啦的椅子挪动的声音，并掺杂着叽里呱啦的洋腔洋调。

李鸿章坐在那里呆若木鸡，竟气得不想起身相送。他气自己，堂堂的道光丁未进士，经殿试而入翰林，却被洋使用国文耍了。他也气慈禧，一个女人，叫什么老佛爷呀？我这里山珍海错应有尽有，宫里的珠宝艺物更是取用不竭，偏要赐什么全羊席、赠什么晋武帝乘羊车做甚？他还气维康，带了一帮人来是捧我的场呢，还是砸我的台来啦？这下可好，晋武帝乘羊车被认为是八国洋使给老佛爷配套驭辇、当牛做马了，全羊席是不是也被认为是烹全洋了？这不是羊克洋，犯了洋讳，坏了我的洋务大事吗。他越想越气，瞅着满桌的肴馔就犯邪性，伸手抓起一块万寿无疆的黄瓷盘，狠力往地上一摔，叭的一声摔个粉碎。又瞅了瞅不远处的维康，哼了一声，甩袖拂扬而去。

维康见李鸿章摔了御器，闻那摔声吓得一哆嗦，他过来哈腰拾起那些碎盘片，蹲在那里，抬眼瞄着李鸿章的背影，嘟哝着：什么玩意儿，你放个响儿，我们回去，若不澄清，还不得被打出屁来！

维康也万没想到宴酬会是这样的结局，他担心自己要受贻累，顿感忧虑重重，就毛忾不安地在宴堂里来回走着，想而又思，思而又思，也未得解慰。又急跑跑地走进后屋,见徐全羊背身面墙坐着,就顿足说:这下坏菜了,你也甭演技了,洋使们罢了宴,都他奶奶蹽蹶子颠儿啦。哎哟喊,咱们回宫,可怎么向老佛爷交代啊?!

徐全羊没反应,仍在那里坐着不动。

我说你这人,倒吱个声儿啊!维康过去一扒拉徐全羊的肩膀,他就势从椅子上栽倒地下,只见他双目紧闭,脸色蜡黄,口角遗沫,已经失去知觉。

原来,就在李鸿章摔盘子时,徐全羊由于极度疲惫,加上窝火、憋气、忧虑、哀愁、惊悸的诸种情绪一齐压在心头,浑身痛苦难耐,像发了疟子,随后眼睛翻白,口沫呴濡,头就一歪,昏厥过去。那个"菜墩子"木讷地在他身后不远处坐着,以为他累了在打瞌睡,就没理会,也不敢打扰。

维康见徐全羊栽倒在地,大惊,又气怒地瞪了"菜墩子"一眼,上前抬手就给他个耳雷子,骂道:你奶奶的,这人都快没气儿了,让你在这守尸哪!

"菜墩子"捂着脸,磕磕巴巴地说:下人寻思徐……徐侍卫歇着哪,就就……

维康顾不及和他理论,麻溜儿推开后门,朝着膳房里急喊:来人哪,快来人!

膳房里的厨人们正为洋使们的罢宴而议论纷纷,听见被唤,就过来一大帮,见徐全羊倒在地上,遂七手八脚地扶起他。一个老厨人摸摸徐全羊的脑门子,说了声:慢着。又急使个年轻的把他的烟盘子取来,他就从烟盘子里面拈出根烟扦子,扎入徐全羊的人中,发劲儿捻几下。徐全羊便有了知觉,哇的一声吐出一口。维康这才舒了口气,伸手从桌旁抓了块餐巾递过去,说:你擦擦嘴,喝口水,歇歇吧。说着,指使两个厨人扶着徐全羊回了居室。

维康望着徐全羊耷头塌肩的样子,就摇摇头,想到他若回去一味养息,说不定几天才能起炕,这会引起李府的人猜议,也要耽搁回宫的日程。既然宴酬已半途而废,李合肥又闹着别扭,再不走就不识相了,便决定立即返宫。想到这里,就唤来随从,命他们即备车辆,搬置御物。又将李府的郎中找来,为徐全羊诊了脉,配了药剂。然后令随从扶他上车。临行前,只有李鸿章的管家来送。管家说:中堂大人已去英使馆回访罗尔曼代公使,以消除误会。老大人不能亲送,还望维康公公鉴谅。下管已备下饯宴,是不是……

维康说:不必了,我们到中途的官驿用膳。请管爷转告中堂大人,我们自先回宫了……

第二十二章　夜入阉门

话休絮烦，且说维康、徐全羊一行人的车队返回京城市衢时，已是次日的人定时辰。当行至北长安街北口时，维康让随从们押着车物先行回宫，自己带着两名亲侍，载着昏昏迷迷的徐全羊，在月明灯稀之中去了会计司胡同的毕五那里。

毕五是专事净身的主家，他这营生属辖内务府的慎刑司掌控。这是一家特殊的半官半商的买卖，既不标衙门字号，也不挂店号幡匾，表面看去像座缙绅宅邸，白日里一向清静，只有在夜间才施办净身之事。

维康这时候带着徐全羊去毕五那里，自有他的打算。他是在想：徐全羊本为市尘厨子，被选到光禄寺珍馐署当了国宴膳房的庖掌，已是鸡犬升天了；又被老佛爷封为六品蓝翎侍卫，主理外膳，这真是天大的奇闻！能这样走运并享此殊荣者，只有康熙爷的宠厨张东官有过。徐全羊本应皆大欢喜才是，可在天津期间，他留意到徐全羊气不舒貌，常常走神，有时愣愣怔怔，一得歇息就两眼发直，盯着一处犯呆，再不就是深吐闷气，这就极不正常。直觉告诉他，这些反常神态是与他要被净身有关。他也想到了，徐全羊与那些甘愿净身入宫、以图谋发迹的苦寒子弟不一样，他家境殷富，又有妻室，怎肯甘当被世人鄙视的阴阳人呢？天津宴事不利，那是洋使们的刁难所为，该不是我维康之过；可徐全羊若不及时净身，就违了老佛爷的口谕。这事情如连带一起，老佛爷一怒，自己恐要牵吃瓜络。所以，他拿定主意，要乘着徐全羊昏迷不醒，没有抗拒能力之时，让毕五赶紧阉罢了事，以免日后有变，或节外生枝，再出现什么麻烦，他这个主保人也图个踏实。

维康要见的毕五，做阉割营生是承袭家传。道光二十七年春，他的父亲毕广田就与一个叫小刀刘的在地安门内方砖胡同里，悄悄开起了这种生意。生意因无法说出口，更无从定类，就没扯店标，虽然如此，行情却隆。那时候，内廷的近侍大换班，老太监都被淘汰，急需增补一大批小太监，可是朝廷只审收净身之人供差。至于如何净身，那是净身人自己的事情，朝廷不管。许多人家因求阉无门，又图着省钱，就由家长亲自动手。因无经验，做法原始，生拉拉地拿刀把要命的器官割下去；割后，就在尿道上插根细管子，不然，肉芽儿长死了，尿都撒不出来了。为了使阉处排脓长肉，得按时换药。那哪是药哇，是用白蜡末儿、香油和花椒面儿一掺和，再拿块棉纸一蘸，往伤口上一贴就得。被阉的人要仰脸儿躺在土炕上，就同断了脊梁骨，稍一动弹，心疼得简直要从嘴里跳出来。大小便不能自理不说，屁股下还得天天垫着灰土，湿了巴叽地燠着，那罪遭得可想而知。然而，人家毕广田和小刀刘干这活计，那可先进多了，不仅有一套设备，还有麻药、止血药，阉时爽利得多，既卫生又安全。所以，后来被阉的人，死活不肯在自家行术，就都寻到这里，这就把这份儿残忍的生意，愣是给拱抬起来啦。

毕、刘两人为此发了财。那时，一些拍花子把骗来的少年人偷送这里，再编个笆就能诓赚一笔卖人的好身价；有些人犯了罪，隐瞒实情，也来这里用净身逃避刑罚，为图从这个渠道能到内廷当差。这两类人的净身，小刀刘主张包办。当然，包办不是无偿的，事先，要与净身人立下契约，就是净身人去了内廷当差后，要从柴薪中陆续扣除包办费。对此，毕广田不同意，说这生意本就损亏人伦、遭人嚼舌，可别再干没良心的事情。小刀刘说：咱们只管阉割，有阉就是客，甭说被拐卖或犯科的，就是玉皇大帝来阉，咱也操家伙，就执意要办，两人掰扯掰扯就翻了脸。毕广田一赌气，便撤股走人。当时是咸丰六年，宫中内务府的慎刑司在长街北口的路西新设了衙门，监管遴选太监之事，毕广田就在附近的会计司胡同另起炉灶，图着与慎刑司从便联络。

一晃二十多年过去了，如今，毕五已将他父亲毕广田的青砖套院变成了豪邸华檐，而且，他的阉术更加精湛，被称为京城的"一刀阉"。就是说，他干这活计，甭管生殖器大小粗细，一刀下去，保准儿贴皮去根，不留豁茬儿，一抚溜平，做到能让净身人挨得痛快。同治十二年，经慎刑司报请内务府审定，因视毕家两辈人为内廷输送太监有功，毕五经御批被赏了七品顶戴，并追加世袭。

光绪二年，内务府的太监额数又有了新的内定，每季度需要增补四十名符合要求的净身者来内廷供差，这对直隶省各县的穷愁贫忧的人家，具有莫大的吸引力。于是，这些人家就将自己的子弟送到慎刑司挂档，指望能被选到内廷谋求个出路，甚至希图晋身求荣、发财致富。当然，慎刑司要依照宫规收审的，须经查验相貌、健康状况、言谈和聪明伶俐劲儿等，还要摸裆。审定后才能按期定数，拨遣到毕五这里，由毕五负责净身。这些人被净身后，需休养四十天，然后由内务府统一分派给内廷各处，一般是御前处十名，宫眷处十名，敬事房十名，御茶膳房司膳处十名。所以，这四处的总管太监，在审定新增补的小太监时，都要参与，这四个总管太监中，属维康年富力强，又会办事，因而，内务府将审正净身人员的事务，交由维康配合慎刑司办理，这样，维康便与毕五混得厮熟。

说这话时，维康一行的车马已抵达会计司胡同，停到毕五宅邸前。

早有个亲侍跳下车，上前拍了几下门环，里边一阵响动，吱的一声拉开一道门缝，现出半张幽暗的脸，眼睛闪亮一下，说：今个儿已敲梆，又是单日，不过手续的，明晚来吧，说着关上了门。嗳——喊！那个亲侍又使劲儿一推门，说：什么单日双日的，是宫里的维康总爷来啦！里边人就说：哟哟哟，哪曾想维康总爷一更天能来，失迎失迎。说着，把两扇大门开满。

维康让两个亲侍换着徐全羊随他进去，来到挂档室。只见室内闪出一个人来，这人浑身精瘦，面色通红，穿洋绉短褂和踢死牛的快靴，一根辫子松松地在脑后郎当着，他就是毕五。

毕五一见维康，就声音粗嘎地说：哟呵，来了，嘿，给总爷请安。说着打个千儿。

维康扭头瞅瞅被换进来的徐全羊，见他仍呈昏迷状，这才对毕五小声说：给五爷送个急活儿，打扰五爷歇息了。

毕五见徐全羊身穿六品蓝翎侍卫官服，哪敢怠慢，忙着使人接换过来，一边说：哪里哟，盼星月不如盼总爷来。总爷老不来，下官得勒脖子喽。这就逗了几句闲嗑儿，便跟进去为徐全羊验身摸裆。出来后，将维康唤进一室，对他说：总爷，您这是怎么啦？这人烧火攻心，身子烫人，气脉微弱，您这就让他净身，还不要了他的小命儿！

维康听了一怔，想了想就将徐全羊的情况一讲，并解释了要将他尽快净身的原因。

毕五听后，头一摇说：总爷，您这可糊涂了。这人正在昏迷中，与置麻醉之状可是两码事儿；不愿净身而强制，与甘愿净身而忍受，也是两码事儿。下官做的是损阴德的造孽行当，是灭人的子孙根，魂儿早就到阴司去了。可身在阳世上，还得讲两条规矩，一是不阉拒阉之人，二是不阉重病之人，他这两条儿可都占了，恕下官不敢领命。就是下官领命去阉，此人必死无疑。他可是个六品蓝翎侍卫，比下官的品级还高。真要死了，是您能向上边交代明白，还是下官能向他的亲属说个清楚？

毕五这么一说，使维康噤口无言，沉了半响，他才说：依五爷的意思，这事儿如何办好？

毕五说：这样行不行，先让他养息在下官这里，不过诊疗费得由总爷这边支了。待他康复过来，下官察言观色，摸清他的念想，适机劝导以利，使他有了顺应，宜时再行阉割为妥。

维康唔了一声说：也只好这样了。不过，话说前面，这人可是内廷重侍，非比常人，连老佛爷都器重他。他若净时有个三长两短，可坏了大事儿，我可要拿你是问。

毕五托着老腔道：哎哟，他这病虽然不轻，总会疗好的，怕的就是净身。下官净的，多是童子，他都二十五六岁了，做时也麻烦。

维康说：五爷，你就别打镲了，我说的话你可得照办。改日我来验查，除了他的胯下少了根肉赘儿，别的都得完好无缺，一口气儿都不能差！说罢，起身作别。

毕五只得嚯应，又送维康至门外，等他上车，这才回来将徐全羊安置后房疗养。

且说徐全羊躺在那里昏睡了一天，后被侍候人唤起，喂些稀食，并陆续吃完了那几服药剂，这才感到疲意渐退，体内稍适，但仍头沉欲睡，懒得睁眼睛，还以为是在天津的住室里。第二天下半夜，当他脑渐清醒，睁起眼睛瞅着近处有蜡烛幽光闪闪，又闻隔房里有嗷嗷的呻吟声，心就紧缩起来。再辨听那声音，如鬼嗥于室，狐叫于梁，听得他浑身发毛。侍候的人见他醒了，就唤来毕五。毕五进了屋子，笑着对徐全羊说：下官毕五给徐爷请安。

徐全羊见暗光中闪过来一张怪脸，脑神经猝然绷起，忽就往后一蹿，坐起来指着毕五说：你离我远点儿！我这是在何处？

毕五干不嗞咧的笑几声，说：嗯——是这样徐爷，维康总爷见您病得不成样子，就命下官将你安置在这里养息，待您贵体康复，下官再请维康总爷接您回宫。

徐全羊瞪目道：我是问你，我这是在何处？

毕五只得实讲。

徐全羊一听,不知哪来了那一股子劲儿,骨碌一下挺起身来,鞋也不穿,站到地上说:我要回家!

毕五慌了,说:您这走了,维康总爷管下官要人,下官不是担着过儿吗?

徐全羊说:我走不远,家就在前门外廊房一条,宫里人知道的。若有事情,您让维康总爷传我好了,说完,跟跟跄跄而去。

毕五急了,上前一把拽住徐全羊,说:徐爷,您可不能走。您这大病初愈,肚子缺食儿,连鞋都不穿,到了外边寒风一吹,脚底着凉,还得受病。您就听下官的,在这儿养息两天,进些补食,到时再说去留不迟。

徐全羊说:您先放开我,那我把鞋穿上,再劳驾您去街口帮我唤辆洋车。

毕五放开手,忙搬过一把椅子,扶着徐全羊坐了,又拿来短袄,递过鞋靴,见他穿戴了,这才又说:徐爷,下官做这营生,只净情愿之人。徐爷不情愿,下官绝不强净。不过,说个实话,下官对徐爷有护理之责。您这一走,下官心中没底儿,这要有个不测,下官着实吃罪不起。

徐全羊说:既然您不强净,还留我在这里做甚?

毕五说:不是下官留你,是下官无法向维康总爷交代。

徐全羊怒道:您这是净身房,可不是拘捕房!我不净身,你怎敢强留于我?好汉做事好汉当,请您转告维康总爷,就说我不愿待在这里,只是想回家养息。往后如有不测,是长是短,我出了您这门儿,就与您无关!说完,愤然而出,走到路口,吆喝来辆洋车,径自回宅。

毕五拎着一个绸面包袱,跟在后面追上几步,喊道:徐爷慢着,您的补服、补服……

徐全羊扣起自家宅门时,罗小翠仍未入睡,她泪眼潸潸,正坐在书房里向着桌前的一套面塑直视着。细看她的脸庞,往日的艳丽和娇媚之态已僵化成固板的凄楚之美,这是美颜的女子应对厄运而又无法化解时的一种神色、一种表情。如果在她旁边观察一段时间,更不难发觉,她无论坐立走动,总像在注视着什么;她会一个人犹同与徐全羊倾谈似的高声独语起来,还会孩提般地哇的一声哭出来,眼角涌出的泪珠,任由在鹅蛋似的脸上流淌,也不想去擦拭。

桌上的面塑是两只相偎在一起的羚羊,公羊舔着母羊的耳朵,眼中溢满情意;

母羊吻着公羊的胸脯，情态尽显温柔。罗小翠是拿着深深的情意捏的，这对情羊就捏得传神，捏得有灵气。

当她听到仆妈来报：少奶奶，少爷回来啦。就一激灵，抬眼望去，徐全羊已站在她的面前，只见他头发蓬乱，辫子松散，面色灰暗，因瘦削许多，眼眶显得凹大；他只穿一件舒袖短袄，腰间带子上的褡裢也掉了一头，搭拉在左侧腿上，再看下面，两只黑靴竟穿反了。

罗小翠迎上前去，抓住徐全羊的双手捂在手里，又仰起脸，一双泪眼扫视他的五官，然后又放开他的双手，向他的下裆瞅去。突然头部一颤挛，遂对仆妈说：你先下去吧。等仆妈去后，她的右手就伸进他的下裆处，一把握住了那东西，遽尔破涕为笑，接着又破笑为涕。

我……我想躺一会儿，也饿。徐全羊有气无力地说。

罗小翠扶他到椅子上坐了，帮他换了衣服，洗了脸、脚，然后热了碗牛奶，往里拌了几块点心，喂他吃了。这才扶他到床榻上躺下，就偎在他身边听他讲完了这几天的事情。

罗小翠听后，一种不祥的预感袭入脑际，那两只手禁不住微微抖动，胸口也紧缩得难受，心怦怦地跳得很慢，有时简直像要停止跳动了，嗓子里仿佛喘不上气来，泪水一串串地流出，这是一种冷泪，是被推移不动的凄苦从心头中绞出来的。可怜兮兮的失意者便流这种眼泪，一个在优渥之境中被纵惯了的女子，往日事尽吉顺，有求必得，如今第一遭尝到真正的酸楚。帝宫规法的森然无情和人际间的冷酷、险恶，她现在是懂得了。

徐全羊见状，耸然动容，他抓起罗小翠的一只手，放到自己的心窝上，一边抚摸一边说：小翠，你可不能这样，这会伤了胎气，咱们的孩子得保住哇！

罗小翠一惊，忙拭起眼泪，点头道：嗯。可是……可是……那话没说出，泪又涌出。

徐全羊苦不叽儿地一笑，说：看看，咋又来了？别哭哇！我是想啊，车到山前，必有其路。大不了不在宫里干了，咱们还开北辕楼去。

罗小翠的手一抽，噙着泪说：怕是你想得太简单了。你这一走，虽说是回家养息，宫里哪能不管不问，凭你自由自在？

徐全羊哼了声说：大不了把我发配边戍，去了柳条边或宁古塔，我还回老家了呢，图个返乡投亲！

罗小翠苦闷地摇摇头，闭阵眼睛，然后说：还扯风凉话呢。与其等着发落，莫不如拾掇拾掇，一跑为净！

徐全羊愕然道：跑？往哪儿跑哇！这是大清国的天下，还能跑到哪里去？

罗小翠专注地说：你呀，随我到曹州府，那是我的家乡。咱们隐姓匿名，哪怕先开个夫妻店儿，避避风声。再说了，你没犯什么法？又不是通缉犯，朝廷能撒大网到处抓你？你大不了是不愿净身，辞官不做，朝廷怎的，这种事情也要强迫吗？还能将你怎样？

徐全羊寻思寻思，说：不行。这一跑可要落下罪了，他们寻不到人，哪能罢休？别说那大人要受贻累，还要牵涉咱们亲长。再说，你已怀着身孕，我又浑身发虚，哪能经得起折腾？

罗小翠听了，两眼直直地瞅着前方的某一处，木然地说：反正，太监咱是宁死不当！你若当了太监，我回头就上吊！

徐全羊大惊，忽地站起，将罗小翠一拽，揽到怀里，头贴在她脑后的元宝髻上，轻轻地揉擦，泪水夺眶而出，呜咽着说：小翠呀，你可不能这样想啊，我不当太监就是。咱俩今生今世，平安为本，谁也不能离开谁。

罗小翠双手抱着徐全羊的肩膀，仰脸儿瞅着他，含泪的眼眸子在他脸上爬了一阵，抽泣着说：你也别去宫里了，就在家养息。他们抓你也罢，判你也罢，我都陪着，咱们活要活在一起，就是死了，有难同当，也要死在一块儿！

第二十三章　慈禧判案

过了两日，李鸿章自津赴宫，在东暖阁向慈禧禀报了渤海口岸的海防布置。当时，朝廷中关于强固海防之议正兴，连奕譞、奕䜣都成了洋务派。慈禧亦受其染，所以，她核准了李鸿章的禀报后，又很有耐心地听他阐论海防之道。

李鸿章说：近来读了美国海军军事理论家马汉的《（1793—1812年）制海权对法国革命和帝国的影响》一书的译文后，以为马汉主义可旁通华夏。抵因大清国海疆辽阔，海岸线长，且内陆水域纵横交错，河海浚通，江湖相连，此乃为发展海上事业之天然条件。当务之急，即要迅速筹建强大的海军，宜应北洋主导，南洋会衔，以巩固海防，并带动海上经贸之发展。这样御外固内，战可兵戎相见，和可通商相亲。唯其如此，方能以海补陆，以陆助海，促进国运昌盛。反之，海防弱小，必致国家衰落，徒呼负负。

慈禧对李鸿章的宏言阔论，虽然无可非议，但她却匮乏开拓海疆的庞宏理念，她习惯务实，以直感议事，于是就说：老中堂雄心勃勃呀，恨不得把大清国都铸成一艘大军舰呢。既然说到这儿，我要问问，购置军舰、枪炮的事情可有进展？前天，在你那里宴酬洋使们，应该对你的洋务活动有所助益吧？

李鸿章道：回禀太后，臣以为洋务之事，是水磨功夫。俨如盆花开绽之时，肉眼常视不及，乃为平日栽培所至。宴酬即如栽培之功，礼情又似阳光雨露，功到礼尽，洋务之花必绽矣。

慈禧说：那倒是，可你也别光讲道理，还得说说具体的事情，咱们正事儿就说到这儿，再说副事儿。听说，你在宴酬洋使时，摔了一块万寿无疆的黄瓷盘儿。那种盘子是我五十寿辰时，特意在江西御窑烧造的，怎么，盘子招你惹你啦？你摔它干吗？你这是摔我吧？

　　李鸿章没想到自己摔了块盘子也会被慈禧查问，就猜疑是维康禀报之为。说起他此次来宫，虽为述职，也是借机想将上次的宴误之事摆平，以使自己开脱干系，他想到慈禧迟早要知道的，会问及此事，因而有所准备。于是起座躬身道：太后一向恩重于臣，臣何时都不敢有负太后。

　　慈禧追问：那你为何摔盘子？

　　李鸿章当然不敢说是慈禧的赐宴和赠物有误，也不敢说是洋使们的不是，怕激怒慈禧，那他与洋使们的关系就更难调理了，会使往后的洋务活动面临窘境。正因为这两个不敢，又要与洋使们保持正常的关系，所以洋使们罢宴后，他即去了罗尔曼那里再三解释，以消除误会。其实，罗尔曼作为英国驻中国的使节，也不想与清廷搞得过僵，只是借此刁难，以抬高身价，并图获商贸上的更多利益。李鸿章这么一回访，他自然要借坡下驴，表示谅解，可在当时，李鸿章确实摔了块盘子。慈禧这一问，他总要说出个原因，就气忿着想：既然你维康不仁，就莫怪老夫不义了。于是就说：臣只气维康公公供宴不利，一时难忍，就摔了盘子。

　　慈禧遂问：维康怎的供宴不利？

　　李鸿章答：太后谕定，宴酬洋使的宴式为全羊席。但臣知有两三位洋使不习嗜羊，臣恐宴待不周，顾此失彼，不能曲尽礼仪，故嘱维康公公稍适为之。哪想维康公公竟忘却太后谕宗，将全羊席更为全鱼席，宴容大谬，洋使们为之不满。当时，英使罗尔曼还将臣写给他的请柬退还于臣，责问：既然贵国是以国宴酬待我们，为何皆以鱼馔充之？意逆之中，又拒受太后赏赐的晋武帝乘羊车的面塑。此为维康公公贻误宴事外交所致，臣焉能不气？说着，就从怀襟中取出一帖，又说：这是罗尔曼退还给臣的请柬，请太后明鉴。

　　李鸿章如是言举，且不说这帖请柬是不是他在过后又复写的，以表明他是在遵循慈禧的谕定而为，就是他说的这番话，也是精心编排的，因为他不敢道破真相，意图是在慈禧和洋使们之间和稀泥。那么，其间出现的虞失，怎么办呢？只能诿过于维康了。他这也是言不由衷，只得弱肉强食，把维康当成垫背的了，何况，他这时对维康还怀有报复的心理。

　　尽管李鸿章是在编笆，慈禧听后却脸色大变。她看了看那帖请柬，就感到天津的宴事已经大失她的谕尊，但仍耐着性子又问：维康告诉你没，让徐全羊给洋使们演示绝技？

李鸿章虽知此事，但因洋使们宴半而辞，未得进行，实际上，当时也无演技的氛围。于是答道：宴中没有演技。这话似乎答非所问，因他只想绕开事实，谨慎地掩护着洋使们的刁难，不致使慈禧有所察觉，所以，就下意识地将过失的原因都往维康这边倾斜。

慈禧这时才积怒而发，不禁骂道：这个混账东西！没想到他出了宫门，就敢阳奉阴违！

李鸿章忙道：恕臣坦答直言了。其实，维康公公也是贤劳之人。只是，御宴之柄，掌执于他；宴中外交，乃属于臣。臣不敢僭越，唯既有所见，不忍瞻循缄默，故实陈太后，还望太后息怒。

慈禧摆摆手，说：得嘞，老中堂，你叩安吧，这没你的事儿啦。

李鸿章叩安而去。

慈禧坐在那里气怒了好一阵子，她对李鸿章的话历来是信重的，不然，怎会将朝廷的诸多大权都交与他掌管呢。这时，她自然把气怒都使在维康身上，遂命传唤太监去传维康。传唤太监说：老佛爷忘了，维康总管已使人向您老告过假，说是从天津回来身体不适，过两日再来伺候您老。

慈禧瞪目道：少废话！这已经过了两日了，他就是咽气儿了，也得马上把尸首抬来！

嗻，传唤太监慌应着，急急去了。

原来，维康那夜回宫后已过二更，迷迷沌沌睡至清晨，起身后就觉得脑袋昏涨，浑身疲乏。天津之行不顺，使他颇伤脑筋，顾虑重重，加上往返奔波，哪会歇息得好？这就唤来司膳部的首领太监，说是身体不适，替他向老佛爷告假，过两日再去伺候。谁知这个首领太监刚走，毕五就紧急求见，告诉他徐全羊病已好转，但不听劝阻，已丢弃补服，拒阉回宅。维康听后，惊愕半响，知道徐全羊已违谕闯祸，并要贻累自己，就连连吁叹。旋想天津之行真是应了行前的预感，麻烦可惹大了。老佛爷要听取回禀时该如何答对？如何巧做解脱？就成了他的心病，故而心急火发，神气颓废，就又延假，也便谋思应措。

当那个传唤太监传他时，他就越显得局促不安，便小心问了缘由。传唤太监平日有受益于维康之处，就将老佛爷气怒的原因说了。维康是个一点就透的人，听后恨得牙齿直咬，心想：我还没向老佛爷禀奏李合肥摔盘子的事情呢，这是哪个想取宠的随侍径先给捅上去了，这不存心饿我的茬儿吗？又恨李鸿章老奸巨猾，太不仗义，事到临头就想推人下井。但细忖此事，又找不到反驳李合肥的由头儿，只得忍气思移，这就合计上了徐全羊。又想大鱼能吃小鱼，小鱼就该吃虾米。反正，徐全羊已经拒阉违谕，又遗弃补服，没他的好果子吃了。当下，要紧的是保护自己，既然朝廷重臣都有陷人之术，我维康怎就甘受被陷呢？想到这儿，竟事逼成谋。当他随着传唤太监进了东暖阁时，心中的应措便已就备。

慈禧冷着脸待维康施过礼后，就厉视着他，说：我要找你呢！有人在天津摔了我的盘子，你的随侍都知道循守宫规，及时奏报。你从天津回来两天了，那边的宴事办得怎样啊？

维康拿出病恹恹的样子，答道：奴才这次去天津，事多时紧，又夜往夜回，没得安歇，贱体不支，已向老佛爷告了假。本来想过了一二日，侍候您老时再做禀报。

慈禧冷笑一声，说：那好哇，我等不及了，你现在就禀报吧。

维康说：奴才侍候老佛爷这些年了，深知老佛爷断事不讲过程，只要结果。奴才就不絮叨天津宴事的过程了，别让您老听着腻歪，就只禀报结果吧。

慈禧说：好哇。朝政大事我都听不过来呢，哪有工夫听你说流水账。知我者，还是维康呀，那你就说说结果吧。

维康说：奴才要禀报的天津宴事的结果是：全羊席改成了全鱼席；老佛爷赏给洋使们的晋武帝乘羊车的面塑，洋使们拒受；徐全羊的绝技，也未得演示。

慈禧哼了声说：你倒挺爽快，讲了实话。这三个结果，你是供认不讳了？

奴才供认不讳。

慈禧说：既然这样，我可要秉谕处置。你也可以说说，这是老中堂的错呀，还是你的错。

维康心里讲话，谁的错儿？谁的错都不是谁的错儿，都是你老佛爷的错儿！你不谕定做全羊席，不赏赐什么晋武帝乘羊车的面塑，哪会导致这种结果？但他怎敢这样说，那不等于追究慈禧的责任了。但他又抓不到李鸿章的把柄，更不情愿自己落过儿，这就违心地说：奴才以为，这都是徐全羊的错儿。

慈禧一愣，说：他是个厨子，虽为御外膳官，还不得听你这个总管的，怎会是他的错儿呢？

维康故作梗直地答道：奴才虽为总管，但无御外之衔。此次去津，奴才奉您老的旨谕，是做徐全羊的帮办。徐全羊是您老谕定的御外膳官，主掌外事宴酬，唱主角儿的，实际是他。因为全羊席由他主理，晋武帝乘羊车的面塑，是他和他的娘子捏的，演示绝技，也是他的差使。可这三件事儿，他都违了您老的谕定，造成了实际的后果。后果就是结果，这些结果，不是奴才所为，奴才就是所为也所为不了，因为奴才没这些能耐，奴才想替他揽过儿都揽不上。奴才知道，您老最注重实际，一向只看实际的结果，所以奴才说，是徐全羊在实际上没能遵循您老的谕定，才出现这些错儿的。

维康这番话，在逻辑上虽然有毛病，他出于开脱责任，就扭曲事实，遮掩真正的原因。他现下想的啥？他只想到往上拽不着李鸿章，就得往下狠踹徐全羊。

慈禧平时听惯了维康的逢迎献宠，对他的话自有信率。所以听了，翻翻眼睛，觉得似有道理，但又不尽然，遂说：徐全羊呢？把他也传来！我还得要他个口实，也别冤枉了他。

维康一听这话，麻溜儿有备而答：回禀老佛爷，徐全羊现在是这样，前天，奴才从天津回京后，已是一更天了。遵照您老的旨意，连夜儿将徐全羊送到毕五那里。毕五验他身后，说要观察一番才能净。奴才就与毕五说，徐全羊就交给你了，你务必要监护好他，尽快断净，他还等着任用呢。谁知毕五今晨进宫，急告奴才说，徐全羊在昨夜天没亮就跑了。毕五追去劝阻，他竟将毕五打得鼻青脸肿，扬言誓不净身，并将补服脱下，往地上一摔。当时，那话说得太难听了，奴才可不敢学。

慈禧怒道：你照实说来无妨！这个胆大妄为的东西，他说了什么了？！

维康装作畏缩的样子说：他说……他说我宁肯去死，也不要做太监。说完了，唤来辆洋车扬长而去。听毕五说，他是回了自宅。奴才这里学的都是毕五的原话，您老若要核查，奴才可将毕五传来。

显然，维康这些添油加醋的话，是他的心计所使。一方面，他要为自己的强词夺理再添个借助，以此激怒慈禧；另一方面，即使慈禧核查，凭他与毕五的多年交情和毕五为了营生的利益，也会合他的仄押他的韵，不会替徐全羊说话。

慈禧一听怒不可遏，厉声道：这不要气死我吗？你把这个蔑视谕定的下贱厨子即刻押来，给我当着面儿净他！

维康慌忙道：老佛爷，您老气是气，这可使不得。要不，先将他监禁起来，免得他畏谕潜逃。

慈禧瞪目道：不行！我待他赏信有加，让他官居六品，他反倒恩将仇报，秽语污谕，辱没朝廷，这口气如何咽得下？！你把他押来，我倒先要审审这个忘恩负义的家伙！

维康倒抽一口冷气，他没想到慈禧要亲审徐全羊，他怕徐全羊来了说出实情，那可把自己装进去了，于是就搪塞道：奴才是内宦，平日不能径往市井，徐全羊的宅子在哪儿，奴才还不知道。

慈禧说：你不知道，光禄寺那边人还不知道吗？说着，使人急传毓福，命毓福差人将徐全羊即刻押来。

维康暗呼糟糕，又一时无措，只能惴惴地候着事态的发展。

约近半个时辰，毓福和那景庆赶到东暖阁，见慈禧正与维康下棋，便在外室候着。慈禧这是气满而息，故意摆个放松的姿态；维康陪弈，正好借思布局，暗谋即将面临的应措。当维康瞥见毓福的身影时，就故意走了两着错棋，然后佯装认输。慈禧说了声臭棋，也就止弈起身。毓福、那景庆适时上前叩拜了。

慈禧一见没有徐全羊，就问毓福：我让你押来的人呢？

毓福瞅一眼那景庆，那景庆会意，便说：回禀太后，毓福大人命下官去押徐全羊，下官即领人去了他的宅子，见他重病染身，若要强行押来，恐违了重患者不得进入内廷的规矩，因而未敢擅行。

慈禧蹙眉道：他是不是畏罪装病啊？

那景庆答：下官已留意观察过，不敢凭他装病去违误太后的谕传。

维康听了，暗自庆幸，心里松了口气。

慈禧想想，就叫来传唤太监去慎刑司传谕，要即刻将徐全羊监控起来，然后又说：他病不病的，也得按规矩处置。本来，一个厨子，哪是我管的事儿，可他是我谕定的六品御外膳官，我还就得管管。维康啊，天津的事情你知情。按你说的，他违谕改宴，宴误外交，弄得老中堂和洋使们不欢不睦，使朝廷的海防大事受挫；他又抗拒做内侍的规矩，殴打朝官，当街扔弃补服，有辱朝廷，这种不识抬举的混账东西,我还头一回碰着。你们正好都在,都曾管过他,你们奏议一下吧,他这罪该怎么个定法儿?

维康转转眼睛,寻思事已关己,得先下手为强,若不将徐全羊重处,自己焉能躲过?于是就说:奴才以为,应按《御茶膳房内侍规矩条例》论罪。条例中第三条规定:凡擅自违谕掌宴误事者,扣罚当年柴薪,撤差革职;第一条规定:凡为拒履内侍规矩者,尤为可恶,按形迹可疑严谴,杖刑四十,发遣原籍。但殴打朝官,摔弃补服,有辱朝廷之罪,条例中虽无明文规定罚规,但奴才是想,这罪更大,简直有反叛之嫌,不可饶恕。以奴才之见,起码要加杖六十,不仅要发遣原籍,还要给驻防兵丁为奴三年。

慈禧点点头说:嗯,这叫数罪合一,复罚行戒。你维康熟悉宫制,还能倒背规文,不赖。但扔弃补服一事,也不是没有先例呀。记得文宗在世时,敬事房的七品侍卫周有寿将文宗幸妃的事儿给弄扭了,瑞仁总管斥责他,他竟说没有弄扭,反责瑞仁总管传谕有误。两人口角起来。周有寿也是混账,犟骨头一个,一气之下当场脱下补服一摔,扬言不干啦。后来不是被杖刑革职,发遣给御狱的枷号们打饭吗?我这话哪儿说哪儿了,你们不可外传。

毓福和那景庆听后,甚觉不公,认为徐全羊冤枉。因方才那景庆领毓福之命,去徐全羊宅处传谕时,借机问过徐全羊去天津的情况。徐全羊因把那景庆不当外人,就强撑着身子淌着眼泪照实说了,也说了返京后自己拒绝净身的事情,并表白:自己在司羊膳房供职时,保人是那大人,调到内廷,保人已是维康总管了。自己是在维康总管做保人时拒绝净身的,与那大人已无关系;若无这个变动,自己宁肯净身也不会贻累那大人。那景庆听得又是惊叹又是感慨,遂就劝慰徐全羊暂且休息,急忙回宫向毓福做了禀报。两人就猜测,徐全羊若被传入宫中会凶多吉少,就有意保护他。所以,当两人来到东暖阁时,毓福就授意那景庆以"重患者不得进入内廷"为由,向慈禧做了回禀。但两人都明白,天津的宴事本为谕误,谕误在宴不逢势,让洋使们搞了刁难,这是个根歪茎扭枝梢斜的事情,但根歪无人敢纠之,茎扭又自有遮掩,只有枝梢无护、斜得可怜了。尤其是维康,他为了推卸天津宴事的责任和开脱作为徐全羊保人的干系,就对这件事做了种种手脚,使他遭此厄运,因而愤愤不平。这时,那景庆先着急了,他听慈禧要将徐全羊定罪,忙用眼色示意毓福,请他说话。毓福想了想,觉得慈禧正在动气,自己因徐全羊一事刚被罚谴，如果又替他申冤，恐会再讨苦吃，后果不测。眼下，只能为徐全羊减轻罪责了，力争使他从宽发落，于是就进言道：太后，维康总管的奏议未免太苛刻，不可采纳。臣以为，徐全羊抗拒净身，丢弃补服，是违了去内廷供差的规矩，实该罚处，臣不敢袒护。只是先朝有遗制，内宦不可御外。恕臣直言，徐全羊为御外膳官而被净身，有失朝廷尊严，恐遭非议。再则，徐全羊是满洲功臣后裔，当初，他来光禄寺应试时，吉林督办吴大澂大人曾有荐函，言他祖上为驻防协领，抗击沙俄屡建战功。因而，臣奏议，对徐全羊不宜重处。这样，也显得太后依法分明，执制公正，又顾及了徐家的功情。

慈禧听了，虽感言逆，但觉在理，遂眼皮下耷着说：那你的意思呢？

毓福答：依臣之见，宜以朝制为怀，对他曲为宽宥为是。臣想，若将他发遣原籍，给驻防兵丁为奴三年，似嫌处重。宜更为撤差革职，遣返市廛为妥，望太后酌定。毓福这话，是想将徐全羊从危厄中解救出来，以慰帖自己的心理不安。既然光禄寺留不住他，宁肯还他个自由自在的庶民，也不能受那份终身难辩清白的窝囊罪。

慈禧寻思寻思，嗫了声说：可也是的。你说到这儿，我还真有点替他惋惜呢。他年纪轻轻，相貌不凡，又身怀绝技，还是协领的后代，本该是个好侍候。若把他发遣原籍给兵丁为奴吧，兵丁的官儿没准就是他的三叔二大爷，或是他先辈的属吏，那还能当他是奴吗？莫不如就革职为民算了，免得浮于罚戒的形式，这也是看你毓福和吴大澂的面子，使你俩能向徐家有个人情上的交代。

那景庆见毓福替徐全羊说话了，也鼓起勇气说：太后，容下官奏议。方才，下官领人去押徐全羊时，他的妻室罗小翠哭着与下官说了，说徐全羊为恭承太后旨谕，配合她赶捏晋武帝乘羊车的面塑，操劳去津宴事，四天四夜没合眼，因而积劳成疾，卧榻不起。下官以为，若按维康总管的奏议，对他施以杖刑，刑数合而杖百，他会必死无疑，这样也太不近人情了。下官恳请太后，为体恤徐全羊的病体，是否可以免杖？说完，又狠狠锥了维康一眼。

维康的眼神躲闪着，心下慌怵。

慈禧不悦道：你两个这一唱一和吗？把对徐全羊的惩戒弄得抽筋去肉，那还是惩戒了吗？他触犯宫规，若不儆劣迹，岂不乱了规政！不行，杖刑不可免，容他病体复康，再行补杖。

毓福说：太后，徐全羊既已削职为民，即要驱逐出宫，已非宫中供差之人。何况，他正在自宅中养病，若待他复康再回宫补杖，似欠妥当。

这时，维康深吐口气，感到徐全羊被革职出宫已成定局，就有了摆脱后的轻松。旋想老佛爷的态度已有转变，自己也该顺水推舟，大可不必再为徐全羊如何受惩戒的事情去惹怒毓福和那景庆了，那对日后与这两人的共事和交往会毫无益处。于是便说：老佛爷，奴才方才的奏议是一孔之见，只知道对违规的下属要按条例罚处，还是毓福大人的见识高，那大人说得也在情理。要说，徐全羊的误宴违谕，奴才也有帮办之过，也得向老佛爷领罪，所以奴才请禀，是否就依照毓福大人的奏议为准？

慈禧点点头说：你维康这样想也对。天津宴事，你和老中堂也不是局外人，不能说就没有责任。当然了，这都事出有因，我能体谅。不能体谅的就是这个徐全羊，不说赐宴、赐物、演技，他全给我违谕！还抗拒规矩，扔弃补服，侮辱朝廷，我能气顺吗？！所以，徐全羊必须处置！维康啊，你是徐全羊的新上属，又是他的保人，你再说说吧，如何处置他？

维康想想说：老佛爷，是不是这样，他的柴薪可扣，还有削官为民、驱逐出宫，这已是三条惩戒了。奴才以为，还得加上一条儿，就是他的名儿，是老佛爷亲赐的，他被革职出宫，御名儿断不能带走，要上交御名儿，还他的俗名，这也是惩戒。如若这样，就依照那大人的奏议，用这四条惩戒，可抵消杖刑，不过……

慈禧问：还不过什么？

维康说：徐全羊这一走，莺太妃那边……

慈禧说：那就不管了，违谕被驱逐的人，谁也不得包庇留用！嗯，你这法子不赖。是啊，我赐他的名儿，他得永世禁用，免得欺世盗誉。我还合计着，他不就是又制羊又捏面羊又切羊肉丝儿的，弄得误宴违谕，又连带着犯了规矩吗？说明他虎性难移，不仅克羊，还克洋使。羊忌他，洋使们也忌他，大清国的国宴让他克得不吉不顺，所以，这种人就不能再烹羊制宴了。这么着吧，再加一条惩戒，他往后得永禁制羊，别污染了大清国的国俗；一旦发现他制羊，永远枷号，遇赦不赦！

这条罚戒可厉害，听得毓福和那景庆瞠目相视，苦笑隐在嘴角，却又无可奈何。

慈禧晃晃头又说：唉，别看徐全羊是个厨子，他这些事儿可把前朝和后廷都闹腾遍了。所以，对他的罚处得有个牍文，用以广布视听。维康啊，你马上去内奏事处，把这些意思让他们写个牍文，我谕定后发了。

于是仨人向慈禧请安告退。出阁时，毓福和那景庆都绷着脸儿，拿白眼斜睨维康，也不说话，维康翻眼一瞄，心下虚畏，立就耷下眼皮，返身去了内奏事处，道儿上，他想到徐全羊即将要被驱逐出宫外，自己捞着啥好处了？却也感到懊恼，就不禁脱口自骂：维康啊，你奶奶的！你费了忒大功夫想调徐全羊，到头来鸡飞蛋打，养伤的莺太妃要不到他，丽景轩那边也白建了包哈房，老佛爷的烤羊腿没人做了，孔玉贵也替换不了，还弄得在光禄寺那边儿不是个人，又险些受到牵连！骂罢，狠劲儿往右股上掐了一把，痛以自泄。

维康来到内奏事处，佟鑫在承理牍文的拟稿。两人在牍房里交接过了，维康自去。佟鑫就提笔思拟。于是，这个小军机的脑际中就闪过一个司羊膳房庖掌急来匆去的影子。他便想厨人到内廷为吏，自古少有，且短短六天，就突擢六品，又骤惩被逐，真乃大滑稽！太后拿徐全羊翻跟头耍戏，而遭嘲笑的，却是朝廷啊！

这日过了晡时，佟鑫拟就的牍文，经荣禄阅过，又交于维康报呈慈禧审定，牍文中写道：

奉太后谕：

内务府御茶膳房六品御外尚膳正（蓝翎侍卫）徐仁虎（曾被赐名徐全羊），因领太后懿旨，至天津直隶总督李鸿章处承供全羊席，为逢元宵佳节，由李总督代为御赏而飨八国公使，暨御赐面塑（徐仁虎等做）、演示刀俎绝技，此为外交宴事，以利向诸国购置北洋水师装备，壮我大清海防。然李总督奏：此宴承供大虞，宴式逆谬，竟篡全鱼席而充之。八国公使遽尔不悦，故此拒受御赐面塑，亦不观刀俎绝技之演示，致使宴误外交，购图落空，海防大事受挫。李总督向来谨慎，此奏谅非无据。太后又亲躬查稽，洞悉明微。此事现已廓清，实因徐仁虎妄自而为所致。又据徐仁虎拒行内侍规矩，殴打行事朝官，当街摔弃补服，犯有污辱朝廷之罪。我朝圣列家法事事超越往古，而内廷规制尤为严密，但有违谕抗规者定不姑贷。徐仁虎深负圣恩，本应严罚重处，然顾其身染病疴，亦念其先世抗击沙俄有功，故而酌法从宽，以革职、扣薪、撤其赐名、驱逐出宫、永禁制羊而代受杖、为奴之刑。而后，如仍用赐名、斯世盗誉，擅制羊席羊馔，诬我大清食俗，一经发现，则永远枷号，遇赦不赦。谕到之日，旋即生效。本牍文副本随徐仁虎移至当地府衙，以据监查。

内奏事处
光绪十三年元月十八日

本小说即顺事变，下文中亦称徐全羊为徐仁虎。

尾梢部

自光绪十二年九月七日起，徐仁虎到光禄寺本部签册，至光绪十三年元月十八日止，他被驱逐出宫，这段光景是四个月又十二天。具体说，他在光禄寺供差为四个月零六天，后调内廷仅供差六天。其实，他调到内廷这六天内，也只是去了趟天津还遭此大祸。若写部《清宫食俎史》，他短暂的厨绩还应写在光禄寺。令人扼腕的是，自内奏事处对他的罚处牍文下发后不久，这个曾任职六天的六品御外膳官，就偕同罗小翠永远离开了中国的土地。

第二十四章　远迁土国

内奏事处对徐仁虎的罚处牍文经慈禧谕定后，本该交由维康带往徐宅颁告，但毓福对此颇有抵触，他岂甘让这个鬼祟之徒再到徐宅去嫁祸于人，这就与荣禄斡旋，借口维康与本案有涉，又系内宦，不宜出宫执法为由，经荣禄允同，便责成那景庆替代维康为之。这样，翌日一早，那景庆就领着慎刑司的人去了徐宅，这也是毓福预先筹划好了的步骤。当慎刑司的人将徐仁虎从床榻上拖扶下来，那景庆令他跪听牍文。宣讫,他见徐仁虎仍跪在那里麻木无语,就提醒道:谢恩呐。徐仁虎才愣怔一下,便呼谢恩。

嗣后,那景庆有意要多留一会儿,说他还要审听徐仁虎对前段掌管司羊膳房的交差事宜,打发慎刑司的人先走了,这就亲自将徐仁虎扶回床榻上。

这时,罗小翠已在隔室侧耳细听了罚处牍文,知徐仁虎幸免净身,还了原名儿,又未遭刑杖和发遣,只扣了供差时的柴薪,削了老宫的官职,就皆大欢喜。她含泪出来向那景庆鞠躬,释然而笑,亲昵地朝着徐仁虎连呼他的原名儿,心绪顿感轻舒。

倒是徐仁虎躺在床榻上,似被猝然击伤,又愕惑难禁。受到惩戒是他预料到的,但没成想在天津操宴也成了罪过,遂感到维康为了推卸责任,从中在搬弄是非,蓄意嫁祸于他,一股愤懑和冤屈之气就夹袭而至,交压在他的胸间,那两眼就猛然一酸,淌出了苦涩的泪水,并由这一罚处牍文又想到宫廷虽然貌似崇圣,实则阴森可怖。大吏畏讳而推责诿过,高宦保己而陷害无辜,却都能在慈禧的谕文中堂堂书证,充以规理,这世间哪还有公道可言!想到这里,他似有拒庵如赏之快,欣慰自己脱离了本应不该来报国求荣的地方,一种犹如刀下逃生的侥幸心理,使他的郁郁气结又渐得消释。

这时,那景庆适时说了他如何与毓福大人向太后据理进谏,免却了对徐仁虎的杖刑和定奴之事。徐仁虎听了深为感激,就要起身叩谢,被那景庆扶止。罗小翠却执意不肯,就拖着重孕之身,代向那景庆施了三躬才罢。

那景庆瞅着这两个病、孕之人,心中一酸,叹息一声说:当初,毓福大人命我写了帖文,昭示罗家后裔来光禄寺应试,哪曾想你们来了,却落得这般结果!我们于心不忍啊。方才,你们听清楚没有?牍文里可写了永禁制羊,并有治罪的刑罚跟着,这是抹杀了你们的绝技,毁了你们的厨路,不义,不义呀!我与毓福大人虽感气愤,却无力阻拒。我今儿个借由来颁告牍文,实为此事而来,这也是毓福大人的特意安排。觉得你们厨艺绝顶,人又纯良本正,乃我大清国的庖杰,可如今朝廷昏暗,世道混沌,致使你们蒙冤受屈。你们年轻啊,还要长行人生之旅。所以,想为你们安排一条出路,也好减轻我们的歉疚之情。

徐仁虎正不知做何归处,听了这话,颇为上心,就道:那大人万不要说歉疚不歉疚的,事已至此,该是下人不器,辜负了那大人和毓福大人的赏重。

罗小翠心急,跟着说:那大人,您说要给我俩指条出路,还望明教。

那景庆说：要说这条出路，起缘还在你们爷爷那里。记得是同治十二年春季吧，罗老庖掌还在光禄寺供差时，土耳其使节埃纳姆来宫里进献贡物，并与总理各国事务大臣孙毓汉大人洽谈两国经贸之事，后由同治帝在保和殿宴酬了他。这位埃纳姆是土耳其国王的二弟，他对罗老庖掌承供的全羊席大加赞赏。就向同治帝进言，希望两国宫廷之间互派御厨，请罗老庖掌到土国皇宫传艺，土国也将派一名顶尖的御厨来贵国宫廷里教徂授技。同治帝听了挺新鲜，就答应了，也是应酬场面。后来，毓福大人闻此讯息后，就向同治帝进奏，说大清国怎可容外藩人教徂，光禄寺以设国宴为本，不宜谬制殊方异食，这样有失国格。同治帝听了，又点头赞同，所以，这事就搁下了。其实，毓福大人也是舍不得让罗老庖掌出走，因他年纪已高，恐要客死他乡，岂不遗憾。如今，埃纳姆仍在天津充任公使，兼做食品、工艺、皮毛的生意，光禄寺供宴用的胡食、胡果、香料和葡萄酒等一直都由埃纳姆从域外引进，因而，毓福大人与埃纳姆关系很熟。这两天，毓福大人见徐庖掌已被谕罚，心犹不平，又绠短汲深，无以相助。念着罗老庖掌和徐庖掌在光禄寺的厨绩和人品，就起了恻隐之心，觉着徐庖掌在大清国的厨路已断，可惜了一代庖杰了，不能这样糟蹋人才，因而有意向埃纳姆举荐你二人，也是回个人情，对上次阻挠罗老庖掌去土国的一个补偿。又想到土国人多信奉伊斯兰教，尤重食羊，且餐饮业发达，举世闻名。你二人若去了那里，想是会如鱼得水，总比在国内捧着金碗要饭强。于是，昨天上午，他写了封举荐信，使亲从带着去了天津，交与埃纳姆，现下想是沟通了。今个儿一早，毓福大人又写了一信交我带着，说你们若有意去土国，可持此信到天津去找埃纳姆。

那景庆讲到这里，便将毓福的信从怀中取出，交给罗小翠，并说：毓福大人想得周到，三十六计，还是走为上计。对此，我也有同感，我们觉得，徐庖掌痊愈后可去趟天津。埃纳姆久居我国，通晓国文国语，你们讲得通的。

罗小翠听后，犯起难来，说：那大人说的倒是条出路，深谢两位大人指点迷津。只是，下女即要临盆。唉，这孩子可咋办啊？

那景庆说：依我之见，孩子可先交你们的亲长抚养，待你们到那边立足成业后，再设法将孩子接去。不过，此为亲离大事，还宜将你们的亲长请来，帮着筹计筹计才好，也使他们放心。

徐仁虎点头称是，说要将两位爹和干爹都请来。

那景庆适时起身道：我就不久留了，你们可得记着毓福大人的一番用心哪。有何难处，可使人找我，但这件事情断不可声扬出去。说完，便摆手告辞。

那景庆走后，罗小翠即给亲长们写了信，使仆妈送至邮差局。下晌，房二扣门探访，仆妈进来报了。徐仁虎说：快让他进来。罗小翠说：我身子不便，就回避吧，让丫头侍候茶水。但那大人的那些话，你不要与他去讲。徐仁虎点头说：知道了。

房二拎了些茶酒绸料，进来就戳腔道：那大人说您病了，徒儿抽空给您请安来了，这儿还挺好找。嗳，师傅的宅子真够款式，比顺天府的府爷住的差不哪儿去。说着，将礼品放下，走到床榻前给徐仁虎叩拜了。

徐仁虎说：快起来吧，我身子发虚，只能躺着跟你说话。

房二说：您养着，甭劳动，徒儿就近坐着。说着，蹑手蹑脚地搬把椅子，放到床榻前坐了。

丫头献上茶，轻置床头柜上，又朝房二笑笑，退去。

徐仁虎说：五六天没照面了，近程子你做得咋样啊？

房二立就哭丧着的样子，说：哎呀，师傅您这一高就，可把徒儿闪了大腰。徒儿哪能比您，你往那儿一站，满膳房风调雨顺；徒儿去充橛子，嘿，都跷起了二郎腿，还总拿徒儿逗咳嗽。徒儿这不是草帽儿被拎着——当锣敲了吗，横竖敲不响，徒儿算看明白了，司羊膳房没您做不了槽子糕。等您贵体复康，还得兼着庖掌，要不，这块儿可要乱套。

徐仁虎噈了一声，摇摇头说：不至于吧，咋能乱套呢？

房二边伸手把被角一拽，盖住了徐仁虎的露膀儿，边说：师傅，您哪儿知道，膳房里原来那帮厨子，现在掰不开镊子，以为是徒儿带伙小力笨儿，仗着王爷们的势力，向您虎拜猫师，等厨路一熟，就把你给挤对走了。就又猜想，他们迟早也会被挤对走，就硌硬我们，就都犯起了牛脖子，处处与徒儿拧葱，弄得徒儿像戴着孝帽满街道喜，到哪块都讨得没趣儿。其实，徒儿这伙人是僧，您是佛，佛在僧在，佛离僧散。谁吃饱撑的，和他们搅马勺较劲子！可徒儿得知，徒儿这伙人真就走不了嘞。署里说，谁走谁按逃差处置，这可真应了司羊膳房那帮厨子的念头了。徒儿这伙人可都是王爷府的厨子，这要回不去王爷府，王爷们能干吗？

师傅您说,署里有胆子说出这话碰硬,这不里里外外都要乱套吗?

徐仁虎苦笑道:唉,当初哇,我就不该来光禄寺应试,当这份多事的庖厨,你们也就无由随我学艺,要说乱套,都是乱在我身上。

房二说:师傅您这就错了,乱套是乱在……垂帘儿后头的。是垂帘儿后头的看中了您,愣是把您挑去当侍候,哪在您呐。恕徒儿直言,在里边当侍候,说不准要净身的,那净身的官儿再大,也不能干。您呐,莫不如回来,司羊膳房立马会风平浪静不说,又占个窝儿拔尊,这比当不阴不阳的官儿势张多了,您说是不是?

房二的话触到了徐仁虎的痛处,他苦闷地闭上了眼,心中像胀满了浊气,翻搅得使他难耐。他本想一吐为快,将已遭谕惩之事告诉房二,但话到嘴边又忍住了,这就想想又睁开眼道:房二啊,你的意思我明白,但我回不去了,啥原因我不想多说。唉,咱们师徒一场,也是缘分,你又能替代我的职掌,可算机遇。师傅送你一番话,你要记着。你不是说司羊膳房要乱套吗?我看,这正是胼胝你的身心智力之机,你得善睦同仁,做到不偏不倚,用真诚感化他人;且要勤练俎技,矻矻以求,以渐增本事,树起你的名誉来;对个别与你死耍牛胯骨的,要断然裁除,免得掣肘你的职掌。还要说的是,那大人可是个好官,他心地善良,注重厨人的人品和俎技,你要博得他的信重才是。再则,你又有醇王府方面的背景,必要时还可以扯个袄领子。总之,指望你好自为之,图强以进,我也不枉收了你这个徒弟。好了,就说这些吧,我身子虚疲,谢谢你来看我,还拿了礼物。

房二听了,似乎预感到什么,心下一沉,扑通一声跪到地上,说:师傅这番话,徒儿牢记在心。可徒儿听着又闹心,徒儿不再打扰,只敢问一句,师傅八成有难了?徒儿愿为分忧。

徐仁虎心中一热,眼角流出泪水,说:你不要再问了,回去吧。

房二揉了揉眼睛,起身道:师傅放宽心,没有过不去的桥。您就好生养着,徒儿改日再来看您。

徐仁虎侧身道:你师母有孕在身,不便迎你送你。胖英,代我们送客。他这是在唤丫头。

…………

约过双旬，一个尘沙起腻的日子，偏西的日轮虽显光淡一点，毕竟仍有很强的流泽；它嵌在斜空中，仿佛借着天风的吹引，将白铜般的亮色泻到前门大街的商肆中。那些拥闹的店铺和过往辐辏的行人，还有蹒跚的轿子和黑漆高轮的东洋车，卖螺蛳和吹糖人的小贩，以及拴笼屉和锢锅锔碗儿的挑子等，都被这种光色涂染得减失了古陈的情调，阵阵声浪穿云裂帛般地随风而去。这时，一辆披满尘埃的蓝障呢后档车，不失轩昂地拐进了廊坊一条，格棚额、罗传耀、郑文谦同乘此辇，相偕而至。

此前，徐仁虎因受惩心谨，恐受监控，就嘱罗小翠给亲长们的信不要写得直露原委，除了尊前敬禀之辞，只说了思亲若渴，孙儿即生，务望三爹皆来以图三代欢聚。信只传递郑文谦，郑文谦使人去了吉林乌拉，将格棚额和罗传耀接至盛京。时值冬去春来，天气变暖，又逢酒楼经营的淡季，仨人就适时赴京，怀兴与子孙团聚。

当仆妈来报，说三位老大人来了。此时，徐仁虎的病已复康，急忙搀携罗小翠出迎。双方在庭院相见，自然亲喜交集。罗传耀瞅瞅罗小翠，嗔笑道：你这闺女，咋这般娇贵，生个娃子，就一张信纸，把我们仨全折腾来了。郑文谦拍一下他的肩膀儿说：小翠和仁虎是让我们看孙子，三代欢聚，人生之乐嘛。你与格兄又未曾来京，借机也好散散心，逛逛城西的钓鱼台，城南的法藏寺，再吃吃便宜坊的烤鸭，广和居的潘式蒸鱼，都是美事，小翠的信写得值。徐仁虎说：我俩本应回去探望你们，因小翠临盆，我又患病，只好请你们前来。格棚额说：你身子骨一向结实，咋闹病了？徐仁虎说：阿玛，你们都快进屋坐吧，我和小翠还有事情向你们禀报呐。说着，搀起罗小翠，引仨人往书房走去。

众人来到书房，仆妈和丫头一阵忙活，帮着仨人解衣抖灰，挪椅斟茶，然后退下，去照顾车夫马料。

格棚额心急，坐下喝几口茶，就说：仁虎哇，我看你俩的气色不太对，有啥事情呀，快说说吧。

徐仁虎说：阿玛，我去备饭，先吃饭再说吧。

郑文谦摆摆手，说：不用了。我们一进城，已在个淮扬馆吃了蟹黄烧卖，饱着呐。你就稳当坐着，你阿玛不是在问你话吗。

徐仁虎瞅瞅罗小翠。

罗小翠道：你就说吧。

于是，徐仁虎就将他自进京应试至今的细情一一述及了，罗小翠又补叙了毓福所做的安排。听得仨人脸色大变，又惊又叹，亦气亦恼，忽哀忽怜。

罗传耀听罢，猛地一拍桌子，怒道：什么去土耳其啊，哪也不去！你们还回吉林乌拉。不准制羊，那就制猪制鱼，制鸡制鸭，还能难着谁吗！

罗小翠含着泪、颤着嘴儿道：爹，你糊涂啊，食羊是国俗，咱开酒楼若无羊席羊馔，怎好向顾主们解释？我和仁虎司厨而不制羊，这心中等于让黄连泡了，苦不堪言哪！哪还有心思制别的。再说，北辕楼是以制全羊席而闻名吉城的，突然禁了羊席羊馔，断了满洲习尚的精脉，这不是拿石头砸自家的招牌吗？没有不透风的墙，客人迟早会知道仁虎是被朝廷贬罚的禁制羊馔之厨，都要犯个讳忌，谁还会来捧场呢？

仨人听了，方觉事态严重，一时都沉闷无语。

徐仁虎那苦涩的泪水又淌了出来。

这时，罗小翠气噎难耐，心中一横，说：仁虎，我身子不便，你代我跪下，咱俩向三位爹爹磕头！

徐仁虎怔了一刹，又懵懵懂懂地望着罗小翠，不解其意。

跪下呀！罗小翠发狠道。

徐仁虎只好跪下，磕起头来。

罗小翠禁不住哀伤，就呜咽着说：三位爹爹都在，我和仁虎从小瞎瞎无知，是你们把我俩养大、带扯大，也经你们的亲自教诲，才成人自立。我俩这辈子就是走到天涯海角，也忘不了你们的大恩大泽。可我俩的日子不能没有羊、没有全羊席呀！那等于要了我俩的命一样。与其让这昏暗朝廷囚困死，还不如远走高飞，到土耳其去！大清国不拿仁虎当人，还恋着大清国干啥！仁虎啊，你再磕头，磕头啊。说罢嗷然痛哭。

仨人听了，也都眼圈儿湿湿的。格棚额掏出帕巾，边擦泪边对徐仁虎说：你起来吧。你呀，还算八旗子弟吗？在慈禧眼里，你可不就是一只羊嘛！要毛剪毛，要皮剥皮，要肉取肉，要血放血。归齐了还嫌你膻呢！二位亲家，就让他们走吧。

罗传耀下唇颤着，点着头儿。

郑文谦长叹一声，说：仁虎啊，想你制羊的俎技学得如此神速，是顺了你那虎克羊的占卜，你到宫中，名却变虎为羊，可又应了羊入虎口的俗义。人生难测，唉，不谈这些了。我想，仁虎去天津时，是否告诉埃纳姆，到了土耳其，不去皇家宫廷司俎？外藩的皇上能比中国的好吗？咱们心中没数。若再落入外藩的虎口中，那可就无人相救了。二位亲家，是不是让他俩到了土耳其后，再开处北辕楼，专制中国的羊席羊馔？投资嘛，我来供承。

格棚额说：好，这样好。不过，文谦兄弟，你不必再破资了。小翠和仁虎在吉城开办北辕楼，四年有余，已赚银二十万两，都在钱庄里存着，我分文未动。他俩一走，可如数带着。我看，这些银子办个酒楼，绰绰有余了。

郑文谦说：格兄，这些银子是足够了。可是仁虎和小翠此番一去，没有归期呀，所以，我替他俩做主，这钱就留给你和嫂嫂颐养天年了，也算他俩尽了孝心。他俩到土耳其办北辕楼的投资，还是我来安排吧。

罗小翠热泪盈眶，情不自禁地朝着郑文谦的怀里扑去，哽咽着说：女儿不叫你干爹了，你也是亲爹。爹呀，你的恩情，我俩永世不忘啊！

一时，屋里的气氛凝重起来，半晌没人言语，只有声声感喟的叹息……

话休絮叨。且说过了两日，徐仁虎于深夜启程，仍是乘了那辆蓝障呢后档车，翌日上午即抵天津，在德国租界附近的一幢颇具奥斯曼特色的典雅楼邸中拜访了埃纳姆。这位来自地中海半岛的异国贵族，模样儿面赤髭浓，体态偏腴。他穿着一件中国的玄狐袍，用流利的汉语与徐仁虎对坐交谈。埃纳姆早已收到了毓福举荐徐仁虎的信，对他颇有印象。今见他年轻标致，谈吐不俗，不觉大喜，但两人的想法尚有分歧。埃纳姆要保荐徐仁虎到土国皇宫里担任司羊御厨，徐仁虎却要在伊斯坦布尔的市面上开设北辕楼。商议的结果是互让一步：徐仁虎不去土国皇宫，但北辕楼需合资经营，埃纳姆要投入四成股份。遂就定了出走的日期，嘱告徐仁虎和罗小翠先去西安城西郊的胡姬客栈，找一位混血的卡梅儿，她通晓中国语和土耳其语，由她协助行事，从那里西行出境。埃纳姆也恰在下月要乘商船回国述职，届时，让徐仁虎到伊斯坦布尔的陶鲁斯大街街南的宫邸区找他。

徐仁虎回来后，将这情况原本一讲，他的三位亲长便觉事将迫近，都摇头唏嘘，想象着出国谋生的艰难不易。格棚额一阵心疼，显得忧虑不安，从东屋走到西屋，又从西屋走回东屋，遛了两趟后，就嗟叹一声道：西边那都是沙漠和大山呐，这万把里路可咋个走法儿？还不得累细了骨头磨光了皮！半路上再遇见劫匪，你俩要去去不成，要回回不来，弄不好再把小命搭上。这……唉！徐仁虎说：哪能呢。我俩随着土方的商队出走，国内的行线是官道，并由土方雇的镖局的人跟护；出境后，又有土国的卫队接应，人家这商队是皇家办的。国外的行线又是多国贸易之衢，早有防范的章制，阿玛，这您就放心吧。罗传耀坐在那里，双手按着太阳穴说：你俩还不得瞒着藏着，扮成土耳其人吗？到了边卡，人家哪会不查？放心啥呀，咋能放心！徐仁虎说：是这样，商队人数有编定，我俩将在其列。到时，土方已备了手续跟着，不会出事的。就是碰到麻烦，只怕塞些银两，也就解了。郑文谦锁着眉头、捏着下巴道：仁虎啊，可不能事事乐观、想得简单呐，路上还是小心谨慎为是。西出阳关，已无故人喽，饮杯酒都觉得凄苦。你俩这是迫不得已，可谓苍凉出行，到那里又人生地疏，不谙土国风俗食习，这比在国内办酒楼可难多了，怎能不让我们担忧？所以呀，要多往不利处想。我估摸，由西安去土国，行程得两三个月，其间正可向商队的土人学土语，起码，日常的话要掌握。到了土国，要多依靠埃纳姆，他在当地有势力，有影响，也会有客源，他参股是件好事儿。另外，你俩记着，开店后的经营品种要入乡随俗，随遇而变，得使土国人接受。徐仁虎和罗小翠听了，相互望望，除了不住点头，再没话可说……

又过数日，吃罢晚膳，五人饮茶唠嗑儿。罗小翠想到盛京和吉城的酒楼不能日久无主，就催罗传耀和郑文谦及早回返。郑文谦呷口茶说：孙子还没见着呢，哪能就去。罗小翠头一歪，说：那——那我回屋去，让仁虎先把这小孩捞出来，抱给你们看。罗传耀的脸一肃，嗔道：听听，这闺女二杆子不？都快当娘了，还没个正形儿，喊！她这一走，我这当爹的真就挂心不下呢。罗小翠咯咯一笑，说：爹，我说着玩儿呢，你还当真哪，你们孙子一出世，得跟你们走，还不想看就看？你闺女是说呀，别只因等着看他，耽误了那边的生意。格棚额点点头说：小翠说的也是。要不，二位亲家先回去，我在这儿留着。孙子满月后，得雇个奶妈，先回盛京住一阵，让老爷子和文谦弟稀罕稀罕，然后再带回吉林。郑文谦想想说：这样也好，有格兄留着，谁都放心了。唉，反正终有一别啊，要不，咱俩明日就回？传耀兄，你看呢？罗传耀说：行吧，只是这样了，格棚额说：还有这房产，也得处理吧？我看，房子兑了，折成金子，让他俩带走，就足够了。郑文谦摇摇头说：

怕是不妥吧。如一时找不到合适的买主，别因资金不及，耽误了他俩的行程，这事儿不用急。这样吧，我俩明日一早就走，回去抓紧调账，月内使人将金子送来。罗传耀说：文谦弟，钱可不能你一个人拿，我的钱也是留给子女的。他俩这要走了，我还攒它做甚。说完，就抹起眼泪。郑文谦感慨地点点头，说：你要拿，格兄能不拿吗？我是东家，能者多劳，这事儿得听我的……

翌日一早，罗小翠执袂劝阻，非要拖着笨拙之身，亲手烹制一桌华奢的早膳，为罗传耀、郑文谦践行，急得徐仁虎在旁边搓着手踱跫不安。罗传耀见状，说：仁虎啊，你去前面侍候，这块儿你别管了。等徐仁虎去后，罗传耀又说：闺女啊，爹给你打下手总成吧？这顿早膳，咱爷儿俩做。罗小翠含泪点首。罗传耀怕她闪着身子，一边切配拼码，一边留意她的操俎，凡遇使力的过节，他都及时替代做了。罗小翠一边烧菜，一边问：爹，黑刺桐和白芙蓉现在怎样？罗传耀顿着刀儿答：嚛，这俩丫头，都让我训导出息了，一个是灶台二手儿，一个是砧案大拿。哎，你不提我倒忘了，我临来时，她俩拿包东西，托我带给你，是婴孩的衣裤鞋帽。罗小翠听了眼就潮了，说：当初，她俩还是郑爹选了随我的，人都不赖，有情有义的。爹呀，女儿不在了，你就认她俩做干闺女吧。罗传耀停住刀儿，别情难禁，泣不成声地应着……

闲言少叙。且说这年的季春之日，罗小翠生了一婴。婴儿落草，又是其泣喤喤。按着旗家规矩，格棚额第一个进室采生。他也在那个小胯股当中扒拉了一下了，乐道：哈哈，又是个长小羊角的！室外的徐仁虎听清了，也喜得眉开眼笑，忙将备好的小弓箭挂到宅门外左侧的楔子上，回首进院，关上大门，仰天大笑道：丁相人还真料事如神，说我徐家添丁有阳盛之喜！说完就进了书房，与格棚额合计这婴儿的名字。

阿玛，给这小猴崽子起个名字吧。

嗯，起个啥呢？你俩这要走了，得给他留个念想。要不，叫……叫徐小虎咋样？你和小翠，这名中各占一字。

嚛、嚛，就按阿玛说的定下吧。

…………

过了孟夏，徐仁虎延聘了奶妈，托她代养满月的徐小虎。后在一个天色晦暗的清晨，两人雇了四个镖局的人，带着辎重和郑文谦使人送来的黄金，乘辇启程。

格棚额送至城外。分手时，两人下辇，朝格棚额连连叩头不起，格棚额老泪纵横，扬手挥袖，催其上路。他那饱含亲情的双眼，一直恋送那辆乘辇在尘埃漫漶的远方消失……

从此以后，徐仁虎和罗小翠在伊斯坦布尔生活了二十二年。两人谨掌勤行，躬逢异客，锱铢积累，遂成巨富。继有一子徐思额，一女徐思耀，二女徐思谦，皆为思怀三位亲长而得名。一战期间，奥斯曼帝国解体。那时，埃纳姆已卸职返国，因涉政被侵土的意军捕获，后来去向不明，一说死于狱中，一说出狱后远遁开罗，北辕楼因此受挫，遇战歇业。1910年，两人相携子女，随英商走地中海，又横渡印度洋，漂泊到新加坡，在华人街的"牛车水"落户，仍操北辕楼为业。

终　章

　　1992年暮春，笔者应新加坡酒楼餐饮业公会之邀，赴狮城受任该国烹饪训练中心的主任讲师。在当地一次同业聚会中，即在乌节路文华大酒店的宴会厅里，有幸结识了徐思额的次子徐念盛。他已年近花甲，因有同籍盛京（今沈阳）之缘，故谈资颇旺。徐念盛告诉笔者，他的祖父、祖母初抵"牛车水"时，在大坡海滨的摩士街南口买一幢英式洋楼，一、二楼营业，三楼住寝。初因不谙南洋食俗，生意惨淡，被逼无奈，祖父便亮起了御厨的招牌，凡宴资趋贵者，又有祖母捏制的面塑相赠，故而声誉鹊起，食家趋之若鹜。那时祖父已年过半百，于人背上切羊肉丝的绝技，没听说做过。1939年9月20日，祖父因患癌症，病故莱佛士医院，享年七十六岁。四年后仲冬，一个阴霾的日子，祖母思亲积疾，抑郁而终，较祖父长庚一载。

　　徐念盛至今与笔者仍有飞鸿，去年季秋，他惠寄兰言，欲回祖籍寻故，觅访他祖父、祖母的旧年踪迹，并要腊月天来，顺便观瞻北疆的冰天雪地，嘱笔者备男女棉长衣各一。笔者虑徐念盛伉俪早逾古稀，又久居南洋，能否承受寒冻之苦呢？万一跌闪有失，恐难安返星洲。故复函恳劝，方阻此行。

　　笔者想，或许春艳秋浓之际，他们总要来的。

（全文完）